古罗马诗歌与文化

李永毅◎著

重庆大学出版社

内容提要

本书是 2018 年国家社科基金重大项目"拉丁语诗歌通史(多卷本)"的阶段性成果,收录了古罗马文学研究者李永毅发表在《外国文学评论》《国外文学》《外国文学》《文艺理论研究》《南京大学学报》《俄罗斯文艺》等学术期刊上的二十篇论文。有些从文本出发,阐释古罗马重要诗人贺拉斯、奥维德、卡图卢斯的作品;有些考察了古罗马诗歌对后世文学的深远影响;有些则探讨了构成古罗马诗歌宏观语境的历史和文化现象。作者在广泛阅读数百年间西方古典学界文献的基础上,翻译和研究并重,提出了一些有启发意义的见解。

图书在版编目(CIP)数据

古罗马诗歌与文化 / 李永毅著. -- 重庆 : 重庆大学出版社,2020.7
ISBN 978-7-5689-2247-0

Ⅰ.①古… Ⅱ.①李… Ⅲ.①古典诗歌—诗歌研究—古罗马 Ⅳ.①I546.072

中国版本图书馆 CIP 数据核字(2020)第 105619 号

古罗马诗歌与文化
GULUOMA SHIGE YU WENHUA

李永毅 著

责任编辑:高小平   版式设计:高小平
责任校对:万清菊   责任印制:赵 晟

*

重庆大学出版社出版发行
出版人:饶帮华
社址:重庆市沙坪坝区大学城西路 21 号
邮编:401331
电话:(023) 88617190　88617185(中小学)
传真:(023) 88617186　88617166
网址:http://www.cqup.com.cn
邮箱:fxk@ cqup.com.cn(营销中心)
全国新华书店经销
重庆共创印务有限公司印刷

*

开本:720mm×1020mm　1/16　印张:14.75　字数:296 千　插页:16 开 2 页
2020 年 7 月第 1 版　2020 年 7 月第 1 次印刷
ISBN 978-7-5689-2247-0　定价:69.00 元

作者简介

李永毅，1975 年生，重庆大学外国语学院教授，拉丁语言文学研究所所长，教育部新世纪优秀人才项目和中美富布莱特访问学者项目入选者，国家社科基金重大项目"拉丁语诗歌通史（多卷本）"首席专家，美国古典研究会和英国古典协会会员。

曾获得第七届鲁迅文学奖文学翻译奖、第八届高等学校科学研究优秀成果奖（人文社会科学）二等奖、第七届和第八届重庆文学奖文学翻译奖，出版有《贺拉斯诗全集：拉中对照详注本》《卡图卢斯歌集：拉中对照译注本》等拉丁语、英语和法语译著二十部，《卡图卢斯研究》《贺拉斯诗艺研究》等专著五部，在《外国文学评论》等刊物发表论文七十余篇。

CONTENTS
目 录

第 1 辑　诗歌文本研究

罗马帝国的诗歌人质：贺拉斯的腓立比情结 / 2

贺拉斯诗歌与奥古斯都时期的文学秩序 / 23

技艺之必要：原初语境中的贺拉斯《诗艺》/ 39

内战、征服与民族救赎——贺拉斯《颂诗集》第一部第二首解读 / 54

帝国边缘的"野蛮人"：奥维德流放诗歌中的"文化殖民问题" / 65

诉詈的意义：奥维德长诗《伊比斯》研究 / 75

诗人与皇帝的对峙——奥维德《哀歌集》第 4 部第 10 首解读 / 86

《岁时记》的动机、主题和艺术成就 / 94

卡图卢斯《歌集》第 63 首与罗马共和国晚期的精神气候 / 105

第 2 辑　文学影响研究

译作·仿作·创作——卡图卢斯与诗歌的翻译问题 / 114

变形与重生：奥维德《变形记》与西方美术 / 124

古罗马诗歌与俄国文学中史诗体裁的演化 / 134

奥维德与俄国流放诗歌的双重传统 / 146

放逐、帝国、想象与真实：布罗茨基《致贺拉斯书》的奥维德主题 / 158

第 3 辑　历史文化研究

罗马共和国晚期政治语境中的喀提林叛乱再阐释 / 168

西塞罗之手——走向书写时代的政治 / 181

死亡盛宴：古罗马竞技庆典与帝国秩序 / 189

另一种内战：罗马帝国初期的告密制度和政治审判 / 198

"野蛮人"概念在欧洲的演变：从古典时代到文艺复兴 / 209

马克思与卢克莱修 / 222

第1辑
诗歌文本研究

THEMATIC AND ESTHETIC STUDIES

罗马帝国的诗歌人质：贺拉斯的腓立比情结 *

贺拉斯发明了古罗马的政治抒情诗。公元前 23 年发表的前三部《颂诗集》（*Carmina*）中以"罗马颂诗"（第 3 部 1—6 首）为代表的作品称颂了屋大维的文治武功，它们所宣扬的价值观似乎也完美地配合了奥古斯都时期对内整肃道德、对外强力威慑的政策。在公元前 17 年的国家庆典上，他受皇帝钦命，为合唱队创作了《世纪之歌》（*Carmen Saeculare*）。其生涯晚期发表的第四部《颂诗集》（约公元前 12 年）中既有纪念皇子提比略和德鲁苏军事大捷的应制之作，也有第 5 首和第 15 首这样直接赞美皇帝的诗歌。因此，从西方的古典时代、文艺复兴直至新古典主义时代，贺拉斯一直被视为宫廷诗人和罗马帝国意识形态的喉舌[1]，甚至在第一次世界大战中，他的诗歌也被用于帝国主义的煽动[2]。

自从 20 世纪以来，传统的观点仍然有影响力[3]，但质疑之声日渐强烈。在阐释他的每首政治诗歌时，学界几乎都有激烈的争议。以《世纪之歌》为例，虽有众多学者将其视为"意识形态的产物"[4]，普特纳姆却在研究它的专著中指出，屋大维在诗里并非中心角色，只不过是"安喀塞斯和维纳斯的一个著名后裔"、罗马传

---

* 本文首发于《外国文学评论》2018 年第 1 期。

[1] 例如沙俄时代的诗人苏马罗科夫在一封给叶卡捷琳娜二世的信中便以贺拉斯自喻："奥古斯都的皇朝终于找到了自己的贺拉斯。"转引自 Charles Edward Turner, *Studies in Russian Literature* (London：S. Low, Marston, Searle & Rivington, 1882) 53.

[2] 贺拉斯《颂诗集》第 3 部第 2 首第 13 行 dulce et decorum est pro patria mori（为祖国献出生命，何等光荣甜蜜）是第一次世界大战期间广为流传的口号。本文贺拉斯诗歌的汉译全部出自李永毅译注的《贺拉斯诗全集：拉中对照详注本》（北京：中国青年出版社，2017 年）。

[3] 例如 Santirocco 就指出贺拉斯《颂诗集》对屋大维政治成就的概括与皇帝自己的传记（*Res Gestae*）高度一致，表明诗人努力实现公共主题和个人情感的一致。见 Matthew Santirocco, "Horace and Augustan Ideology," *Arethusa*, 28.2 (1995)：225-43.

[4] Alessandro Barchiesi, "The Uniqueness of the Carmen Saeculare and Its Tradition," *Traditions and Contexts in the Poetry of Horace*, eds. A. J. Woodman and D. Feeney (Cambridge：Cambridge UP, 2002) 121.

统的一位延续者而已[1]。再如,《颂诗集》第 3 部第 14 首是庆祝屋大维从西班牙平安返回罗马,学界都意识到 1—3 节的公共庆典和 5—7 节的私人欢宴之间存在断裂,但在理解这种断裂时,他们却分成了两大阵营。以克林格纳和韦斯特为代表的一派相信贺拉斯的个人立场与屋大维的政策完全一致,而康马杰和普特纳姆等人则认为,两部分之间的冲突表明,贺拉斯虽然享受屋大维治下的和平,却对和平的代价——丧失自由——深感不安[2]。这种争议甚至延伸到单个词的解读上。《颂诗集》第 4 部第 15 首是贺拉斯的最后一首政治诗,也是其抒情诗的压卷之作,这首献给屋大维的诗最后一个词是 canemus(我们将吟唱)。为何贺拉斯从《颂诗集》前三部单数的“我”变成这里复数的“我们”?有人解释为贺拉斯在政治压力下“抹去了自己”“取消了诗歌的独立”[3],有人却看出了贺拉斯对抒情体裁的强力控制[4],甚至嗅出了反讽的味道[5]。

　　出现这样的严重分歧并非偶然,毕竟如泽特泽尔所说,贺拉斯“是古代最具反讽性和矛盾性的诗人……无论整体还是局部,他作品的突出特征都是有意识的反讽和含混”[6],而且众多的研究者都意识到,贺拉斯诗歌中有许多不同的抒情声音,这是他修辞操控的重要部分。约翰逊在 2004 年的专著《赞美的宴饮》中极有洞察力地指出,宴饮(symposium,他用的是希腊语转写 symposion)不仅是贺拉斯抒情诗的主要题材,也是他作品展开的基本方式。《颂诗集》第 4 部这样的作品之所以暧昧,是因为贺拉斯将“颂歌的形式与宴饮的抒情角色结合起来了”[7]。在他的颂歌里,赞颂者(诗人)、被赞颂者(皇族、恩主、贵族)与读者共同构成了一个“阐释共同体”,贺拉斯将许多彼此抵牾的异质因素容纳其中,让每位阐释者都能根据自己的立场读出不同的内容[8]。

　　上述框架巧妙地将间隔十年的四部《颂诗集》连接为一个整体,也指出了贺拉斯政治诗歌复杂性的一个重要来源,但仍然无法回答贺拉斯诗歌生涯中一些令人

[1] Michael C. J. Putnam, *Horace's Carmen Saeculare*: *Ritual Magic and the Poet's Art* (New Haven: Yale UP, 2000) 5.

[2] Raymond Marks, "Augustus and I: Horace and 'Horatian' Identity in 'Odes' 3.14," *The American Journal of Philology*, 129.1 (2008): 78. 注释 4 和 5 的总结尤其有价值。

[3] Ellen Oliensis, *Horace and the Rhetoric of Authority* (Cambridge: Cambridge UP, 1998): 152-3.

[4] Michèle Lowrie, *Horace's Narrative Odes* (Oxford: Clarendon, 1997) 326-52.

[5] D. P. Fowler, "Horace and the Aesthetics of Politics," *Homage to Horace*: *A Bimillenary Celebration*, ed. S. J. Harrison (Oxford: Clarendon, 1995): 245-64.

[6] J. E. G. Zetzel, "Horace's Liber Sermonum: The Structure of Ambiguity," *Arethusa*, 13.1 (1980): 63, 73.

[7] Timothy S. Johnson, *A Symposion of Praise*: *Horace Returns to Lyric in Odes IV* (Madison: U of Wisconsin P, 2005) xix.

[8] Johnson, *Symposion of Praise* xvii.

困惑的问题：他为何能在短诗里赞美屋大维，却始终拒绝为皇帝创作长诗？他为何在自己的抒情诗艺和声誉都臻于巅峰时急于改弦易辙（Epistulae 1.1）？他为何后来将曾经自称为"比青铜更恒久"（Carmina 3.30.1-2）的旧作斥为"琐屑的追求""幼稚的游戏"（Epistulae 2.2.141-142）？为何他一生看似如此幸运，武装反抗未来的皇帝却被赦免，失去一切却获得麦凯纳斯（C. Clinius Maecenas）的庇佑和赞助，从获释奴隶的儿子变成罗马的桂冠诗人，然而他的诗歌中却总飘荡着死亡的幽灵？

纽曼在 2011 年的专著《作为局外人的贺拉斯》中通过细读发现了诗人的不少心理创伤的症候。例如《颂诗集》第 2 部第 7 首第 11 行中的 fracta virtus 在上下文中固然可以理解为军队士气的崩溃，但这两个词也可理解为"男性气质的破碎、崩裂"，甚至指向今日心理学所说的精神分裂[1]。与此呼应，贺拉斯在《颂诗集》第 1 部第 31 首向阿波罗祷告时，所求的包括"一颗完整的心灵"（integra mente），纽曼追问道，"难道这颗心受到威胁？难道它已经碎裂？[2]"从这样的视角去看，贺拉斯的最后一部作品《诗艺》（Ars Poetica）结尾部分也获得了新的意义。在描绘一位诗末的疯子诗人之前，贺拉斯莫名其妙地攻击了古希腊的恩培多克勒："恩培多克勒想成为 ／ 人们心目中不朽的神，冷静地跳进了 ／ 滚烫的埃特纳火山。让诗人自由地毁灭！ ／ 谁救不愿被救的人，就等于谋杀"（464b-467）。在上文中他明明称赞了神话中的诗人俄耳甫斯、安菲翁和梭伦式的立法者（391-407），而恩培多克勒正是一位原创性的思想家、杰出的诗人、民主派政治家，贺拉斯为何如此刻薄地讽刺他？纽曼戏谑地形容，这是贺拉斯本我与超我的战争[3]。

纽曼的精神分析如果成立，那么贺拉斯的心理创伤源头何在？我们检视他的一生便会发现，这个点无疑是腓立比战役。公元前 42 年的这场战役在古罗马历史上至关重要，虽然十五年后罗马帝国才在形式上建立，共和派的力量却在这次惨败后土崩瓦解。贺拉斯原本在雅典过着宁静的学者生活，却阴差阳错地被布鲁图斯任命为共和派军队的一位军政官（tribunus militum）。腓立比的悲剧不仅让他成为罗马政权的敌人，失去地位和财产，也让他目睹了这个民族自相残杀的血腥场面，战后冷酷的政治报复更让他心惊胆战。后来，他虽然投到权臣麦凯纳斯门下，也似乎相信屋大维是天命所归，但他的处境仍微妙、尴尬。在号称"罗马和平"（Pax Romana）的奥古斯都时期，密谋、哗变、叛乱其实时有发生，贺拉斯必须不断表达和确认自己的忠诚。但他也不愿背叛腓立比的记忆，而且作为一位抱负远大的艺

---

[1] John Kevin Newman, *Horace as Outsider* (Hildesheim: Georg Olms Verlag, 2011) 69.

[2] Newman, *Horace as Outsider* 71.

[3] Newman, *Horace as Outsider* 73.

术家,他也不甘心沦为政权的工具。因此,他其实是罗马帝国的诗歌人质,竭力在政治高压下发出自己独立的声音,却不敢惊动劫持他的元首和政治体系。但透过种种蛛丝马迹,我们仍能发现他在创伤阴影下的挣扎。

一、内战的创伤与迫害的记忆

《长短句集》(*Liber Epodon*) 第 16 首作于公元前 41 年,最直接地表达了腓立比战役带给贺拉斯的痛苦。此时,贺拉斯刚刚从战场上死里逃生,尚未归顺屋大维,因此更多的是从战败者一方来看待罗马内战的。在主题上,它继承了公元前 7 世纪诗人阿齐洛科斯(Archilochus) 在诗中表达政治异见的传统;在语言上,它则模仿了古希腊罗马立法机构的演说[1]。贺拉斯开篇便下了沉痛的断语:"又一个世代在内战中消耗殆尽,罗马 / 正被自己的力量压垮"(16.1-2)。公元前 1 世纪的罗马此前已遭受过多轮战火洗劫:同盟者战争、马略和苏拉的内战、斯巴达克斯奴隶起义、喀提林叛乱、庞培和恺撒的内战,恺撒死后安东尼、屋大维又与共和派展开了新的对杀。贺拉斯明显呼应了维吉尔《牧歌》(*Eclogae*) 第 4 首中的说法:"从高高的天上新的一代已经降临"(4.7) ,在那首诗里,维吉尔欢呼腓立比战役后的罗马将迎来先知西比尔所预言的"伟大的世纪"(4.4-5)[2]。如塞拉尔所言,维吉尔是从战胜者一方来展望未来的,因而充满乐观情绪[3]。贺拉斯的看法截然相反,他相信国家正走向毁灭,而且是毁于自己人之手。他列举了罗马历史上的危急时刻和曾经造成致命威胁的力量:马尔西人、埃特鲁里亚国王波塞那、坎奈战役之后叛变的同盟城市卡普亚、与喀提林共谋的高卢部落、野蛮的日耳曼人和迦太基名将汉尼拔(16.2-8)。他们都不曾灭亡罗马,"我们这渎神的一代却将毁掉她! / 祖先的土地将重新被野兽占领。 / 啊,胜利的蛮族把我们的灰烬践踏, / 骑兵的铁蹄将响遍我们的都城, / 罗慕路斯的骸骨,从未受日晒雨淋, / 也将被他们肆意抛撒,不堪看!"贺拉斯认为,要摆脱这样的苦难,唯一的办法是像当年的弗凯亚人那样,发下毒咒,逃离他们的故国[4]。在诗的后半段,他描绘了一片堪与黄金时代传说媲美的遥远土地,并暗示罗马已经堕入希腊人所记述的黑铁时代(63-66)。

在《长短句集》第 7 首里,他更将罗马的内战追溯到建城之初罗慕路斯和雷穆

---

[1]　Daniel H. Garrison, *Horace*: *Odes and Epodes*, *A New Annotated Latin Edition* (Norman: U of Oklahoma P, 1991) 193.

[2]　维吉尔,《牧歌》,杨宪益译(北京:人民文学出版社,1957 年)第 16 页。

[3]　W. Y. Sellar, *The Roman Poets of the Augustan Age*: *Horace and the Elegiac Poets* (Oxford: Clarendon, 1892) 122.

[4]　Herodotus, *Histories* 1.165.

斯的兄弟相残,并把它看成这个民族的原罪。这首诗是写给所有罗马人的,贺拉斯逼问他们:"有罪的人啊,你们究竟去哪里? 为何 / 拔出藏在鞘里的利剑? / 难道原野上、波涛间拉丁民族的血 / 仍然流得太少? 可叹!"(7.1-4)。诗人提醒他们,这样的内耗简直是为了实现宿敌帕提亚王国的祷告,即使"野狼和狮子"都不有如此愚蠢的行为(9-12)。在作品的最后,他得出结论:"主宰罗马人的是残酷的命运 / 和兄弟相残造下的原罪, / 自从大地染上雷穆斯无辜的血印, / 诅咒就伴随他的后代"(17-20)。这首诗大概作于公元前 38 年西西里战争(屋大维与小庞培的战争)爆发前夕,此时贺拉斯已经成为麦凯纳斯的门客,但他并未替屋大维追剿共和派残余军队的行为助威。自从腓立比战役结束后,他就一直坚定地反对内战。血腥的意象经常出现在他谴责内战的诗篇里,例如,《颂诗集》里他也写道:"哪里的深渊,哪些河流,不曾知晓 / 惨痛的战争? 哪片海不曾涌动红潮, / 因为亚平宁的屠戮? 哪片水岸 / 没有我们的血在漂?"(Carmina 2.1.33-36)。这些意象无疑浓缩了他对腓立比战场的印象。

在共和派余部节节败退之时,屋大维和安东尼的芥蒂也越来越深,为了缓和矛盾,他们在公元前 40 年签订了布伦迪西协定。公元前 37 年,双方在塔伦顿进行了新一轮磋商,麦凯纳斯也陪同屋大维参加了会谈。贺拉斯的《闲谈集》(Sermones)第 5 首隐晦曲折地影射了这个背景。他在诗中记述了自己去意大利南部的旅程,途中他和麦凯纳斯从小城安苏尔一直同行到布伦迪西。作为麦凯纳斯的密友,他肯定知道后者去塔伦顿的目的,但在整首诗中他却调笑戏谑,装疯卖傻。然而,"我挚爱的麦凯纳斯会来这里,科凯乌 / 也来,两位特使都身负重任,因为 / 过去多亏了他们,朋友才复归和睦"(5.27-29)这轻描淡写的几行却透露了关键信息。"朋友"指屋大维和安东尼,麦凯纳斯和科凯乌都曾参加布伦迪西的谈判,"特使"和"身负重任"无疑暗示新的磋商[1]。意味深长的是,接下来的一行贺拉斯立刻说,"这里,我的眼肿了,抹了黑色药膏"(30),似乎是向读者宣布,他不对自己后面的描述负责。诗的其余部分则淹没在看似琐屑甚至庸俗的细节中。从表面看,如果此次屋大维和安东尼能够再次达成一致,和平的曙光似乎就不远了,但诗人的直觉却让贺拉斯隐隐感到新的内战或许不可避免。莱克福德分析道,作品有三点值得注意。一是它突出了麦凯纳斯朋友圈内的温暖友情,但贺拉斯意识到真正的友谊只能存在于小范围内,外面的动荡世界是不可控的;二是诗中间部分描绘的小丑和获释奴隶之间的骂战,它是外部世界暴力的一个缩影,却没造成灾难性的后果,贺拉斯当然希望政治和军事暴力也能如此,但他知道在更广大的世界里,"诗歌不能

[1]   Edward P. Morris, *Horace: Satires and Epistles* (New York: American Book Company, 1909) 85.

让任何事情发生"[1];三是性梦和假神迹的意象,它们或许暗示对和平的期望将难以实现,又或许是以古罗马人常见的避邪方式,故意用悲观的预言来换取心愿的满足[2]。整趟旅途本有明确的政治目的,但贺拉斯的叙述始终坚守在表层,表明了作品对特定体裁(史诗)和题材(政治事件)的双重拒绝。经历了腓立比战役的他知道,政治强人的游戏结局几乎总是生灵涂炭。除了与朋友相聚的快乐外,诗里描写的都是身体忍受的种种不适,史书般细致的记述和戏拟史诗的风格提升了"身体"的重要性,让它成为受苦的罗马政治共同体(body politic)的替身[3]。

在此阶段,贺拉斯对屋大维是否最终胜出尚无信心,即使是在屋大维已经获得决定性胜利之后,贺拉斯反内战的立场仍然没变,仍在诗中反复劝诫这位罗马掌权者尽早停止报复,宽恕敌人,实现罗马全境的和平。《颂诗集》第 1 部第 2 首大致作于公元前 28 年,三年前屋大维已经在阿克提翁战役中击败安东尼,在举国上下一片献媚之时,贺拉斯却借罗马的灾变警告屋大维,不应继续复仇之战,延续民族的原罪[4]。诗的 21—24 行尤其重要:"罗马公民的利剑没能让波斯[5] /丧命,战祸此起彼伏,凋落 /殆尽的青年,全拜父辈之赐,/将听闻这一切。"这不仅是因为它呼应着贺拉斯加入屋大维阵营之前创作的《长短句集》第 16 首的开篇,也是因为它表达了贺拉斯以外战制止内战的一贯主张。

在后三雄(安东尼、屋大维、雷必达)执政的时期,除了血腥的内战之外,罗马公民还要忍受残酷的政治迫害。贺拉斯算是幸运的,毕竟没有丧命。按照他自己的说法,"腓立比战役惨败后,翅膀被剪掉的我 /离开战营,坠到地面,失去了父亲的 /家神,失去了土地,一贫如洗,只能 /斗胆开始写诗"(Epistulae 2.2.49-52),这意味着他只能以自由和诗才为代价换取赞助制度的庇护。更多的共和派人士则遭到了无情的镇压。《闲谈集》第 1 部第 7 首是贺拉斯最被忽视的一篇作品,然而其中却埋藏着贺拉斯对内战期间高压政治的愤怒。这首诗记录了共和派领袖布鲁图斯担任小亚细亚总督期间发生在他两位幕僚之间的一场骂战,在两个人没头没尾、莫名其妙的攻讦背后,是罗马内战的全部肮脏和血腥:镇压、厮杀、言论的钳制、愤

[1]　W. H. Auden, "In Memory of W. B. Yeats," *Collected Poems*, ed. Edward Mendelson (London: Faber, 1994) 248.

[2]　Kenneth J. Reckford, "Only a Wet Dream? Hope and Skepticism in Horace, Satire 1.5," *The American Journal of Philology*, 120.4 (1999): 543-54.

[3]　Catherine Schlegel, *Satire and the Threat of Speech: Horace's Satires*, Book 1 (Madison: U of Wisconsin P, 2005) 76.

[4]　Steele Commager, "Horace, *Carmina*, I, 2," *The American Journal of Philology*, 80.1 (1959): 37-55.

[5]　此处的"波斯"指多次让罗马军队蒙羞的帕提亚王国。

怒的报复和冷漠的旁观。评论者向来认为这首诗格调低下,新古典主义时代的德莱顿甚至称它为"垃圾"[1],然而当代学者高尔斯却认为,这首诗的确是"垃圾",但却不是因为写得差,而是因为在整部《闲谈集》里,唯有在它里面贺拉斯才倾倒了自己从腓立比战役失败以来的所有负面情感:屈辱、苦痛、憎恨[2]。

贺拉斯对作品的掌控体现在许多关键词语上,它们构成了诗歌意义的深层。作品的第一行便力透纸背:Proscripti Regis Rupili pus atque venenum(被逐"国王"卢皮琉的脓血与毒液)。骂战的一方名为卢皮琉(P. Rupilius Rex),他的家族姓Rex 恰好是"国王"的意思。自从公元前 509 年布鲁图斯(这里的布鲁图斯的先祖)驱逐最后一任国王塔克文以来,在罗马政治中,"国王"一直是攻击政敌的标签。当年的格拉古(Ti. Gracchus)被杀,不久前的恺撒被杀,都是因为有人指责他们复活王制。甚至西塞罗都被人称为"外来的国王"[3]。Proscripti 的原义是"公布",后来特指通过公布名单来剥夺某些人的公民权和财产,将他们逐出罗马,并悬赏捉拿。卢皮琉就遭到了这种对待,被屋大维和安东尼驱逐,被迫到他们的政敌布鲁图斯所在的小亚细亚避难。从苏拉开始,悬赏清除政敌就成为罗马政治的一个传统。苏拉之祸,数千人在重金悬赏之下被杀[4]。腓立比战役后,后三雄的悬赏名单上有超过三百名元老院议员和骑士,最著名的三位死者是这首诗里的布鲁图斯(自杀后人头被屋大维献祭在恺撒雕像前)、被安东尼杀死并砍手示众的西塞罗[5]和另一位恺撒的刺客卡西乌(战败自杀)。作为全诗的第一个词,Proscripti无疑会唤起读者对历史和现实的联想。"脓血与毒液"比喻卢皮琉辱骂性的言语,但这个意象却影射着内战期间罗马道德的溃烂。骂战的另一方是佩西乌(Persius),贺拉斯用"强力复仇"来形容他的反应。"复仇"(ultus)可以说是此轮罗马内战的关键词,屋大维向来以恺撒的复仇者自命,在腓立比战役之前,专门以为养父复仇的名义修建了神庙[6],他在自传中也把为父报仇作为主要功绩来夸耀[7]。接下来贺拉斯说,两人之间的恩怨"所有理发匠和肿了眼睛的人都知道",这两类人并非随意提到。理发匠与暴君有一层特殊的关系,他们是最容易弑君的人,锡拉库萨僭主狄奥尼修斯(Dionysius)不敢相信任何理发师,而只让女儿给自

[1] John Dryden, *Essays of John Dryden*, vol. 2, ed. W. P. Ker (Oxford: Oxford UP, 1926) 15.

[2] Emily Gowers, "Blind Eyes and Cut Throats: Amnesia and Silence in Horace 'Satires' 1.7," *Classical philology*, Philology, 97.2 (2002): 145-61.

[3] Cicero, *Pro Sulla* 22.

[4] Plutarch, *Sulla* 32.3.

[5] Shane Butler, *The Hand of Cicero* (London: Routledge, 2002) 2.

[6] Suetonius, *Vita Divi Augusti* 29.

[7] Octavian, *Res Gestae* 2.

己理发[1]，此事在古典时代广为人知。"肿了眼睛的人"呼应着贺拉斯对自己的描述(*Sermones* 5.30)，他以此为借口在罗马内战期间的一个关键历史事件中变相隐形。因此，眼肿者和理发匠代表了政治动乱中的两种处世之道，甚至暗示了阅读此诗的两种方式：故意忽略它的政治内涵，还是保持剃刀般的锐利。在一段复杂的插科打诨之后，贺拉斯告诉我们，这两人之间的骂战升级到对簿公堂。布鲁图斯主审，他的全体幕僚都到场，饶有兴致地观看。贺拉斯的记述中有两个不容忽视的细节。他借近乎小丑的佩西乌之口称赞布鲁图斯是"小亚细亚的太阳"，即使在闹剧的框架下也是极为大胆的，毕竟布鲁图斯是杀死恺撒的主谋，因而也是其养子屋大维的死敌，而且"太阳"的赞誉贺拉斯后来只在屋大维身上用过一次(*Carmina* 4.2. 46)。在形容佩西乌滔滔不绝的话语时，贺拉斯的比喻是"像冬天的洪水，奔泻到砍斧罕至的深谷"(*Sermones* 7.27)，他故意用"砍斧"这个词，或许也是为了让我们联想到刽子手。在卢皮琉以意大利的方式痛骂之后，佩西乌似乎黔驴技穷，只好向布鲁图斯求助。他大吼道："布鲁图斯啊，诸神在上，你不是 / 习惯消灭国王吗？这位'国王'的喉咙 / 为什么还不割？相信我，这是你分内之事"(32-35)。全诗在此戛然而止，让读者去细细体会话中的玄机。"习惯消灭国王"既指布鲁图斯的祖先——赶走国王塔克文的那位，也指布鲁图斯本人——他曾参与刺杀恺撒这个实质上的国王。"这位'国王'"当然指卢皮琉，但"割喉"(iugulas)在罗马共和国晚期的拉丁语中几乎是开篇之词 Proscripti 的同义词，因而再度激活了政治迫害的联想。虽然在这首诗里，辱骂只是观众的笑料，但熟悉罗马政治的贺拉斯知道，在使用辱骂的说话人心目中，它就是武器，观众发笑只不过因为武器伤害的不是他们。在罗马内战中，辱骂总是真实战争的前奏，并贯穿对峙的始终[2]。

　　无论是内战的血腥场面，还是政治迫害所暴露的丑陋人性，都给贺拉斯留下了难以磨灭的创伤。纽曼提醒我们注意，直接作于腓立比战役后几年的《闲谈集》中充斥着罗马人的负面形象：疯子、权力狂人、权贵攀附者、骗子、败家子[3]。它们足以反映贺拉斯在这段时间的整体心境。贺拉斯抒情诗中常出现的三类意象也隐约透露了他遁世的梦想：一是森林(例如 *Carmina* 1.1.30-31；1.9.11-12；2.9.6-8；3.9-12)，它代表了远离现实的另一个世界，意识与潜意识之间的暧昧边境；二是墨丘利(例如 *Carmina* 1.10；2.7.13；2.17.29；3.11)，这位神使以神秘难解、行踪难测知

---

[1] Cicero, *Tusculanae Disputationes* 5.58.

[2] Schlegel, *Satire and the Threat of Speech* 78.

[3] Newman, *Horace as Outsider* 75.

名;三是飞鸟(例如 *Carmina* 2.20;3.4.12;4.12.5-8)[1]。即使在这些与政治无关的抒情诗里,我们也能感受到他心有余悸的悲凉。贺拉斯的许多诗作都表达了"及时行乐"(Carpe diem)的态度,然而他的这类诗与西方传统中的同类诗其实有很大不同,我们只要对比他的前辈卡图卢斯的作品就能发现其中的奥妙。卡图卢斯的《歌集》第5首对文艺复兴时期"及时行乐"主题影响极大,尤其是这三行:"太阳落下了,还有回来的时候;/可是我们,一旦短暂的光亮逝去,/就只能在暗夜里沉睡,直到永久"(*Carmina* 5.4-6)[2]。太阳在这里代表了自然界的循环时间模式,与人类不可逆的线性时间模式相对,在卡图卢斯看来,及时行乐的理由是人最终必死。贺拉斯强调的却不是人不能长存这一事实,而是人不知自己何时会死,怎样死。例如最著名的《颂诗集》第1部第11首(致琉柯诺):"你别去探询,那超越本分,为你,为我,/众神安排了怎样的结局,琉柯诺,也别 /用星相窥测命数。倒不如把一切忍受!/或者朱庇特预留了更多的冬天,或者 /在耸峙崖岸上催虐海浪的这个冬天 /便是终点。你当明智,滤好酒,斩断 /绵长的希望,生命短暂。说话间,妒忌的 /光阴已逃逝。摘下今日,别让明日骗"。贺拉斯之所以催促琉柯诺"摘下今日"(Carpe diem),不仅仅因为光阴飞逝,更因为"命数"难测,也不允许人类妄测,生命随时可能终止,所以人只能"把一切忍受",苦中作乐。这样的警告在贺拉斯诗歌中随处可见:"我们不可有遥远的憧憬,生命太短促,/转眼黑夜、虚幻的亡灵、惨淡的阴宅就把你制伏"(*Carmina* 1.4.15-17);"我们所有人都被赶往同一个地方,/所有人的命运都在瓮中旋转摇晃,/迟早会显明,迟早会将我们 /置入冥船,永远流放"(*Carmina* 2.3.25-28);"我们徒劳地闪躲嗜血的战神,闪躲 /嘶哑低吼的亚得里亚海的飞溅涛波,/徒劳地在整个秋天恐惧南风 /给我们的身体带来病魔"(*Carmina* 2.14.13-16)。在卡图卢斯的诗里,死只是人生不可逆的终点;在贺拉斯笔下,死却是随时可能暴力扼杀生命的可怕力量。这种阴郁的情绪和不详的预感正是贺拉斯经历腓立比战役的后遗症。

二、"变节"的合理化与共同体的守护

腓立比战役之后,屋大维为了显示自己的气量,宣布了大赦,贺拉斯得以在公元前41年回到罗马。他的诗才很快引起了注意,并为他赢得了维吉尔和瓦里乌斯的友谊。在他们的引荐下,贺拉斯结识了权臣麦凯纳斯。麦凯纳斯深谙屋大维以

---

[1]　Newman, *Horace as Outsider* 75-85.
[2]　李永毅,《卡图卢斯歌集:拉中对照译注本》(北京:中国青年出版社,2008年)第19页。

文学巩固帝国秩序的意图,极力奖掖文艺,成为一大批诗人的恩主。贺拉斯于公元前 38 年正式加入了这个圈子,固然不用再忧虑衣食,但也从此被赞助制度捆缚。这个体系在多大程度上影响了他的创作,学界一直有争论。泽特泽尔等学者倾向于认为,贺拉斯没有屈从于赞助体制的压力[1],最终保持了创作的独立。怀特等人则相信,贺拉斯是由衷认同屋大维的政治文化立场的[2]。戈尔德[3]和普特纳姆[4]等人虽然承认赞助体制是奥古斯都的普遍文学现象,但相信恩主对诗人没有实质性的影响。但不可否认的是,既然恩主麦凯纳斯的恩主是屋大维,后者也就成了贺拉斯的终极恩主,无论诗人是否情愿,他都已经被罗马国家所劫持,无法随心所欲表达自己的思想了。前辈卡图卢斯对恺撒的辛辣讽刺在贺拉斯这里已经断无可能了:"真是绝配,这一对可耻的冤家:/玛穆拉,还有喜欢被蹂躏的恺撒。/没什么奇怪:论污点不相上下,/管它来自弗尔米埃,还是罗马,/都牢牢地印在身上,没法洗刷:/两人都病快快,仿佛孪生一对,/两人都是才子,在一张床上依偎,/两人都爱淫乐,谁也不输给谁,/既是情敌,也分享彼此的宝贝。/这一对可耻的冤家,真是绝配"(*Carmina* 57)[5]。更为严重的是,贺拉斯曾属于共和派阵营,如今虽是为了生计而归附屋大维,终归有变节之嫌。腓立比的血泊犹在眼前,自己的同袍曾被屋大维惨烈屠杀,贺拉斯必须给自己一个交代,用现代心理学的说法,他必须启用"合理化"的防御机制来应对心理创伤。

　　他为自己"变节"的辩解半是真实,半是虚构,虚构与真实都聚焦于他对腓立比战役的第一反应——内战是可怕的。因此,他的合理化路径非常清晰:残酷的内战威胁到整个罗马民族的生存,只有屋大维具备终结内战的能力,只有他能够统一罗马,并将罗马的声威远播异域,而共和派同样是为了罗马的利益而战,所以归顺屋大维并非背叛共和的理想,而是超越派系之争的举动,何况屋大维在形式上并未终结共和制,也继承了共和时代的价值观。为了在屋大维面前表现出诚实,贺拉斯并没有从此绝口不提腓立比的往事,但他在追忆之时,总是竭力保持中性的价值判断,不谴责任何一方,只把成败归于天命。在《书信集》中,他是如此描述自己从军参战的经历的:"好心的雅典给我增添了些许学识,/让我愿意去思索如何辨别曲直,/愿意在学园的树林里探寻世界的真相。/可是艰难的时世把我从美好的地方 /

[1]　J. E. G.. Zetzel, "The Poetics of Patronage in the Late First Century b.c.," *Literary and Artistic Patronage in Ancient Rome*, ed. B. Gold (Austin: U of Texas P, 1982) 87-102.

[2]　Peter White, *Promised Verse: Poets in the Society of Augustan Rome* (Cambridge: Harvard UP, 1993) 161.

[3]　Barbara Gold, *Literary Patronage in Greece and Rome* (Chapel Hill: U of North Carolina P, 1987) 66.

[4]　Michael Putnam, *Artifices of Eternity: Horace's Fourth Book of Odes* (Ithaca: Cornell UP, 1986) 147-153.

[5]　李永毅,《卡图卢斯歌集:拉中对照译注本》第 161 页。

赶走,不谙战事的我被内战的潮水 ／卷入了无力抗衡奥古斯都的军队"(*Epistulae* 2.2.43-48)。贺拉斯暗示,他当时不过是一个书痴,既无军事经验,也无政治判断力,绝非出于坚定的信仰加入共和派的军队,而是身不由己。但他也没有诋毁共和派,只是指出,他们不识天命,没意识到屋大维的军队是不可战胜的。屋大维似乎也很配合贺拉斯的这番辩解,他只是谦逊地将自己称为"第一公民"(princeps),保留了从元老院到执政官的整套政治架构,并且大张旗鼓地修建神庙,整肃道德,以回归共和国时代的"纯正"价值观。

与此相应,在赞颂屋大维时,贺拉斯一贯突出的都是两点:一是他恢复了罗马的"纯洁",二是他保证了罗马的"安全"。即使在个人立场上,贺拉斯从他关注的生活伦理出发,也是赞成重建罗马的道德秩序的。他如此描绘屋大维治下的罗马帝国:"纯洁的门户没有任何淫邪的污染,／道德和法律驯服了劣迹斑斑的恶行。／妇女因为孩子像父亲而受到称赞,／迅速的惩罚让罪错心惊"(*Carmina* 4.5.21-24)。在《世纪之歌》中,他向狄安娜祈祷:"女神啊,请让我们的民族兴盛,／请襄助元老院制定的婚姻法案,／因为它规范我们的道德,保证 ／后代的繁衍"(21-24)。这里的"婚姻法案"指的是公元前 18 年和前 17 年通过的两部《尤利亚法》,前一部(*Lex Iulia de maritandis ordinibus*)鼓励生育(公元前 1 世纪的多次内战让罗马人口剧减),对单身和无子嗣的婚姻都有惩罚条款,后一部(*Lex Iulia de adulteriis coercendis*)旨在惩戒通奸行为,让原本在族内自行解决的通奸问题从此进入公开的司法程序。贺拉斯借国家庆典的机会,公开表示了对屋大维上述政策的支持。将屋大维塑造成征服世界的民族领袖更是贺拉斯诗歌的突出倾向,以致让后世觉得,他是一位狂热的帝国主义者。在中国与罗马尚无直接联系的时候,贺拉斯在《颂诗集》中已经四次想象屋大维征服遥远的中国(1.12.55-56,1.29.9,3.29.26,4.15.23)。曾经多次击败罗马的帕提亚更是让他耿耿于怀,一再催促屋大维复仇(*Carmina* 1.2.50-51,3.3.44,3.5.1-12,4.14.42)。至于罗马周边的蛮族,贺拉斯则不加区别地随意用他们的名字装点自己的诗歌,显示奥古斯都这位"太阳照耀之处 ／一切民族与国王至高无上的共主"的声威(*Carmina* 4.14.5-6):斯基泰人、苏甘布里人、坎塔布里亚、盖塔人、阿拉伯人、高卢人、日耳曼人……他最后发表的一首抒情诗颇为典型:"只要恺撒[指屋大维]执掌大权,疯狂的内讧 ／或残暴的战争就不会驱走和平与安宁,／铸造利剑、让悲惨的城市彼此 ／敌对的愤怒也不会逞凶。∥深深的多瑙河哺育的部落将不会违背 ／尤利亚家族的任何谕令,盖塔人也不会,／丝国人、奸诈的波斯人、塔纳伊斯河的 ／居民也将谨守律规"(*Carmina* 4.15.17-24)。"丝国人"便是中国人,"波斯人"便是帕提亚人,"塔纳伊斯河的居民"便是斯基泰人。然而,这样一幅图景纯粹是贺拉斯的想象。至少在他去世之前,屋大维统治前期,刚刚结束内战的罗马在军事上采取的是主动收缩的守势,即使让贺拉斯引以为傲的让帕提亚交还夺走的罗马军旗的成就也是屋大维通过外交手段取得的。换言之,屋大维在对外扩张方面远不如贺拉斯狂热。如果联系到腓立比的创伤体验,贺拉斯在诗中如此迷恋侵略和征服的意象,就不难理解了。即使他明知不是现实,他也必须不断描绘外战场景,这几乎是一种强迫症,因为只有如此,他才能说服自己,当初投靠屋大维是基于罗马国家利益的正确选择。拉布阿也认为,屋大维征服东方的艺术想象满足了"诗人消除内战创伤的欲望","在贺拉斯看来,帝国边境的战争可以净化内战之血"[1]。

也正因为如此,在描绘想象中开疆拓土的战争时,贺拉斯总是激情澎湃,甚至写出"为祖国献出生命,何等光荣甜蜜。/转身逃跑,死亡也会追逐到底,/它绝不饶恕怯战的青年,不放过 /他们的膝盖和恐惧的背脊"(*Carmina* 3.2.13-16)这样在第一次世界大战期间饱受唾骂的句子。他让战争、饥荒和瘟疫远离意大利,飞到不列颠和波斯的祷告(*Carmina* 1.21.13-16)更是让英国的各种贺拉斯诗选封杀了《颂诗集》第 1 部第 21 首数百年。但在面对真实的对外战争时,他的态度却令人困惑。屋大维"命令"他写诗赞美在阿尔卑斯山区大胜蛮族的皇子德鲁苏时,他却毫无兴致,甚至隐约有讽谏之意(*Carmina* 4.4,详见下一部分的讨论)。当研究道德哲学的朋友伊奇乌要参加罗马军队远征"富饶阿拉伯"(Arabia Felix,在今也门一带,与贫瘠的阿拉伯半岛中部相对)的行动时[2],贺拉斯却没有称许他的"爱国精神",反而对他冷嘲热讽。他不仅指出伊奇乌的真正目的在于屠杀异族,霸占美女俊男,满足自己的淫欲,而且讥刺道,如果一位醉心苏格拉底哲学的人竟然如此轻易放弃自己的道德原则,那么谁还敢说,"奔泻而下的水不能流上 /高山,台伯河不能回转"(*Carmina* 1.29.11-12)? 这里的贺拉斯完全体现了他在《闲谈集》里那种对人性的深刻洞察,不再是被强迫症控制的帝国主义分子了。

另一方面,屋大维也并非仁慈之主,在实现自己的霸业之前,他绝不会为了所谓罗马民族的利益放弃内战。事实上,在贺拉斯加入他的阵营后,一场更惨烈的内战又爆发了,这次是他和原来的同盟者安东尼之间的对决。屋大维巧妙地利用安东尼和埃及女王克里奥帕特拉(Cleopatra VII) 联姻的事情,将这场战争渲染为罗

[1] Giuseppe La Bua, " Horace's East: Ethics and Politics," *Harvard Studies in Classical Philology*, 107 (2013): 269.
[2] Clifford Herschel Moore, *Horace: Odes, Epodes and Carmen Saeculare* (New York: American Book Company, 1902) 138.

马与东方专制君主和野蛮文化之间的厮杀,从而将内战包装为外战。贺拉斯当然明白这是内战,但在强大的政治压力下,他再次扮演"抹了药膏"的眼肿者,与官方口径保持了一致。在《长短句集》第9首中,他将安东尼一方的罗马士兵比作埃及人的奴隶:"可悲啊,你们后世的人将否认,罗马 / 曾做过一位女人的臣仆, / 士兵们扛着营栅和武器,竟能忍辱 / 侍候长满皱纹的太监, / 太阳甚至看见一张埃及的帐幕 / 耻辱地悬挂在军旗中间"(9.11-16)。更令这些罗马人耻辱的是,他们对罗马的忠诚甚至比不上传统的蛮族:"面对此景,两千高卢人怒吼着,掉转 / 马头,喊着恺撒的名"(17-18)。然而,不论如何粉饰,无法掩盖的事实是,和腓立比战役一样,双方的罗马士兵都血流成河。

所以,贺拉斯安慰自己的合理化借口并没有很强的说服力,他的良知仍在时常提醒他,不可忘记当年的往事。他和那些在内战中幸存下来、忍到屋大维大赦之日的故交一直保持着联系,并通过诗歌缅怀着共同的记忆,小心翼翼地守护着某种精神的象征。《颂诗集》第1部第4首大约作于公元前23年,赠给朋友塞提乌(L. Sestius Quirinus)。在内战中,他和贺拉斯都支持布鲁图斯,战败后他虽然接受了现状,但并未因此否定布鲁图斯的理念,一直保存着他的头像[1]。贺拉斯将这首诗排在诗集的第四位,表明他对塞提乌评价很高。这首诗在结构上明显分为两部分,1—12行描绘春回大地的美好景象,13行突然转折,开始提及死亡,感慨人生短暂,劝塞提乌及时行乐。历代注者常觉得此诗的转折太突兀,但至少有三个因素将前后联系在一起:(1)罗马人庆祝牧神法乌努(Faunus)的节日也是纪念死者的节日(dies parentales)开始的一天,喜庆与抑郁情感的转换在他们看来是很自然的[2];(2)法乌努不仅是庇佑庄稼和牲畜的牧神,也是可怕的预言神、会带来灾殃的阴间神[3];(3)作为共同经历过内战梦魇的一代人,贺拉斯和塞提乌都深知,人有旦夕祸福。第三点尤其重要。"苍白的死神同样地叩撞穷人的窝棚、/ 贵人的府第"(Carmina 1.4.13-14)或许不是泛泛的感慨,而是影射塞提乌父亲的死以及在内战期间塞提乌本人面临的死亡威胁[4]。形容塞提乌的"有福的"(beate)也并非虚言,塞提乌在内战期间负责为共和派一方铸币,曾被后三雄悬赏捉拿,最终被屋大维赦免,并在公元前23年出任执政官。相对于众多命丧黄泉的共和派朋友来说,他的确是"有福的",这个词无疑会唤起贺拉斯和塞提乌的许多记忆。

---

[1] Moore, *Horace*: *Odes, Epodes and Carmen Saeculare* 68.

[2] William Barr, "Horace, Odes i. 4," *The Classical Review*, New Series, 12.1 (1962): 9.

[3] Charles L. Babcock, "The Role of Faunus in Horace, *Carmina* 1.4," *Transactions and Proceedings of the American Philological Association*, 92 (1961): 15-18.

[4] Elizabeth Lyding Will, "Ambiguity in Horace *Odes* 1. 4," *Classical Philology*, 77.3 (1982): 244.

《颂诗集》第 2 部第 7 首是写给朋友庞佩乌(Pompeius Varus)的,庆祝他饱经磨难后终于返家。开篇贺拉斯便毫不隐晦地说:"昔日你我曾一起受布鲁图斯的统领,/时常战至最后的险境,水尽山穷"(Carmina 2.7.1-2)。在追忆了两人年少时度过的无忧无虑的日子后,贺拉斯罕见地直接描绘了腓立比的战事:"腓立比的厮杀与迅速的溃败,我们一起 /经历,羞耻地丢弃了各自的盾牌,当士气 /轰然崩塌,叫阵的勇者也已经 /倒下,脸贴屈辱的尘泥"(9-12)。他强调了战前士气的高昂、战局的突然逆转和战败的耻辱,这些都与历史记录高度一致。对于共和派而言,腓立比战役的失利是一连串的阴差阳错造成的。在第一阶段,安东尼击败了卡西乌,但布鲁图斯却大败屋大维,总体共和派略占上风。但由于战场烟尘笼罩,卡西乌看不清战况,错误地判断布鲁图斯已战败,并莽撞地自杀,极大地挫伤了共和派的士气。布鲁图斯的军队则忙于抢夺战利品,失去了追击屋大维的最好机会。此外,共和派在海上击溃恺撒派的好消息也未传至前线,对下一步的决策造成不利影响。在第二阶段,布鲁图斯再次犯了当年庞培的错误,被属下急于求战的意见绑架,仓促进攻,最终战败自杀[1]。贺拉斯在这里其实已经消解了他在别处构筑的"天命"神话,屋大维的胜利只是偶然,并非必然。这也是他仅有的一次承认自己的耻辱感,虽然可以理解为向屋大维示弱,但与当日的同袍在多年后共同重温这个场景,也体现了创伤之深。贺拉斯战败后就脱离了共和派,庞佩乌却"却不幸被大海肆虐的波浪 /重新卷回战争的旋涡"(15-16),其间的苦楚尽在不言中。除了塞提乌和庞佩乌,这个"腓立比共同体"还有别的成员。贺拉斯在《闲谈集》第 1 部末尾列举了屋大维和许多朋友的名字,希望他们喜欢这本书,这些人都属于麦凯纳斯的圈子。但他还说,"其他许多位博学的朋友,出于谨慎,/我暂且不提"(1.10.87-88)。不难猜出这些人曾经也是共和派,虽然劫后余生,却并未归顺屋大维,所以贺拉斯不愿公开他们的名字,以免给他们招致麻烦。

即使在赞美屋大维的诗中,贺拉斯也不忘隐晦地提及腓立比。《颂诗集》第 3 部第 14 首第 4 节写道:"今天真是大喜的日子,将驱灭 /我阴沉的忧虑:我将不再害怕 /动乱或暴烈的死亡,既然世界 /仍属于恺撒"。接下来的细节却令人惊讶,贺拉斯让奴隶找香膏、花环和酒罐来庆祝,却故意点到了马尔西战争(18 行)和斯巴达克斯(19 行),诗的最后一节尤其意味深长:"曾经热衷吵架与争斗的脾气 /已经随变白的头发渐渐平静,/年轻的我绝不会低头,那时 /普朗库任执政。"普朗库任执政之年正好是公元前 42 年——腓立比战役之年。贺拉斯将这一年视为自己人生的分水岭,并且暗示自己已经被迫低头。这几节虽然描绘的是贺拉斯的私人

[1] Si Sheppard, *Philippi 42 BC: The Death of the Roman Republic* (Oxford: Osprey, 2008) 50-78.

庆祝仪式,但用词和意象与1—3节的相似提醒我们,不可忽视政治内涵。马尔西战争(与同盟城市的战争)、斯巴达克斯(奴隶起义)和腓立比的并置似乎暗示,"动乱"的世界复归和平固然部分归因于对外族和奴隶的镇压,但它同样也是对罗马公民的杀戮换来的。贺拉斯年轻时好斗脾气的"平静"也可解读为:罗马和平的另一种代价是青春和自由,是个人空间向君主权力的让步,和平的别名是衰老和驯顺[1]。

贺拉斯对腓立比战役的缅怀尤其体现在他对小加图(M. Porcius Cato Uticensis)的称颂上。在屋大维掌权后,公开谈论布鲁图斯已经成为政治禁忌。但小加图不同,他虽然反对恺撒,最终战败自杀,但他品行高洁,又是老加图的曾孙,被普遍视为共和理想的殉道者、罗马传统道德的最后守护者,以重塑罗马道德自命的屋大维自然不方便触动这个偶像[2]。贺拉斯赞美他,既不冒犯罗马政权,也可将自己对内战和共和制的情感投射在他身上。如果说在《颂诗集》第1部第22首里,贺拉斯还只是借一些北非(加图抗击恺撒的地方)的意象影射加图[3],那么在另外两首诗里,他便是直接讴歌这个共和制的象征了。在讨论波里欧的内战史写作时,贺拉斯如此说,"所有的土地都已经俯首认输,/除了加图傲岸的心灵"(Carmina 2.1.23-24)。在赞美神祇、神话英雄和罗马先祖的诗里,他也写道:"他们[指神话英雄]之后当吟咏什么?我犹豫:/罗慕路斯的勇武,努玛的安宁统治,/塔克文傲慢的权力,抑或加图/高贵的死?"(Carmina 1.12.33-36)。加图已经超越所有凡夫俗子,成为傲然独立的罗马精神的图腾。但无论如何阐释,他和昔日的贺拉斯有一点是共同的,他对抗恺撒是为了共和制,贺拉斯参加腓立比战役也是站在共和制一边。

三、不情愿的歌唱与隐蔽的抵抗

既然贺拉斯已经被纳入罗马官方的文学秩序,他就只能学会适应。作为一个敌对阵营的"投降者",虽然屋大维已经宽赦他,他仍需要不断表示忠心,以免引起元首的怀疑。奥古斯都时期政治局面并不平静,士兵哗变、边疆叛乱和政客密谋此起彼伏,贺拉斯更必须用热情的歌颂来避险。他的诗歌从侧面印证了时局的动荡。

---

[1] Marks, "Augustus and I: Horace and 'Horatian' Identity in 'Odes' 3.14" 82-87.

[2] R. D. Brown, "'Catonis Nobile Letum' and the List of Romans in Horace 'Odes' 1.12," *Phoenix*, 45.4 (1991): 327.

[3] N. K. Zumwalt, "Horace, *C.* 1.22: Poetic and Political Integrity," *Transactions of the American Philological Association*, 105 (1975): 417.

《颂诗集》第 3 部第 3 首以正义(iustitia) 和坚贞(constantia) 的美德为主题,德威特却指出诗的开头部分很可能暗指屋大维平息军队哗变的事件。阿克提翁战役后,身在萨摩斯的屋大维突然听闻意大利军队有哗变的可能,于是不顾冬天航海的危险,秘密乘船回意大利,旅途中两次遇险,险些丧命,但他仍成功赶回,安抚了士兵,又迅速离开[1]。有些学者相信,《颂诗集》第 1 部第 14 首里的海上风暴也可能影射此事[2]。贺拉斯曾提到“尚未驯服于罗马的坎塔布里亚”(2.6.2),这个部族生活在西班牙的西北部,虽然于公元前 29 年被罗马击败,后来却多次反叛。他在《书信集》里告诉朋友,“阿格里帕击溃了西班牙”(*Epistulae* 1.12.26),就是指后者公元前 20 年在坎塔布里亚的平叛。贺拉斯宣扬“黄金中道”(Auream mediocritatem, *Carmina* 2.10.5) 的著名诗篇也涉及一起政治事件。这首诗赠给里奇纽(L. Licinius Murena),此人据说极具野心,诗人告诫他,位高权重是危险的事,结果他在公元前 23 年担任执政官期间卷入了一起反对屋大维的密谋,事泄被杀。如果说这些哗变、叛乱和密谋离贺拉斯尚远,那么诗人同行加卢斯(C. Cornelius Gallus) 的遭遇则为他敲响了警钟。贺拉斯在前三部《颂诗集》的跋诗中称自己完成的这部作品“比皇家的金字塔更巍峨”(*Carmina* 3.30.2)。金字塔虽然对于今人常象征永恒,但古罗马人很少会用它做意象,贺拉斯之所以联想到金字塔,很可能是因为他听闻了加卢斯的事。加卢斯在主政埃及期间,在行省各地立了许多自己的塑像,还在金字塔上刻下他的“功勋”。公元前 26 年他被人举报并被召回罗马,深感羞辱,于是自杀了[3]。此事离贺拉斯诗集的发表不过三年。加卢斯的例子向贺拉斯显明了和平时代的政治风险。

　　不可否认,贺拉斯的确反复向屋大维表达了忠诚,《罗马颂诗》(*Carmina* 3.1-6)、《世纪之歌》《书信集》第 2 部第 1 首(给屋大维的信) 都是明显的证据,《颂诗集》第四部在很大程度上更是完成“政治任务”,至于其他零散的奉承更是难以计数。既然他并不拒绝歌颂这位罗马的强人和君主,有时甚至显得阿谀,他为何要一再拒绝为屋大维写长诗,并且终生不曾在这一点上妥协呢? 他给出了许多理由,包括(1) 才能不够:“细弱的才能,宏大的主题:我的羞耻心 / 与掌管和平里拉琴的缪斯一道阻拦我 / 滥用愚钝的天性,让卓越恺撒的泽勋 / 与你[指将领阿格里帕] 的荣誉都被消磨”(*Carmina* 1.6.9-12);(2) 风格不适合:“在凶悍的努曼提亚进行的

[1]　Norman W. De Witt, “An Interpretation of Horace Odes III. 3,” *The Classical Review*, 34.3/4 (1920): 65-66.

[2]　Ernest Ensor, “On the Allusions in Horace, *Odes* I, 14,” *The Classical Review*, 17.3 (1903): 158-9.

[3]　B. J. Gibson, “Horace, *Carm.* 3.30.1-5,” *The Classical Quarterly*, New Series, 47.1 (1997): 312-4.

漫长战争，/坚忍的汉尼拔，还有迦太基鲜血染红的/西西里海水，这样的题材你[指麦凯纳斯]应当不憧憬/驯化成齐塔拉琴伴奏的柔软诗歌"（*Carmina* 2.12.1-4）；（3）时机不成熟："真有机会，我能胜任。时间不恰当，/贺拉斯的诗进不了恺撒专注的耳朵"（*Sermones* 2.1.18-19）；（4）有更佳的人选："可是你[指屋大维]敬重的维吉尔和瓦里乌斯/没玷辱你的评价，他们获赠厚礼，/为赠予的你增添了极大荣耀"（*Epistulae* 2.1.245-247）。在直接回应皇帝的质疑时，他极有分寸地辩解道："我并非更喜欢自己的诗歌在地面爬行，/而不愿用高贵的文字记录辉煌的功业，/……/倘若我有雄心，也有才华；但你的庄严/不容许卑下的诗歌，羞耻的我也不敢/尝试自己无力承担的工作。而且，/殷勤其实是一种冒犯，如果太愚拙，/尤其当它换上了格律和艺术的面目，/因为人们更容易、也更愿意记住/可笑的而不是他们赞成和崇拜的内容"（250-263）。他甚至用蹩脚诗人科利洛斯玷污亚历山大大帝功绩的反例来警告屋大维（233-237），可谓巧舌如簧。

这些理由在一定程度上是真诚的，贺拉斯和卡图卢斯一样，深受泛希腊时代大诗人卡利马科斯的影响[1]，从美学立场上是反对写长诗的，他也由衷认为这个领域在罗马只属于维吉尔和瓦里乌斯。但有一个最重要的、政治上的理由他不敢说出来。在写政治抒情诗时，他虽然必须用一些空洞的赞美来敷衍，但他却可以着力强调他所认可的屋大维的形象（道德维护者、国家保护者），而这些与他以罗马民族诗人自命的雄心没有根本的冲突，因而在相当程度上也不算违心。如果写长诗，尤其是写史诗，他就必定绕不开内战，绕不开腓立比战役，毕竟在古罗马的传统中，军功总是最重要的成就。而一旦进入这个题材，他就会陷入两难：如果忠于良心，势必触怒皇帝；如果讨好皇帝，势必违背良心。他在评论波里欧写内战史的时候，已经形象地揭示了其中的政治危险："梅泰卢任执政以来国内连绵的骚动，/战争的诱因与根源，制造的罪恶与苦痛，/展开的方式，时运女神的游戏，/政治强人的致命联盟，//沾满血污、至今尚未净化的武器——/在一部风险四伏的著作中，你要处理/所有这些主题，像踩着灰烬，/下面却暗藏未灭的火势"（*Carmina* 2.1.1-8）。内战在奥古斯都时期是一个极其敏感的话题，稍有不慎就可能招来杀身之祸。直面内战的惨况，需要等到白银时代的卢卡努斯（M. Annaeus Lucanus），贺拉斯没有这样的自由空间。

即使写抒情诗，贺拉斯也并非全然情愿。虽然《颂诗集》前三部的发表给他带来了空前的声誉，他却决意停止抒情诗的创作，无论朋友如何劝阻，他都不肯改变

---

[1]　James J. Clauss, "Allusion and Structure in Horace Satire 2.1: The Callimachean Response," *Transactions of the American Philological Association*, 115 (1985): 197-206.

心思。在《书信集》第 2 部第 2 首里,他以戏谑的口吻给出了一些理由,例如:他已经老了,不适合写年轻人才该写的抒情诗(55-57,214-216);罗马城太吵了,不适合创作(65-80);其他人更喜欢他的讽刺诗(58-62);诗歌圈的成功在于互相吹捧(90-101)。从气质和兴趣看,贺拉斯的确从年轻时代起就喜欢伦理哲学,《闲谈集》就涉及许多希腊哲学的话题,晚年回归这个爱好也在情理之中。然而,政治或许才是促使他放弃抒情诗的关键原因,这从他写给麦凯纳斯的信里可以隐约地领会到。在诗的开篇,贺拉斯就对劝他继续写抒情诗的恩主抱怨道:"我已表演太久,已获得钝剑的告别礼,/你又要将我关进原来的角斗士学校? /我老了,心境也变了。海格力斯神庙 /挂着维阿纽的武器,他已隐居在乡间,/再不用从赛场边缘一次次求观众垂怜"(*Epistulae* 1.1.2-6)。贺拉斯将自己比作表演很多年、已经退出这个行当的角斗士。古罗马角斗士退休时会获赠一把木头的钝剑,从上下文判断,维阿纽应是某位当时著名的角斗士。按照规则,战败的角斗士需要走到观众席和角斗场中间的隔离带,乞求观众饶恕他们的性命,如果观众对他们的表演满意,要求战胜者饶恕他,他就能活下去,否则就会被当场杀死。根据吉拉尔[1]和鲍迪奇的分析,如果说古罗马角斗士的献祭是为了平息地府诸神的怒气,那么贺拉斯以"罗马颂诗"为代表的政治抒情诗则融合了悲剧的因素,是一种象征性的公共祭祀,代表缪斯为罗马内战的屠戮赎罪,以恢复被内战摧毁的和平以及等级秩序[2]。不仅如此,以角斗士对决、人兽搏斗、集体处决为内容的竞技庆典到了罗马共和国晚期,已经成为政客笼络底层民众的重要手段[3]。但还有一层意思被学者们忽略了,就是"一次次求观众垂怜"所表达的身不由己的痛苦,它呼应着此诗接近末尾的几行:"当我陷入内心的争战,鄙夷 /它曾经追求的,追求它最近鄙夷的东西,/像波浪翻滚,与生活的全部秩序冲突,/推倒又重建,变方为圆,你如何应付?"(97-100)贺拉斯暗示,在罗马政权的劫持下写政治抒情诗让他失去了自由,成为奴隶(角斗士都是奴隶),并且陷于内心的分裂,他停止抒情诗创作,就是为了摆脱这样的控制。正因如此,他告诉麦凯纳斯,"现在我已偷偷重拾起阿里斯提波,/试图让环境臣服我,而不是我臣服环境"(18-19)。他曾如此称赞这位伊壁鸠鲁派先驱:"阿里斯提波能适应每种形式、地位 /和境况,目标远大,却以眼下为依归"(*Epistulae* 1.17.23-24)。他做到了"让环境臣服",获得了精神的自由,贺拉斯也决心不再"臣服环

---

[1]　René Girard, *Violence and the Sacred*, trans. P. Gregory (Baltimore: John Hopkins UP, 1977) 41.

[2]　Phebe Lowell Bowditch, *Horace and the Gift Economy of Patronage* (Berkeley: U of California P, 2001) 27.

[3]　Paul Veyne, *Bread and Circuses: Historical Sociology and Political Pluralism*, trans. B. Pearce (New York: Penguin, 1990) 222.

境",重新夺取创作和生活的主动权。

　　然而罗马国家岂能轻易让人质遂愿? 虽然贺拉斯的确在生涯晚期创作了两部充满生活智慧和文学智慧的《书信集》,屋大维还是没有放过他,不允许他逃进哲学研究的庇护所,甚至以命令的方式逼迫他创作政治抒情诗。贺拉斯无法拒绝,却以隐蔽的方式做了抵抗。《颂诗集》第4部第14首是奉命颂赞皇子提比略,虽然众多研究者都认为这是一首直截了当的颂歌[1],然而贺拉斯的措辞却让人惊异。蛮族的"那些敌人 / 为了自由,欣然向死亡托付了生命,/ 却远非对手,在可怕的灾难中毁灭"(17-19);而提比略却"以巨大的冲力 / 摧毁野蛮人披坚执锐的军队,径直 / 收割每一排士兵,尸体铺满 / 地面,大胜而无损失"(29-32)。这些诗行前后都被讴歌屋大维的言语包围,让人无可置喙,但蛮族仿佛获得赞许,提比略似乎受到谴责,而且"收割每一排士兵"明显化用了卡图卢斯《歌集》第64首中描绘阿喀琉斯的诗句(333-335):"因为就像农夫将饱满的谷穗收割,/ 在炎炎烈日下劳作于金色的田野,/ 他也会收割特洛伊人,用敌意的剑。"[2]将皇子比作阿喀琉斯——罗马人先祖特洛伊人的致命敌人,难道不诡异? 第20行形容提比略"几乎"(prope)像强大的南风也很奇怪。按照约翰逊的分析,如果"几乎"是因为南风的威力比不上提比略,原文就更显夸张;反之,则破坏了原文史诗般的庄严。无论如何看,这个词都扭曲了整首诗的颂歌感觉[3]。

　　更巧妙的是这部诗集的第4首——所谓的《德鲁苏颂》。公元前15年,年仅二十三岁的皇子德鲁苏和未来的皇帝提比略一起征服了东阿尔卑斯一带的异族敌人,屋大维让贺拉斯写诗庆祝。不少研究者都认为,这首诗只是表面上的颂诗,作品的意象在相当程度上威胁到了正面的主题。莱克福德就指出,诗中代表德鲁苏和罗马的鹰和狮的形象只在它们的年幼阶段可爱,成年之后就变得可憎,反而是它们的猎物值得同情[4]。安布罗斯甚至相信,这首诗表达了对屋大维军事政策的不满[5]。公元前14—前13年,屋大维放弃了早期的和平政策,试图彻底征服日耳曼各部,将罗马帝国边界从多瑙河推进到易北河。如果遵循诗中动物意象的逻辑,此时的罗马已经是成年的鹰和狮,只能带来破坏,而它们的敌人也会奋力反抗,作品

[1]　Johnson, *Symposion of Praise* 269.

[2]　李永毅,《卡图卢斯歌集:拉中对照译注本》第255页。

[3]　Johnson, *Symposion of Praise* 190.

[4]　Kenneth J. Reckford, "The Eagle and the Tree (Horace, Odes 4.4)," *The Classical Journal*, 56 (1960): 23-28.

[5]　John W. Ambrose, Jr., "Horace on Foreign Policy: ' Odes' 4.4," *The Classical Journal*, 69.1 (1973): 26-33.

后半部分汉尼拔的独白也强调了罗马在成长期不可战胜的韧性。对于那时的罗马来说,迦太基就是鹰和狮,但它却败在年幼的罗马手里,如果罗马继续穷兵黩武,就会重蹈迦太基的覆辙。贺拉斯甚至还用了一段雷蒂人是否与亚马逊族有关的伪考证来消解作品的严肃性(*Carmina* 4.4.18-22)。然而,贺拉斯的抵抗态度却有双重保护,让人无法指控他违背了皇帝的意旨。第一,鹰和狮的比喻被纳入皇室教育的框架内:"心灵经过恰当的培养,/天赋在神圣的家庭受到滋育,力量 /多么惊人,奥古斯都对尼禄 /兄弟的父爱有多大影响。//勇者是勇敢正直之人的作品,即使 /牛马这样的牺畜也体现父亲的特质,/剽悍尚武的雄鹰也绝对不会 /繁衍出不善战斗的鸽子"(25-32)。屋大维当然愿意宣称自己是"勇敢正直之人""剽悍尚武的雄鹰",那么尼禄兄弟(德鲁苏和提比略)也只好是鹰和狮了。第二,汉尼拔的演说(49-72)极力称赞了罗马民族的坚忍勇敢,而且汉尼拔之所以战败,一个重要原因便是尼禄兄弟的先祖、当时的执政官 C. Claudius Nero 在公元前 207 年截杀了他弟弟哈斯德鲁巴的援军。因此这样的处理名正言顺。更具颠覆性的是,贺拉斯在上述文字中影射了古罗马人熟知的屋大维的丑闻。利维娅(Livia)与提比略的父亲尼禄(Ti. Claudius Nero)离婚后嫁给了屋大维,三个月后便诞下了德鲁苏。罗马人传言德鲁苏并非尼禄的儿子、屋大维的继子,而是他的亲生儿子[1]。然而在诗歌的框架内,贺拉斯强调尼禄兄弟的成功靠的是出身(显贵的尼禄家族)和教养(皇室教育)的结合,这是屋大维不能也不敢否认的。

　　类似的抵抗策略在贺拉斯早期的政治抒情诗中也很常见。《颂诗集》第 1 部第 37 首就是很好的例子。这首诗大约作于公元前 30 年 9 月,当时埃及女王克里奥帕特拉和她的罗马盟友安东尼的死讯传到了罗马。诗的前半段洋溢着不可遏制的狂喜和对克里奥帕特拉的辱骂,似乎和官方宣传完全一致,所以有学者抱怨贺拉斯"过于得意"[2],甚至严厉指责贺拉斯的沙文主义和"实用爱国主义"的恶俗趣味[3]。然而,如果我们再耐心一点,仔细一点,或许就会发现这首诗并非如此简单。在诗的最后三节,克里奥帕特拉的形象明显转变了,变成一位勇敢、冷静面对人生挫折的斯多葛式的英雄,贺拉斯的语气也几乎变成了颂歌,尤其是结尾:"这精心设计的死是她最坚定的挑衅:被野蛮的战船拖走,失去尊贵的身份,/在凯旋仪式上任人羞辱——这一切 /骄傲的女人断不能容忍"(*Carmina* 1.37.29-32)。鲁斯

[1]　Suetonius, *Vita Divi Augusti* 62, 69.

[2]　C. M. Bowra, "Horace, *Odes* IV. 12," *The Classical Review*, 42.5 (1928): 165.

[3]　William Hardy Alexander, "Nunc Tempus Erat: Horace, *Odes* I, 37, 4," *The Classical Journal*, 39.4 (1944): 231-3.

发现,贺拉斯的这首诗明显受到了柏拉图《理想国》的影响。诗的前半部分突出了柏拉图所讨论的僭主的三种恶德,后面部分则印证了柏拉图的论断:惩罚对恶人有治疗作用,可以让他们的灵魂回到纯洁的状态[1]。康马杰指出,贺拉斯在这首诗中明显改变史实,对克里奥帕特拉作了艺术化的处理,把阿克提翁战役变成一个道德分水岭。克里奥帕特拉在军事上失败了,在道德上却胜利了,诗中庆祝的既是罗马的胜利,也是克里奥帕特拉的胜利,迫近死亡的她几乎获得了罗马人称赞的所有高贵品质[2]。

腓立比战役终结了罗马人捍卫共和制的梦想,也改变了贺拉斯的人生轨迹,无论从国家还是个人来说都是悲剧。血腥的内战和残酷的政治迫害给贺拉斯造成了心灵的创伤,奥古斯都时期的政治高压又让他无处可逃。众多历史和文学研究者都指出,屋大维能终结内战、长期统治罗马,凭借的不只是武力,文化宣传和形象塑造的重要性或许更大。从军事生涯的开始,他和副手麦凯纳斯就有意笼络文人,塑造自己"罗马价值复兴者"和"罗马国家捍卫者"的形象[3]。从这个意义上说,包括贺拉斯在内的麦凯纳斯诗人圈是屋大维的另一支军队,荣誉和赞助的代价是为皇帝宣传的义务。内战后贺拉斯已经一无所有,他父亲给他的教育却让他雄心万丈,为了实现这样的梦想,他除了归顺屋大维,已别无选择。他的矛盾、犹疑、狂热、反讽,大都可以视作腓立比情结的症候。他必须学会压抑、隐忍、适应,但腓立比的记忆始终萦绕在他脑海。他也从不甘心做一位御用诗人。在艺术上,他追求的是无可挑剔的技巧和完美的风格;在精神上,他矢志成为整个罗马民族(而不是屋大维)的代言人。他永远不愿为了政治而牺牲诗歌本身的价值。所以,他虽然被罗马国家劫持,成为奥古斯都文学秩序的人质,他却始终在隐蔽地抵抗,始终在政治与艺术之间周旋。

[1] J. V. Luce, "Cleopatra as Fatale Monstrum (Horace, *Carm.* 1. 37. 21)," *The Classical Quarterly*, *New Series*, 13.2 (1963): 256-7.

[2] Steele Commager, "Horace, 'Carmina' 1.37," *Phoenix*, 12.2 (1958): 47-57.

[3] Randall L. B. McNeill, *Horace: Image, Identity, and Audience* (Baltimore: John Hopkins UP, 2001) 89-90.

贺拉斯诗歌与奥古斯都时期的文学秩序[*]

屋大维统治下的奥古斯都时期是古罗马诗歌的鼎盛期。在这个历史阶段,诗歌创作变得空前复杂,诗人不仅需要忍受传统的重负——延续千年的古希腊和泛希腊诗歌,而且还要适应新的文学秩序——由皇帝(国家)、权臣(恩主)、友人和公众(敌对诗人与普通读者)构成的庞大体系。该秩序的两大核心要素则是赞助体制和流通机制,前者迫使诗人在艺术与权力之间周旋,后者以文学趣味和审美风尚的形式向诗人施加影响。这个体系之所以可称为一种"秩序",是因为罗马国家这个决定性因素的加入,并且它有让文学为皇权服务的强烈意图。在古希腊和罗马的共和国时期虽然也存在贵族对作家的赞助,但它主要体现的的是个人影响力,并不代表官方的立场,因而也不实质性地控制作品的流通。仅仅一代人之前,古罗马诗人还有相当大的自由空间,以卡图卢斯为例,他既可以置身赞助体制之外,毫无顾忌地奚落甚至辱骂恺撒等权贵,也可以断然摒弃普通读者,以惊世骇俗的方式挑衅流行的阅读期待。奥古斯都时期的贺拉斯则不得不以现实的态度对待文学秩序中的各个环节,通过精心设计的写作策略来保护作品的艺术性,避免沦为这个秩序的牺牲品。

一、终极恩主与国家的遥控

当贺拉斯在创作生涯晚期决定放弃抒情诗、改写书信体诗的时候,他将自己比作一位退休的角斗士,并称继续写抒情诗是将自己"困于原来的游戏中"(*Epistles* 1.1-3)。"游戏"(ludi)在拉丁语中常指以角斗士对决、人兽搏斗、集体处决为内容的竞技庆典。有论者认为贺拉斯这里不过是自嘲[1],鲍迪奇却敏锐地读出了其中的深意。虽然竞技庆典最初只是葬礼上的一种献祭仪式,但到罗马共和国晚期,它

---

[*] 本文首发于《文艺理论研究》2018 年第 3 期。
[1]　C. W. Macleod, *Collected Essays* (Oxford: Oxford UP, 1983) 286.

已经成为政客笼络底层民众的重要手段[1]。当他们花费巨资举办这样的庆典,邀请罗马贫民无偿观赏时,扮演的是用礼物换取忠心的恩主角色。鲍迪奇指出,贺拉斯在创作政治抒情诗的时候,也是以对罗马民族的忠心换取罗马国家的赏赐。在此过程中,屋大维——罗马国家的代表——就成了贺拉斯的终极恩主。于是,一个恩主经济的链条浮现出来:罗马皇帝(直接或通过臣属)赐给诗人土地和财物,诗人则以作品相回报,而在更大的文化流通机制中,诗人的作品又成了罗马皇帝赠予公民群体的礼物,如同角斗士表演一样[2]。或许正因如此,与礼物相关的词汇在这首诗中反复出现。这表明,贺拉斯对自己的文化角色有深切的认识,他后来转向书信体诗也是摆脱束缚的一种尝试。事实上,罗马国家并不只是贺拉斯一人的终极恩主,奥古斯都时期几乎所有的重要诗人都受制于屋大维的恩惠:史诗作家维吉尔和瓦里乌斯,爱情诗作家提布卢斯和普罗佩提乌斯,悲剧作家弗斯库,喜剧作家方达纽,都是如此。拒绝顺从屋大维的奥维德,则被流放黑海地区,逐出赞助制度的保护网。贺拉斯诗集中颂君之作(比如《颂诗集》第4部第5首、第15首)和奉命之作(《颂诗集》第4部第4首、第14首、《书信集》第2部第1首)都直接体现了罗马国家对诗人的政治压力。

根据吉拉尔[3]和鲍迪奇的分析,贺拉斯与角斗士的联系尤其体现在他的罗马颂诗(《颂诗集》第3部第1—6首)中。如果说角斗士的献祭是为了平息地府诸神的怒气,那么贺拉斯的这些政治抒情诗则融合了悲剧的因素,是一种象征性的公共祭祀,代表缪斯为罗马内战的屠戮赎罪,以恢复被内战摧毁的和平以及等级秩序[4]。在这个意义上,它们是献给罗马国家、回报罗马赞助的礼物。

赞助体制确保了贺拉斯在经济上衣食无忧,在政治上受到保护,但它始终对他的创作自由构成了潜在的威胁。泽特泽尔等学者倾向于认为,贺拉斯没有屈从于赞助体制的压力[5],最终保持了创作的独立。怀特等人则相信,贺拉斯是由衷认同屋大维的政治文化立场的[6]。戈尔德[7]和普特纳姆[8]等人虽然承认赞助体

[1] Paul Veyne, *Bread and Circuses: Historical Sociology and Political Pluralism*, trans. B. Pearce (New York: Penguin, 1990) 222.

[2] Phebe Lowell Bowditch, *Horace and the Gift Economy of Patronage* (Berkeley: U of California P, 2001) 2-3.

[3] René Girard, *Violence and the Sacred*, trans. P. Gregory (Baltimore: John Hopkins UP, 1977) 41.

[4] Bowditch, *Horace and the Gift Economy* 27.

[5] J. E. G. Zetzel, "The Poetics of Patronage in the Late First Century b.c.," *Literary and Artistic Patronage in Ancient Rome*, ed. B. Gold (Austin: U of Texas P, 1982) 87-102.

[6] Peter White, *Promised Verse: Poets in the Society of Augustan Rome* (Cambridge: Harvard UP, 1993) 161.

[7] Barbara Gold, *Literary Patronage in Greece and Rome* (Chapel Hill: U of North Carolina P, 1987) 66.

[8] Michael Putnam, *Artifices of Eternity: Horace's Fourth Book of Odes* (Ithaca: Cornell UP, 1986) 147-53.

制是奥古斯都的普遍文学现象,但相信恩主对诗人没有实质性的影响。

贺拉斯认可了屋大维罗马救星的角色,但这种认可是一个漫长的过程,而且一方是有远大文学抱负和独立创作轨道的诗人,一方是睥睨天下、决意将文学纳入帝国秩序的君主,两人之间的关系注定是紧张而复杂的。总体而言,贺拉斯对屋大维的态度经历了从警惕、怀疑到接受、崇拜的过程,但他自始至终都不肯做一位驯顺的宫廷诗人。

《世纪之歌》标志着贺拉斯正式成为罗马的桂冠诗人。这首诗作于公元前 17 年,是一首宗教颂歌,在世纪庆典(ludi saeculares)上由 27 名少男和 27 名少女演唱。世纪庆典的原型是瓦雷利娅家族向冥界诸神献祭的仪式。公元前 17 年,屋大维已经作为国家元首统治十年,罗马享受着和平与繁荣,屋大维有意把这个赎罪消灾的仪式改造为祈福感恩的仪式,并将他认可的个人保护神阿波罗确立为罗马的国家神,于是策划了这个庆典,并命令贺拉斯创作一首颂歌。

这是一首典型的应制诗,又需在仪式上演唱,贺拉斯没有多少自由发挥的余地,更重要的是,他不可避免地要对屋大维治下的罗马做出评价。贺拉斯的应对策略一是借道维吉尔来称颂屋大维,避免给人以阿谀的印象;二是刻意避免意识形态之争,突出罗马民族利益的汇聚点。直接涉及屋大维的内容主要是以下三节(49—60 行):

> 愿安基塞斯和维纳斯的杰出后裔
> 实现他用白牛向你们献祭时祈求的
> 一切,用武力摧垮顽抗的强敌,
>   却宽宥臣服者。

> 海上和陆上,我们强大的兵力
> 和罗马的战斧已让美地亚震恐,
> 斯基泰和傲慢的印度也急于获知
>   我们的命令。[1]

> 忠诚、和平、荣誉、古时的纯洁

---

[1] 美地亚指帕提亚王国,斯基泰人是住在黑海以北的一个游牧民族,至于印度,虽然马其顿的亚历山大大帝曾远征印度,但罗马帝国和印度之间却鲜有直接交流。苏埃托尼乌斯曾记载印度派使者来罗马(*Aug.* 21.3),迪欧也讲述了印度使团的故事(54.9)。

和久遭冷落的勇武已经敢回返，
　　吉祥的丰饶神也重新出现，她的
　　　　羊角已盛满。

　　"安基塞斯和维纳斯的杰出后裔"指屋大维，维吉尔的《埃涅阿斯纪》将屋大维和他所在的尤利娅家族塑造为埃涅阿斯之子尤卢斯（Iulus）的后代，而埃涅阿斯据说又是安基塞斯和维纳斯的儿子。"用武力摧垮顽抗的强敌，／却宽宥臣服者"显然呼应着维吉尔《埃涅阿斯纪》中的一个著名段落，父亲安基塞斯的鬼魂在地府向埃涅阿斯展示罗马伟大的未来，强调罗马统治世界乃是神的谕旨："罗马人，记住，用你的权威统治万国，／这将是你的专长：确立和平的秩序，／宽宥温驯之民，用战争降伏桀骜者。"（Aeneid 6.851-3）维吉尔于公元前 19 年去世时，《埃涅阿斯纪》在古罗马文学中的经典地位已经确立，成为古罗马史诗的代表。贺拉斯的措辞无疑会唤起听众对维吉尔作品的记忆，在罗马人看来，贺拉斯是以一种谦逊的姿态向这位已逝的同行致敬，从而冲淡了这首诗歌功颂德的味道。后面两节直接描绘屋大维成就，突出了三个方面：罗马强盛的军力、奥古斯都时期整肃道德的努力以及和平局面带来的经济繁荣。即使反对屋大维的人也无法否认这些成就，在此框架下，共和与帝制的分歧至少在表面上弥合了，这首《世纪之歌》因而也具备了代表整个罗马民族发声的超越性。

　　一方面，贺拉斯以民族先知自命，因而无法真正避开政治话题，而他的政治见解与屋大维的官方立场存在相当距离，这使得他在表达自己的观点时必须慎之又慎。另一方面，他在诗学观念上深受泛希腊时代诗人卡利马科斯及其罗马传人——以卡图卢斯为代表的新诗派——影响，极力强调技艺的重要，并试图保持作品的私人化色彩，这进一步加大了创作政治诗歌的难度。然而，贺拉斯却凭借精巧的构思和高超的文字驾驭能力，在政治意图和诗学追求之间达到了艰难的平衡。《颂诗集》第 1 部第 8 首就是很好的例子。

吕底娅，天上地下，
　　诸神作证，为何急于用你的爱摧垮
叙巴里？他为何憎恶
　　明亮的原野，不再忍受曝晒与尘土？
他为何远离了同伴，
　　不再一起驰骋，紧勒狼牙的铁衔，

决意让高卢马驯服？

　　他为何害怕棕黄的台伯河？为何畏惧

橄榄油甚于蝰蛇血，

　　那双因练习投掷而瘀青的手臂为何

不再示人？轻松

　　越界的铁饼、标枪曾给他怎样的声名！

他为何躲藏，就如

　　传说中忒提斯的儿子，在特洛伊悲剧

揭幕前，担心男装

　　会将他推向敌人的战阵，推向屠宰场？

　　这首诗写给一位名叫吕底娅的女子。莫尔指出，就主题而言，这首诗或许只是希腊式的仿作或练笔，至少普劳图斯就曾在戏剧中以相似的文字处理过这个陈旧的希腊主题——爱情让青年人变得萎靡（Plautus, *Mostellaria* 149 ff.）。然而，这种理解忽略了作品的罗马政治语境和诗末阿喀琉斯典故的意义。第 4 行的战神广场（"明亮的原野"）、第 7 行的高卢马和第 8 行的台伯河共同构成了这首诗的罗马背景，体育锻炼和军事训练不可避免地纠缠在一起。军事训练是为从军做准备，而在罗马，从军是从政的必备步骤。如果这样，叙巴里不仅为了爱情而荒废了身体，甚至也放弃了政治前途[1]。

　　诗的 13—16 行引用了后荷马时代流传的一个关于阿喀琉斯的故事。该故事的情节记录在伪阿波罗多若斯（Apollodorus）的《希腊神话》中（*Bibliotheca* 3.13. 8）。阿喀琉斯的母亲忒提斯在特洛伊战争爆发前得知了儿子会战死的命运，于是将他装扮成女人，藏在斯库罗斯国王吕科梅迪斯的女儿中间。在此过程中，他和其中一位公主代达米亚产生了爱情。后来奥德修斯化装成小贩前来，在货物里混了一些武器，阿喀琉斯因为表现出对武器的兴趣而暴露了身份[2]。诗中的"悲剧"和"屠宰场"等措辞突出了特洛伊战争的负面形象。奎因评论道，由于后文特洛伊典故的存在，4—7 行的意象所表达的叙巴里对体育锻炼的憎恶态度是可以理解的，如果体育锻炼是军事训练的一部分，其终点是毁灭性的战争，那么避之不及就

---

[1]　M. Dyson. "Horace, 'Odes' 1.8: The Love of Lydia and Thetis," *Greece & Rome*, *2nd Series*, 35.2 (1988): 164.

[2]　Ovid, *Metamorphoses* 13.162 ff.

是正常的反应[1]。不仅如此,正如阿喀琉斯躲避战争并非出于本意,而是由于母亲担心他会战死,叙巴里躲避体育锻炼(其实也是军事训练)也并不一定代表他的立场,而是反映了吕底娅的担忧。如果这样,她就并非用情欲消磨恋人阳刚气质的坏女人,而是真心关怀他的好女人。和传统的解读相反,诗歌的中心不是叙巴里,而是吕底娅。

贺拉斯以这种独特的方式,既利用了希腊传统又颠覆了希腊传统,并隐晦地提供了一种不同于屋大维军国主义宣传的一种视角。由于反战的情绪是由不直接卷入战争、而且在文学传统中一向反战的女人表达出来的,贺拉斯就避免了给读者直接反对屋大维的印象。

从上面这些作品可以看出,在不触怒屋大维的前提下,贺拉斯始终坚定地维护自己的人格独立和创作自由,之所以如此,是因为他绝不甘心做一位御用诗人。在艺术上,他追求的是无可挑剔的技巧和完美的风格;在精神上,他矢志成为整个罗马民族(而不是屋大维)的代言人。他永远不愿为了政治而牺牲诗歌本身的价值。

二、直接恩主与赞助体制下的友谊

研究奥古斯都时期的文学赞助体制面临一个难题,就是它与政治领域的赞助体制有很大不同,后者的恩主与门客之间的关系较为直接明显,因而容易判定。诗人大多出身骑士阶层,学识上的优越感让他们耻于将他们与恩主的关系视为一种赞助体制。按照西塞罗在《论义务》中的说法,对于社会地位较高的罗马人来说,"被人称为门客,或者承认受惠于赞助体制,和死一样难以忍受"(De Officiis 2.69)。因此,文学赞助体制的双方更愿意使用"友谊"(amicitia)和"朋友"(amici)这类软性词汇来掩饰二者在社会地位上的差异。不仅如此,从许多作品可以看出,在贺拉斯与麦凯纳斯的关系中,彼此的尊重甚至敬爱是显然存在的。怀特据此认定,"文学赞助体制"的说法并不准确,他经过仔细考证得出结论:无论罗马政府还是权贵都没有对诗人进行制度化的资助,也没有刻意塑造其文学产品[2]。

然而,正如鲍迪奇所说,怀特的观点只考虑了赞助体制的物理形态,未考虑其心理形态。作为一种礼物经济,赞助体制更强大的驱动力在于负债的心理和感恩的心态[3]。高明的赞助人会竭力保持无偿赠予的姿态,避免产生对等交换的印象,既为自己赢得慷慨开明的名声,也防止诗人在强烈负债心理的驱使下表现得过

---

[1]　　Kenneth Quinn, *Latin Explorations* (London: Routledge, 1963) 137-41.

[2]　　White, *Promised Verse* 155.

[3]　　Bowditch, *Horace and the Gift Economy* 21.

分急功近利,从而降低他们的身价。赞助人甚至希望看到诗人保持独立的人格,从而让外人看来,这种关系不是基于利益交换,而是一种自愿自发的行为。这种态度为真实友谊的生长提供了空间,但仍不能消弭两人关系的赞助性质。

萨勒看到了赞助体制的复杂性,指出它必须包含三重关系:"第一,它涉及物品和服务的交换;第二,为了与市场上的商业交换相区分,它必须是具备持续性的私人关系;第三,它必须是不对称的,也即是说,双方的社会地位不平等,他们交换的物品和服务也不对等——正是这点有别于平等者之间的友谊。"[1]贺拉斯与麦凯纳斯的关系无疑具备上述三个要素。鲍迪奇提醒我们,麦凯纳斯赠予贺拉斯的不仅有最重要的物质财产——土地,更赐给了他一种身份和地位,拥有土地本身就是独立经济地位的保证和独立人格的象征,更不用说麦凯纳斯的庇护促进了贺拉斯文学声名的传播。正因如此,贺拉斯在诗中不仅经常感谢麦凯纳斯的慷慨,更称他为自己的"坚盾"和"甜美荣誉的源头"(*Odes* 1.1.2)。

对比前辈诗人卡图卢斯,我们可以更清楚地看到赞助体制在贺拉斯文学创作中的重要性。在恺撒内战前,诗人在古罗马社会中的地位远更边缘化,并未与权贵结成稳固的交换关系,至少还有选择放弃赞助体制庇护的自由。卡图卢斯毫不留情地鞭挞了恺撒集团通过战争聚敛财富、垄断政府高层职位、纵容手下搜刮行省等行为。恺撒、庇索、玛穆拉、庞培、瓦提尼乌斯都是卡图卢斯攻击的靶子。

贺拉斯与麦凯纳斯的交往则绵延近三十年,几乎贯穿了他的文学生涯。在他的全部 162 首诗里,直接写给麦凯纳斯的诗就多达 16 首,而且从早期的《闲谈集》到中期的《颂诗集》再到晚期的《书信集》里都有。麦凯纳斯不仅是贺拉斯诗歌题献的对象,也是欣赏其作品的知音,进行诗学探讨的良伴。但贺拉斯始终清醒地意识到横亘在两人之间的社会鸿沟。在《书信集》第 1 部第 7 首里,他对麦凯纳斯说,"你经常夸我谦恭,总称你'主公''前辈',即使不在你身边,我也不吝于赞美"(*Epistles* 1.7.37-8)。"谦恭"(verecundum)一词极少用来形容同等地位的人,如果说"前辈"(pater)还只是对长辈的一般尊称,"主公"(rex)则明白无误地表明了二者的尊卑位次[2]。在外人眼里,贺拉斯与麦凯纳斯之间也是不折不扣的门客与恩主的关系。

但是另一方面,在《闲谈集》第 1 部第 6 首里,贺拉斯竭力说服读者,这段关系并非一种利益联盟,而是以人格吸引为基础的友谊(49—64 行)。他首先为麦凯纳

[1]　R. P. Saller, *Personal Patronage under the Early Empire* (Cambridge:Cambridge UP, 1982) 1.

[2]　rex 字面义为"国王",在变为共和制之后,罗马人曾有几百年时间憎恶 rex 这个词,例如西塞罗就曾蔑称恺撒等人为 rex,但到屋大维时代,似乎称恩主为 rex 已是习惯了,这反映了罗马人心态的巨大变化。

斯的动机做了申辩,指出他"不屑收买人心",诗人这里显然批判了古罗马政客盛行的做法,即通过礼物和赏赐来网罗门客,从而扩大自己的政治影响力。他特别强调麦凯纳斯择友的严格而睿智的标准——不看财产和门第,而看"心地是否纯洁"。然而,正因为两人的私交甚密,要在这样的关系中坚定地维护创作自由和人格独立,而又不实质性地伤害到情谊,是非常困难的。总体来说,贺拉斯深谙拒绝的艺术,对作品的拿捏极其到位。

《书信集》第 1 部第 7 首的情境就直接威胁到了赞助体制的外在形式。贺拉斯在这年六七月间离开罗马到山间度假,答应很快就回到麦凯纳斯身边,但后来却改变了主意,于是麦凯纳斯可能去信责备,催促他回城,贺拉斯便写了这封信作答,称自己要等第二年春天才回去。无论两人的情谊多深,就地位而言,麦凯纳斯毕竟是恩主,贺拉斯是门客,古罗马门客对恩主最重要的义务便是在恩主需要时陪伴左右,这种行为几乎是赞助体制的一个标志。贺拉斯在这里不仅拒绝履行这一义务,他还违背了罗马人极为看重的另一义务——信守承诺。因此,贺拉斯在此诗里需要解释的是对恩主的双重冒犯。贺拉斯不想伤害恩主的感情,更不愿冒犯他的尊严,但同时也不肯牺牲自己的独立。为了将自己的立场和理由阐述得更清楚,贺拉斯借助了史诗情节、寓言、故事和类比,委婉而坚决地表达了自己的想法。从效果看,麦凯纳斯显然接受了贺拉斯的解释,他允许后者公开发表这首诗,表明他认可其中的观点,也容忍贺拉斯的独立。贺拉斯敢于拒绝麦凯纳斯的要求,并相信对方能够原谅自己的拒绝,既表明了自己的真诚直率,也表明了对麦凯纳斯人品的高度信任。如彼得森所说,这首诗在题材、主题、心理和意象的处理方面都实现了高度的统一,堪称佳作[1]。基帕特里认为,独立只是作品的抽象主题,更具体的主题是恩主制度下的合适行为(decorum)问题,尤其是赠予与接受,西塞罗《论义务》中关于礼物的讨论可以作为这首诗隐含的伦理框架。贺拉斯突出了自己的谦卑与感激,体现了作为礼物接受方的理想品质,他也称赞了麦凯纳斯的宽容与审慎,而这正是礼物赠予方的理想品质[2]。

按照西塞罗的说法,赠送礼物时,赠予者、礼物和受赠者三个元素都应恰当、恭敬。第一,礼物本身应当是受赠者愿意接受、并且对他有用的;第二,赠予者的态度必须审慎恭敬,不能草率傲慢(De Officiis 1.14.49);第三,受赠者也应谨慎选择,必须以品行为标准,具备各种美德,这样礼物才得其所(De Officiis 1.14.45-6)。如果麦凯纳斯邀请贺拉斯在罗马停留可以看作一种礼物,那么这个礼物本身虽然美好,

---

[1] R. G .Peterson, "The Unity of Horace Epistle 1.7," *The Classical Journal*. 63.7 (1968): 309-14.

[2] Ross S. Kilpatrick, "Fact and Fable in Horace Epistle 1. 7," *Classical Philology*, 68.1 (1973): 47-53.

对于此时的贺拉斯已经不恰当了,人过中年的他已经不喜欢繁华喧嚣的罗马城,"更爱空旷的提布尔、闲逸的塔伦顿",他还给了一个谦卑的理由:"小地方适合小人物。"

贺拉斯的潜台词似乎是,如果自己在表面上遵守门客的义务,按期返回罗马城,反倒会因为自己不再适应大城市而失去自己真心追求的生活,那样就违背了麦凯纳斯支持贺拉斯的初衷。所以,贺拉斯委婉的规劝后面也隐含了对恩主人格和智慧的赞扬。事实证明,他对恩主的判断是准确的,这封拒绝的信其实也是巧妙的肯定,不仅没有破坏两人的关系,反而在更高层次上确认了一种基于友谊伦理的赞助体制。

三、诗友圈与创作共同体

贺拉斯将自己的作品献给麦凯纳斯,并不仅仅是作为门客向恩主表达忠诚,更是向这位知音传递深挚的感激之情。从贺拉斯的多首诗歌可以看出,麦凯纳斯具备深厚的文学素养和高超的鉴别力,贺拉斯愿意和他讨论高端的文学问题,也相信他的判断。麦凯纳斯的赞助对于他还有另外一重意义,因为在这位恩主身边汇聚了奥古斯都时期最优秀的一群罗马诗人,他们不仅用自己的创作和贺拉斯一起构成了绚烂的文学星座,也用自己的评论为贺拉斯提供了最有教益的参考。所以,麦凯纳斯在为贺拉斯提供良好的物质基础的同时,也为他的才智创造了理想的生长空间。

贺拉斯在许多作品中都呈现了他与麦凯纳斯的深情厚谊。两人心照不宣的默契尤其体现在《颂诗集》第 1 部第 20 首里。贺拉斯邀请麦凯纳斯来做客,却友善地警告对方,自己没有上等酒可以招待他,只有自己亲自酿造的普通酒,但它的酿造日期对朋友来说很有纪念意义:

> 便宜的萨宾酒和朴素的陶瓶等着你,
> 是我亲手藏进希腊的坛子,抹上
> 封泥,犹记当日人们正向你致意,
>   在宽阔的剧场。
>
> 麦凯纳斯,我亲爱的骑士,你先祖
> 居住的河流两岸,还有梵蒂冈山,
> 那时都传来快乐的回声,仿佛

也把你颂赞。

你在家会喝凯库布和卡莱斯榨酒机
征服的葡萄：可我的杯子，却难让
法雷努的藤蔓和福米埃的山谷亲至，
　　赐给它醇香。

康马杰指出，"罗马的内容（酒），希腊的形式（酒器），简朴的杯子，亲身的劳动，所有这些都暗示，贺拉斯献给恩主的真正礼物不是酒，而是这首诗本身"[1]。普特纳姆也说，至少贺拉斯款待麦凯纳斯的酒带有诗的印记，诗中的许多用词都兼有酿酒和作诗的双重含义[2]。古罗马人通常用希腊的坛子盛放进口的希腊酒，贺拉斯却把自己酿制的萨宾酒放在里面，似乎是为了吸收原来希腊美酒的味道，某种诗学隐喻呼之欲出。贺拉斯在这篇作品里实现了多重社交和艺术意图。他真心感谢了麦凯纳斯对自己的关心提携，称赞了恩主的辉煌功业和谦逊人格，并委婉地提醒这位挚友，财富、权势之类的东西都是不可靠的，诗歌、艺术和美才是值得追求的。在此过程中，他也巧妙地表达了自己的诗歌理想。然而，这首诗最重要的一个前提是，贺拉斯深信麦凯纳斯能够理解自己在各个层面所传达的信息。

贺拉斯并非不在意任何人的评价。他指明了自己心仪的读者："被自由的人们开卷展读，多么欢愉"（*Epistles* 1.19.34）。"自由的人们"就是不囿于成见、有独立判断力的读者，这些读者最杰出的代表就是麦凯纳斯和围绕在他身边的一群诗人朋友。在他眼中，这是一个各得其所、各展所长的生态群落，而不是通常赞助体制下门客残酷竞争、势同水火的场面。在政治动荡、战乱频仍的罗马共和国晚期，能有这样一群志同道合的文学朋友在一起，让贺拉斯倍感幸运。他是如此描绘自己与这些朋友的重逢的（*Satires* 1.5.39-44）：

翌日的晨光尤其令人快慰，瓦里乌斯、
普罗裘和维吉尔在希努萨与我们会面，
世上从未诞生过比他们更纯洁的心灵，
也不会有人与他们比我更亲密无间。
多么幸福的拥抱，多么欣喜的重逢！

---

[1]　Steele Commager, *The Odes of Horace: A Critical Study* (New Haven: Yale UP, 1962) 326.

[2]　Michael Putnam, "Horace c. 1.20," *The Classical Journal*, 64.4 (1969): 153.

只要我不疯,好朋友就是唯一的珍宝。

维吉尔与贺拉斯的友谊自不必说,他被后者称为"我的灵魂的另一半"(*Odes* 1.3.8)。普罗裘(Plotius Tucca)和瓦里乌斯(Lucius Varius Rufus)不仅是贺拉斯的好友,也在维吉尔死后编辑发表了《埃涅阿斯纪》,为后世保存了这部珍贵的史诗。在此之前,瓦里乌斯一直被公认为罗马最好的史诗作家(*Odes* 1.6),此举尤其显示了他对文学同行的大度。阿里斯提乌·弗斯库(Aristius Fuscus)也是贺拉斯的"密友",他在《闲谈集》第 1 部第 9 首中被诗人幽默地暗比为阿波罗。

贺拉斯的诗人圈让人联想起前辈卡图卢斯的朋友圈。卡图卢斯的诗人朋友包括卡尔伍斯(Calvus)、钦纳(Cinna)、法布卢斯(Fabullus)、维拉尼乌斯(Veranius)、凯奇利乌斯(Caecilius)、弗拉维乌斯(Flavius)、卡梅里乌斯(Camerius)、科尔尼菲奇乌斯(Cornificius)等人。这是一群寄情酒色、放浪形骸的人,然而他们之间却有真挚的情谊,彼此分享快乐,互相欣赏才华,形成了一个"波希米亚诗人同盟"。卡图卢斯《歌集》中涉及他们的作品总是与诗歌或诗学有关。在罗马共和国晚期的新诗派时代(恺撒内战之前),诗人群体更像现代主义艺术家的小群体,具有排斥大众读者的倾向,诗歌的私密性较强,正因如此,卡图卢斯的许多此类作品都涉及读者难以掌握的一些"内幕"信息,为后世留下了许多谜团。而在文学被纳入国家秩序的奥古斯都时代,诗人却需避免给人私密团体的印象,而要以民族代言人的身份发声。所以贺拉斯虽有不少诗作写给自己的诗人朋友,但在这些作品中(至少在表层)他们诗人的一面却被淡化[1]。《颂诗集》第 4 部第 12 首是一个极佳的例子:

> 春天的同伴,色雷斯的风已经吹来,
> 它让大海恢复平静,将船帆催动,
> 原野已不再被寒霜凝住,江河不再
> 　　浮满冬雪,在喧响中奔涌。
>
> 燕子正在筑巢,这不幸的鸟为伊堤斯
> 悲泣,她成了刻克罗普斯家族永远的
> 耻辱,只因她报复国王野蛮的淫欲时
> 　　手段过于残忍邪恶。

---

[1]　L. A. Moritz, "Horace's Virgil," *Greece & Rome, 2nd Series*, 16.2 (1969): 174-93.

鲜绿悦目的草地上,守护肥羊的牧人
用芦笛吹奏着自己的旋律,喜欢牲畜、
喜欢阿卡迪亚幽暗山岭的潘神
　　　听到了,心中也漾起欢愉。

季节带来了渴的感觉,如果你期盼
喝到在卡莱斯酿造的葡萄酒,那么
维吉尔啊,你就必须拿香膏来交换,
　　　你这年轻贵族的门客。

一小盒香膏就能诱来一罐上等酒,
此时它正在索皮契亚仓库里安睡,
它会赠给你许多新希望,它也能够
　　　轻松洗去忧虑的苦味。

倘若这样的快乐你已等不及,请火速
带着你的货物赶来,我不会打算
让你白白在我的酒杯中尽情沐浴,
　　　仿佛我真有家财万贯。

但不要耽搁,不要追逐利益,别忘了
阴森的火等着我们,趁你还可能,
且用短暂的玩乐调剂思虑,适当的
　　　时候,何妨扮一下蠢人?

和卡图卢斯赠友之作不同,贺拉斯的这首诗至少在表面上突出的是世俗之乐。
他和麦凯纳斯经常都在作品里研讨诗学问题,写诗给维吉尔这位古罗马第一诗人
时,反而对诗歌只字不提(《颂诗集》第 1 部第 3 首也是如此),这未免让人诧异。
但如莫里茨所说,在文学趋于国家化的屋大维时代,结成卡图卢斯式的远离尘俗、
秘密孤傲的诗人小群体已经是一种忌讳,贺拉斯需要刻意避嫌了。所以,读者即使
不知道贺拉斯及其诗友的任何背景,也能轻易理解和欣赏这首诗,而如果对新诗派

作者和诗观没有相当了解,阅读卡图卢斯的相关作品则会遇到相当大的阻碍[1]。

然而贺拉斯毕竟是卡图卢斯隐秘的崇拜者,不会甘心自己的诗歌仅停留在"及时行乐"主题的表层。他的才能恰好在于,他既能被大众读者接受,又能在作品的深层像卡图卢斯等前辈一样,向自己的诗人同行透露秘密的信息。鲍拉在此诗中发现了多处模仿和影射维吉尔的表达方式,它们在贺拉斯作品中极其罕见,表明诗人是有心如此,以这种特别的方式向朋友致敬[2]。诗中的"风"(animae)、"催动"(impellunt)、"凝住"(rigent)、"鲜绿"(tenero)、"阴森的火"(nigrorum ignium)等词都取自维吉尔的《埃涅阿斯纪》《农事诗》和《牧歌》,对熟谙维吉尔诗歌的读者来说,贺拉斯的措辞表现了他对诗友的高度认可。

带着这样的意识回头再读,第四节香膏换葡萄酒的意象不也呼应了卡图卢斯《歌集》第 13 首?只不过角色调换了,作为主人的贺拉斯不再像卡图卢斯那样提供精神产品,而真地尽地主之谊提供葡萄美酒,作为客人的维吉尔却需用"香膏"——诗歌的象征——来换取,这样的安排暗示维吉尔的诗才在自己之上。因此,这首诗是贺拉斯诗歌圈友谊的见证。正是这种群体友谊最终超越了赞助体制下恩主与门客的双向利益交换关系,形成了一个促进文学生长的良性环境,古罗马诗歌在奥古斯都时期达到巅峰也就是自然的结果了。

四、评论家与匿名读者群

古罗马传统的发表方式是朗读和私下流传,但在奥古斯都时期,图书复制和销售已经成为一项兴盛的新产业,贺拉斯诗中数次提及的索西乌兄弟就是当时罗马最大的书商。此外,随着希腊化进程的加速和罗马文学经典化的开始,文学成为奥古斯都时期主要的教育内容,专门讲授和评论文学的老师(grammatici)也渐成气候。所以,在赞助体制之外,贺拉斯需要应对的就是评论家和匿名读者这两个群体。

贺拉斯深知,在文学流通中,读者永远是作者不可控制的因素,因为读者通常都怀着与作者不同的目的,双方之间并非合作关系。《闲谈集》第 2 部第 8 首便体现了这一点。这首诗记述了一次失败的宴会。主人纳西丹精心准备了许多独门秘制的菜肴,邀请麦凯纳斯等人前来赴宴,但最后大部分客人没吃完就溜走了。麦凯纳斯是最尊贵的客人,他赴宴其实也是一种敷衍。在恩主和门客的利益交换机制盛行的古罗马,在他看来,纳西丹无非是另一个试图巴结自己的富人而已。维比丢

---

[1] Moritz, "Horace's Virgil" 184-5.

[2] Cecil Maurice Bowra, "Horace, *Odes* IV. 12," *The Classical Review*, 42.5 (1928): 165-7.

和巴拉洛是麦凯纳斯的扈从,他们在社交场合永远跟着麦凯纳斯,不请自来,当然也不会尊重纳西丹。客人中的瓦里乌斯、维斯库、方达纽虽然是诗人,但在这个特殊的场合,他们并未把纳西丹视为艺术家同行,而觉得他是一个一心往上爬的俗人。因此,自始至终,纳西丹都未能将客人引入同情与理解的良性互动中,未能创造一个适合艺术鉴赏的环境。与纳西丹相仿,诗人永远不可能避开不被人欣赏的风险:"你的努力永远 / 换不来与之相称的名声。"(Satires 2.8.65-6)在古罗马尤其如此。在《书信集》第2部第1首中,贺拉斯辛辣地嘲讽了罗马的戏剧观众缺乏起码的艺术理解力,他们既不关注情节,更不能欣赏台词的语言,注意力都集中在服饰、布景等外围元素上,几乎把戏剧表演当作了他们熟悉的娱乐方式——竞技庆典(194—200行)。罗马读者甚至分不清生活与艺术的界限。他们之所以憎恶贺拉斯的讽刺诗,是因为他们习惯于对号入座,所以竟将揭示社会荒谬现象的诗人看成通过揭发他人而发财的政治告密者。

贺拉斯提醒读者,自己诗中的人物只是类型的代表,更重要的是,诗人关注的是社会的道德水准和人生价值。如果这样的作品罗马读者都无法接受,他就只能采用"强力"了。他幽默地威胁读者:"如果你不肯容忍,一大堆 / 诗人会赶过来,做我的援军(因为我们 / 人多势众),像犹太人那样逼你就范,/ 直到你学会容忍我们这样一群人。"他声称自己的讽刺诗是防御性的,但警告他人千万不要故意冒犯自己,否则将"流芳千古":

> 啊,众神之主朱庇特,
> 愿我的长矛永远废弃,直到锈烂,
> 也别让任何人伤害爱好和平的我!
> 可是如果我喊着"别碰我!",还有人胆敢
> 挑衅,他会痛哭的,全城都将歌唱
> 他的美名。

对评论家的反驳,贺拉斯则采取了更专业的方式。不少人批评他的讽刺诗不如古罗马讽刺诗先驱卢基里乌斯,贺拉斯却指出,卢基里乌斯在道德和写作方面缺乏自我控制[1]。不仅如此,他还没有分清艺术与生活的界限,这种观念上的问题导致他在写作时没有筛选生活的细节,让作品沦为日记。这两个缺点恰好都是批评贺拉斯的大众所犯的错误。通过这样的辩护,贺拉斯为罗马讽刺诗树立了一种

---

[1] William S. Anderson, *Essays on Roman Satire* (Princeton: Princeton UP, 1982) 9.

新的理想标准：理性、克制、诙谐、机智，而不冲动、放纵、尖刻、恶毒。在为自己的抒情诗辩护时，贺拉斯讨论了一个重要的诗学问题：灵感与技艺孰轻孰重？他讽刺了过分相信灵感轻视技艺的"饮酒派"，而更倾向于以亚历山大诗人卡利马科斯为代表的"饮水派"（1—11 行），这与他一贯讽刺人类的各种疯狂、强调理性的道德立场是一致的。对于质疑自己的评论家，贺拉斯毫不退让（35—40 行）：

> 你或许会问，为何有些人私下里其实
> 喜欢读我的作品，出门就无节操地贬斥？
> 因为我不会追逐无常庸众的选票，
> 请他们免费吃喝，送他们破旧的衣袍；
> 我是高贵文学作品的助选者、复仇者，
> 岂可屈尊去游说讲坛上的评论家部落？

这里诗人借助古罗马人所熟悉的选举意象阐明了自己的立场。他"不会追逐无常庸众的选票"，"无常"表达了贺拉斯对"庸众"评价的蔑视。贺拉斯声称自己不属于采用政客们的常用伎俩，请选民"免费吃喝，送他们破旧的衣袍"，也不会"屈尊去游说讲坛上的评论家部落"，因为自己是"高贵文学作品的助选者、复仇者"。从拟人的角度看，高贵作品因为不受庸众的欢迎而落选，现在贺拉斯要为它们赢得合理的位置，这样的行为既可称为"助选"，也可称为"复仇"。至于"高贵作品"指什么，答案不难找，首先指贺拉斯崇拜的希腊诗人阿尔凯奥斯、萨福和阿齐洛科斯的作品，其次指继承了这一传统的贺拉斯自己的作品。

　　基于对评论家和读者的了解，贺拉斯在《书信集》第 1 部第 20 首中对自己作品的未来做了不乏自嘲的展望。在这篇作品里，主角是诗集本身。贺拉斯把这部新诗集想象成一位年轻的家庭奴隶，他即将离开家，独自到外面的世界闯荡。主人警告他说，一旦出去，将没有回头路，他很快就会后悔。当他青春俊美的容貌消逝，罗马公众将不再关注他，他将流浪到遥远的海外。年老体衰之时，他只能靠给小孩讲课为生，或许会有一些听众对他主人的生平产生兴趣。作品在此戛然而止。在这番描述中，贺拉斯灌注了丰富的诗学内涵。他想象自己的诗集不满足于在他的朋友中私下流传，而想被公众阅读，但从他反对这位"奴隶"离家的立场看，他并不愿意为大众写作，他心目中的理想读者就是懂诗的朋友。诗集一度受追捧，但终于被冷落，再次印证了"庸众"趣味的无常，从这个角度看，永恒的名声恐怕只是妄想。蠹虫啃噬诗集的意象让我们想起《颂诗集》第 3 部第 30 首中无法啃噬纪念碑的雨水,新诗集在遥远行省朽坏的远景也与《颂诗集》第2部第20首中贺拉斯作品中被罗马人世代传诵的预言形成了对照。

这是一篇语气戏谑的作品,贺拉斯没有摆出一副自己将注定名垂千古的架势,而是在轻松的调侃中切入了一个诗学的关键问题:如何面对读者。任何诗人都必须知道,绝大多数读者一定不会是他们心目中的理想读者,一定不是知音。他们的趣味是多变的,不可预测的,所以作者不能奢望他们永远钟情于自己。诗中贺拉斯对奴隶(或者诗集)的警告表明,诗人不应迎合读者,但诗人并非不能吸引读者,如同作品后半段的奴隶所做的那样。迎合与吸引的区别在于,是否牺牲自己的艺术原则,这也是弱势作者和强势作者的区别。

从上面的讨论可以看出,在奥古斯都时期做一位诗人是艰难的营生,这种艰难不是指生活境遇,而是指心理压力。贺拉斯的应对既有原则,又充满策略性。他的原则就是决不放弃艺术理想和精神独立。面对强势的皇帝和罗马国家,他在小处妥协,大处则固守底线,总能以巧妙的手段发出自己的声音。在处理与私人恩主的关系时,他语气委婉,态度坚决,并以友谊的共鸣化解社会地位的差异。他善于向诗歌圈的友人学习,尊重他们的批评意见,不断磨砺自己的诗艺。而对于罗马的"庸众"和敌对的评论家,他坚持自己的判断,从不屈服,相信作品自我辩护的力量。文学秩序虽然对他有所束缚,但他最终以才华实现了相当程度的自由,并确保了诗歌的艺术价值和后世的声名。

技艺之必要：原初语境中的贺拉斯《诗艺》 *

贺拉斯的《书信集》(*Epistulae*) 第 2 部第 3 首以《诗艺》(*Ars Poetica*) 的名字为世人所熟知,它是这位古罗马诗歌巨匠最长的一首诗,也是他最具历史影响力的一篇作品。在公元 10 世纪亚里士多德的作品被欧洲人重新发现以前,它被视为古典时代最重要的诗学著作,后来维达、布瓦洛和蒲柏的诗论可以说都是它的直接后裔。然而,它也是贺拉斯作品中最令人困惑的一篇。如果不将这首诗放回原初语境中,许多问题是难以解答的。这里所说的原初语境包括四方面:贺拉斯全部作品构成的语境,古罗马(承袭古希腊)以雄辩术为核心的教育语境,奥古斯都诗歌的语境,以及古罗马的社会文化语境。

任何人如果试图把《诗艺》当作亚里士多德的《诗学》来读,都会极度失望。这首诗既没有清晰可辨的微观结构,也没有严谨系统的逻辑。按照麦克尼尔的说法,"《诗艺》表面上是一篇说教式的论文,其实却是披着羊皮的狼:在最根本的层次上,诗人对这个题材的刻意处理已经阻断了任何教义式的、直截了当的理论阐述,因为各种想法、例子和话题似乎总是刚刚闪现在作者的脑海中,转眼就消失了"[1]。

以作品开篇为例,1—22 行似乎是为了说明第 23 行的论点:"总之,你写的东西一定要单纯一致"[2],然而仔细分析却会发现贺拉斯的重心在不断滑动。"将人头安上马颈,/拼凑不同动物的四肢,铺上种种 / 花色各异的羽毛,让美丽女人的身姿 / 向下延伸,丑陋地和黑鱼连在一起"(1—4 行)的荒诞效果的确切题,但"开篇虚张声势的作品几乎总这样:/一两处优美的片段会给它装点门面"(14—15

---

* 本文是专著《贺拉斯诗艺研究》的引言部分。

[1] Randall L. B. McNeill, *Horace*: *Image*, *Identity*, *and Audience* (Baltimore: John Hopkins UP, 2001) 85.

[2] 本书所有贺拉斯诗歌译文都引自李永毅《贺拉斯诗全集:拉中对照详注本》(北京:中国青年出版社, 2017),下文不再说明。

行)描绘的已经是诗人的另一种症状了:笔力不济,无法胜任史诗的工作,只能用田园诗的内容来敷衍。"酒坛是最初的设计,／为什么轮子转动,出来的却是杯子?"(21—22 行),这样的结局固然是因为诗人技艺有限,但重点却是艺术创作没能实现艺术意图的问题。与此相似,32—37 行的关键词是"整体搭配",而此前的 24—31 行和紧随其后的 38—41 行真正论证的却是诗人必须选择与自己力量相称的题材,否则就会走向期待的反面:"我争取简洁,／却变成了晦涩;追求流畅,就会欠缺 ／力量和精神;号称雄伟,却变得臃肿……"(25—27 行)。诗歌的其他地方情形也大都如此。

如果《诗艺》的结构零散甚至略显凌乱,那么它的思想是否令人耳目一新呢?至少在表面上,它仍然令读者沮丧。倘若不深入考察诗中那些概念的文化内涵,那么我们只会觉得这是一篇西方古典时代常识观念的大杂烩。对照之下,亚里士多德的《诗学》似乎完胜。"发现"和"逆转"揭示了悲剧情节的关键驱动力,"怜悯"和"恐惧"概括了悲剧"净化"的心理机制,历史记录"实然"、诗歌探讨"可然"的说法为诗歌的真理性正名,都是亚里士多德的独家洞见。贺拉斯可曾表达分量与此相当的思想?

更令人警觉的是,他在《诗艺》中给庇索父子的那些建议,他自己在诗歌创作中往往是不遵循的。"单纯一致"似乎是《诗艺》的金科玉律,但贺拉斯几乎没有一首诗是单纯一致的。且不说他的两部《闲谈集》(Sermones)和两部《书信集》大都充满了突兀的独白、对白、旁白,众声喧哗,经常让专业的学者都难以追踪,即使他那些以结构精巧著名的抒情诗也常常因为违反这一规则而留下了许多千古谜题。例如,《颂诗集》第 1 部的第 3 首、第 4 首、第 7 首、第 28 首等作品,学界一直有人相信它们都是两首作品拼装在一起的,虽有人提出了不乏说服力的反驳,但至少表明它们并非那么"单纯一致"[1],哪怕是最脍炙人口的《颂诗集》第 1 部第 9 首,也有学者抱怨,它不能称为完美,因为诗中的异质因素没能最终融为一个和谐的整体[2]。《长短句集》中的代表作第 2 首在结构上也剑走偏锋,一共 70 行,其中 66 行都是高利贷商人埃费乌对乡村生活的热情赞美,最后 4 行却跳出独白,以第三人称的角度叙述了他如何急切地收回贷款,开始新一轮放贷。学界对这首诗的用意争执不休,起因便是作品从结构到内容都处于一种不平衡的状态。贺拉斯在《诗艺》开头嘲笑糅合了鸟兽人鱼形象的怪物,而他自己的《颂诗集》第 2 部第 20 首却

[1] 参考《贺拉斯诗选拉中对照详注本》262—263 页、268—269 页、282—283 页、315—316 页对此类争议的概述。
[2] Eduard Fraenkel, *Horace* (Oxford: Claredon, 1957) 177.

因同样的理由遭到了学界的质疑和讥讽。在宣布自己成为融合了人和天鹅的"双形"(biformis) 诗人之后,贺拉斯献上了一段让学者们反胃的描写:"就在此刻,粗糙的禽皮已然开始／蒙紧我的小腿,白色的鸟形正吞噬／上身,轻柔的羽毛生长,蔓延,／覆盖了双肩和所有手指"(9—12 行)。读者被迫想象奥维德《变形记》中的场景再次上演,只不过这次主角不是俊男美女,而是身材矮小、略显肥胖的贺拉斯。上述例子至少足以说明,贺拉斯《诗艺》中的话并不那么可信。威廉斯评论道:"我们不应认为,《诗艺》所称的现实目的是真实的,即指导诗歌创作……如果相信它准确地反映了奥古斯都文学的兴趣点,那就是对这一时期文学现状的可笑扭曲。"[1]

《诗艺》为何会呈现这些令人惊讶的特征,造成这些混乱? 一个关键原因是读者忽略了作品的原初语境。首先,我们需要把它置于贺拉斯诗歌的整体框架中来审视。喜欢自嘲、不喜欢唬人的贺拉斯从未学究气十足地把这首诗称为"诗艺",这个名字是包括昆体良在内的古罗马学者强加给贺拉斯的,其拉丁文是 Liber de Arte Poetica[2],或者 Ars Poetica,只有公元 4 世纪的卡里西乌(Charisius) 把它称为 Epistula ad Pisones(《给庇索父子的信》),后一个不通行的名称既符合贺拉斯的性格,也有文本本身为证。关于庇索父子身份的烦琐考证[3],我们这里不必关心,但既然这是一封诗体书信,那它首先满足的就是社交功能,换言之,贺拉斯优先考虑的是如何针对庇索父子的实际需要和文学水平提出建议,而非系统地阐述自己对诗学的见解,这在很大程度上决定了作品的写作方式和进程。如果某些独门秘籍过于高深,作为普通文学爱好者的对方无法领悟,或者某些建议对于技巧高超的同行或许合适,但对庇索父子来说要求过高,贺拉斯很可能会预先排除在写作计划之外。在这种情况下,《诗艺》能否全面或忠实地体现他的诗学,理应打上问号。

事实上,要探寻贺拉斯的诗观,阅读他写给屋大维、麦凯纳斯、弗洛鲁等人的信,以及《闲谈集》第 1 部第 4 首和第 2 部第 1 首同样重要,即使在许多表面与诗歌无关的作品里,贺拉斯也隐藏了巧妙的诗学隐喻,我们阅读《诗艺》时需要与它们相互比较,才能得出可靠的结论。当然,一向严苛对待创作的贺拉斯绝不会容忍自己最长的一首诗沦为一篇纯粹的应景之作,所以《诗艺》在技巧方面仍是一丝不苟的,也设计了与更高层次读者暗中交流的渠道。甚至看似零散的结构都是刻意的安排,贺拉斯似乎竭力避免给人一本正经地讲解诗论的印象,那将如自己笔下那位

---

[1] Gordon Williams, *Tradition and Originality in Roman Poetry* (Oxford: Clarendon Press, 1968) 347.

[2] Quintilian, *Institutio Oratoria* 8.60.

[3] Jefferson Elmore, "A New Dating of Horace's de Arte Poetica," *Classical Philology*, 30.1 (1935): 1-9.

厨艺虽然高超、却总喋喋不休的纳西丹一样惹人厌烦(《闲谈集》第 2 部第 8 首)。

他生前并未把自己的《书信集》称为 Epistulae,而是把它们视为自己《闲谈集》(Sermones) 的延续。Sermones 意为"闲谈",它点明了两部《书信集》和两部《闲谈集》的风格。这个名字恰如其分,从容闲适的节奏、随意切换的主题都与絮语相似,四部诗集不仅在风格上很接近,《闲谈集》中的话题也在《书信集》中反复出现,对于熟悉《闲谈集》的读者而言,《诗艺》中那些突然进入和突然消失的话题就显得不那么无序了。特雷茜提出,《诗艺》不仅与《闲谈集》有关,而且与贺拉斯的《颂诗集》也不可分割。她认为,无论是在颂诗、讽刺诗还是书信体诗里,贺拉斯都遵循了她所说的"抒情"模式,就是用具体的手段,与情感和行动融合的手段来表达思想,包括意象、象征、寓言、典故、轶事,等等,思想与思想之间通过对照和联想的方式发生关联。"抒情"模式和"逻辑—说教"模式的区别可概括为:前者具体,后者抽象;前者诉诸行动和情感,后者诉诸逻辑论证;前者倚重具体例子和形象,后者倚重事实、数据和分析;前者提出观点无须铺垫,后者提出观点需要充足的准备;前者喜欢极端例子的对比,后者需要全面的权衡;前者以中心词汇和隽语的方式概括观点,后者会系统地总结观点[1]。从这样的视角看,表面的随意和深层的缜密相结合,是贺拉斯作品的突出特征,《诗艺》也不例外。

如果《诗艺》隐含着深层的结构,它是否遵循了某种原则呢? 诺登和费斯克认为,《诗艺》的写法沿袭了古希腊罗马盛行的技艺入门指导(eisagogē) 的程序。这类作品一般都分为两大部分,第 1 部分介绍技艺本身(ars 或 technē) ,第 2 部分介绍掌握这门技艺的人(artifex 或 technitēs) ,作品形式可以是问答,也可以是老手对新手的教导。诺登提到,维特鲁威的《论建筑》(De Architectura) 和昆体良的《雄辩术原理》(Institutiones Oratoriae) 等著作都遵循了这样的写法。贺拉斯的《诗艺》1—294 行论诗,295—476 行论诗人,他以成名诗人身份指导庇索父子,符合这个模式[2]。费斯克进一步指出,在多个细节上它也契合技艺入门指导的传统,一是第二人称的使用,二是个人经验的榜样,三是强调训练而非天才,四是老手承诺帮助新手[3]。古罗马注者波皮里昂(Porphyrion) 指明了另一个更重要的方向,他提到贺拉斯的这首诗吸收了亚历山大学者尼奥托勒默(Neoptolemus of Parium) 的一些重要的诗学概念,但由于尼奥托勒默的著作早已失传,长期以来这把阐释的

[1]   H. L. Tracy, "Horace's 'Ars Poetica': A Systematic Argument," *Greece & Rome*, 17 (1948): 104-15.

[2]   Eduard Norden, "Die Composition und Litteraturgattung der Horazischen Epistula ad Pisones," *Hermes*, 40 (1905): 481-528.

[3]   George Converse Fiske, "Lucilius: The Ars Poetica of Horace, and Persius," *Harvard Studies in Classical Philology*, 24 (1913): 2-3.

钥匙没能发挥作用,直到1918年耶恩森才借道费罗德姆(Philodemus of Gadara)重构了尼奥托勒默的诗学框架,因为费罗德姆曾批评过与贺拉斯相似的诗歌观念,其中不少据说都脱胎于尼奥托勒默[1]。

　　尼奥托勒默把技艺分为三部分:(1) poiēsis,主要包含立意、谋篇,等等;(2) poiēma,主要指艺术表达;(3) poiētēs,主要涉及诗人的职责与素质。《诗艺》大体也可分为这三个部分。但贺拉斯并未简单套用这个框架,而是将一个更自然的框架置于其上,以避免"沉闷乏味"和学院派的"技术化语汇"[2]。基帕特里指出,贺拉斯书信体诗歌的一个共同特征就是突出戏剧化情境[3]。如维克哈姆所说,《诗艺》中贺拉斯直接向庇索父子发话,并非仅仅为了满足书信体的要求或者表示礼貌,也发挥了结构功能。他注意到,每次出现直接称谓的地方都是贺拉斯抛出某个重要观点的地方,而且父子三人扮演着不同的角色,父亲是评论者的角色,长子是学徒期的诗人,幼子则是陪衬[4]。这样,贺拉斯就巧妙地掩盖了作品的骨架。

　　尼奥托勒默对于理解《诗艺》的作用不限于此,因为他的学术与雅典的逍遥学派(Peripatetic school)有渊源,从而在贺拉斯和亚里士多德之间建立了通道。贺拉斯青年时代求学雅典时,已对亚里士多德学说有所了解(只不过他最感兴趣的是伊壁鸠鲁学派),即使抛开这部分经历不管,亚里士多德也是贺拉斯无法回避的存在,因为古罗马教育的核心便是雄辩术(rhetoric[5]),而泛希腊时期和古罗马时期的雄辩术教育几乎完全笼罩在亚里士多德的影响之下。《诗艺》中相当篇幅(152—294行)留给了戏剧,这固然因为庇索兄弟中有一人在学习创作戏剧,其实也暗合亚里士多德《诗学》的做法[6],而与罗马本土的诗歌定义有相当距离,虽然不少罗马诗人都有戏剧作品,但维吉尔、奥维德、贺拉斯、卡图卢斯、卢克莱修等罗马顶级诗人几乎都不写戏剧。《诗艺》的一个核心词"合适"(decorum)也是源于

---

[1]　Mary A. Grant and George Converse Fiske, "Cicero's 'Orator' and Horace's 'Ars Poetica,'" *Harvard Studies in Classical Philology*, 35 (1924): 4-5.

[2]　C. O. Brink, *Horace on Poetry, Vol. I, Prolegomena to the Literary Epistles* (Cambridge: Cambridge UP, 1963) 245.

[3]　Ross S. Kilpatrick, *The Poetry of Criticism: Horace, Epistles II and Ars Poetica* (Edmonton: U of Alberta P, 1990) 34.

[4]　E. C. Wickham, *Quinti Horatii Flacci Opera Omnia, with a Commentary*, vol. 2 (Oxford: Claredon Press, 1891) 383-4.

[5]　rhetoric 在中国一般译成"修辞",但按照亚里士多德的定义,它实际指劝服的手段,在古希腊罗马传统中,由于法律实践和民主政治在公民生活中的重要性,雄辩术成了教育的核心内容。

[6]　S. J. Harrison, *Generic Enrichment in Vergil & Horace* (Oxford: Oxford UP, 2007) 4.

亚里士多德,希腊文是 prepon,出自《修辞学》(*Rhetoric*)这部雄辩术的奠基之作[1]。

作品中还有两个谜题,答案可能也与亚里士多德有关。第 128 行 Difficile est proprie communia dicere(以独特的方式呈现普遍的体验很困难)一直令评论者困惑,威尔金斯和莫里斯等人认为 proprie 的意思是"恰当地"[2],communia 指属于人类普遍经验但尚未被人写入诗歌的题材,或者说"全新的题材",其意义类似于公用地,尚未被以前的诗人圈占,留下他们的印记。因此贺拉斯这行的用意是劝庇索父子不要轻易尝试这条艰难的道路,最好选择第 129 行的做法(沿袭传统,稍加翻新)。马考雷觉得,communia 恰好是指已经被前人反复写过的题材[3]。布林克则相信,贺拉斯在这里受到了亚里士多德《诗学》的影响,proprie 和 communia 的区别类似特殊性和普遍性、殊相和共相的区别[4]。《诗艺》361—365 行也一直让学术界争论不休:

> 诗就像画。有的画,离得近,更能吸引你;
> 有的画,你站得远,才能体现出魅力;
> 这幅画,喜欢幽暗;这幅画,喜欢阳光,
> 不畏惧评论者敏锐的判断:这幅画欣赏
> 一次足矣,这幅画观看十次也不够

特林匹认为,要理解这段文字,应从古希腊和罗马的修辞学和雄辩术传统入手[5]。他指出,贺拉斯的描述与亚里士多德《修辞学》第 3 卷第 12 章的全部内容都有关。亚里士多德在这章里区分了适合书面演说和口头演说的两种风格,并把后者进一步分为政治演说和法庭演说。他将政治演说比作风景画,听众多,距离远,因而不需要细节的高度完美;法庭演说相对政治演说需要更精致;只面对单个评判者的演说尤其需要注意细节。在参考了塞涅卡等人的修辞学著作后,特林匹发现,古罗马人继承了亚里士多德的区分,在这个框架下,适合近距离观赏和"喜欢

---

[1] Aristotle, *Rhetoric* III.2, 1404b1-4.

[2] H. J. Maidment, "Horace, Ars Poetica, vv. 125 foll," *The Classical Review*, 18.9 (1904): 441; Edward P. Morris, *Horace: Satires and Epistles* (New York: American Book Company, 1909): 204-5.

[3] G. C. Macaulay, "On Horace, *Ars Poetica*, 11. 128-130," *The Classical Review*, 26.5 (1912): 153-4.

[4] C. O. Brink, *Horace on Poetry, The 'Ars Poetica'* (Cambridge: Cambridge UP, 1971) 204-8, 432-44.

[5] Wesley Trimpi, "The Meaning of Horace's Ut Pictura Poesis," *Journal of the Warburg and Courtauld Institutes*, 36 (1973): 1-34.

幽暗"的特质都对应于学校和小讲堂所要求的更精致、更谨严的演说风格,"幽暗"(obscurum)准确地说并非强调"黑"和"暗",而是远离大庭广众,更具私密性和娱乐性;"阳光"(sub luce)其实指户外,典型的场所便是罗马广场。

如果这样理解,在贺拉斯对比的两类作品中,前者是精巧的、私密的、供志趣相投的人欣赏的画、诗和演说,后者则是向任何人开放的、被人任意评判的作品。在他眼中,荷马史诗属于后一类,与口头演说相似。贺拉斯称,前者"欣赏一次足矣",后者"观看十次也不够"。这似乎令人惊讶,因为我们很可能认为,精致的东西应该耐看才对,但放到古罗马修辞学和雄辩术的语境中就不奇怪了。贺拉斯等人相信,私密性的、学究气的精致演说缺乏实用价值,只是语言和技巧的练习,在元老院、法庭公开发表的演说往往与重大的公共利益相关,更有价值,当它们以书面的形式结集出版时也会引发持久的兴趣,西塞罗的演说就是明证。联系到上文(359—360 行),贺拉斯是在为荷马史诗辩护。荷马史诗由于其口头文学的表演性,有很多段落重复冗余,贺拉斯认为对这类作品不应采用适用于短诗的标准,只要它整体水准很高,便不要吹毛求疵。

《诗艺》中的雄辩术观念不仅有源于亚里士多德的,也有来自罗马本土的。基帕特里提出,贺拉斯常将西塞罗的伦理观念渗透进自己的《书信集》中[1],而对于《诗艺》而言,西塞罗的雄辩术观念也是贺拉斯的重要资源。格兰特和费斯克将这首诗和西塞罗的《论雄辩家》(De Oratore)做了系统的比较,发现两者在立场上有许多相似之处,常可相互印证和发明。例如,西塞罗对"合适"的阐释几乎可直接用于《诗艺》。"合适"(decere)意味着克制和文雅的趣味,是一种对整体效果的灵活把握,它永远是相对的,"应该"(oportere)却是一种绝对的、不容置疑的律令[2]。在西塞罗眼中,"合适"还意味着统一性和多样性的平衡[3],贺拉斯对此亦会赞同。《诗艺》在论及诗人的素养与训练时,也对应了西塞罗所讨论的雄辩术的三个方面:品格(ethos)、情感(pathos)和表达(actio)[4]。

或许正因为《诗艺》中容纳了如此多对于古罗马文化人而言的"常识",而且诗中的理论常与贺拉斯自己的实践不一致,所以才会有学者质疑他的动机。弗里谢在 1991 年提出了一个大胆的想法:或许《诗艺》是戏仿之作,表达的只是某位匿名

---

[1]　Kilpatrick, *The Poetry of Criticism* 34.

[2]　Grant and Fiske, "Cicero's 'Orator' and Horace's 'Ars Poetica'" 12.

[3]　Grant and Fiske, "Cicero's 'Orator' and Horace's 'Ars Poetica'" 18.

[4]　Grant and Fiske, "Cicero's 'Orator' and Horace's 'Ars Poetica'" 30.

的、不可靠的雄辩术老师的观点[1]。即使弗里谢的观点成立,也不影响《诗艺》的历史地位,因为在公元 10 世纪前,它保存了后世连接逍遥学派乃至亚里士多德的通道,《诗学》重见天日后,它仍是西方新古典主义的主要源头。而且,虽然《书信集》的局部延续了贺拉斯闲谈体诗歌一贯的戏谑风格(例如篇末对疯子诗人的描绘),但它涉及的许多话题都是萦绕诗人创作生涯后半程的大问题,因而不乏严肃的用意。如果我们深入发掘,就会发现它们都在试图寻找奥古斯都时期罗马诗歌发展的方向,都与当时的文学潮流和古罗马社会的大环境有密切关联。

我们可以从两处看似无关紧要的地方入手。一处是贺拉斯关于格律和体裁的讨论(73—92 行)。在这段文字中,每种格律都与特定的体裁、创立者和题材相联系。贺拉斯提到了荷马的史诗体、阿齐洛科斯(Archilochus) 的短长格和不知谁是创立者的哀歌体,还提到了里拉琴所代表的抒情诗。在后世读者看来,这部分似乎没有太大的意义,但在奥古斯都诗歌的语境中,它却是诗人们格外关心的话题。"每一种体裁都要守住合适的疆域"(Singula quaeque locum teneant sortita decentem,92 行) 可以说是古罗马黄金时代诗人的基本信念。正因如此,每位有志于革新罗马诗歌的诗人都试图在格律和体裁方面有所突破。例如卡图卢斯将哀歌体引入了拉丁语,这种诗体在奥古斯都时期蔚为大观,提布卢斯、普洛佩提乌斯和奥维德都是高手。贺拉斯对自己的诗歌成就也是用格律来概括的:"我为寒微的出身赢得了尊严, / 率先引入了艾奥里亚的诗歌, / 调节了拉丁语的韵律"[2]。将阿尔凯奥斯和萨福的抒情诗格律移植到罗马,让贺拉斯一生引以为傲[3]。而且,在贺拉斯看来,罗马诗歌不如希腊诗歌的一个关键因素就是音韵不和谐,他在《诗艺》中指责罗马诗歌之父恩尼乌斯(259—262 行) 就是例证。

《诗艺》中另一处让人不解的地方是,萨梯羊人剧即使在古希腊戏剧全盛期也已经过时了,贺拉斯却用了二十行的篇幅(220—239 行) 来讨论它,个中缘由何在呢? 哈里森认为,奥古斯都诗人还有另一个信念:"体裁越界"[4]。这个原则和"每一种体裁都要守住合适的疆域"的原则并不矛盾。特定体裁与特定题材挂钩,正好为体裁越界提供了基础,因为对当时的诗人而言,辨识体裁是素养的一部分,没有这种背景知识,他们就意识不到某种体裁何时脱离了常规。将新的格律(或体

---

[1] George A. Kennedy, "Is Horace's Ars Poetica a Parody?," *The American Journal of Philology*, 113.3 (1992): 441.

[2] *Odes* 3.30.12-4a.

[3] 严格地说,萨福的格律是前辈卡图卢斯引进的,但卡图卢斯集中只有两首用了萨福诗节,而贺拉斯集中用萨福格律的诗却很多。

[4] Harrison, *Generic Enrichment in Vergil & Horace* 8.

裁,在古典时代这是一体两面)引入罗马固然是革新,让一种体裁纳入其他体裁的元素,同样是创新。萨梯羊人剧之所以值得讨论,是因为它同时融合了悲剧和喜剧的因素。奥维德将传统上仅用于抒情和祭神的哀歌体用到了极致,连长诗《岁时记》(*Fasti*)也用了它,《变形记》(*Metamorphoses*)也融合了哀歌体元素,表现出卓越的才力。就贺拉斯自己而言,他的《闲谈集》经常融合了喜剧、悲剧和史诗元素,也印证了这一原则对于奥古斯都诗人的意义。

但贺拉斯在《诗艺》中并非仅仅回应了文学同行的关切,更是力图在古罗马的宏观社会文化语境中为诗歌正名。"诗人希望诗或者有益,或者有趣,/或者既让人愉悦,也对生活有帮助"(333—334 行)的提法似乎四平八稳,能被各方普遍接受,但也正因如此,许多诗人认为贺拉斯的观点过于平庸,不值一提,比起前辈卡图卢斯"虔诚的诗人自己是该无邪,/但他的作品却根本不必"那种激进的艺术至上的态度[1],尤其显得保守圆滑。但和执意挑衅读者的卡图卢斯不同,以罗马民族诗人自命的贺拉斯不能不考虑普通读者对诗歌的态度。虽然他在骨子里也对罗马读者多有蔑视,但他觉得要在罗马文化中为诗歌赢得一席之地,就必须以普通罗马人能理解的方式为诗歌辩护。

罗马传统对诗歌的敌意主要源于两点,一是认为诗歌对社会毫无益处,二是把艺术的虚构当作生活的真实。就第一点而言,罗马民族是一个高度崇奉实用理性的民族,他们把精力都投入了政治、军事、经济和法律活动中,而对精神生活缺乏关注,一概斥之为"闲事"(otium)。贺拉斯在多首诗中都讽刺了罗马人没有基本的艺术领悟力。《诗艺》也特别提到罗马人从小学习的就是算账之类的实用技能,贺拉斯忍不住发问:"一旦他们的心灵充满了 / 这种铜锈般的贪婪,我们还能指望 / 谁写出配得上雪松油和柏木书箱的诗章?"(330—332 行)值得注意的是,紧接着这句诘问,他便提出了著名的"教化+娱乐"的诗歌二元功能论,这表明了该观点的针对性。"有益"的拉丁文是 prodesse,这个词有浓重的罗马实用主义色彩,它指在任何领域给人带来好处。对于习惯了政治角逐、经济竞争和法庭对峙的罗马人来说,prodesse 无疑是一个让他们感觉亲切的词。贺拉斯用这个词,是要用罗马的方式来劝服罗马人。"对生活有帮助"(idonea... vitae)呼应了"有益"的提法,但更突出了罗马人传统上颇为自豪的一面——道德。

在 391—406 行,贺拉斯以传说和历史为例,列举了诗歌的用处:既可以驱逐野蛮、创制规范、激发勇气、传达神谕,也可以赢得王公的恩宠,获取轻松的娱乐和劳

---

[1]　*Carmina* 16.5-6. 本书所有卡图卢斯诗歌的译文都引自李永毅《卡图卢斯〈歌集〉拉中对照译注本》(北京:中国青年出版社,2008),下文不再说明。

动的抚慰。在奥古斯都时代，这番辩护尤其有力量，因为皇帝屋大维已经认识到文学在创立和巩固政治秩序中的功用，贺拉斯在写给他的信（《书信集》第 2 部第 1 首）中也详述了文学的宗教和道德职能，与《诗艺》可相互印证。就第二点而言，罗马读者从实用主义的思维框架出发，无法理解艺术与生活的界限，尤其在阅读讽刺诗时，喜欢对号入座，因而把诗歌视为诽谤攻击的工具，把诗人看作心理阴暗的怪物。贺拉斯在《闲谈集》第 1 部第 4 首中以读者的口气如此形容诗人（34—38a 行）：

> 他的角上有干草，逃得远远的！只要能
> 供他取乐，任何朋友他都不放过。
> 什么歪诗一写在纸草上，他就立刻
> 要让从公共面包房和水池回来的奴隶
> 和老女人知道。

在古罗马，农民警告路人一头牛危险的办法，是在牛角上挂一绺干草，所以这段描写意味着普通罗马人在心中给诗人做了特殊标记，仿佛他们整天只知道散布谣言，抹黑他人。贺拉斯在那首诗中解释说，《闲谈集》中的人都是类型，以这样的类型思考是他探讨道德问题的独特方式，更重要的是，这些诗都是"纸草上的游戏之作"（illudo chartis，139 行）。无论是"游戏"还是《诗艺》中的"有趣"（delectare）、"让人愉悦"（iucunda）都让人联想起新诗派的卡图卢斯。贺拉斯虽然极少提及这位前辈[1]，但他其实和卡图卢斯一样，深受泛希腊时代大诗人卡利马科斯的影响[2]，相信艺术的独立与自治。在《闲谈集》第 2 部第 1 首里，贺拉斯委婉地批评了罗马讽刺诗先驱卢基里乌斯[3]未能守住艺术与生活的界限，将诗歌变成了生活的记录（32—34 行）。在《诗艺》中，他虽然对罗马读者做了策略性的让步，但也没有放弃对诗歌审美价值的强调。即使"有益""对生活有帮助"的提法会让罗马读者联想起更实用的方面，但对贺拉斯本人而言，也并不算立场的妥协，因为在他的作品中，创作的艺术（诗歌）和生活的艺术（哲学）原本就是一体的。

《诗艺》一方面抵挡了罗马社会盛行的诗歌无用论和诗人有害论，另一方面也

---

[1] 仅见于 *Sermones* 1.10.19.

[2] James J. Clauss, "Allusion and Structure in Horace Satire 2.1: The Callimachean Response", *Transactions of the American Philological Association*, 115（1985）: 197-206.

[3] 卢基里乌斯（C. Ennius Lucilius, c. 180-103/2 BC）是古罗马讽刺诗传统的奠基人。

注意到了在屋大维奖掖文艺的政策下出现的一股相反的潮流——诗歌创作开始泛滥。贺拉斯指出,缺乏某种技能的人往往有自知之明,不敢从事相关的活动,但在他生活的罗马,"不懂诗的人却敢写诗"(382 行)。在写给屋大维的信中,贺拉斯对奥古斯都时期的"诗歌热"有更生动的刻画:"无常的民众已改变了心态,如今激情 / 全为创作而燃烧,儿子和严肃的父亲 / 都头戴叶冠用餐,一边朗声长吟。"一言以蔽之,"无论是否懂行,所有人都在写诗"[1]。

然而贺拉斯认为,在罗马,无论是普通的诗歌爱好者,还是立志流传后世的职业诗人,成功者都寥寥可数。这并非由于他们缺乏写诗的天分,相反,罗马人"天性热切崇高,/ 洋溢着悲剧精神"(165b—166a 行),或者按照《诗艺》中的说法,罗马诗人"几乎涉足了一切疆域,/ 那些抛下希腊人的足迹,歌咏本族 / 历史的作者也赢得了不小的荣耀,无论 / 他们用悲剧还是喜剧启示我们"(285—288 行)。贺拉斯相信,罗马的文学成就"本可不逊于 / 它的勇武和军功,假如诗人不厌恶 / 艰辛漫长的打磨"(289b—291a 行)。厌恶修改、鄙视技艺是罗马诗人的致命伤,贺拉斯反复表达过这样的思想。他对卢基里乌斯的指责是:"经常一小时就能 / 轻松造出两百行诗,还以此为荣。/ 当他如浊水奔涌,你总想剔除些什么,/ 他太饶舌,不肯忍受写作的折磨,/ 我是说严谨的写作"[2];普劳图斯的风格被形容为"松垮"[3];《诗艺》也称,恩尼乌斯的戏剧诗歌"沉重不堪,/ 面临令人羞愧的指控,或者态度 / 草率,缺乏打磨,或者不懂艺术"(260b—262 行)。在贺拉斯心目中,技艺粗糙已经成为制约罗马诗歌发展的首要因素。他要求庇索兄弟"让草稿远离众人,/ 在家里藏上九年"(388b—389a 行),显然影射了卡图卢斯对新诗派同行钦纳的赞叹。钦纳的诗作《斯密尔纳》"从动笔到最终完成,过了九个秋天和冬天",而同时代一位平庸的诗人一年"就能吐出五十万行陈腐不堪的句子"[4]。在追求技艺的卓越上,贺拉斯和卡图卢斯的立场是一致的。正因如此,《诗艺》的中心词语既非"合适",也非"有益""有趣",而是"技艺"(ars),但贺拉斯的重心并非向读者阐述诗人需要怎样的技艺,而是技艺为何对诗人至关重要,这才是他为罗马诗歌的病症开出的药方。换言之,讨论具体的技艺并非迫在眉睫的需要,关键在于改变罗马人轻视技艺的顽固传统。所以,《诗艺》并非示范性的,而是规劝性的作品[5]。

带着这样的意识重读《诗艺》,作品的结构和话题的转换就不那么令人困惑

[1] *Epistulae* 2.1.108-17.
[2] *Sermones* 1.4.9-13a.
[3] *Epistulae* 2.1.174.
[4] *Carmina* 95.1-4.
[5] Kilpatrick, *The Poetry of Criticism* 38.

了。1—13 行中的人头、马颈、兽肢、鸟羽、鱼身的怪物之所以不能形成统一的艺术形象,是由于画家缺乏技艺,并非不可如此综合(想想达利的超现实主义绘画)。贺拉斯特别指出,这种技艺上的缺陷不可以用想象作托词。14—36 行中用田园景色描写敷衍史诗创作的诗人也是因为技艺有所不逮。"缺乏技艺,逃避一种错就会犯另一种"(31 行),技艺是一种总体把握和灵活运用的能力,具体的创作心得如同兵法,模仿者差之毫厘,就会谬以千里,或许这就是贺拉斯不愿过多涉及诗歌技巧的原因。既然诗人的技艺有高低之分,自然的推论就是:"写作时要选择与自身笔力相称的题材。"(第 38 行)因为贺拉斯提到:"题材若恰当,/你就会有雄辩的力量和清晰的布局"(40—41 行),所以他顺带讨论了作品的布局和措辞(42—58a 行)。在谈到措辞的时候,他再次抱怨了罗马读者厚古薄今的态度[1],正是这种态度限制了当代诗人创造新词的自由。

在论述古今更替的自然法则时(58b—72 行),他自然地联想到了荷马,接下来的一部分便追溯几种主要诗歌格律和体裁的演化(73—85 行),对诗歌传统(尤其是格律)的了解在贺拉斯看来是技艺的重要组成部分,也是二三流诗人普遍的弱项:"如果我不能追踪格律的演替,不熟谙 /各类作品的风格,为何被称为诗人?"贺拉斯对罗马人自甘无知尤其愤怒:"为何我假作谦虚,宁可无知,也不肯 /学习这些?"(86—89 行)。提及格律,他着重阐述了"每一种体裁都要守住合适的疆域"的基本原则(90—98 行)。在此过程中,因为涉及悲剧打动听众的问题,贺拉斯又讨论了感染力的来源:语言和戏剧情境的一致。由于自然让人们的"舌头来翻译灵魂的种种变动"(111 行),语言要感动人,首先便需要诗人洞悉人性,这是技艺不可或缺的部分,也是一般人讨论诗艺时常忽略的部分。

在列举了各种传统的舞台形象来说明人性时(99—124 行),如何学习经典作品的话题便浮现出来。在贺拉斯看来,仿效古希腊传统时有三种弊端都是缺乏技艺的体现,一是"一词一句强行翻译"希腊作品;二是模仿时整体设计不好,让自己"陷入逼仄的险地";三是开头架势唬人,却难以为继(132—139 行)。相比之下,荷马的作品则体现了高超的技巧(140—152 行)。就戏剧创作而言,诗人的技艺体现在"为各种性情和年龄配合合适的样式"(153—177 行),区分适合表演和适合讲述的不同内容(178—188 行),控制剧作的长度(189—191 行),用好演员和合唱队(192—201 行)。

接下来讨论长笛和合唱队变化的文字(202—219 行)似乎离题,但贺拉斯强调的是,这些看似"改进"的变化因为背离了长笛和合唱队作为陪衬和辅助的原初设

---

[1]　贺拉斯曾在给屋大维的信中淋漓尽致地嘲讽了罗马人的这一倾向(*Epistulae* 2.1.18-92)。

计,效果适得其反,所以反证了技艺的重要性。上述百余行的讨论主要延续了"每一种体裁都要守住合适的疆域"的话题,而在 220—250 行,贺拉斯则借萨梯羊人剧的例子,说明了体裁越界的可能,然而越界仍要遵循合适的原则,再次表明技艺是一种总体的灵活控制。251—274 行表面上是在讨论戏剧的格律,真正的重心却是批评罗马戏剧"音韵不和谐",贺拉斯之所以规劝庇索父子日夜翻阅"希腊的那些典范作品",是为了让他们知道"如何区别优雅和粗糙的语言,如何借助 / 手指和耳朵理解符合规则的音律"(263—274 行)。

在简短回顾了古希腊戏剧史(275—284 行)之后,贺拉斯特别提到了古罗马诗人讨厌修改的恶习,并将它的原因归于德谟克利特推崇天才贬低技艺的理论(285—301a 行)。在《书信集》第 1 部第 19 首中,贺拉斯也讽刺了过分相信灵感轻视技艺的"饮酒派",而更倾向于以亚历山大诗人卡利马科斯为代表的"饮水派",这与他一贯讽刺人类的各种疯狂、强调理性的道德立场是一致的。为了疗救诗人们的疯狂,贺拉斯声称自己要做"一块砥石","自己无法切割,却让铁器变锋利;/虽然我不写诗,却讲解诗人的职司"。

《颂诗集》前三部发表后,贺拉斯一直觉得自己生活的重心应从诗歌转向哲学,所以时有放弃诗歌的说法。在这段最像诗观陈述的文字里(301b—322 行),贺拉斯提出了极有见地的一个观点:"正确写作的发端和源泉在于智慧"(309 行)。在他的语汇体系里,"智慧"(sapere,名词 sapientia)几乎就等于哲学(philosophia),而"正确写作"(scribendi recte)无疑让人联想起"正确生活"(vivendi recte)——伦理哲学的目标。所以,诗艺并不仅仅包括格律、辞藻和种种手法,在更高的层次上,它意味着对生活和世界的理解,所以"训练有素的摹仿者"应该"仔细观察 / 生活和人物的样态,汲取真实的表达"(316b—317 行)。也正是在这个层次上,"有益"和"有趣"和谐统一起来了。没有对宇宙的思考与领悟,仅靠熟练的技巧就连"有趣"的功能都无法实现。

然而,与希腊人对艺术的超脱追求相比,罗马人却在俗务中沉溺太深(323—332 行)。所以,贺拉斯才呼吁罗马诗人,努力寻求"有益"和"有趣"的平衡(333—346 行)。由于没有任何人的技艺是完美的,贺拉斯探讨了哪些错误可以原谅,哪些不可原谅(347—365 行)。他特别提醒庇索兄弟中年长的一位,平庸在许多领域是可以忍受的,但在诗歌中不可以,因为诗歌是超功利的,如果水平欠佳,就无须存在,因此他一定要多听取意见,不要急于发表作品(366—390 行)。接下来贺拉斯用古代诗人的例子,说明诗歌对社会和个人都有益处,以免这位年轻人"为抒情的缪斯和歌唱的阿波罗羞愧"(407 行)。然后贺拉斯简短地表达了他对天才和技艺的看法,表面上看他认为二者相辅相成,然而从举例可以看出,他强调的其实是技艺,也即后天的学习(408—415行)。

但阻碍罗马诗人磨砺技艺的因素除了上文提到的鄙视修改的传统外,还有以赞助制度为基础的阿谀风气。有求于恩主或者受惠于恩主的门客出于利益的交换,自然对恩主的作品不吝赞誉之词(416—436a行)。贺拉斯告诫对方,"如果你写诗,永远 / 不要被狐狸隐藏的心思欺骗"(436b—437行)。一定要向昆提琉这样诚实严厉的批评家求教,苛刻的批评才是友谊的真实体现,因为"一旦成为世人的 / 笑柄,小事就会给朋友招来灾祸"(438—452行)。诗末的疯癫诗人就是这样的笑柄,它再次强化了贺拉斯反对天才论的立场,也以与《闲谈集》类似的戏谑风格结束了全篇(453—476行)。从上面的分析可以看出,布林克的观点是极有说服力的:"技艺"才是全诗的中心词[1]。然而,如前所述,这个词的涵盖面极广,甚至包含精神领域,我们可以说,它指诗人的一切后天修养。

在迷狂说、天才论盛行的西方古典时代,贺拉斯很可能是将"技艺"擢升为诗学首要原则的第一人,至少如布林克所说,这种做法在亚里士多德、甚至卡利马科斯那里都没有先例[2]。类似的思想虽然在卡图卢斯的作品里有所体现[3],但他从未将其作为一个明确的观念表述出来。强调诗人不再仅仅依凭天才和灵感,将诗歌创作当作一门严肃的技艺来追求,这是《诗艺》最具开创性的价值。相比之下,贺拉斯在诗中提出的具体的文学建议反而不那么重要,一些甚至可以忽略,因为它们本非作品的中心,而且还要适应庇索父子的水平。

许多评论者都已指出,《诗艺》几乎只讨论了戏剧和史诗,而在奥古斯都时代,这两者都已经不是古罗马诗歌的主要样式,因此这篇作品对当时的人来说,没有多少指南的用处[4]。像新古典主义那样把这些顺带抛出的意见奉为金科玉律,本身就违背了"合适"的整体性原则,也没有领悟到贺拉斯力图疗救古罗马诗人忽视技艺这一痼疾的苦心。如他自己的创作生涯所显示的,突破这些所谓的规范绝不是问题,但诗人这样做,不是基于对自身天才的迷信,而是基于精心的艺术设计和严格的艺术打磨。

如此突出技艺的重要性,在屋大维竭力将文学纳入帝国秩序的奥古斯都时代,殊非易事。自屋大维统一罗马之后,贺拉斯始终在为维护诗歌艺术的独立而挣扎,

---

[1]　Brink, *Prolegomena to the Literary Epistles* 256.

[2]　Brink, *Prolegomena to the Literary Epistles* 255, 219.

[3]　例如《歌集》第22首和第95首。

[4]　McNeill, *Horace: Image, Identity, and Audience* 157.

在与来自皇帝的政治压力周旋的过程中，"技艺"成为贺拉斯的有效挡箭牌。在他一再拒绝为屋大维写史诗之后，后者质问他为何连书信体诗都不肯给自己写，贺拉斯虽然被迫回信，但仍未屈服，他辩解道："你的庄严／不容许卑下的诗歌，羞耻的我也不敢／尝试自己无力承担的工作。而且，／殷勤其实是一种冒犯，如果太愚拙，／尤其当它换上了格律和艺术的面目。"[1]换言之，贺拉斯声称自己不能为屋大维写长诗，并非是在政治上冒犯他，而是自己在"技艺"上不够资格。他一生最长的诗最终不是写给罗马皇帝的，而是这首为技艺正名的《诗艺》。

---

[1]　*Epistlulae* 2.1.157b-61.

内战、征服与民族救赎

——贺拉斯《颂诗集》第一部第二首解读*

从古罗马时代为贺拉斯作注的波皮里昂(Pomponius Porphyrion)算起,围绕《颂诗集》第一部第二首(*Carmina* 1.2)的争议已持续了 1 800 年。在贺拉斯最引以为豪的《颂诗集》里,由于第一首诗(献给麦凯纳斯)带有序言的性质,这首诗才是真正意义上的开篇之作、定调之作,它集中体现了贺拉斯的政治立场和艺术立场。因此,关于它的争议直接关系到我们对贺拉斯的总体评价。他究竟是一位御用的宫廷诗人,对自己的恩主麦凯纳斯、对罗马的恩主屋大维感激涕零,惟恐奉承不周,还是一位有独立操守的艺术家,虽有恩必报,但始终坚持自己的判断? 如果说他以罗马的民族诗人自命,深信自己用诗歌"建造了比青铜更恒久的纪念碑"(*Carmina* 3.30),那他到底希望让什么样的思想成为不朽?

关于此诗的创作时间,多数学者定在公元前 29 年到 28 年左右,屋大维攻克亚历山大城之后、获得奥古斯都(意为"神圣者")封号之前。此时,恺撒遇刺引发的内战已接近尾声,在公元前 31 年的阿克提翁战役中,屋大维已经决定性地击败对手安东尼。此诗的基本轮廓也很清晰。1—20 行描写了种种不祥的兆象,表明罗马深陷危险之中,21—24 行是过渡部分,25—52 行猜想朱庇特会派哪位神来拯救罗马,最后的结论是墨丘利最合适。

对于将贺拉斯定位于宫廷诗人的读者来说,这首诗是不折不扣的歌功颂德之作。他们认为,诗歌前半段涉及的反常景象(雪灾、雹灾、朱庇特神庙被雷电击中、台伯河水淹罗马)都是公元前 44 年恺撒遇刺后发生的各种异象。例如维克哈姆就

* 本文首发于《国外文学》2014 年第 2 期。

援引了迪欧的《罗马史》[1]、维吉尔的《农事诗》[2]、奥维德《变形记》[3]和提布卢斯[4]诗歌中的描述[5]。最后一行把"你"称为"恺撒"(Caesar),毫无疑问指屋大维,他被尤利乌斯·恺撒收为养子时,按照罗马传统,也接受了"恺撒"的名字(此后他的全名是 Gaius Iulius Caesar Octavianus)。第 44 行出现了"恺撒的复仇者"(Caesaris ultor)的称谓,世人皆知,屋大维向来以此自命,在公元前 42 年剿杀共和派的腓立比战役之前,专门以为养父复仇的名义修建了神庙[6],他在自传中也把为父报仇作为主要功绩来夸耀[7]。如果愿意朝这个方向解读,诗作中的线索还有很多。贺拉斯没有遵循把罗马创建者罗慕路斯的母亲称为瑞亚(Rhea 或 Rea)的传统,却按照另一个传统叫她伊利亚(Ilia),这样她就成了恺撒所属的尤利亚家族的先祖。诗中台伯河神水淹罗马[8],是为她的冤屈复仇,而她的冤屈在恰斯等人看来自然是她的后代恺撒被杀[9]。就连诗中提到灶神维斯塔的神庙和罗马第二代国王努玛修建的大祭司宫殿(15—16 行),似乎也与恺撒脱不了干系,因为恺撒身前担任过大祭司,而大祭司的主要职责便是管理维斯塔的祭祀[10]。大祭司遇刺,女神当然震怒,不再听贞女的祷告(27—28 行)。不仅如此,贺拉斯所呼求的每一位神都可视为对屋大维的奉承[11]。阿波罗是恺撒家族、尤其是屋大维本人的守护神;维纳斯是埃涅阿斯的母亲,从而与恺撒和屋大维都有血缘关系;战神马尔斯是罗慕路斯的父亲、是整个罗马族的祖先;最后一位神墨丘利甚至是屋大维的化身(关于这一点的争议见后文),作为和平使者和贸易神,他最完美地再现了屋大维的伟业。

按照这样的思路,此诗的意思简单得无以复加。恺撒遇刺,天降异象,罗马人陷入惊恐之中,仿佛世界末日来临,神让墨丘利化身为屋大维——恺撒的继承人和复仇者——降临世间,消灭了恺撒的敌人,恢复了和平与秩序。直到 1991 年,还有拉丁学者不假思索地沿袭着这样一副贺拉斯的形象,他在这首诗的注释中写道:

---

[1] Cassius Dio, *Historiae Romanae* 45.17.

[2] Virgil, *Georgica*, 1.466 ff.

[3] Ovid, *Metamorphoses*, 15.782 ff.

[4] Tibullus, *Elegiae*, 2.5.71 ff.

[5] E. C. Wickham, ed., *Quinti Horatii Flacci Opera Omnia*: *With a Commentary*, vol. 1 (Oxford: Clarendon, 1877) 18.

[6] Suetonius, *Vita Divi Augusti* 29.

[7] Octavian, *Res Gestae* 2.

[8] 台伯河,流经罗马城的河,在诗中被视为一位次等神。

[9] Thomas Chase, ed., *Works of Horace* (Philadelphia: Eldredge & Brother, 1881) 257.

[10] Wickham, *Quinti Horatii Flacci Opera Omnia* 20.

[11] C. H. Moore, ed., *Horace*: *Carmina and Epcarmina* (New York: American Book Company, 1902) 56.

"贺拉斯急切地接受了宫廷诗人的角色,抓住一切机会表达个人的崇拜、公众的渴求,站在屋大维一边宣扬道德改革。贺拉斯把这首颂歌放在《颂诗集》的显要位置,并暗示元首是神的化身,是为了借此表明他自己如何接近权力的中心。"[1] 即使贺拉斯有如此无耻,屋大维也没有如此愚蠢。在《闲谈集》第二部第一首中,特莱巴提乌斯劝贺拉斯写诗歌颂屋大维的军功,贺拉斯说如果自己能写,当然愿意写。对方说,你可以写元首的公义勇敢。贺拉斯意味深长地答道,倘若事实如此,他可以写,但是"我的话进不了恺撒警觉的耳朵,/ 他会把我踢开,如果奉承太笨拙"(Sermones 2.1.11-20)。可见,贺拉斯非谄媚之辈,屋大维也非庸常之人。更重要的是,上述解读在作品内部会遇到许多绕不开的障碍。

　　复仇的确是此诗的重要主题,但如康马杰所分析,诗中的复仇其实有三种,贺拉斯对每一种的态度都是不同的[2]。第一种复仇是大神朱庇特降灾(1—4 行),惩罚罗马人的罪行(暂时不论其内容),其目的是警告("震怖罗马城")。第二种复仇是台伯河神为妻子伊利亚洗刷冤屈(13—20 行),其目的是毁灭,完全超出了理性的限度,威胁到了罗马的生存,所以忤逆了"朱庇特的意旨",是贺拉斯所反对的。更值得玩味的是墨丘利的形象,在希腊和罗马神话中,墨丘利总是扮演调停人的角色,因而是和平使者,如果在诗中他就是屋大维的化身,如果贺拉斯赞扬屋大维为恺撒复仇,为何墨丘利只是"容许"罗马人称他(patiens vocari)为"恺撒的复仇者"(44 行)? 如沃姆勃所言,无论我们是把"容许"理解为更负面的"容忍",还是相对中性的"允许",至少"恺撒的复仇者"这个称号并不适合墨丘利,他也不喜欢这个称号[3]。如果说贺拉斯赞成某种复仇的话,那就是第三种复仇,其目的是"赎罪"(scelus expiandi, 29 行)。诗中除了"自命的复仇者"(指台伯河神,17—18行)、"恺撒的复仇者"外,另一个与复仇直接相关的词出现在第 51 行(inultos,"尚未复仇")。贺拉斯祈求墨丘利(或者屋大维)不要忘记罗马与帕提亚(Parthia)的仇。罗马人曾多次败于帕提亚人之手,公元前 53 年,克拉苏在卡莱战役中全军覆没,军旗被帕提亚人没收,直到贺拉斯作此诗之时仍未夺回,被视为罗马的奇耻大辱。公元前 36 年安东尼入侵帕提亚也遭败绩。"尚未"暗示,贺拉斯期待的复仇并不是消灭恺撒的敌人,而是摧毁罗马的敌人。因为此诗写作之时,谋杀恺撒的共和派"元凶"已悉数清除。康马杰还指出,贺拉斯在呼求每一位神时,突出的都是与

[1]　Daniel H. Garrison, ed., *Epcarmina and Carmina*: *A New Annotated Edition* (Norman: U of Oklahoma P, 1991) 203.

[2]　Steele Commager, "Horace, Carmina, I, 2," *The American Journal of Philology*, 80.1 (1959): 38.

[3]　Hilburn Womble, "Horace, Carmina, I, 2," *The American Journal of Philology*, 91.1 (1970): 19.

杀戮相反的特征,阿波罗是以占卜的预言神身份出现的,形容维纳斯的词是"微笑",而且她被快乐精灵和小爱神环绕,甚至战神马尔斯也"终于厌倦了太久的战争游戏"(30—37 行)。贺拉斯没有直接说出墨丘利的名,而是称他为"慈母迈亚的儿子"(almae filius Maiae),almae("养育"之意)放在迈亚神的称谓前很罕见,也传达了与杀戮相反的信息[1]。墨丘利被罗马人供在和谐女神(Concordia)的庙里,也证明他与和平的不解之缘[2]。因此,我们极难相信,贺拉斯创作此诗是为了歌颂屋大维替恺撒复仇。

努斯鲍姆认为,复仇主题和"恺撒的复仇者"称谓在此诗中都是回顾式的,贺拉斯并非鼓动屋大维继续为恺撒复仇,但也没有否定他过去的复仇行为,而是庆祝内战时代的终结,期盼崭新时代的到来[3]。努斯鲍姆根据时态把诗歌分为两部分,1—20 行是完成时,回忆过去,21—52 行是现在时和将来时,展望未来,两位复仇者(台伯河神和墨丘利)分别属于两个阶段,贺拉斯否定了前者,肯定了后者。他甚至提出,台伯河神暗指安东尼,而伊利亚影射埃及女王克里奥帕特拉。曾任恺撒副手的安东尼在恺撒死后比屋大维更积极地实施报复。事实上,镇压包括西塞罗在内的共和派、屠灭恺撒敌人的"功劳"主要应归于他,而不是屋大维。只是因为他后来与屋大维决裂,联合克里奥帕特拉与之对抗,所以这些"功劳"便落到了屋大维头上。正如台伯河神肆无忌惮的报复几乎摧毁了罗马城,安东尼所代表的残忍复仇也危及了民族的生存,只有恺撒"真正的"复仇者屋大维才能终结内战,将罗马带入和平的新时代。朱庇特降下灾祸,是要警示罗马人,让他们理解安东尼之路是毁灭之路,屋大维之路才是复兴之路。在 21—28 行的反思中,贺拉斯想象未来的世代将如何看待这段内战的历史,并祈求朱庇特派一位神来拯救罗马,表明朱庇特的警示已经奏效。努斯鲍姆还指出,这首诗的创新之处在于结合了罗马本土的赎罪主题和希腊文学中诸神显圣的传统。

这番阐释仍有很多漏洞。台伯河神象征安东尼尚可接受,因为他毕竟是恺撒的复仇者,伊利亚是维斯塔神庙的贞女,先祖罗慕路斯和雷穆斯的母亲,代表着正宗的罗马血统,如何会影射威胁罗马的异族人克里奥帕特拉? 诚如努斯鲍姆所说,赎罪是此诗的另一个关键主题,但所赎的是何罪? 如果仅仅是为谋杀恺撒赎罪,朱庇特为何要摆出毁灭整个世界的架势,不仅"震怖罗马城",而且"震怖万族"

［1］　Commager, "Horace, Carmina, I, 2" 49.

［2］　Franz Altheim, *A History of Roman Religion*, trans. Harold Mattingly (London: Methuen, 1938) 531.

［3］　Gerald Nussbaum, "A Postscript on Horace, Carm., I, 2," *The American Journal of Philology*, 82.4 (1961): 406-17.

(terruit gentes) , 让他们害怕大洪水毁灭人类的庇拉时代将会重回 (4—12 行) ？此罪的世界性意义何在？谋杀恺撒只是少数共和派人士所为，诗中每次出现"罪"的字眼时，却都是整个时代的罗马人来承担，第 23 行把青年凋落殆尽归于"父辈之罪" (vitio parentum) ，第 47 行担心墨丘利会因为憎恶"我们的恶事" (nostris vitiis) 提早返回天国，第 29 行所说的"罪" (scelus) 也没有限定于某部分人。如果贺拉斯赞成"以屋大维的方式"为恺撒复仇，那该如何理解位于作品中心的这一节 (21—24 行) ："罗马公民的利剑没能让波斯 / 丧命，战祸此起彼伏，凋落 / 殆尽的青年，拜父辈之赐，/ 将听闻这一切。"此处的波斯和末节的美地亚都是指帕提亚人。"罗马公民的利剑没能让波斯丧命"的原文"Audiet cives acuisse ferrum，/ quo graves Persae melius perirent"值得玩味。"公民" (cives) 在拉丁语中强烈暗示着"内战" (bellum civile) ，"磨剑" (acuisse ferrum) 是典型的战争意象，后面的虚拟从句直译就是"让波斯人死于此剑更好"。用"波斯人"称呼帕提亚人，很容易让罗马读者联想起当年波斯威胁希腊、野蛮威胁文明的可怕图景，有情感的煽动性。内与外的对照，褒贬分明。诗末贺拉斯再次提醒罗马败于帕提亚之仇未报，也是对此节的呼应。还有一个最重要的因素，就是贺拉斯本人对恺撒的态度。在公元前 42 年的腓立比战役中，他曾是共和派的军官，与安东尼和屋大维的军队对抗，战败后他接受了屋大维的赦免，后来成为权臣麦凯纳斯的门客。他曾以戏谑的口气谈起自己如何弃了盔甲逃离战场 (Carmina 2.7.10) ，但他一直都把昔日同袍视为密友，也从未表示过反对谋杀恺撒，甚至还曾暗示他依然认为那是对的 (Sermones 1.7) 。因此，虽然贺拉斯后来认可了屋大维的统治，但他不会以称赞后者为恺撒复仇的方式来表明忠心。

如果贺拉斯反对以复仇的名义继续清剿共和派，那他会认为自己曾经为之战斗的一方也有罪吗？沃姆勃指出，贺拉斯固然从来没有为自己年轻时代加入共和派道歉，但他也从来不曾把自己的阵营理想化，认为它真是崇高正义的，"如果说他没有忏悔腓立比战役的错误，他也从未赞美过它的正确"[1]。谴责内战的思想贺拉斯在其他诗中也表达过 (Epodes 7 和 16) 。就这首诗而言，只有把罪解释为内战，解释为同胞相残、兄弟相残，才能涵盖一个时代的所有罗马人，也只有这种罪能威胁到罗马的生存，而罗马既然是罗马人心目中的世界主宰，罗马的危机也就是"万族"的危机，诗中的末世恐惧和新世纪的急切盼望也就很好理解了。历史也是支持这种阐释的。公元前 133 年保民官格拉古被杀后，罗马的平民派 (populares) 和贵族派 (optimates) 之争愈演愈烈，百余年间大规模的内战就有三次，一次是在

---

[1] Womble, "Horace, Carmina, I, 2" 23-24.

马略和苏拉时代,一次是在庞培和恺撒时代,一次是在恺撒死后,其间还有斯巴达克起义和喀提林叛乱。几代罗马精英或者死于悬赏屠杀(proscriptio),或者死于战场,罗马抛弃近五百年共和传统,欣然接受屋大维的独裁,便是极端绝望情绪的体现。如果我们认定贺拉斯所言的罪指民族内部的仇杀,那么诗中的不少难题就迎刃而解了。

已经有多位学者提出,诗歌前半段的兆象与恺撒之死无关。赫斯特对比了贺拉斯和罗马时代其他作家的描写,认为诗中的兆象远不如恺撒死后的异象"离奇",而且此时距恺撒遇刺已经十五年[1]。康马杰也相信,1—20 行的描写不是简单地汇报兆象,如果那样,贺拉斯完全可以根据其他人的作品给出更明确指向恺撒的兆象,他用故意含混的措辞创造了更大的阐释空间,或许象征着罗马当时混乱的政治局面,为后文做铺垫,否则第五节公民磨剑的意象就太突兀了[2]。麦凯指出了另一种可能,鉴于《颂诗集》前三部直到公元前 23 年左右才发表,此诗的创作时间可能晚于公元前 28 年。这样,诗中的洪水或许不是指公元前 44 年恺撒遇刺后的洪水,而是指公元前 27 年的洪水[3]。根据迪欧的记载,元老院授予屋大维奥古斯都封号的当天,台伯河漫出堤岸,淹没了罗马的低地。占卜者把它解释为屋大维的权力将遍及四方,引发了一场献媚热潮[4]。如果麦凯的猜测是真,那么贺拉斯不仅没有随波逐流,反而借此机会向屋大维进谏,劝他尽早带领罗马步出内战阴影。无论台伯河泛滥是实有所指,还是罗马危机的象征,贺拉斯对它的描述都值得注意:"我们看见棕黄的台伯河,浪涛 / 湍急,被塔斯坎的堤岸逼返, / 汹涌着,决意冲毁维斯塔神庙 / 和努玛的宫殿。"朝着入海的方向看,台伯河左岸是罗马的地界,右岸在罗马历史的早期属于敌对民族埃特鲁里亚("塔斯坎的堤岸")[5]。台伯河水从埃特鲁里亚的方向退回,进逼罗马,象征地看是内战的行为,难怪朱庇特反对。维斯塔神庙的圣火据说维系着罗马民族的生存,绝不可以熄灭,努玛的宫殿指大祭司的住所,努玛在历史上以爱好和平著称,也是罗马宗教传统的创立者。因此,台伯河的洪水威胁到了罗马的根基,让罗马有灭国之忧。河神的疯狂行为据说是为妻子伊利亚复仇,伊利亚的痛苦并非因为恺撒被杀,而是源于她自己的遭遇。

---

[1] Margaret E. Hirst, "The Portents in Horace, Carmina I. 2. 1-20," *The Classical Quarterly*, 32.1 (1938):
       7-8.

[2] Commager, "Horace, Carmina, I, 2" 40.

[3] L. A. MacKay, "Horace, Augustus, and Ode, I, 2," *The American Journal of Philology*, 83.2 (1962):
       169.

[4] Cassius Dio, *Historiae Romanae* 53.20.

[5] Etruria(埃特鲁里亚)在拉丁语中有 Etruscus 和 Tuscus 两个形容词,基本可以互换。

根据李维《建城以来史》中记录的版本,她的名字叫瑞亚,是国王努米托的女儿,阿姆利乌斯夺取兄长努米托的王位后,故意选她为供奉维斯塔的贞女,以让努米托家绝后。此后,瑞亚怀孕生下了罗慕路斯和雷穆斯,虽然她声称他们是战神马尔斯的儿子,但阿姆利乌斯还是下令囚禁了她,并让人把孩子投入台伯河溺毙。后来两兄弟意外获救,经过一番曲折,恢复了努米托的王位。在建立罗马城的过程中,罗慕路斯和雷穆斯重复了祖辈的悲剧,手足相残,雷穆斯被罗慕路斯所杀[1]。显然,伊利亚之所以痛苦,是因为她的家族两次卷入兄弟争夺王位的内战。即使我们选择传说的另一个版本,伊利亚并非瑞亚,而是更早先祖埃涅阿斯的女儿,至少罗马人公认她是罗慕路斯和雷穆斯的母亲,她仍然是兄弟仇恨的受害者。贺拉斯对台伯河神的谴责表明,以战止战绝非结束内战的方式,只会加速罗马的败亡。这样,21—24 行对内战的沉痛反省就是水到渠成了。

内战之罪在此诗中具有浓重的宗教色彩。除开诗歌后半段的祷告、反复出现的"罪"的字眼,前半段与兆象和祭祀相关的词也有很多,第 1 行的"不祥"(dirae)、第 3 行的"神圣"(sacras)、第 6 行的"异象"(monstra)、第 16 行的"神庙"(templa)、第 18 行的"凶险"(sinistra,虽然字面意思是"左边")等词共同描绘了一幅罗马遭受天谴的图景。伊利亚和罗慕路斯(第 46 行提到的 Quirinus 是古代萨宾族的战神,罗慕路斯死后封神,与其混同)的典故似乎把天谴的原因归于罗马人的"原罪"——兄弟相残。既然罗马城的建立是以罗慕路斯杀死雷穆斯为序曲,内讧和内战便成了罗马人的基因,这或许是受百年内战煎熬的罗马人普遍的一种宿命想法。贺拉斯并不是唯一表达这种想法的诗人。同辈的维吉尔在《农事诗》中甚至把罗马绵延战祸的起因推到了比埃涅阿斯还早的特洛伊先祖拉俄墨冬(Laomedon)[2]。拉俄墨冬曾多次失信于神,结果神的诅咒一直伴随着他的家族。然而,罗马人的悲剧在于,他们总是以罪的方式来惩罚罪:内战无非是放大的兄弟相残。这样,惩罚不仅不能终结罪,反而让罪不断延续。因此,他们已经没有能力自救。贺拉斯只能想象这个民族向朱庇特求救。在朱庇特可能派出的四位神中,为什么贺拉斯觉得唯有墨丘利能担当为罗马赎罪的重任? 从恺撒的角度看,是难以解释的,因为每位神都与恺撒有密切的关系。沃姆勃的答案是,阿波罗、维纳斯和马尔斯之所以不合适,是因为在希腊神话记载的历次战争中,他们都有不顾道义、偏袒一方的行为,在内战中偏袒一方必然伤害另一方,而双方都是罗马人,他们

[1]　Livy, *Ab Urbe Condita* 1.3-7.
[2]　Virgil, *Georgica* 1.501-2.

的干预只会威胁罗马的整体命运[1]。唯有墨丘利作为诸神的信使和贸易神,天然扮演着调停斡旋的角色。然而,深陷内战思维的罗马人却误解了朱庇特的旨意,错误地把墨丘利看成"恺撒的复仇者"。贺拉斯严厉警告了这种延续历史错误的想法。他乞求墨丘利"别因憎厌我们的恶事／随疾风远返"(47—48 行),暗示这位神的忍耐是有限度的,如果罗马人执意继续内战,自相残杀,墨丘利就会在朱庇特的怒火平息前回归天界,让罗马在劫难中毁灭。

如果内战只能让民族灭亡,那么怎样才能实现救赎呢? 贺拉斯已经在诗中给出了答案。罗马公民的剑应该对准外族,罗马的战争机器应该用于征服(21—22 行,51 行)。只有向帕提亚人这样的蛮族开战,才是真正意义上的复仇,只有蛮族敌人的血才能洗尽内战兄弟的血。在最后一节里,贺拉斯暗示,真正可以为墨丘利神来带荣光的不是为恺撒复仇,而是征服异族换来的"盛大的凯旋"(49 行)。比"恺撒的复仇者"更值得他追求的头衔是"父亲"(pater)和"元首"(princeps)。此时屋大维已被元老院封为"元首",但尚未获得"国父"(pater patriae)的称号,虽然在时人心目中他已经配得上这样的荣耀。这两个词并非简单称颂屋大维,而是别有深意。"父亲"一词在第一节也出现过,指的是人神共同的父亲朱庇特,这里再次出现,明显是呼应,意味着屋大维应像天父朱庇特一样以保存罗马而不是毁灭罗马为使命,应该追求仁慈,而不要陷于残暴。在《颂诗集》的另一首诗中,贺拉斯也曾借缪斯之口劝诫击败巨人族的宙斯要采取"宽容的政策"(lene consilium, *Carmina* 3.4.41)。此外,对于冲突的兄弟或者说内战双方而言,父亲是权威的调解人。"元首"一词同样指向一个利益共同体的领导责任。尤其值得关注的是诗歌最后一行:"引领我们,恺撒"(te duce, Caesar)。如果说我们难以判断 41—51 行究竟是在祈求墨丘利还是他代表的屋大维,最后一行至少是明白无误地向屋大维发话。独立夺格结构 te duce 字面意思是"在你的带领下",但 dux(duce 原形)这个词在拉丁语中有极强的军事色彩,几乎总是指军队的统帅。贺拉斯让屋大维的身份凝定在它身上,显然是期待他在军事上有所建树,而贺拉斯所期待的军功绝不是他已经否定的内战。此前的一行已经提醒帕提亚之仇未报,然后马上称屋大维为"统帅",鼓动他征服异族的用意昭然若揭。

贺拉斯的结论似乎令人惊异。拯救罗马人的方案竟是屠杀外族人? 的确如此。贺拉斯虽然是有独立人格的艺术家,却也充满了狂热的帝国情绪。第一次世界大战鼓舞士兵充当炮灰的名句"为国捐躯,甜蜜而光荣"(Dulce et decorum est

---

[1]　Womble, "Horace, Carmina, I, 2" 16.

pro patria mori)便是出自贺拉斯(*Carmina* 3.2.13)。征服外族是贺拉斯钟爱的主题,《颂诗集》第一部中至少还有两处表达了同样的态度。在第十二首中,他祈求朱庇特保佑屋大维征服威胁罗马的帕提亚人,甚至东方海岸的"印度人和丝国人"(*Carmina* 1.12.53-56)[1]。在第三十五首中,他更直截了当地写道:"啊,多让我羞愧,伤口,罪行,/还有兄弟!铁石心肠的时代/什么不曾做过?什么可耻的事情/不曾碰?何时对神的敬畏//让青年收过手?何处的祭坛/他们不曾亵渎?啊,多么希望/钝剑在新的砧板上复原/刺向阿拉伯,刺向东方!"[2](*Carmina* 1.35.33-40),外战救赎内战的观念在此表露无遗。贺拉斯的帝国情绪甚至比身为皇帝的屋大维更浓烈,他曾多次建议屋大维向帕提亚和不列颠进军。但屋大维远比他明智,竭力避免在境外开战,而以外交手段解决问题。公元前20年,帕提亚人主动归还了克拉苏丢掉的军旗和被俘的罗马士兵,这在屋大维看来比军事胜利还要荣耀[3]。麦凯在总结贺拉斯的政治主张时写道:"他观察到意大利的社会动荡和道德沦丧,相信在此状态下,罗马必须寻找某个敌人作战,只有与异国的战争能够让罗马人的注意力从内战转移到别处。"[4]

贺拉斯的这种认识绝非独特,而是代表了古希腊罗马关于内战与征服的正统思想。早在《理想国》中,柏拉图就提出,希腊人与蛮族人(在希腊文化中,蛮族人是非希腊人的同义词)的战争是自然的,而希腊人之间的战争却不是,因此前一种战争可以无所顾忌,后一种战争却要克制。希腊人不应奴役彼此,只有蛮族人才可被奴役[5]。亚里士多德在《政治学》里概括了军事训练的三重目的,一是让接受训练者避免被人奴役,二是赢得领导地位,为被领导者(其他希腊人)的利益服务,三是奴役只配被奴役的人(蛮族人)[6]。西塞罗在《论共和国》中虽然声称,一个国家若要发动战争,必须有正当的理由——复仇或自卫。但他并非只支持防御性战争。一切威胁到罗马安全(salus)的民族都可视为罗马的敌人,先发制人的战争同样属于自卫[7]。在鼓吹外战和征服的同时,古希腊罗马思想家普遍把内战视为

---

[1] "丝国人"(Seras),罗马人把东方的一个产丝的国度(很可能是中国)称为丝国,拉丁文为 Sinae、Serica、Seres,首都名为 Sera,此处 Seras 与 Indos(印度人)并列,显然指丝国的居民。

[2] 原诗最后一行为 Massagetas Arabasque ferrum!,Massagetae 是住在里海以东的古代民族,此处为了译文的音韵效果,我省去了"马萨各塔",而加上了泛称的"东方"。贺拉斯在使用东方民族的名称时,往往是无区别的。

[3] John Bagnell Bury, et al., *The Cambridge Ancient History*, vol. 10 (Cambridge: Cambridge UP, 1976) 263.

[4] MacKay, "Horace, Augustus, and Ode, I, 2" 173.

[5] Plato, *Republic* 469b-471b.

[6] Aristotle, *Politics* 1333b38-1334a2.

[7] Cicero, *De Re Publica* 3.34-35.

一种朽败和邪恶的现象。在修昔底德笔下,城邦的内讧总是意味着政治体制的崩溃以及社会、宗教和伦理秩序的全面失衡。甚至语言的正常含义都被扭曲,争斗双方都竭力用最崇高的字眼描绘自己的动机,而用最邪恶的语汇诋毁对方。因此,修昔底德认为,内战让希腊人的性格变得野蛮。他对科孚岛政局的记述就形象地展现了内讧的腐蚀作用[1]。正因如此,当内战"不可避免"时,希腊人和罗马人就会用外战的修辞语汇来形容内战。例如在公元前 63 年的喀提林叛乱中,西塞罗极力掩盖派系之争的实情,极力渲染喀提林如何与高卢人勾结,如何要摧毁整个罗马,因而他领导的反喀提林行动实质是针对外敌(hostes)的战争[2]。如果我们对比萨卢斯特的《喀提林阴谋》,却会发现,喀提林或许只是公元前 1 世纪罗马派系倾轧中盛产的那种野心家而已,并非执意与整个罗马为敌。萨卢斯特认为,没有外战,内战就很容易产生,和平和繁荣总是物欲和权欲的温床[3]。他在《朱古达战争》中写道:在灭亡迦太基之前,"公民中间没有争权夺利的现象:对敌人的恐惧维持着国家的良好道德"[4]。公元前 146 年不仅是罗马称霸的起点,也是道德堕落的开始,这个观点逐渐深入人心。外战不仅可以制止内战,而且可以为内战赎罪,这几乎成了罗马人的集体无意识。一个非常有说服力的细节出现在塔西佗《编年史》中。屋大维死后,驻扎在日耳曼的军队哗变,新任皇帝派养子日耳曼尼库斯(Germanicus)前往安抚。谈判失败后,士兵发动叛乱。一夜杀戮之后,他们终于心生悔意。塔西佗不动声色地写道:"士兵们的暴戾之气仍未平息,他们突然有一种向敌人进军的冲动:那将是为他们的疯狂赎罪,同袍的鬼魂永远不会安静下来,除非他们不洁的胸膛刻下光荣的伤口。"[5]赎罪的冲动果然威力巨大,罗马军队势如破竹,为公元 9 年罗马军队在日耳曼的惨败报了仇。这段事实是贺拉斯此诗的极佳注脚。

然而还有一个悬案:屋大维与墨丘利是什么关系? 20 世纪以前的注者通常都认为,屋大维是墨丘利的化身,也就是说在诗中屋大维的确被"神化"(apotheosis),或者说墨丘利的确被"人化"(incarnation) 了。假如贺拉斯的主要目的是歌颂屋大维,这样解释似乎是最自然的。然而,如此露骨的吹捧不仅不是贺拉斯的风格,即使在同时代罗马人中,在屋大维身前直接把他称为神也是极其罕见的,甚至擅长阿谀的元老院也没走到这一步。屋大维自己也明确拒绝别人把自己

[1]　Thucydides, *History of the Peloponnesian War* 3.69-85.

[2]　Cicero, *In Catilinam* 3.24-25.

[3]　Sallust, *Bellum Catilinae* 10.

[4]　Sallust, *Bellum Iugurthinum* 41.

[5]　Tacitus, *Annales* 1.49.

奉为神。因此,埃尔默坚持认为,墨丘利只是屋大维的"象征"。不仅如此,整首诗都是象征,无论是前半段的兆象,还是后半段的神。而阅读象征手法的作品,最大的错误便是"按字面解读"[1]。沃姆勃也称,墨丘利在诗中没有变成任何人,包括屋大维在内,他和墨丘利的形象反差太大[2]。即使屋大维与墨丘利可以画上等号,哈里森相信,这也不是出于谄媚,而是贺拉斯受到亚历山大诗人卡利马科斯(Callimachus)影响的一个例证。在卡利马科斯的诗中,托勒密二世的王后阿尔西诺厄也变成了神[3]。沃姆勃指出,考虑屋大维与墨丘利的关系时,绝不能忽略42行的关键词"模仿"(imitaris),它排除了屋大维"神化"的可能。他还把这个词与前文"朱庇特将把赎罪的职司交给谁?"(29行)联系起来,指出"模仿"(也可理解为"扮演")和"职司"(partes,也可理解为"角色")都有明显的戏剧语言色彩[4]。如果墨丘利只是扮演一位"青年"(iuvenem,通常理解为指屋大维)的角色,那么他就不可能是这位青年,他不认同屋大维所认同的恺撒复仇者身份,而更喜欢"父亲"和"元首"的称号,可以理解为一种在满足屋大维虚荣心前提下的反向劝诫。表面上看是墨丘利模仿屋大维,实际上贺拉斯是希望屋大维模仿他所描绘的墨丘利,停止内战,实现国内和平,将精力放到开疆拓土、征服异族上去。更重要的是,正如墨丘利的角色是大神朱庇特指派,屋大维也应承担起类似的天命,用外战洗净内战的血,实现罗马民族的救赎。

因此,正如康马杰所说,贺拉斯《颂诗集》第一部第二首虽然表现出颂歌的所有外在形式,骨子里却是警示屋大维的进谏之作(cautionary verse)[5]。它用现实的凶兆、想象的灾难和急切的呼吁提醒屋大维不要重蹈百年内战的覆辙,要用外战和征服恢复罗马的荣光。屋大维虽然对贺拉斯有赦免和奖掖之恩,贺拉斯却并未丧失自己的独立思想,但他的思想本身却反映了罗马民族的集体无意识——帝国情结和种族偏见。

---

[1] Jefferson Elmore, "Horace and Octavian (Car. I. 2)," *Classical Philology*, 26.3 (1931): 262-3.

[2] Womble, "Horace, Carmina, I, 2" 23.

[3] S. J. Harrison, *Generic Enrichment in Vergil & Horace* (Oxford: Oxford UP, 2007) 170.

[4] Womble, "Horace, Carmina, I, 2" 19.

[5] Commager, "Horace, Carmina, I, 2" 38.

帝国边缘的"野蛮人"：奥维德流放诗歌中的 "文化殖民问题" *

在古罗马主要诗人中，唯有奥维德曾在边疆地区长期生活过。公元 8 年，他被皇帝屋大维放逐到黑海之滨的托密斯（今罗马尼亚康斯坦察），直到公元 17 年去世也未离开。该地区属于罗马的摩西亚行省，北邻斯基泰人控制的萨尔马提亚，西北则与多瑙河各部落控制的达契亚接壤。与众多罗马人眼中的"蛮族"近距离接触给了奥维德一个重新理解帝国的机会，也让他得以重新思考"野蛮人"的定义，这些感受都融入了流放时期的五部《哀歌集》（ *Tristia* ）和四部《黑海书简》（ *Ex Ponto* ）中。长期以来，古典学界关于这些作品的争论都聚焦在奥维德是"亲奥古斯都"还是"反奥古斯都"的问题上，哈比奈克在 1998 年的专著《拉丁文学的政治》中却以后殖民主义理论为依据，提出奥维德不仅在一般意义上忠于屋大维，更卷入了"罗马帝国主义的计划"[1]，是帝国边疆一位自觉的"文化同化者"[2]。无论我们是否认同他的观点，哈比奈克都迫使我们不再仅仅纠缠于诗人与皇帝的关系以及奥维德对国内政策的态度，转而去探究奥维德在罗马帝国与边疆蛮族的关系中究竟扮演何种角色。当然，罗马的对外政策是对内政策的延续，奥维德对皇帝的态度也会影响他对蛮族的看法。例如加拉索就认为，即使在遥远的蛮域，奥维德仍是"维护皇室价值观和利益的代言人"[3]，而"反奥古斯都"的学者克拉森则相信，奥维德在流放诗歌中对皇室的多处影射都是极不恭敬的，夸张的奉承正是为了掩盖

＊ 本文首发于《外国文学》2019 年第 2 期。

[1]　Thomas N. Habinek, *The Politics of Latin Literature*：*Writing*, *Identity*, *and Empire in Ancient Rome* （Princeton：Princeton UP, 1998）152.

[2]　Habinek, *The Politics of Latin Literature* 161.

[3]　Luigi Galasso, "Epistulae ex Ponto," *A Companion to Ovid*, ed. Peter E. Knox （Oxford：Blackwell, 2009）205.

傲慢的幽默[1]。但要对哈比奈克的"指控"作出有价值的回应,我们则必须从总体上考察罗马帝国对待蛮族的态度,更需警觉地审视奥维德作品的诸多细节。

哈比奈克认为奥维德时代的摩西亚行省就如同 19 世纪英国的海外殖民地。这种类比有一定道理。罗马帝国在各行省驻扎了军队,任命了行政长官。这在奥维德的流放诗歌中有证据,《黑海书简》第 4 部第 7 首是写给管辖黑海西岸地区的长官维斯塔利斯的信,第 4 部第 9 首则提到了负责多瑙河流域防务的将军弗拉库斯。更重要的是,居于帝国中心的罗马城从来都不是一个生产性的城市,进口的物品是天文数字,出口却几乎为零,是海外行省和属地的财富支撑着它。它对行省的剥削和压榨不像中央与地方的关系,而更接近宗主国与殖民地的关系。但罗马帝国与近代殖民帝国的类比到此便止步了,伴随着殖民主义扩张的大规模文化渗透并未在罗马的行省普遍发生。

之所以如此,是因为罗马民族虽然有以政治法律制度为基础的优越感,却从未有过文化优越感。哈比奈克能够举出的唯一反证是维吉尔的《埃涅阿斯纪》(*Aeneid*)。诗中安喀塞斯对埃涅阿斯说:"罗马人,记住,用你的权威统治万国,/这将是你的专长:确立和平的秩序,/宽宥温驯之民,用战争降伏桀骜者"(6.851-3)。这里的劝诫固然强调了罗马征服异族的"天命",但并无哈比奈克所称的文化帝国主义观念,因为安喀塞斯在上文强调的恰恰是文化优势和帝国统治的才能分属不同的民族,他提到有些民族擅长雕塑,有些则精于演说术和天文学(6.847-50),罗马人的使命则是征服和管辖这些民族[2]。在希腊人面前,罗马人甚至还有文化自卑感,贺拉斯写道,"被征服的希腊征服了野蛮的征服者,把艺术/带给粗鄙的拉提乌姆[指罗马]"(*Epistulae* 2.1.156-7),奥维德在《岁时记》(*Fasti*)里也说:"被征服的希腊,雄辩却不勇敢的民族,/还未曾将她的艺术传给征服者"(3.101-2)。如果说希腊虽是异族,却非罗马人眼中的蛮族,因而不具代表性,那么罗马皇帝屋大维本人为军国主义政策所作的辩护足以证明,文化扩张并非罗马的目标。在《功德录》(*Res Gestae*)对战争的记述中,他只强调了四个观念:仁慈、和平、正义与安全。在谈及西北欧的征伐时,他以和平与正义为理由(26.1-3);而在回顾对多瑙河部落叛乱的弹压时,他则以安全为借口(30.1-2);仁慈则是他自始至终标榜的美德。因此,至少从国家的角度来说,罗马从未把征服异族的战争视为先进文化改造野蛮文化的行为。

---

[1] Jo-Marie Claassen, *The Poet in Exile* (London: Duckworth, 2008) 29-51.

[2] P. J. Davis, "The Colonial Subject in Ovid's Exile Poetry," *The American Journal of Philology*, 123.2 (2002): 257-73.

　　奥维德本人更不具备参与"文化殖民"的条件。文化殖民总是伴随着一种使命感和强烈的目标意识,例如康拉德《黑暗的心》里的库尔茨,虽然最终被丛林和人性的双重黑暗吞噬,但他在启程去非洲之际,却是充满了将"光明"和"进步"带给土著人的希冀的。奥维德则不同,他从未梦想去帝国的边疆,而只想在首都罗马终老。他最终死在托密斯,绝非自己的选择,而是被皇帝放逐的结果。他在信中对朋友们说:"我一再提出相同的要求,已穷尽言辞,／无休却无用的祷告已让我羞耻。／你们恐怕早已经厌倦我单调的诗句,／我的叮嘱你们也早已背熟"(*Ex Ponto* 3.7.1-4),这"要求"和"祷告"便是离开黑海左岸这片可憎的地方。一位文化殖民者怎会如此急切地抛弃自己的阵地? 诗人不仅没有让这片异域变得文明的激情,甚至死也不愿与它有任何瓜葛。他渴望回到罗马或改判别处,"因为,若灵魂不死,飘荡在空茫的天宇,／若毕达哥拉斯所言竟然不虚,／罗马亡灵就将在萨尔马提亚的鬼魂中 ／浪游,永远困于蛮族的异乡"(*Tristia* 3.3.61-64)。

　　尽管如此,奥维德在流放诗歌中仍有某些"疑似"文化殖民的症候,我们需要一一澄清。最让人疑惑的例子出现在《黑海书简》第 4 部第 13 首中:"唉! 我已羞耻地用盖塔语写了一首诗,／以罗马的格律编织蛮族的词。／我已经赢得(祝贺我!)粗野盖塔人的欢心,／他们已把我看作一位诗人。／什么题材? 你会称赞我,是恺撒的颂歌! ／是神意帮助我完成了这篇新作"(19-24)。接下来我们得知,奥维德在诗中描述的是屋大维去世和封神以及提比略登基。从表面上看,用蛮族的土语创作赞颂罗马皇室的诗完全符合"文化同化者"(acculturator)的身份,而且按照奥维德的说法,他的作品朗诵出来效果也很好,"所有人都点头称善,一边晃动他们 ／满满的箭囊,长时间低声议论,／其中一人说:'既然你的诗赞美恺撒,／恺撒就应当下令,让你回家'"(35-38)。然而,这位"野蛮人"的评论太像诗人的杜撰,就连哈比奈克都认为,这段故事只是玩笑[1]。更重要的是,奥维德无非是重申了他在流放诗歌中反复突出的一个主题,那就是他的才华在与罗马文化隔绝的异域饱受摧残,甚至连拉丁语都受到了蛮族语言的污染。因此,这首诗既是一个极端的例证,表明自己已经被蛮族同化,也是间接指控皇室:如果连蛮族都能欣赏他的诗歌,任凭罗马在世的第一诗人在边疆荒废才华,是不是一种犯罪?

　　盖塔语和罗马格律的结合也引出另外一个话题,就是奥维德在边疆行省如何维系自己的罗马性的问题。哈比奈克认为,"对罗马读者而言",《哀歌集》和《黑海书简》里的悲歌"以悖论的方式确认了在帝国最遥远的边疆保持个人罗马性的可

---

[1]　Habinek, *The Politics of Latin Literature* 198.

能,它们也表明,罗马城的快乐生活若要继续,就必须做出强加于奥维德的那种牺牲"[1]。换言之,就像没有帝国工作者(empire-builder)在殖民地付出的代价,就没有英法等宗主国本土的繁荣一样,奥维德的流放固然不是自愿,但他"客观上"仍为罗马的文化扩张事业做出了贡献。然而,正如达维斯所质疑的,奥维德的"罗马性"究竟是如何维系的,是靠与蛮族的文化互动,还是靠流放诗歌和书信与罗马文学圈、政治圈保持的联络? 答案显然是后者。诗人在《哀歌集》和《黑海书简》中一再哀叹的恰恰是自己诗才的衰退和拉丁语感的钝化[2],也即是说他描绘的图景不是他如何成功地保持了"罗马性",而是"罗马性"受到了严重的威胁。

　　真正最可能支撑哈比奈克观点的是奥维德流放诗歌中广泛的罗马中心主义情绪和他所塑造的蛮族的负面形象。他毫不隐晦地表达了对这些"野蛮"部落的蔑视:"若那边至今还有人记得放逐的纳索[奥维德自称],/若我虽不在罗马,名声却活着,/请告诉他们,顶着永不落海的星辰,/我就住在蛮荒世界的中心。/凶残的民族,扫罗马泰、贝西、盖塔,/提这些名字都辱没我的才华!"(Tristia 3.10.1-8)。即使在向色雷斯国王寻求帮助时,他也是以一种文明人的身份居高临下地赞美这位蛮族诗人:"没有哪位国王受过你这么好的教育,/或者花更多的时间研习雅术。/你的诗就是证明,如果抹掉你的名,/我会说作者不是色雷斯的年轻人"(Ex Ponto 2.9.49-52)。他将自己诗才的退化归咎于野蛮的环境:"这里没有书,没有听我朗诵的耳朵,/我说的任何话,也没有一人理解。/到处充斥着野蛮的言语、野兽的叫声,/到处弥漫着对喧嚣敌人的惊恐"(Tristia 5.12.53-56)。在奥维德眼里,托密斯不仅没有文化,而且没有真正意义上的自然。罗马人习惯的自然元素——葡萄、苹果、橄榄、树林、清泉——这里都没有。这里没有绿树,只有苦艾,这里的鸟声音沙哑,这里的水苦涩混浊,这里的冬天漫长寒冷(Ex Ponto 3.1.11-24)。但比自然更可怕的是人:"如果我看景致,根本没有所谓的景致,/全世界都找不到更阴郁的土地。/如果我看人,他们几乎不能称作人,/甚至狼都比不上他们的凶狠,/公平让位于强力,对法律毫无惧怕,/战败的正义趴伏在残忍的剑下"(Tristia 5.7.43-48)。

　　如果上述引文代表了奥维德对蛮族的全部认识,那么即使我们不把他称为一位帝国主义者,至少他也是彻底的罗马中心主义者,但实情绝非如此。如后文的讨论要证明的那样,无论是对罗马帝国的理解,还是对蛮族的感受,奥维德都远比同

---

[1]　Habinek, *The Politics of Latin Literature* 153.

[2]　G. D. Williams, *Banished Voices: Readings in Ovid's Exile Poetry* (Cambridge: Cambridge UP, 1994) 50-
　　　99.

时代的罗马人复杂、深刻。他将托密斯描绘成一个远离文明世界、几乎没有自然景观、甚至神话都失去意义的绝域，既是流放时期抑郁情绪的宣泄，也是一种悲情的艺术手段和姿态，同时也有满足罗马读者猎奇心理的动机。因此，即使同时代的罗马人也普遍不相信他的诗歌证词（*Ex Ponto* 4.10.35），奥维德不得不经常在作品中争辩，自己所言非虚。但这恰好说明，就连读者都看出了他夸张的用意。他在作品中对流放生活的系统神话化策略（例如将自己比作尤利西斯和伊阿宋等神话人物、将托密斯的名字归于美狄亚肢解弟弟的传说、称数百英里外的叨立克族人牲遗址与自己只有咫尺之隔）时时暗示有经验的读者，他笔下的景象并非主要作为事实呈现给世人。在这一点上，他与以客观科学之名传播扭曲的殖民地形象的近现代东方主义者截然不同。至于他的民族中心主义，则是不可否认的。和那时绝大多数罗马人一样，奥维德相信罗马民族"天然"的先进性，他面对所谓蛮族时的那种优越感是根深蒂固的，然而他并无维吉尔那种罗马民族应当征服万族的天命观，也没有贺拉斯那样浓烈的帝国意识，如果说罗马帝国面对异族有某种殖民心态，奥维德只是这种心态的果，绝非它的因——或者说一个动力。

　　生活在托密斯的奥维德不是为了帝国利益欣然开拓边疆的将领，也不是以教化蛮族为己任的传道者，而是被皇帝逐出文化中心、流落天涯的诗人。无论他心里有多少预设的偏见、多少迁怒的理由，他首先是这片异域的观察者和体验者，而非评判者和改造者。他先入为主的想象固然在一定程度上造成了所见所闻的变异，但诗人的敏感和诚实也让新的经验冲击和挑战了他既有的观念。流放生活对他的意义在于，他有了一个新的角度、环境和心境来重新审视熟悉的罗马帝国，来认识以前只存在于传说和文献中的神秘民族。

　　在身处帝国中心的人们看来，罗马声威远播、无远弗届，各行省的居民都在屋大维的统治下安享和平。贺拉斯在诗歌中吟咏道："谁用畏惧帕提亚人，受冻的斯基泰人，/ 畏惧严酷的日耳曼尼亚产出的民族，/ 只要恺撒安然无恙？谁用担心 / 在凶狠的伊比利亚动武？"（*Carmina* 4.5.25-28）；"只要恺撒执掌大权，疯狂的内讧 / 或残暴的战争就不会驱走和平与安宁，/ 铸造利剑、让悲惨的城市彼此 / 敌对的愤怒也不会逞凶。/ 深深的多瑙河哺育的部落将不会违背 / 尤利亚家族的任何谕令，盖塔人也不会，/ 丝国人、奸诈的波斯人、塔纳伊斯河的 / 居民也将谨守律规"（*Carmina* 4.15.17-24）。在贺拉斯的想象中，就连遥远的中国人（即"丝国人"）都慑服于罗马的武力，他提到的塔纳伊斯河即冬河，在黑海北岸，离奥维德所在的托密斯不算太远，斯基泰人则控制着托密斯以北的大片土地。在奥维德笔下，斯基泰人和其他蛮族绝没有如此驯顺。托密斯从未享受过真正的和平："就算和平时，人们也活在战争的恐惧里，/ 没人会专注地深耕自己的土地。/ 或者被敌人侵袭，或者害怕侵袭，/ 只能任凭田野荒芜、冷寂"(*Tristia* 3.10.66-70)。他特别提到，"齐兹吉、科尔基、马特瑞亚和盖塔部落 / 根本无视多瑙河的天然边界"(*Tristia* 2.191-2)，"一旦寒流在希斯特河上吹出冰盖，/ 蛮族的敌人就骑着快马攻来—— / 这些敌人精于马术，善射远箭，/ 所到之处只留下废墟一片"(*Tristia* 3.10.53-56)。因此他向屋大维如此形容黑海左岸的地区："这里是意大利法律所及的最远边疆，/ 勉强附着在你的帝国肌体上"(*Tristia* 2.197-200)。总之，罗马绝不是一个稳如磐石的帝国。更令人惊讶的是这些民族对待罗马的态度："他们多数人既不在乎你，最美的罗马，/ 也不害怕奥索尼亚[即意大利]的征伐"(*Ex Ponto* 1.1.81-82)。这既因为罗马在边境的防御非常薄弱，敌人可以轻易突破(*Tristia* 5.10.17-22)，也因为这些游牧民族本身战力强大，战术优越："他们的勇气来自强弓和充足的箭矢，/ 战马也胜任无论多远的奔袭，/ 而且他们学会了长时间忍受饥渴，/ 知道追击的敌军将无水可喝"(*Ex Ponto* 1.1.83-86)。

奥维德的上述描写不仅挑战了罗马人心目中的帝国形象，也增进了他们对多瑙河流域和黑海沿岸民族的了解。如他所估计的那样，至少在屋大维时代，皇室对这一带是不太关注的(*Ex Ponto* 1.1.71-78)，在一般罗马人心中，这里基本上属于神话中的地界(著名的阿尔戈号的远征和金羊毛的故事就发生在附近)。因此，奥维德经常采用神话的框架来描绘托密斯地区，也是自然的。但当他向读者介绍各蛮族的语言、风俗和习性时，虽然做不到客观公正，但与同时代的诗歌、地理志和史书比较起来，却更有启发性和资料价值[1]。他的证词至少有三点值得注意：一是托密斯社会中希腊文化和盖塔文化的融合，二是萨尔马特人和盖塔人的游牧习惯，三是这一地区各民族社会习俗的相似性。而这三点都表明，自古希腊以来划定的所谓文明人和野蛮人之间的严格边界其实并不存在，或者未被遵守。

下面这段话尤其值得玩味："堡垒也很难保护我们，而且在城内，/ 与希腊人混居的蛮族也令人生畏，/ 因为野蛮人毫无界限地和我们住一起，/ 喧宾夺主，占据了大半的房子。/ 即使你不害怕，见他们胸前裹着兽皮，/ 披着长发，也难免心生憎意。/ 那些据信有希腊血统的居民也身穿 / 波斯马裤，早无祖先的妆扮。/ 他们之间有共同的语言可以沟通，/ 而对我，事事都须用手势表明"(*Tristia* 5.10.27-36)。据说托密斯是由古希腊米利都的殖民者在盖塔人的地域建立(*Tristia* 3.9.1-4)，古希腊人将一切非希腊民族都贬称为"野蛮人"(barbaros)，后来罗马人如法炮制，将

---

[1]　R. M. Batty, "On Getic and Sarmatian Shores: Ovid's Account of the Danube Lands," *Historia*: *Zeitschrift für Alte Geschichte*, 43.1 (1994): 89.

一切非罗马民族都归入"野蛮人"（barbarus）。但奥维德却诧异地发现，城内的希腊后裔早已换上所谓野蛮人的服饰。虽然诗的表面被"异族恐惧"（xenophobia）所笼罩，但希腊后裔和盖塔人"可以沟通"这一事实说明，民族交流和融合是完全可能的，而被隔绝在语言共同体之外的"我"之所以充满畏惧，恰恰是因为尚未越过"文明人"和"野蛮人"之间的界线。事实上，这正是后来奥维德在适应流放地生活的过程中最终所做的。

奥维德在黑海地区生活了接近十年。虽然心中不免有偏见，但他的行为却不曾侵害当地人，并最终赢得了他们的好感。他在给朋友的信中写道："你过去常赞我性情平和，现在仍如此；／我脸上谦逊的表情也仿佛昔日。／在故乡如何，这里也如何，野蛮的敌人／没能让残酷的暴力胜过文明，／这么多年来，格莱奇努斯，男女老少／都无法指责我的任何行为不公道。／所以，托密斯的人喜欢我，愿意帮助我，／这片土地能见证我无亏的品德"（*Ex Ponto* 4.9.91-98）。作为证据，他提及托密斯和邻近城市都曾以官方的名义称赞他，并给他免税的殊荣（101-104）。然而，奥维德后来遇到了麻烦："一位恶毒的翻译却煽起了民众的愤恨，／为我的作品捏造了新的罪名"（*Ex Ponto* 4.14.41-42）。他的流放诗歌被译成当地语言，惹恼了托密斯的居民，"让整个城市群情激愤"（15-16）。诗人被迫为自己辩解："可是，托密斯的人们，我没犯罪，没过失，／我喜欢你们，虽然憎恶这土地。／任何人都可以翻阅我辛苦写下的诗，／里面没一个指责你们的词！"（23-26）显然，这番话并不完全符合事实，至少在奥维德刚到流放地的时候，他在诗中的确表达过轻蔑之情，但他所说的"喜欢"却体现了他此时的态度。经过多年的相处，他已经意识到这些所谓的"野蛮人"是可亲的。他深情地写道："而且，即使我有颗比沥青还黑的心，／也不会诽谤对我这么好的你们。／托密斯的人们，我在逆境中所受的善待／告诉我，希腊血统多么富于爱。／就算在我的家乡苏尔摩，佩利尼族人／对遭难的我也不会比你们更亲"（45-50）。他虽然渴望回到罗马，但这里已经成为他的第二故乡："所以，我喜欢这里就像拉托娜喜欢／提洛岛，她流浪途中唯一的港湾。／我眷恋托密斯，对我这样的一位逐客，／直到今日它仍是忠诚的庇护所"（57-60）。这首诗出现在奥维德最后一部诗集接近末尾的位置，真切地表达了他在流放末期和生命尽头对蛮族的感受。在漫长的流放岁月里，无数亲身经历已经修正了他最初被罗马文化所灌输、毫无依据的民族偏见。

更重要的是，边疆生活不仅从感性上改变了奥维德对蛮族的印象，也给了他从理性上重新思考"野蛮人"观念的机会。他在《黑海书简》第 3 部第 2 首里意味深长地给罗马读者讲了一个故事。一位蛮族的老者对他说："善良的外乡人，我们也熟悉友谊的名字,/虽然我们隔着希斯特[即多瑙河]和庞图斯[即黑海]"(*Ex Ponto* 3.2.43-44)。接下来他举了当地的一则传说为例,这则传说恰好是一个著名的古希腊神话。按照当地的习俗,狄安娜的祭司伊菲革涅娅必须处死异乡人俄瑞斯忒斯和彼拉得中的一人,这两人是忠诚的朋友,争着要替对方死,在最后一刻,伊菲革涅娅认出俄瑞斯忒斯是自己的兄长,避免了悲剧。这是西方古典时代高贵友谊的一个典范,在罗马人尽皆知,但如今通过一位"野蛮人"之口复现出来,却别有一种效果。奥维德最后写道:"当他讲完这个人人都熟悉的故事,/听众都称赞两位朋友的情义。/显然,即使在这片最远离教化的海滨,/友谊的名字也感动野蛮的心。/生在奥索尼亚的罗马,你们该如何做,/若冥顽的盖塔人都钦慕这种品德?"(97-102)。虽然他仍沿袭了"野蛮"的称谓,这段话却表明,忠诚友谊的价值观是不同民族所共有的,奥维德甚至暗示,在这一点上,自命为"文明人"的罗马人或许反而不如"野蛮人"——他在《哀歌集》和《黑海书简》中曾一再感慨和谴责众多朋友背叛自己的行为(例如 *Tristia* 1.8,3.11,4.9,5.8,*Ex Ponto* 4.3)。

但在奥维德所有的流放诗歌中,对罗马人的民族观最具颠覆性的是这几句:"这里我反是野蛮人,我的话没人能懂,/拉丁语只招来盖塔人愚蠢的讪讽。/他们时常当着面毫无顾忌地谤毁我,/或许在讥笑我的放逐与沦落。/事实上,他们说话时我无论摇头或点头,/他们都觉得我心里有所保留"(*Tristia* 5.10.37-42)。因为奥维德在这里触及了西方古典"野蛮人"概念的最深层。古希腊人发明的 barbaros 一词最初仅仅指外族人或外国人,它是一个拟声词,模仿含糊不清、难以理解的话音,早在荷马的《伊利亚特》中就出现过 barbarophonos(词根 phon 就是"声音"的意思)的形式[1]。但在古希腊语中,言语和理性(逻格斯)恰好是同一个词——logos。所以,在潜意识的排外心理作用下,原本用以表示语言差异的中性词逐渐变成了表示文化等级的贬义词:口齿不清的人必然思维不清,缺乏文明人的理性,或者说与动物相似[2]。也即是说,"野蛮"与语言能力具有深层的同构性。当自命为"文明"的语言居于中心时,它看其他语言自然都是"含糊不清"的,因而是非理性的、野蛮的。但对于帝国边缘的奥维德而言,这种关系却逆转了。习惯居于中心的拉丁语此时却被排斥于当地的语言共同体之外,失去言说和交流能力的罗马人反而成了"野蛮人"。反讽还不止于此,奥维德并非普通的罗马人,而是在

---

[1] Shawn A. Ross, "Barbarophonos: Language and Panhellenism in the *Iliad*," *Classical Philology*, 100.4 (2005): 299-316.

[2] Lellia Cracco Ruggini. "Intolerance: Equal and Less Equal in the Roman World," *Classical Philology*, 82.3 (1987): 190.

世的最伟大的诗人(*Tristia* 5.7.55),是最善于运用语言的人,但在当地居民眼里,他甚至不如其语言难以理解的"野蛮人",而近于没有语言的野兽了,连他的肢体语言都失去了意义[1]。

因此,奥维德对"野蛮人"观念的体验和思考主要是围绕语言展开的[2]。他为我们描绘了流放地的语言环境:"只有极少人还能勉强说些希腊语,/但也被盖塔的野蛮口音征服。/至于拉丁语,整个民族里更无一人 /能用它翻译最简单不过的名称"(*Tristia* 5.7.51-54)。虽然盖塔人和其他蛮族不拥有罗马人所定义的文明,他们却拥有正常的语言交流和社会。相反,奥维德却失去了以语言参与社会的能力,因此这种语言上的隔绝堪称第二种流放,诗人不仅在身体上远离了罗马同胞,在精神上也无法融入当地的群体[3]。希腊和罗马等"文明"民族常将"野蛮"民族所处的发展阶段比作人类的婴儿期,如今奥维德从某种意义上就在经历他的第二个婴儿期(infantia),因为拉丁语"婴儿"(infans)的本义就是"无法说话"。他被迫用手势表达意思就是婴儿在获得语言能力前的典型行为,奥维德的罗马前辈诗人卢克莱修就曾写道:"无法言语,婴儿就只好采用手势,/用指头来索求他们身边的东西"(*De Rerum Natura* 5.1031-2)。就这一点而言,奥维德已经比他所称的"野蛮人"更原始、更"野蛮"了。

不仅如此,他的婴儿地位都岌岌可危,因为婴儿迟早会学会语言,而他如果执意以文明人自居,拒绝学习蛮语,就将一直陷在失语状态中。而按照西方古典时代的正统观点,人类的基本特征就是会说话(Gera 58-65)。在《物性论》中,卢克莱修指出,动物的语音仅仅是指示性的(*De Rerum Natura* 5.1060,1088),而人类语言却是符号化的(1090)。如果连手势都无法让当地人理解,奥维德的拉丁语就更没有符号的价值:"可是这里没有人听我朗诵作品,/没有人懂得拉丁词语的意蕴。/我还能怎样?写给自己,念给自己,/自己评价自己,无人挑刺。/但我也经常自问:'这番辛劳是为谁?/我的诗扫罗马泰人、盖塔人能品味?'"(*Tristia* 4.1.89-94)。但在流放生活的初期,奥维德最担心的不是与人阻断的动物状态,而是失去罗马人的身份:"我常想不起某个词、某个人、某个地名,/但身边没有谁能够给我提醒。/我常试图表达什么——真羞于承认!/却一片茫然,失去了说话的本领。/我的周遭都萦绕着色雷斯、斯基泰的蛮语,/我似乎已经掌握盖塔人的格

[1] Friedrich Hauben, "Adnuo and Abnuo in Ovid *Tristia* 5.10.41-42," *The American Journal of Philology*, 96.1 (1975): 63.

[2] Benjamin Stevens, "Per gestum res est significanda mihi: Ovid and Language in Exile," *Classical Philology*, 104.2 (2009): 162.

[3] Stevens, "Ovid and Language in Exile" 165.

律。／相信我,我好害怕我的拉丁文不再纯粹,／你在诗里读到庞图斯的词汇"
(*Tristia* 3.14.43-50)。

　　然而,现实的困境和交流的需求逼迫奥维德放弃拉丁语的语言洁癖,用牺牲
"文明人"身份的代价来保持人的身份——即通过语言与周围世界沟通的能力。
他必须放下罗马人的高傲态度:"我,著名的罗马诗人(饶恕我,缪斯!)／被迫用萨
尔马特语说许多东西"(*Tristia* 5.7.55-56);"在我的感觉里,拉丁语已经被我抛
下,／我已经学会盖塔话和萨尔马特话"(*Tristia* 5.12.57-58)。他不得不调动自己
的语言天赋,积极学习蛮族的语言。到了后来,他甚至能用拉丁语的格律写盖塔语
的诗。他自我解嘲地对罗马的读者说:"罗马也不该用自己的大师与我比较,／我
只是扫罗马泰人[即萨尔马特人]中间的诗豪!"(*Tristia* 5.1. 73-74);"如果我必须
在此终老,在野蛮的盖塔人／中间做一位诗翁,已堪慰我心"(*Ex Ponto* 1.5.65-
66)。奥维德穿越语言边界的亲身体验同样也适用于"野蛮人":如果一位原本对
盖塔语毫无所知的罗马诗人能学会这种"野蛮"的语言,那么"野蛮人"只要愿意,
也自然能学会"文明"的拉丁语。由此可见,以语言为基础的文明野蛮之分是多么
武断和缺乏逻辑。

　　当然,奥维德没有走这么远,即使他隐约领悟到这个结论,他也不敢公开宣布
他的发现,那将触怒所有在"文明"观念教育下长大的罗马读者。然而,哪怕他只
是在想象中从异族的眼光出发,称自己为"野蛮人",这种姿态本身也已经指出了
罗马帝国意识形态的盲目性和根本上的非理性,从而为敏感的罗马读者重新理解
本族与他族的关系提供了指引。这并非一种明确的政治立场,奥维德服从的是艺
术想象力(想象力没有天然的民族界限)的逻辑,但当艺术的考虑压倒政治的考虑
时,艺术就具备了政治的力量。因此,仅仅因为《哀歌集》和《黑海书简》中存在对
皇族的奉承之词和对蛮族的轻蔑之语,就给奥维德贴上"文化殖民者"的标签,认
为他拥护屋大维政权,鼓吹罗马对异族的征服[1],不仅是对罗马军国主义性质的
误解,也未能充分认识到这些流放诗歌的复杂性和矛盾之处。至少在对"野蛮人"
的思考和体验方面,奥维德抵达了西方古典诗人的极限。

---

[1]　Habinek, *The Politics of Latin Literature* 165-6.

诟詈的意义：奥维德长诗《伊比斯》研究*

在古罗马诗人奥维德的全部作品中，流放时期（公元 8—17 年）的诗歌最不受重视，创作于这一时期的《伊比斯》（*Ibis*）尤其遭到了学者们的冷落。这首诗之所以长期乏人问津，一个重要原因是它所代表的西方古典诟詈诗（curse poetry）与现代的审美趣味格格不入。然而，诟詈诗在西方源远流长，研究它对于理解古典文化颇有帮助，而且奥维德是古罗马最有创新意识的诗人，任何传统体裁在他手里都会发生戏剧性的变化，所以《伊比斯》值得我们深入探究。

西方诟詈诗至少可以追溯到古希腊诗人阿齐洛科斯（Archilochus，约前 680—约前 645 年）。贺拉斯将其视为自己讽刺诗的主要渊源，声称"帕洛斯的短长格是我／最先引入罗马，我追随阿齐洛科斯的／节奏和精神，而不是他的题材和侮辱／吕坎贝的语言"（*Epistulae* 1.19.23b-26a）[1]。阿齐洛科斯出生于帕洛斯，尤其精于短长格诗歌，吕坎贝曾许诺将女儿聂奥布勒嫁给他，后来却毁约，传说阿齐洛科斯一再写诗讽刺，吕坎贝羞愤难忍，上吊自杀。在贺拉斯看来，阿齐洛科斯的讽刺超过了合理的界限，不再是讽刺，而是诟詈，而他诟詈的武器就是短长格。所以从古希腊到古罗马时代，短长格几乎是诟詈诗的标志。奥维德在《伊比斯》中也对自己的私敌说："在这本书里我不提你的名字和恶行，／再忍耐一刻，隐藏你的身份。／如果以后你不知悔改，放肆的短长格／就会杀向你，沾满吕坎贝的血"（51-54 行）[2]。在诗歌之外，与诟詈诗相映成趣的大众文学体裁是"诅咒铭文"（defixiones），诅咒人会将诅咒对象的名字和罪过，希望他遭受的厄运写在（或刻在）方便的器物上，以期给对方招来厄运。在意大利的民间文化中，诟詈还有一种

---

* 本文首发于《国外文学》2018 年第 4 期。

[1] 贺拉斯：《贺拉斯诗全集：拉中对照详注本》，李永毅译注（北京：中国青年出版社 2017 年）663 页。

[2] 文中所有奥维德诗歌译文均引自李永毅译注，《哀歌集·黑海书简·伊比斯》（北京：中国青年出版社 2018 年版）。

流行的形式——"骂讨"(flagitationes)。"骂讨"的通常目的是索回久拖不还的欠款或迫使某人履行自己的承诺或义务,其形式通常是维权的一方纠集一批人(朋友或游民),到对方家中或在公共场合拦截对方,将其围住,高声辱骂,让公众知晓其理亏之事,迫使对方就范。

奥维德的前辈诗人融合了古希腊和古罗马的传统,其中卡图卢斯和贺拉斯都有不少作品属于诟詈诗,前者的《歌集》(Carmina)第29首就淋漓尽致地发挥了短长格的威力,抨击了恺撒属下玛穆拉掠夺罗马行省的罪行,恺撒和庞培也连带成了靶子[1]。卡图卢斯更喜欢用他擅长的十一音节体和哀歌体挖苦政客、情敌和一切他厌恶的人(例如第23、33、47、57、69、108首)。贺拉斯固然有许多相对温和的讽刺诗,但在《长短句集》(Epodon)中则不避低俗与色情,极力辱骂自己的私敌(例如第4、6、8、10、12首)。奥维德自然熟悉这些古罗马的先例,但他的《伊比斯》更直接地脱胎于泛希腊时期的一种神话诟詈诗(古希腊语 arai,拉丁语 arae)。学者华森在1991年的专著中系统研究了这种体裁[2]。推崇学识的亚历山大诗派将直接而粗糙的短长格诟詈诗变成了隐晦而精致的神话诗。它与民间的"诅咒铭文"也有明显区别,一是它从不提及被诅咒对象的真名,二是它大量引用神话典故,而"诅咒"体在古罗马帝国建立之前都未这样做[3]。这类诗歌的最著名代表是大诗人卡利马科斯(Callimachus,约前310—前240年)如今已失传的《伊比斯》,它也正是奥维德同名诗的样板:"巴提亚迪斯如何诅咒他的敌人,/我现在也如何诅咒你和拥趸。/和他一样,我的诗也覆满暗黑的细节,/虽然我还不习惯如此写作。/人们会说我忘记了自己的趣味与风格,/刻意模仿他的《伊比斯》的晦涩。/既然我还没有向众人透露你的名字,/就不妨暂时把你叫作伊比斯"(55—62行)。"巴提亚迪斯"意为"巴托斯(北非居雷奈创建者)的后代",指卡利马科斯,"伊比斯"(ibis)本义是朱鹭,卡利马科斯用它代指自己的一位私敌,奥维德沿袭了他的做法,而且明确宣布,自己将模仿他的晦涩风格。

卡利马科斯原作的长度已无从知晓,但奥维德《伊比斯》的篇幅却是惊人的。普劳图斯喜剧《普修多卢斯》(Pseudolus)中主奴二人的一段著名辱骂不过只有10行(359—368行),用了19个羞辱之词,《伊比斯》却长达644行,为对方设计的死法和惩罚多达数百种。虽然泛希腊时代的同类诗也喜欢夸张的列举,但在西方古典时代留存至今的所有诟詈诗中,《伊比斯》的长度是空前绝后的。根据赫尔兹勒

[1] 卡图卢斯:《卡图卢斯〈歌集〉:拉中对照详注本》,李永毅译注,中国青年出版社2008年版,80—83页。
[2] Lindsay Watson, *Arae*: *The Curse Poetry of Antiquity* (Leeds: Cairns, 1991) 79-193.
[3] Marco Fantuzzi, rev. of *Arae*, *The Journal of Roman Studies*, 65 (1995): 271.

的看法,全诗可以分为七个部分[1]。(1)在 1—66 行,诗人解释了自己愤怒的缘由。他生性善良,"到如今,我在世上已度过五十个寒暑,/写的每首诗都没有挑衅的企图,/纳索[奥维德自称]的几万行诗里,谁也读不到一个词,/上面沾着任何人的半点血迹"(1—4 行),而且他已经被皇帝屋大维放逐到凄苦的黑海之滨,伊比斯却仍在不停地伤害自己,因此他被迫绝地反击。(2)在 67—134 行,奥维德向天界、海洋、大地、冥府的一切新神旧神乃至半神呼吁,求他们惩罚伊比斯。(3)诗人在 135—162 行表达了他对伊比斯永恒的仇恨:"即使到那时,我已经化作缥缈的空气,/失血的幽灵也会继续恨你,/我的鬼魂会记得你的罪,跟在你身边,/我的骷髅也会攻击你的脸"(141—144 行)。(4)奥维德在 163—208 行诅咒伊比斯死后尸体将被野兽分食,灵魂在地府将像西西弗等罪人一样永受酷刑折磨。(5)在 209—250 行诗人告诉伊比斯,他命中注定不得善终,因为他出生在最不吉利的日子,被父母抛弃,只有复仇女神照看他,并且命运女神预言,某位诗人将宣告他的命运,而自己正是那位诗人。(6)251—638 行是全诗的主体部分,奥维德几乎穷尽了神话、传说、历史中所有死于非命的例子,诅咒伊比斯将遭受同样的灾祸。(7)在诗歌的结尾,诗人再次警告伊比斯立刻悔改:"这些只是我草就之书里暂时的薄礼,/以免你埋怨我已经把你忘记。/我承认太少,但你若要求,神会给更多,/愿他们垂爱,让祷告源源不绝。/你还会读到新作,而且有你的大名,/采用的格律也适合无情的战争"(639—644 行)。也即是说,若伊比斯一意孤行,诗人将动用传统的短长格诟詈诗来对付他。

　　伊比斯究竟是谁,学界一直众说纷纭,拉佩纳[2]和华森[3]曾概括过各种推测。豪斯曼[4]和威廉斯[5]认为,我们无须纠缠此类"字面"的问题,文本才是唯一值得关注的现实。然而,作为一首明显继承诟詈诗传统并在罗马公开发表的作品,当时的知情读者一定会明白《伊比斯》影射的对象,否则此诗便毫无杀伤力可言。因此,多数学者并不赞同他们的观点。卡萨里相信,奥维德通过弗洛伊德式的心理置换,让一个虚构的伊比斯成了屋大维的化身[6]。这种阐释不足信,因为《伊

[1]　Martin Helzle, "Ibis," *A Companion to Ovid* (Oxford:Blackwell, 2009) 184.

[2]　Antonio La Penna, ed., *Publi Ovidi Nasonis Ibis* (Florence:La Nuova Italia, 1957) xvi-xix.

[3]　Watson, *Arae* p. 130, n. 344.

[4]　A. E. Housman, "The Ibis of Ovid," *Journal of Philology*, 34 (1920):287-318.

[5]　G. D. Williams, *The Curse of Exile:A Study of Ovid's Ibis* (Cambridge:Cambridge Philological Society, 1996) 17-20.

[6]　Sergio Casali, "Quaerenti plura legendum:On the Necessity of 'Reading More' in Ovid's Exile Poetry," *Ramus* 26.1 (1997):107-8.

比斯》23—28 行已经以第三人称的方式称赞了皇帝的仁慈(虽然言不由衷),在同一首诗中再暗地里将他树为第二人称的靶子,显然不符合艺术逻辑。而且,尽管奥维德在《哀歌集》(Tristia) 和《黑海书简》(Ex Ponto) 中对屋大维的奉承似乎总暗藏讽刺,但皇帝是唯一可能终止其流放或减轻处罚的人,他完全没有理由直接与其对抗。那两部流放诗集中有多首作品警告背叛自己、落井下石的朋友(例如 Tristia 3.11, Tristia 4.9, Ex Ponto 4.16),与此诗可以相互印证。基于这样的理解,伊比斯的"候选人"包括拉比埃努斯(Labienus)[1]、萨比努斯(Sabinus)[2]和许基努斯[3](C. Iulius Hyginus, 前 64—17 年) 等人。其中萨比努斯出现在奥维德《黑海书简》第四部第 16 首中,根据诗中的描述,可以推知他写过模仿奥维德《女杰书简》(Heroides) 的书信体诗歌,还写过但未完成以特洛曾(珀尔修斯故乡) 为题材的史诗和一部可能与奥维德《岁时记》(Fasti) 相似的诗体历书。将许基努斯视为伊比斯原型的观点早在 17 世纪就有了,他是屋大维的获释奴隶,罗马帕拉丁图书馆馆长,学界倾向于认为他是《哀歌集》第三部第 14 首的收信人。倘若他真是伊比斯,奥维德这首充满了生僻典故的作品倒找到了一位有欣赏能力的敌人,因为许基努斯写过一部古希腊罗马神话的汇编著作《故事集》(Fabulae),在古典时代颇有名气。

无论伊比斯现实的原型究竟是何人,奥维德对他的愤怒都是史诗级的,不仅全诗有 500 余行的篇幅都是诅咒,而且奥维德所列举的折磨与死法也让人叹为观止:蛇毒(253—254 行)、刀伤(255—256 行)、坠马(257—258 行)、失明或剜眼(259—272 行)、阉割(273—274 行)、海难(275—278 行)、四马分尸(279—280 行)、抛下悬崖(285—286 行)、蒸汽烫死(289—290 行)、肝喂飞鸟(291—292 行)、毒酒(297—298 行)、吊死(299—300 行)、屋瓦砸死(301—302 行)、弃尸(303—304 行)、烧死(311—312 行)、黄沙吞没(313—314 行)、饿死(317—318 行)、活埋(325—326 行)、雷轰(327—328 行)、剥皮(343—344 行)、斩脚(345—346)……此外,伊比斯还需忍受妻子出轨(349—350 行)、妹妹乱伦(357—358 行)、女儿弑父(361—364 行) 等众多厄运。诗人所引用的神话和历史除了一些无从查考的故事外,大多出自古希腊罗马的著名史诗、史书、戏剧和神话作品,例如荷马的《伊利亚特》和《奥德赛》、维吉尔的《埃涅阿斯纪》、希罗多德的《历史》、修昔底德的《伯罗奔尼撒战争史》、索福克勒斯的《俄狄浦斯王》、欧里庇得斯的《酒神狂女》、赫西俄

[1] Léon Herrmann, "La faute secrète d'Ovide," *Revue belge de philologie et d'histoire*, 17.3 (1938): 709-12.

[2] Martin Helzle, "Sabinus in Ovid's exile poetry," *Scholia*, 14.1 (2005): 71-79.

[3] G. D. Williams, Introduction, *Ovid*, *Ibis* (Devon: Bristol Phoenix Press, 2008) xii.

德的《神谱》以及伪阿波罗多洛斯的《神话汇编》。尤其值得注意的是,奥维德大量引用了自己的《变形记》(*Metamorphoses*)和许基努斯《故事集》中的情节,仿佛这首诗也是两人神话作品的对决。在这样一个上穷碧落下黄泉的宏大神话框架中倾泻滔滔不绝的恨意,是否仅仅是艺术的夸张?

奥维德于公元 8 年因为"诲淫"的《爱的艺术》(*Ars Amatoria*)和某个无法告知世人的政治"错误"被屋大维放逐到帝国边陲的托密斯,在那里度过了生命的最后九年。五部《哀歌集》和四部《黑海书简》向我们展现了他抑郁、悲伤、苦闷、失望直至绝望的各种复杂心理体验。按照他自己的描述,他居住在一个几乎没有文化、甚至没有景致的荒凉之地,随时面临蛮族入侵的威胁,忍受着无法用拉丁语与周遭世界交流的困境,身体被病痛折磨,精神因思念而恍惚,岁月的流逝不仅无法抹平创伤,痛苦反而与日俱增。由于"禁锢的痛苦更令人窒息,当它在心里 /沸腾,更被催生出多倍的威力"(*Tristia* 5.1.63-64),他迫切需要一个渠道来发泄自己的沮丧和愤懑之情。"尽管我经常诅咒我的诗和缪斯女神,/因为我记得她们伤我多深,/但每次诅咒完,我还是割舍不下,又拿起 /仍然沾着我鲜血的可怕武器"(*Tristia* 5.7.31-34),既然诅咒诗歌没有用,就只能用诗歌诅咒自己的敌人了。因此,在威廉斯看来,《伊比斯》对奥维德而言首先便具有一种心理学的意义,可以帮助他释放积压已久的负面精神能量,而旁观的读者则可以借此看到流放生活对流放者的精神摧残有多大,竟能让奥维德这样一个性情温和的人骤然失控,变得歇斯底里。这种疯狂与另外两部作品中的沉郁共同组成了奥维德黑海时期的完整心理图景[1]。到了诗作的最后,伊比斯依然毫发无损,奥维德当然预先知道这样的结局,但他仍然需要写这首诗。在《哀歌集》里,他尚能克制、理性地警告自己的私敌(例如 *Tristia* 1.8, 3.11, 4.9, 5.8),此时他的孤绝状态似乎又进了一步,他完全沉浸在复仇的幻想中,愤怒像火山喷发出来,但当能量耗尽,他又将堕入新一轮的沉寂与抑郁之中,后来的《黑海书简》便是如此。

然而,《伊比斯》绝非如此简单。如同在其他作品中一样,在艺术上奥维德从未真正失控。任何一位读者到了诗的后半程都会觉得疑惑:奥维德真的如此愤怒吗? 数百行的诅咒真是诅咒吗? 在整个第六部分(251—638 行),诗人都用了表达祈愿的虚拟式,这意味着"没有一条会兑现,也没有一条被想象为现实"[2]。奥维德固然在发泄愤怒,但这种艺术的发泄也给了他快乐,快乐不是来自现实复仇的血

[1]　G. D. Williams, "Ovid's Exilic Poetry: Worlds Apart," *Brill's Companion to Ovid* (Leiden: Brill, 2002) 375-8.

[2]　Helzle, "Ibis" 187.

腥,而来自修辞报复的权力。作品的长度本身就在一定程度上消解了愤怒,随着想象的全面展开,诗人似乎也沉醉于语言的游戏之中了,隐藏的幽默也渐渐浮现出来。读者一旦意识到这种幽默,再一路回溯到作品开头,便会发现奥维德早已做好铺垫。幽默的机关在于他摆出诟詈诗新手的姿态。他在开篇便声称,自己以前从未用诗歌伤人,写这样的诗完全身不由己。正因为他是新手,歪曲或滥用诟詈诗的某些传统程式便不可避免。

　　"诅咒铭文"和传统文学中的诅咒通常只求助于某些特定的神(例如冥府神、复仇女神或者与诅咒者有特殊关系的神),但是奥维德却向宇宙中所有神求助,甚至包括"神界的平民,牧神、林神、/家神、河神、仙女与各位半神"(81—82 行),这就让人感觉他是一位蹩脚的、缺乏自信的诅咒者,从而暗示下文诅咒的效力也值得怀疑。他在正式启动诅咒程序之前为伊比斯设想的场景——被奥维德的鬼魂追逐、在冥府替代恶棍受罚、出生于不祥时辰、在盛产怪物的利比亚长大(135—250行)——只是传统诅咒元素的"一厢情愿"的组合,"注定无法实现"[1]。谴责某人铁石心肠时,古希腊罗马人常说他们是喝野兽的奶长大,但奥维德一本正经地描绘复仇女神用狗奶喂养伊比斯的场景(229—232 行)却多了某种喜剧色彩。另一处夸张的处理是食人神话。奥维德提到了吃掉梅拉尼坡斯脑髓的堤丢斯和将儿子做成食物给神吃的吕卡翁和坦塔罗斯,读者或许以为伊比斯也将与这些神话级别的施虐者为伍,最后他却成了被吃的人——"让你做坦塔罗斯和特柔斯的儿子",骤然逆转的情节造成了一种恐怖的幽默效果(427—434 行)。

　　在以卡利马科斯《伊比斯》为代表的泛希腊诟詈诗里,晦涩生僻的神话常用来表达各种奇特的惩罚,这种炫耀学识的做法与亚历山大诗派的其他作品路数相同。奥维德与前辈卡图卢斯、贺拉斯一样,也深受卡利马科斯等人影响。在自己的同名作品中,他既大量引用了出处难以考证的生僻典故(直至今日仍留给学界不少悬案),也用新奇的表述方式包装了古典读者所熟悉的神话和历史故事,隐去关键人名、地名而代之以晦涩的说法,让整首诗成了数百个诗谜组成的"游园会"。众多诅咒排列而不显杂乱,是因为奥维德常用类别、名字和情节的联系将它们连缀在一起。例如"愿你如阿阔托耳的儿子,失去了视力,/拄着拐杖,颤巍巍走在黑暗里;/愿你所见不超过让女儿引路的那人,/他的罪孽伤害了自己的双亲;/或者如那位因擅长预言而扬名的老头,/在他仲裁情色的争执之后;/或者像那人,就是他为帕拉斯的船 /派出鸽子,一路领着它向前;/还有他,因为见财起贪心失去了双眼,/母亲把它们献祭于儿子的坟前;/也像埃特纳的牧人,欧律摩斯的儿子 /忒勒摩斯

---

[1]　Housman,"The Ibis of Ovid" 316.

早预言他将来的祸事;／像两位裴尼迪斯,被一人点燃又扑熄／光明;像塔穆利斯和得摩多科斯"(259—272 行) 这 14 行诗就一口气概述了菲尼克斯、俄狄浦斯、忒瑞西阿斯、裴纽斯、波林涅斯托耳、波吕斐摩斯、裴纽斯的两个儿子、塔穆利斯和得摩多科斯等十位因为各种原因失明的神话人物的故事。若不熟悉古希腊神话,其中大部分很难立刻猜出。"愿你如格劳科斯,被波尼埃的马咬噬,／也跳进大海,如另一位格劳科斯;／又像与刚才这两位同名的人,愿你／也被克诺索斯的蜂蜜堵住呼吸"(555—558 行) 提及了三位格劳科斯,分别是西西弗的儿子、阿尔戈号的一位水手和米诺斯的儿子。"愿你的死法和那些去皮萨的青年一样,／头颅和四肢高悬于城门的顶上;／或者像他,时常让可怜的求婚者喋血,／自己也染红地面,罪有应得;／或者如背叛残忍国王的车夫那样死,／他给了米尔托翁海一个新名字"(365—370 行) 虽然描绘了三种不同的死法,却源于同一个故事。希波达弥娅是皮萨的公主,国王俄诺马俄斯听说一个神谕,自己将被女婿杀死,便下令向希波达弥娅求婚的人必须在马车比赛中击败自己,否则就会被杀死。十八个求婚者先后死去。佩洛普斯以半个王国的允诺为交换,说服国王马车手米尔提罗斯在国王的马车上做手脚,好让自己在与国王的马车比赛中胜出,从而获得与公主结婚的权利。结果国王在比赛中被马车抛出摔死,佩洛普斯得以和公主成亲,并继承王位,但他却食言,不仅没将王国分一半给米尔提罗斯,反而将他推入海中淹死。借助这样的处理,奥维德既炫耀了自己的学识(doctrina),也展现了自己的才华(ingenium),同时以生僻的典故为武器,与诟詈对象(许基努斯是最理想的人选) 进行智力上的较量。倘若敌人缺乏古典文化的修养,这首诗无异于对牛弹琴,但若所有的谜底都能被对方猜破,诟詈就索然无味。《伊比斯》之所以艰深难解,既有诗学的动机,也有现实的考虑。

上述特征也让《伊比斯》在诟詈诗的外表下隐藏着史诗的特质,但和有明显时间脉络和情节方向的史诗不同,奥维德的这首诗却似乎陷在列举(catalogue) 的泥潭中,并无任何真正的推进。无论在史诗还是泛希腊时期的神话诟詈诗中,列举都是常见的手法,但毫无间歇地连缀数百个典故则绝无仅有。此外,这些典故并非按时间顺序排列,而是根据语言的线索来联结,这就让众多历史和神话的碎片组成了一个凝固的、杂糅的、并置的"现在",时间在此完全失去了轮廓和意义。如海因兹所说,整篇作品"只是一个灾难的大情节(或者反情节),一种没有结构、没有终点、不可计数的无限时间"[1]。更令人惊异的是,奥维德在诗末(639—644 行) 宣称,

---

[1] S. E. Hinds, "After Exile: Time and Teleology from Metamorphoses to Ibis," *Ovidian Transformations: Essays on Ovid's Metamorphoses and Its Reception* (Cambridge: Cambridge UP, 1999) 65.

这首诗只是序曲,倘若对方毫无悔意,他会用经典的诟詈格律短长格发动真正的攻击。这在一定程度上取消了这篇作品诟詈诗的地位,奥维德几乎在说:我虽然模仿了卡利马科斯的《伊比斯》,虽然我诅咒了几百行,但我其实还没开始写正宗的诟詈诗呢。

如此看来,《伊比斯》就像《变形记》中的人物一样,停留在两种状态之间的中间地带。这种暧昧也体现在格律和体裁上。体裁越界(genre-crossing)是奥维德诗歌的典型标志和一贯策略。除了采用史诗格律的《变形记》,他一生都执着于一种体裁,那就是哀歌体,却将这种体裁玩到了极致,并借用它与各种传统体裁展开了对话。他的第一部作品《情诗集》(Amores)就戏仿了史诗,并挪用了后者的战争主题。序诗的首词 Arma(武器)呼应着维吉尔《埃涅阿斯纪》的首词,但奥维德却狡黠地说,他原本打算写"残酷的战争",小爱神却偷走了"一个音步"(Amores 1.1-4)。史诗体每行都是六音步,而罗马情爱诗的流行体裁哀歌体却是单行六音步、双行五音步。奥维德以这样的调笑方式拒绝为屋大维的军国主义唱赞歌,转而描绘男女之间的"战争",这个核心比喻贯穿他的全部创作。《岁时记》(Fasti)的题材和规模都堪比史诗,奥维德却仍然用了哀歌体来讲故事,这种选择与标题的双重含义有关,作为名词 Fasti 指罗马历法,但其词源 fas 却有"被许可的"意思,因此诗人从史诗向哀歌体的撤退或许暗示了奥古斯都时期钳制言论的政策[1]。在触怒屋大维的《爱的艺术》中,奥维德采用了说教诗的语气和写法,却未采用赫西俄德以来说教诗的正统格律——六音步,从而挪揄了这种传统体裁和屋大维故作正经、整肃道德的行为。

在《伊比斯》中,奥维德还多了一条体裁越界的理由:他所效法的卡利马科斯也是个中高手,后者的长诗《物因》(Aitia)按常理应选六音步,却用了哀歌体。在这篇晚期作品中,奥维德的体裁越界也玩出了新花样——三向越界,三向颠覆。首先,它用以"柔软"(mollis)著名的哀歌体来写恶毒的诟詈诗,是对传统短长格诟詈诗、尤其是泛希腊神话诟詈诗的越界和颠覆[2]。其次,它也是对史诗的越界和颠覆[3]。诗的篇幅远远超出了哀歌体的通常长度(150 行以内),甚至超过了卡图卢斯哀歌体微型史诗(《歌集》第 64 首,408 行)、贺拉斯的《诗艺》(476 行)、奥维德自己的《哀歌集》第二部(578 行),因此从规模看离史诗近,离哀歌远,至于内容更是

[1] D. C. Feeney, "Si licet et fas est: Ovid's Fasti and the Problem of Free Speech under the Principate," *Roman Poetry and Propaganda in the Age of Augustus* (London: Bristol Classical Press, 1998) 1-25.

[2] Alessandro Schiesaro, "Dissimulazioni giambiche nell'Ibis," *Giornate filologiche 'Francesco Della Corte,'* 2 (2001): 125-36.

[3] Williams, *The Curse of Exile* 90-91.

引用了大量的神话和历史典故。然而,诗中却没有一位史诗所需的正面形象,所有出场的角色无一例外都是为了演示某种死法或可怕的遭遇,它更缺乏史诗所必备的目的论终点——某个文明的覆灭、创建或救赎。如果这也是史诗,那只是一种没有出口和"意义"的史诗。最后,《伊比斯》也是对奥维德纠缠一生的哀歌体的越界和颠覆。在流放期间,奥维德一直在对自己的哀歌体进行革新。流放前的《女杰书简》已将哀歌体发展成一种高度戏剧化、虚构化的书信体诗歌,到托密斯之后创作的《哀歌集》则将罗马哀歌体的情爱主题置换成流放主题,用亲身体验替代了浪漫想象,《黑海书简》由于点明了现实的收信人,在延续流放主题的同时,更突出了哀歌体的书信特质。《伊比斯》由于表面上是一首诅詈诗,就需要在更大程度上远离哀歌体的传统。它和奥维德生涯早期的《情诗集》形成了有趣的对照。诗人在那里放弃了战争主题,沉醉于阴柔的爱情;在这里诗人却被迫拿起武器,与自己的敌人"一直交战,死亡也不能终止"(139 行)。这也呼应着《哀歌集》第 4 部第 1 首中的自画像:"即使年轻时,我也躲开艰苦的军训,/除非游戏,武器我绝对不碰,/如今我老了,却腰间佩剑,左手持盾,/还用铜盔罩着我花白的头顶。/因为瞭望塔的卫兵一发出袭击的讯号,/我颤抖的手就赶紧将甲胄穿好"(71—76 行)。可以说,到了《伊比斯》这里,奥维德的哀歌体生涯完成了大逆转,最温柔的体裁却发出了最刺耳的叫喊。

于此,《伊比斯》的另一层意义也显现出来,它代表了暴力文化对诗人的征服。在古罗马诗人中,奥维德的性情是比较温和的,在流放令刚下、朋友纷纷抛弃他的时候,他虽然惊愕、愤怒,但还是很有节制的,他在《哀歌集》第 1 部第 8 首中虽严厉指责了一位背叛的朋友,但在结尾还是宽厚地说:"但既然我注定还要添上这一种折磨,/昔日的友谊如今变得残缺,/就别让我记住你的过错,而让我赞美/你的忠诚,用这张怨责的嘴"(47—50 行)。但漫长艰苦的流放岁月逐渐磨去了他的耐心,他变得多疑、易怒,甚至对妻子都生出了猜忌。无论他在艺术上有多少用意,当他选择诅詈诗这种体裁来写《伊比斯》的时候,他就已经失去了对暴力文化的抵抗力了。诅詈诗之所以在西方古典时代兴盛一时,正是因为整个社会对语言暴力的崇尚。这种暴力不只体现在诅詈诗和"诅咒铭文"中,它也广泛存在于社会生活中,贺拉斯笔下的两场骂战(*Sermones* 1.5 和 1.7)表现了底层人对相互伤害的迷恋,更不用提古罗马法庭和政坛肆无忌惮的人身攻击了。

如果仅停留在语言暴力的层面,《伊比斯》就与普通的诅詈诗无异,但当奥维德将分散在古希腊罗马神话中的诸种令人发指的场面连缀到一起时,读者却突然意识到那个世界常被我们忽略的狰狞面孔:嫉妒心和报复心极强的众神肆意残害凡人,毫无节制的淫欲引发乱伦与仇杀,掌权者滥用权力杀戮无辜……六百多行的诗涉及西方古典神话的几乎所有重要情节,聚集在一起,它们产生了一种全新的心理冲击力。这个暴力的神话世界即使在所谓的黄金时代也没有丝毫的文明可言。诗中高浓度的暴力如一面魔镜,让读者得以透视西方文化基因中的暴力,从这个角度说,奥维德是借暴力帮助我们反省暴力。古罗马时代的诗人早已摒弃对神话角色的崇拜,也早不再以天真的目光看待神话。这一点上,奥维德延续了卡图卢斯的传统。卡图卢斯在《歌集》第63首中通过阿蒂斯因崇拜女神库柏勒而阉割自己的故事揭示了宗教迷惑人心、戕害心灵的力量,第64首则批判了"英雄"阿喀琉斯的冷酷无情,更通过时空倒错、角色杂糅的手法暴露了神话的虚幻本相。奥维德也是不信神话的,在《哀歌集》第4部第7首中,他列举了一系列神话角色,说自己宁可相信他们存在,也不相信朋友会变心,这样的措辞已足以证明他的态度。但《伊比斯》为何要引用神话? 在诟詈诗的框架中,让如此多读者耳熟能详的神话改头换面,突出惩罚和痛苦,却淡化情节本身,便产生了一种陌生化的效果,迫使神话所植根的文化揽镜自照。

更让人震撼的是,诗中的神话故事和历史事实是混杂在一起的,让读者无法以虚构为由从其中抽身。奥维德从希罗多德、修昔底德、波利比乌斯等人的史书中撷取了一些最能展示人心残暴与险诈的片段。在残暴方面,现实世界的君主完全不输于神话里的国王,例如萨拉米斯僭主尼可克瑞翁将古希腊著名哲学家阿那克萨库装入皮囊,让他"在臼中被研磨,/骨头代谷物发出碎裂的音乐"(571b—572行);美地亚国王阿斯图阿格斯因为大臣哈尔帕古斯不肯杀死居鲁士(国王的外孙,未来的波斯皇帝)而把他的儿子做成菜肴给这位父亲吃(545行),则更是食人神话的翻版。现实世界的夺权之路罪恶累累,例如古罗马最后一位国王塔克文的妻子图里娅公然用马车碾死了自己的父亲(363—364行);迦太基将领哈米迦尔将阿凯拉的元老院议员全部淹死在井里,并用石头埋住(389—390行)。《伊比斯》抹掉了神话与历史、虚构与真实的界限,仿佛人类的整个世界都是无边无际的杀戮、折磨与灾难,从而让奥维德对伊比斯个人的诅咒具备了普遍意义。尤其值得注意的是,奥维德在诗的某些部分甚至抹掉了自己和伊比斯的界限。他威胁对方,自己变成鬼也不会放过他:"无论我是无奈地被漫长的年月消磨,/还是亲手给自己痛快的解脱,/还是在浩瀚无垠的波浪中颠簸、沉浮,/任远方的鱼享用我的肺腑,/还是让异国的飞鸟啄食我的肢体,/是让狼嘴沾满我的血迹,/还是有人愿屈尊将我葬于黄土里,/或用卑微的柴堆焚灭尸体,/无论怎样,我都会从冥河夺路而走,/向你伸出冰手,为自己复仇"(145—154行)。然而在他的流放诗中,这些想象的死后场景正是反复萦绕在他脑海的,这些折磨也并不比他为伊比斯设计的惩罚轻。他对伊比斯的最后诅咒是:"你在这片土地上活到死,/周围是萨尔马特和盖塔的飞矢"(637b—638 行),而这不正是诗人自己每日忍受的现实和最终的归宿吗?换言之,诅咒者和被诅咒者其实都被诅咒。这样看来,《伊比斯》是奥维德最悲观的一首诗了,人类亘古以来无边无际的暴力让他永陷包围。

正如罗马帝国边缘的托密斯对奥维德而言并非是边缘,而是一个制高点,让他重新审视熟悉的帝国,成为屋大维及其政策的独特评论者和批评者;《伊比斯》对读者而言也并非奥维德最边缘的作品,它让我们在诗人的生涯尽头重新理解他与诗歌传统、自身创作历程乃至整个西方古典文化的关系。无论是它的篇幅,还是它丰富的层次,都召唤我们潜入诟詈的深处,去品读各种意义。

诗人与皇帝的对峙

——奥维德《哀歌集》第 4 部第 10 首解读 *

《哀歌集》(*Tristia*)是奥维德流放期间的作品,其中第 4 部第 10 首最著名,因为这位古罗马大诗人的生平就浓缩在此诗中。从它在诗集中的位置看,它是一首跋诗,但不同于奥维德的其他跋诗,它明显有总结一生创作、盖棺定论的味道。因此,我们首先可以将它看成一篇传记,而且是最早的"现代"传记,其重心不像古代传记,放在公共形象上,它着力呈现的是"作者的个人生活与情感经历"[1]。作品的表达方式但这首诗的论说结构和某些部分的激愤语气也表明,古典时代流行的自辩文(apologia)也是奥维德心中的样板[2]。公元 8 年,奥维德被皇帝屋大维放逐到黑海之滨,按照他自己的说法(*Tristia* 2.207),他的《爱的艺术》(*Ars Amatoria*)早已触怒君主,而某个他必须隐瞒的政治"错误"则是直接的导火索。他曾在《哀歌集》第 2 部为自己做过辩护,在这首诗里他忍不住再次证明自己的清白。此外,奥维德似乎还仿效了维吉尔《农事诗》结尾(*Georgics* 4.559-66)的写法,延续了西方古典的"签章诗"(sphragis)传统[3],但这首诗的长度远远超出了类似作品,而且它的开头"缱绻情爱的游戏者"的标签明显呼应着奥维德在《哀歌集》第 3 部第 3 首中为自己草拟的碑文(*Tristia* 3.3.73-76),所以这首诗也是诗人的文学墓志铭。奥维德巧妙地将传记、自辩和墓志铭三重功能统摄于一个目的之下:以诗歌的尊严对抗皇权。

从自传的角度看,这首诗覆盖了从诗人出生到放逐到托密斯(今罗马尼亚的康

---

* 本文首发于《外国语文》2019 年第 6 期。

[1] Jo-Marie Claassen, "Tristia," *A Companion to Ovid*, ed. Peter Knox (Oxford: Blackwell, 2009) 177.

[2] Janet Fairweather, "Ovid's Autobiographical Poem, *Tristia* 4.10," *The Classical Quarterly*, New Series, 37.1 (1987): 186.

[3] Ettore Paratore, "L'evoluzione della 'sphragis' dalle prime alle ultime opere di Ovidio," *Atti del Convegno internazionale Ovidiano* (Rome: Istituto di Studi Romani, 1959) 201.

斯坦察）五十多年间的事情,相当完整,但奥维德的用意并非简单呈现自己的一生,而是通过精心选择的细节和刻意的措辞,在自己和皇帝之间建立了隐蔽的关联[1]。在提到自己的出生之年（公元前 43 年）时,他特别强调"两位执政官被相似的命运杀死"（第 6 行）[2],这是此诗的关键暗示。恺撒遇刺后,罗马再度爆发内战,当时的执政官希尔修和潘萨率领共和派军队与安东尼激战,双双阵亡。原本支持元老院的屋大维转而向安东尼示好,并与雷必达一起建立了三人同盟（triumviri）。因此,屋大维正是在奥维德出生之年进入罗马权力圈的核心。屋大维在自己的传记中也特别强调这一点,并指出自己当时只有 19 岁。奥维德在诗中也提到（33—34 行）,自己在 19 岁时步入政坛,而且恰好也进入了三人团（triumviri）——很可能是监督刑狱（triumviri capitales）的三人团[3]。或许这只是偶然的巧合? 但如果我们研读苏埃托尼乌斯的《屋大维传》,就会意识到诗中还有更多惊人的"巧合"。屋大维在十九岁失去母亲,深受打击（*Aug.* 61.2）;奥维德也在十九岁失去兄长,陷入痛苦（*Tristia* 4.10.51-52）。两人都有三次婚姻,前两次都不成功,第三次都成功而持久（*Aug.* 62.2, *Tristia* 4.10.69-74）。两人都有一个女儿,她们结婚都不止一次,两人都做了外祖父（*Aug.* 63-4, *Tristia* 4.10.75-76）。如此众多的平行之处足以说明,奥维德在构思自己的传记时刻意影射了皇帝的生平。

　　屋大维现存的自传名为《功德录》（*Res Gestae*）,完成于公元 13 年,而奥维德的《哀歌集》第 4 部大约作于公元 11 年,所以他应该无法读到这本我们熟悉的皇帝自传。但屋大维还有一部已经失传的自传,名为《生平记述》（*De Vita Sua*）[4],十三卷的篇幅涉及公元前 25 年坎塔布里亚战争之前他的主要政治活动。这本书奥维德可能读过,即使没有,他对屋大维的生平也应该非常了解。他的第三位妻子闺名叫法比娅,是他好友法比乌斯的亲戚。法比乌斯的妻子玛尔奇娅是小阿提娅的女儿,小阿提娅的姐姐大阿提娅是屋大维的母亲。因此,奥维德的妻子跟皇室女性成员有渊源。奥维德年少成名,在罗马贵族圈中有很高的人气,屋大维的女儿大尤利娅爱好文艺,所以奥维德也经常与皇室成员、尤其是女性成员有交往。诗中影射的屋大维人生中的事实本来就不是秘密,以奥维德的人脉,也非常容易知晓。但问题在于,奥维德为何要如此处理自己生平的细节? 他被放逐到帝国边缘,本已冒犯

［1］　Fairweather, "Ovid's Autobiographical Poem" 194-5.

［2］　本文中所有奥维德诗歌译文均出自李永毅译注,《哀歌集·黑海书简·伊比斯》（北京:中国青年出版社,2018 年）。

［3］　E. J. Kenney, "Ovid and the Law," *Yale Classical Studies*. 21（1969）:244.

［4］　参考 Henrica Malcovati, ed., *Caesaris Augusti Imperatoris Operum Fragmenta*（Turin:Paraviae et sociorum, 1928）。

了皇帝,若想获得赦免或减刑,唯有向屋大维示弱。在他的流放诗歌中,他也常常违心地赞美恭维皇帝,但在这首评价自己一生的诗里,他却不甘心继续如此。通过众多相似的事实,他向屋大维传递了一个信息:你虽是至尊的皇帝,我是卑微的臣民,但其实"我们很相像"[1]。奥维德既不同于桀骜不驯、蔑视权贵的卡图卢斯,也不同于谨小慎微、圆滑缜密的贺拉斯,他对皇帝的挑衅往往是一种艺术上的"身不由己",因为他太热爱自己钟情的缪斯,太迷恋语言和修辞的游戏,不能容忍政治强权对创作自由的压制。

　　这种倔强的姿态也体现在诗作的另一条线索里。自从柏拉图记录的苏格拉底自辩以来,无罪辩护早已成为西方古典文学的传统样式,受过良好修辞术训练的奥维德自然精通此道。从自辩体的框架看,全诗132行可以分为六个部分:1—2行是简短的开场白(prooemium),向读者发话;3—80行记述了诗人从出生到流放之前的生活(narratio);按照自辩文的要求,奥维德接下来应当展开论述自己无罪,并请求证人作证,但他没有直接申辩,而是向已经去世的父母发誓自己是无辜的(81—90行);然后,奥维德在91—92行再次向读者发话,作为过渡;(5)第二段记述(93—114行)回顾了诗人被流放以来的悲惨经历;(6)诗末的115—132行是尾声(epilogus),奥维德先向缪斯感恩,再向读者致谢。

　　根据《哀歌集》第2部的概括,诗人被放逐的第一个原因是《爱的艺术》,它为奥维德招来了"诲淫"的罪名(Tristia 2.211-212)。整肃罗马的性道德本是屋大维让罗马人转移注意力、为帝制打掩护的障眼法,但到了其统治末期,这番努力已经陷入内外交困的境地,既遭到罗马实权阶层的强力抵制,也被皇室内部的丑闻一再羞辱,正苦于愤怒和沮丧之情无处发泄,奥维德偏偏不识时务,发表了公然鼓励偷情的《爱的艺术》,且书中多有揶揄皇帝政策的语句。然而,面对淫乱丑闻缠身却道貌岸然的皇帝,奥维德却公开宣称:"我的心很柔软,抵抗不了丘比特的飞箭,/轻微的搅动都会激起它的波澜。/虽然我天性如此,容易被火花点燃,/但从无丑闻与我的名字粘连"(65—68行)。这意味着他虽有多情的弱点,但在行为上却从未逾矩。事实上,在古罗马主要诗人中,他是唯一步入婚姻殿堂的,而且从《哀歌集》和《黑海书简》(Ex Ponto),他对妻子有很深的感情。同时,这几行诗也呼应着《哀歌集》第2部中的著名说法:"相信我,我的品德迥异于我的诗歌,/我的缪斯放纵,生活却纯洁,/我写的大部分内容都是虚构和想象的,/所以难免比作者放肆轻狂。/书并非心灵的写照,而是高尚的娱乐,/穷形尽相,愉悦大众的耳朵"(Tristia 2.353-8)。因此,指责《爱的艺术》是淫书的屋大维完全不理解艺术与生活的分野,

---

[1] Fairweather, "Ovid's Autobiographical Poem" 195.

是缺乏文学修养的体现。

然而,奥维德遭受迫害的关键原因是某个政治"错误",一个他必须永远埋葬、永远不能向任何人透露的"错误",正是这个"错误"使得屋大维龙颜大怒,决心旧账新账一起算。从《哀歌集》中的多处暗示(Tristia 2.103-108, 3.5.49-50, 3.6.27-32)可以推测,诗人无意中撞破了某位皇室女成员的奸情,却不敢向屋大维报告,等消息终于传到皇帝耳朵里的时候,整件事情的性质便不可避免地起了变化。从屋大维的角度来理解此事,或者奥维德一直知情,或者他发现秘密后隐瞒不报,是故意让皇室出丑。联系到奥维德在诗歌中的桀骜态度,更可怕的推断是,他有政治目的。此前罗马已经有贵族企图利用公主尤利娅的众多婚外关系来控制她,进而左右皇室继承的方向,屋大维对此极为警惕。无论真相如何,对屋大维来说,最安全的解决办法就是让奥维德迅速地、永远地离开罗马。对于这种诛心的猜度,奥维德嗤之以鼻。在提及十九岁进入三人团的经历后,他特别解释了自己弃政从文的原因:"下一步就是元老院,但我只愿做骑士,/那样的重担超出了我的能力。/我没有坚忍的身体,也没有坚强的心灵,/总是逃避风险重重的官场,/阿欧尼亚的姐妹也劝诱我追求闲逸的 /生活,这也是我自己深爱的选择"(35—40 行)。"阿欧尼亚的姐妹"即是缪斯,奥维德在眼看就可成为贵族的时候却绝然选择了职业诗人的道路,充分表明他没有任何政治野心。因此,出于某种政治上的恐惧而流放他,比道德指控还要荒谬。

至此,奥维德终于难忍激愤之情,向已经去世的父母呼告:"二老啊,你们都幸运,都能及时入土,/去世之日,儿子我尚未放逐! /我也幸运,因为你们并没有亲见 /我遭此惨祸,不用痛摧心肝! /然而,如果死者并非只留下一个名,/清瘦的鬼魂能逃脱火葬的灰烬,/父母的魂灵啊,若我的消息你们已听闻,/若我的罪名已进入冥府的法庭,/求你们相信(我如果欺骗就是亵渎),/我放逐的原因不是罪,而是错误"(81—90 行)。这段流溢着纯孝之情的文字不仅是对自己清白的辩护,也是间接对屋大维残酷对待一位诗人的控诉。在回顾流放生活的漫长折磨时,奥维德写道:"但我的灵魂不屑于向不幸臣服,凭借 /自己的力量,它终究不可击破"(103—104 行)。向来性情柔弱的诗人在逆境中变得坚强,是因为他深信自己无罪。

然而,这首诗真正的重心不在记述,也不在申辩,而是为自己撰写文学的墓志铭。作品的第一行 Ille ego qui fuerim, tenerorum lusor amorum("我就是他,缱绻情爱的游戏者")几乎复制了奥维德在《哀歌集》第 3 部第 3 首里(73—76 行)为自己草拟的碑文 Ille ego qui iaceo, tenerorum lusor amorum("我长眠于此,缱绻情爱的游戏者"),因此这是一个墓志铭式的开头。虽然现存的文献无法证明在奥维德之前 Ille ego qui 是典型的墓志铭用语,但在他之后的罗马帝国时代,这个说法和 Ille ego 已经反复出现于墓碑上了[1]。这样,"缠绵情爱的游戏者"便成了诗人对自己一生的概括。在《爱的艺术》为自己带来厄运之后,奥维德依然如此称呼自己,再次表现出面对皇权决不屈服的立场。

坚持这个说法并非简单的意气用事,它的确也是对诗人创作生涯的恰当概括。且不说《情诗集》(Amores)《爱的艺术》《爱的药方》(Remedia Amoris)《女杰书简》(Heroides) 等作品都是直接以情爱为内容,在《岁时记》(Fasti) 和《变形记》(Metamorphoses) 这两部巨制中情爱也是重要主题。从格律看,除了《变形记》,奥维德一生都在用哀歌双行体创作,而这是古罗马爱情哀歌的标准格律。他也明确地将自己列入这个体裁的古罗马诗人谱系中:"加卢斯、提布卢斯、普洛佩提乌斯,/然后就是我,按先后顺序排第四"(53—54 行)。加卢斯(C. Cornelius Gallus)被广泛视为古罗马的第一位爱情哀歌大师。提布卢斯(Albius Tibullus)是奥维德最欣赏的哀歌作者,可惜英年早逝。普洛佩提乌斯(Sextus Propertius)大体与奥维德同时。通过这样的描述,奥维德既总结了自己一生作品的内涵,也用诗人群体的力量否定了屋大维缺乏艺术效力的裁决。

从文学墓志铭的角度看,这首诗里的生平细节又藏着另外的玄机。在描绘诗歌生涯开始之前的经历时,奥维德暗中将自己比作古希腊诗人阿齐洛科斯(Archilochus)和赫西俄德(Hesiod),前者据说是哀歌体的发明者,后者则是西方说教诗的鼻祖。奥维德与哀歌体的关联无须赘述,他的《爱的艺术》《爱的药方》等作品则明显借用了说教式的框架并戏仿了这一传统。传说两人在受到缪斯呼召前都和奥维德一样,从事着与诗歌无关的工作[2]。奥维德也突出了自己与诗歌斩不断的缘分。"可我还是孩子时,就迷恋天界的圣礼,/缪斯也悄悄拽着我做她的职司"(19—20 行),后来迫于功利父亲的压力,他只好写一些没有格律的文章,"可不知不觉,诗的节奏去而复至,/我无论写什么,最后总会变成诗"(25—26 行)。诗人从小就受到神灵庇佑的描绘在古希腊诗歌中已是传统,此前的古罗马诗人贺拉斯在《颂诗集》第 3 部第 4 首也沿袭了"神圣诗人"的观念。奥维德颇为自得地回忆:"我初次向公众朗读我的青春之作时,/髭须不过才剪掉一次或两次"(57—58 行)。这里他又暗引了泛希腊时代大诗人卡利马科斯(Callimachus)在长诗《物因》

[1]   Fairweather, "Ovid's Autobiographical Poem" 187.

[2]   Fairweather, "Ovid's Autobiographical Poem" 189.

(*Aitia* 1.21-2) 中的自述[1]，而后者的诗学影响了他一生[2]。借助这些隐秘的关联，奥维德将自己嵌入了延续千年的古典诗歌传统中。

奥维德的自我意识中也包含清晰的时代意识。他专门提到，在自己的出生之年，两位执政官战死，这个史实不仅有政治含义，也有诗学含义。它之于奥维德，如同一年后的腓立比战役之于贺拉斯，都代表了共和政体的覆灭；对于晚生二十余年的奥维德来说，它也是两代诗人的分界线。比他早一代的维吉尔、贺拉斯等诗人年轻时期都经历了罗马共和国末期剧烈的社会动荡和惨烈的内战，而当奥维德成年时，屋大维已经取得内战的决定性胜利，整个罗马帝国也安享和平。因此，奥维德才是真正意义上的奥古斯都时期的诗人，他在诗歌生涯的前期也受益于古罗马文学的黄金时代。正是在这样的大背景下，他和普洛佩提乌斯、提布卢斯一样，虽然都出身骑士阶层，却都放弃了传统的从政道路，安于做一位诗人[3]。

奥维德充满温情地回忆自己年轻时的罗马诗坛："我崇拜那个时期的诗人，在我心里／这些大师就是现世的神祇。／年老的马凯尔常给我念他笔下的飞鸟，／还有伤人的蛇，治病的药草。／普洛佩提乌斯喜欢背诵柔情的诗句，／因为我和他有着相同的兴趣。／庞提库以史诗闻名，巴苏斯擅长短长格，／都是我的圈子里受欢迎的佳客。／贺拉斯用多变的音律迷住我们的耳朵，／在拉丁的竖琴上弹奏精致的诗歌。／维吉尔我只见过，吝啬的命运也没有／给我时间和提布卢斯交朋友"（41—52 行）。两千年来，抒情诗圣手贺拉斯和史诗巨擘维吉尔一直是世人眼中的顶级诗人，普洛佩提乌斯和提布卢斯的爱情哀歌也盛名不衰。其余几位的作品大半已失传，但都对成长期的奥维德启发甚大。其中，马凯尔(Aemilius Macer) 主要创作说教体诗[4]，庞提库(Ponticus) 专注于史诗[5]，巴苏斯(Bassus) 则擅长写短长格的讽刺诗[6]。虽然从格律来说，奥维德一生只用过哀歌体和史诗体，从题材来说，主要集中于情爱和神话，但事实上他博采众家之长，精于体裁越界和元素融合。所以，他所列举的这些诗人都为他提供了营养。

然而，公元 8 年的放逐让奥维德流落到了遥远的托密斯，将他从罗马城的肥沃文化土壤中连根拔起，这种痛苦对于一位诗人而言完全超过了身体上的折磨。屋

［1］　J. C, McKeown, ed., *Ovid*: *Amores I*: *Text and Prolegomena* (Liverpool: Francis Cairns, 1987) 74.

［2］　Richard Tarrant, "Ovid and Ancient Literary History," *Cambridge Companion to Ovid*, ed. Philip Hardie (Cambridge: Cambridge UP, 2002) 21.

［3］　Fairweather, "Ovid's Autobiographical Poem" 190.

［4］　Edward Courtney, ed., *The Fragmentary Latin Poets* (Oxford: Oxford UP, 2017) 292-9.

［5］　A. S. Hollis, ed., *Fragments of Roman Poetry*, c. 60 B.C.-A.D. 20 (Oxford: Oxford UP, 2007) 426.

［6］　Hollis, *Fragments of Roman Poetry* 421.

大维对触怒他的诗人实施了冷酷的报复。托密斯曾经是古希腊的米利都人的殖民地,到奥维德的时代,这些希腊移民的后代已经说一种混杂了盖塔语和希腊语的方言,这里几乎没有文化可言,时时面临多个游牧部落的入侵。皇帝为他精心选择了这处流放地:醉心于上流社会文化气息的生活赏鉴者被扔进了一个好战粗人聚居的穷乡僻壤;整日游戏语言的艺术家突然失去了用语言和周遭世界交流的能力;罗马首屈一指的诗人成了被众人讪笑、无力回嘴的野蛮人;古希腊神话的汇编者到了一个神话都失去意义的地方。奥维德的抑郁和愤懑之情几乎无处排遣,诗歌成了他唯一的慰藉:"尽管在这里被刀剑之声包围,我仍然 / 尽力用诗歌减轻命运的苦难。/ 虽然没有人能侧耳倾听我的吟诵,/ 如此却可打发难熬的时光"(111—114行)。

因此,如同自己笔下爱情哀歌中的男女主人公一样[1],他对于诗歌也怀着一种爱恨交加的矛盾感情。他被放逐,是因为受到诗歌(尤其是《爱的艺术》)的连累;但在绝境中,唯一支撑他活下去的力量却是诗歌。但两相权衡,他深知,自己的作品其实是无罪的,他只是皇权的牺牲品,而且无论皇权如何显赫,它毕竟是有限的。正如他在别处所说:"看看我,虽然失去了你们、家园和故土,/ 失去了能够夺走的每一件事物,/ 但我的才华仍然相伴,仍给我快乐,/ 这一点即使恺撒也无法褫夺"(Tristia 3.7.45-48)。因此,在自己的文学墓志铭中,他由衷地感谢诗歌:"所以,我还活着,还能承受苦役,/ 还没有被忧惧岁月的疲惫吞噬,/ 都应感谢你,缪斯:因为你给我慰藉,/ 你让我忧愁止息,病痛缓解。/ 你是引路人和同伴,你带我离开希斯特,/ 在赫利孔山间给我栖身的角落;/ 你在我生前就赐我崇高的名声,这是 / 罕有的荣耀——它通常从葬礼开始"(115—122行)。

让奥维德引以为豪的是,在强手如林的奥古斯都诗坛,他享受了文学史上很多诗人都未曾享受的好运——在生前就已确立自己的名声。而且令人惊讶的是,"'妒忌'——在世之人的诋毁者——也从来不曾 / 用恶意的牙咬我的任何作品。/ 虽然我们的时代产生了不少大诗人,/ "声名"却慷慨地对待我的天分;/ 我认为自己不如许多人,但我的口碑 / 却并不逊色,也最受世界青睐"(123—128行)。在这一点上,他甚至比贺拉斯还幸运,后者经常在诗中抱怨自己遭受世人妒忌(Carmina 2.20.3, Sermones 2.1.75, Epistulae 1.19.35-36)。因此,在文学墓志铭的框架内,奥维德融合了各种传统元素,突出了自己超越世俗的神圣性,而这是自封"神圣者"(拉丁文 Augustus)的屋大维可望不可即的。诗人简洁而庄严地宣告了自己的不

---

[1] G. D. Williams, "Ovid's Exile Poetry: *Tristia*, *Epistulae ex Ponto* and *Ibis*," *Cambridge Companion to Ovid*, ed. Philip Hardie (Cambridge: Cambridge UP, 2002) 241-2.

朽:"因此,如果诗人的预言有任何效力,/虽离死不远,我却不归你,大地"(129—130 行)。不仅如此,这种不朽与政治权力没有丝毫的关系,也不受任何政治权力的控制。在作品最后,奥维德谦逊又自信地向读者致谢:"无论这声名是由于偏爱或诗作的水准,/热忱的读者,我都应感谢你们"(131—132 行)。诗人心底当然相信自己"诗作的水准",但即便他的声名只是源于读者的偏爱,这种偏爱也是艺术趣味的选择,而与皇权的强制无关。所以,皇帝可以放逐他,迫害他,却无法改变世界对他的评价。

到了这里,传记、自辩和墓志铭三条线索交会了。奥维德完成了生平事实的追述,嘲讽了自命不凡的皇帝,用众多相似的细节提醒屋大维,其实卑微的自己和高高在上的他并无太多区别,倘若屋大维可以撰写《功德录》,那么这首诗就是奥维德的《功德录》。通过一生的回忆,奥维德也用事实证明了自己在道德上的清白,并让死去的父母作证,自己是无辜受难的,而他对流放生活中种种苦难的描绘更体现了皇帝的残忍。但更重要的是,在更高的层次上,奥维德以神圣诗人的身份挑战了皇帝的世俗权力,发出了"我和你终归不一样,我不归你管辖"的强烈信号,并为自己在辉煌的古典诗歌传统中觅得了一席尊崇的地位,预言了自己永恒的声名。

《岁时记》的动机、主题和艺术成就*

《岁时记》(*Fasti*)是古罗马诗人奥维德一部六卷五千行的长诗。这首诗的写法非常独特,它是以第一人称写成,叙述者是一位先知诗人,他向世人汇报自己的亲身经历以及与罗马神祇的会面,借此解释罗马节庆和相关风俗的由来。从结构和内容看,它显然受到了泛希腊诗人卡利马科斯《起源书》(*Aetia*)的影响,但从体裁而言,它却是爱情哀歌体。长期以来,人们都把它视为了解古罗马宗教和神话的重要参考著作,但20世纪人类学家却发现,在这方面它是不可靠的,充满了错误。然而,奥维德为何要写这样一本书呢? 表面上看,它处理的是官方题材,古罗马宗教是由官方垄断的,解释公共节庆起源似乎是官方的事,奥维德越俎代庖是为了迎合屋大维建立文学新秩序的努力吗? 如果是,诗歌第一人称写作方式的主观性又显得不妥。不仅如此,诗中还有大量材料与屋大维、皇室和皇室崇拜仪式有关。自20世纪上半叶以来,围绕诗作的动机、主题和艺术评价,西方学术界展开了漫长的重估过程。

一

《岁时记》创作的开始时间大约在公元前2年或前1年。此前发表的《爱的艺术》为奥维德赢得了声名,但他显然也意识到,屋大维的女儿尤利娅因为通奸而被放逐的事件(公元前2年)表明了皇帝整肃道德的意图与罗马现实之间的激烈冲突,也让他的这部作品显得格外刺眼。他决定创作《岁时记》这样一部"严肃"的长诗固然有艺术上的考虑,但一种无形的政治压力或许也迫使他竭力缓和与皇帝之间的紧张关系。从题材上说,《岁时记》无疑是一个好选择。屋大维在自己的统治期间,发动了一场宗教复兴运动,大规模新建或修复神庙,确立各种官方节日,将罗

---

* 本文是译著《岁时记》引言的部分内容。

马本土的宗教仪式与希腊的神祇崇拜相结合,创立了以敬拜皇室成员及其家族(恺撒所在的尤利亚家族)为中心的新国家宗教形态。奥维德从罗马官方历法中的各种节庆切入,可以在国家和民族的外衣下从容而不失体面地奉承屋大维和他的祖先、家人。

　　然而,这恐怕只是他最初的设计。如前文所述,他艺术家的天性与这种实用的意图是难以和平共存的,他在写作过程中受到了来自心底的强大反抗。他所服膺的亚历山大诗学推崇学识,这或许能让他在《岁时记》回溯古代的历程中获得愉悦,重述和杜撰传说也激活了他在《变形记》中淋漓尽致展示出的叙事天才,但他骨子里的玩世不恭使得他无法像维吉尔那样恭敬严谨地执行自己的计划。渴盼自由的他对罗马的未来其实是悲观的,所以他无法真诚地歌颂眼前的皇帝,近于谄媚的赞词总是掺入了若隐若现的嘲讽。这部作品最终只以六卷、而不是预想中的十二卷(一卷对应一月,参考《哀歌集》第 2 部 549—552 行)的形式流传下来。约翰逊认为,《岁时记》最终流产是必然的,这是由奥维德的矛盾态度和失望情绪决定的,他倾向于相信,奥维德终止此书的写作,是因为他无法容忍七月(恺撒月)和八月(奥古斯都月)将不可回避的对皇室的密集奉承[1]。

　　更多的学者用现实的原因解释这本书的未完成状态。奥维德可能为全书做过完整的设计(现存的六卷中有不少线索支持此猜想),但公元 8 年他突然被皇帝屋大维放逐,原来的创作计划被彻底打乱。在公元 8 年到 14 年之间,他的创造力仍然非常旺盛(《哀歌集》和《黑海书简》可为证),似乎有能力完成这部长诗,但他此时写诗的主要动机是争取获得皇帝的赦免或从轻发落,所以其作品大多是写给远在罗马的权贵和亲朋。但我们也可以反问,难道按原计划完成带有歌颂皇家性质的《岁时记》不更容易让他与皇帝达成和解吗?似乎是这样。所以另一种解释是,放逐令让奥维德领教了屋大维的残忍与蛮横,更不情愿(哪怕在表面上)继续为皇帝唱赞歌了。他甚至可能下定决心,用这部残缺的长诗充当无声的见证,让后世知道,皇权如何毁掉了一位天才的大作。

　　无论奥维德经历了怎样的心路历程,总之他没有继续创作《岁时记》(从未有古代作家引用过后六卷中的任何一行)。但在公元 14 年发生了一件大事,就是屋大维的去世。这部长诗原本是献给屋大维的,相关的措辞散见于全书,既然屋大维已死,诗歌在形式上就必须做一些调整。在现存的皇室成员中,奥维德和罗马民众一样,只喜欢文武双全、被视为亚历山大大帝翻版的日耳曼尼库斯,所以他便在公元 14 年至 17 年(或者 18 年)之间做了修改,将题献对象改成这位皇子。但学界公

――――――――

[1]　W. R. Johnson, "The Desolation of the *Fasti*," *The Classical Journal*, 74.8 (1978): 7-18.

认,奥维德的修改并不彻底,主要只涉及第一卷,所以诗中的"恺撒"除了开篇明确指日耳曼尼库斯、少数地方指尤里乌斯·恺撒外,难以确定究竟指日耳曼尼库斯还是屋大维。

由于古罗马历法和宗教的古代文献较为稀缺,在很长一段时间里,《岁时记》都被视为古罗马历法和宗教知识的宝库,学界对其文学成就和思想内涵的讨论并不深入。1929年,弗雷泽发表了一部里程碑式的《岁时记》评注[1],标志着这首长诗终于作为文学巨著受到重视,但相对于奥维德的其他作品,它真正成为热点则又等待了半个世纪。到了此时,学者们却发现作为历法和宗教文献,《岁时记》的价值反而不重要,因为诗人出于自己的艺术意图大量改写甚至杜撰了古代传说,他采用的多种解释并置、故意自我拆台的策略更使得作品中的权威声音变得模棱两可。与此对应,学者们争论的焦点转到了政治领域:《岁时记》究竟是持什么立场的作品?《岁时记》究竟是"亲奥古斯都",还是"反奥古斯都"?

"亲奥古斯都"也罢,"反奥古斯都"也罢,这样截然两分、不容中立的标签已经反映出屋大维统治下罗马诗歌的一个关键变化:某种大一统的文学秩序已经建立,诗人无处可逃,必须做出顺从或反叛的选择。贺拉斯、维吉尔等人进入了体制的内部,小心翼翼地在政治与艺术之间走着钢丝;奥维德却似乎游离在体制之外,以"缱绻情爱的游戏者"自居。在相当长一段时间里,他似乎有这样的资本,也有这样的空间。奥古斯都时期,职业诗人(例如普洛佩提乌斯、提布卢斯、奥维德自己)开始形成一个社会阶层,权贵的赞助制和商业化的文学流通形式互为补充,让他们有机会在上流社会建立自己的影响圈。然而,在帝制的大框架下,无论权贵恩主的庇佑还是商业读者的支持都是有限的,因为整个奥古斯都文学的终极恩主只能是皇帝和罗马国家。如哈比奈克等人所示,在屋大维的威逼利诱下,罗马的诗歌已被改造为强有力的意识形态机器[2]。

在这样的背景下,奥维德创作《岁时记》的意图确实值得探究,学界围绕《岁时记》的争论也对我们理解其流放诗歌的政治内涵颇有启发。表面上看,它处理的是官方题材,古罗马宗教是由官方垄断的,解释公共节庆起源似乎是官方的事,奥维德越俎代庖是为了迎合屋大维建立文学新秩序的努力吗?如果是,诗歌第一人称写作方式的主观性又显得不妥。不仅如此,诗中还有大量材料与屋大维、皇室和皇室崇拜仪式有关。以弗兰克尔为代表的传统观点曾认为这部作品不过是以诗体形

[1]　J. G. Frazer, *Ovid, Fasti* (Cambridge, Mass.：Harvard UP, 1959).

[2]　Thomas Habinek and Alessandro Schiesaro, *The Roman Cultural Revolution* (Cambridge：Cambridge UP, 1997).

式呈现的罗马历法。约翰逊的论文《〈岁时记〉的凄凉》开始了学界重估这部长诗的历程,他认为这是奥维德唯一的失败之作,但这种失败不应归罪于艺术,而是因为"诗中的不确定性、悖论和错觉(他自己的、皇帝的、所有人的)无法被聚合为一个有机的整体"[1]。此后的学者并不认同他对此诗的艺术评价,但和他一样保持着对政治元素的警觉。米拉尔指出,公元前 2 年到公元 29 年,罗马帝国的中心政治任务是评价屋大维的价值观留给未来的遗产[2]。格里芬认为,在此过程中,诗人们找到了既与政权保持微妙距离、又能称颂它的新方式[3]。因此,他们和其他一些学者认为,解释皇室崇拜仪式的由来才是此诗的核心,其他种种神话传说都是装饰,因此它是一部赞美屋大维的作品,是郑重宣扬帝国秩序的文学[4]。但纽兰兹却针锋相对地提出,《岁时记》的语气是嘲讽的、甚至颠覆性的,是对屋大维企图神化皇室的种种宣传的挑衅[5]。菲尼提醒我们,作品的标题本身就暗示了奥古斯都时期言论自由的收紧,因为 Fasti 既有"历书"的意思,也有"许可"的意思,诗中多处表现了在帝国统治下言论自由和创作自由遭到压制的问题,借用神祇的权威是为了撇清作者需要为作品中相关言论承担的责任[6]。海因兹通过细读揭示了奥维德如何微妙地破坏了屋大维通过神话和偶像符号建立的权威[7],巴齐艾西则在专著中试图系统地证明,《岁时记》对神话的戏谑处理和奥维德的游戏态度是对屋大维建立统一文化秩序的抵制[8]。

　　根据我们在别处对奥维德的了解,更大的可能是,上述政治解读无论正确与否,都是《岁时记》艺术处理产生的"意义效果",诗人自己虽然或许对屋大维并无好感,但也并非是有明确倾向的政治反对派。他只是执着于自己的艺术自治理念、偏好技巧的亚历山大诗学和哀歌体裁及其对应的题材与写法,而对妨碍创作自由的政治束缚有着本能的反感而已。至于他对屋大维和皇室成员的赞美,既是一种

[1]　Johnson, "The Desolation of the *Fasti*" 9.

[2]　F. Millar, "Ovid and the Domus Augusta: Rome Seen from Tomoi," *Caesar Augustus: Seven Aspects*, eds. F. Millar and E. Segal (Oxford: Clarendon Press, 1984) 2.

[3]　Jasper Griffin, "Augustus and the Poets: 'Caesar qui cogere posset,'" *Caesar Augustus: Seven Aspects*, eds. F. Millar and E. Segal (Oxford: Clarendon Press, 1984) 189.

[4]　Geraldine Herbert-Brown, *Ovid and the Fasti: A Historical Study* (Oxford: Clarendon Press, 1994).

[5]　C. E. Newlands, *Playing with Time: Ovid and the Fasti* (Ithaca: Cornell University Press, 1995).

[6]　D. C. Feeney, "Si licet et fas est: Ovid's Fasti and the Problem of Free Speech under the Principate," *Roman Poetry and Propaganda in the Age of Augustus*, ed. Anton Powell (New York: Bloomsbury Academic, 1998) 1-25.

[7]　Stephen Hinds, "Arma in Ovid's *Fasti*," *Arethusa*, 25 (1992): 81-153.

[8]　Alessandro Barchiesi, *The Poet and the Prince: Ovid and Augustan Discourse* (Berkeley: U of California P, 1997).

自我保护的障眼法,也是《岁时记》题材(国家宗教与民族记忆)所要求的,并不能简单等同于他内心的评价。

二

简单地说,《岁时记》是罗马本土宗教与希腊神话传说的融合,若要从中获取关于古罗马宗教的知识,则必须剔除古希腊神话的成分,尤其需要理解罗马古代宗教心理的特征。最初的罗马只是很小很原始的农业社会,主要以帕拉丁山和奎里纳尔山为中心。按照贝莱的概括,古罗马宗教在受到古希腊文化大规模影响前,大体上经历了三个发展阶段[1]。

第一阶段可以称为"泛生论"(Animatism)。在罗马初民眼中,各种自然客体不是某种神灵寓居的处所,它们自身就具备某种神性或超自然力量。例如,他们相信往某块神奇的石头(lapis manalis)上泼水,就会引发降雨,甚至飞鸟占卜术的基础很可能也是鸟具备神性、可以影响天气的观念。第二阶段是早期的"泛神论"(Animism)。此时罗马人只是朦胧地感觉到超自然力量的普遍存在,但并未将它与某位或某些人格神联系起来,所以他们的祷告并不求助于某位具体的神。而且他们相信自己能直接与这种力量沟通,并借助它达成自己的目的。例如他们会为避免麦锈症而燔祭一只犬,但并没有明确它献给哪位神。牧神祭司的裸跑仪式也是到后来才确定是为法乌努斯举行的。第三阶段是"神灵"(numina)观念的确立。到了这个阶段,罗马人才想象出彼此相区别的的神灵,每个神灵都寓居于固定的地点(山岭、河流、田野、泉眼、炉灶、门……),并与特定的行为或功能相联系。此时,人们不再觉得献祭之物有任何魔力,它们的用处是赢得神灵的欢心。神灵渐渐获得了人格,其功能也慢慢从自然领域延伸到道德领域。例如朱庇特不仅是天空神,也监督人类发誓的行为。

当乡野的祭祀与庆祝渐渐从家庭行为变成社区行为,最初的节日也就诞生了。从一开始罗马宗教就体现出高度形式化的特征,保守拘谨的罗马人特别在意仪式的每一个细节:正确的日子、正确的神灵、正确的地点、正确的祷辞、正确的祭品、正确的程序。任何一个元素出差错都可能引发神灵的愤怒。所以"宗教"(religio)一词在罗马文化中不仅意味着敬畏的情感,还意味着义务感和强制性。当村社逐渐演变为城邦,罗马的宗教也日益凝固,并且成为国家直接掌管的事务,形成了祭司的等级制,专祭司(flamines)负责大神的祭祀,普通祭司(sacerdotes)负责小神的

---

[1] Cyril Bailey, *P. Ovidi Nasonis Fastorum Liber III* (Oxford: Clarendon, 1921) 12-17.

祭祀,主祭司团(pontifices)则统领宗教事务,并特别负责宗教节日的管理。

　　与仪式的保守性相对照的是罗马宗教在内容上的灵活性。不仅各位神灵的职司在不断演化(例如朱庇特部分承担了战神的功能,雅努斯从门神变成了掌管一切开端的神),而且罗马人对外族的神一向持开放态度,所以罗马的神谱不断扩大。例如,他们从邻近的埃特鲁里亚吸纳了密涅瓦神,并且让她与朱庇特、朱诺一起成为罗马早期的三位主神。除此以外,他们从提布尔迎来了海格力斯,从图斯库伦迎来了卡斯托尔和珀鲁克斯,从阿文丁山迎来了狄安娜,从"大希腊"(亚平宁半岛南部)和西西里迎来了希腊诸神——阿波罗、埃斯库拉庇乌斯、德墨忒尔和珀尔塞福涅。

　　然而,希腊文化不仅为罗马增加了神祇,更强烈冲击了罗马人的思维,使得古老的罗马本土宗教有一分为三的趋势。在大众宗教崇拜的领域,罗马的"神灵"(numina)明显开始与希腊的"神"(dei)同化。原本人格特征并不清晰的神灵开始获得鲜明的形体特征和性格特征,可以像希腊诸神一样,以图画和雕塑的形式展示,并且本土的神迅速地与对应的希腊神混同。"诗人的宗教"希腊化则更明显,本土神不仅融合了对应希腊神的形象与功能,还继承了他们的全部亲族关系、全部的过去以及性情、癖好乃至一切传说,朱庇特已经与宙斯无异,朱诺与赫拉完全等同,墨丘利也摇身变成了赫耳墨斯。而对"哲学家的宗教"而言,希腊化的效应有两重:一是加剧了本土已经萌芽的怀疑主义,罗马知识分子越来越倾向于信奉一种带有泛神论色彩的一神论,而不再相信传统的罗马诸神以及对应的希腊诸神真实存在;二是引发了一种追根溯源的察古主义(antiquarianism)浪潮,其代表人物是老加图和瓦罗,后者的《圣物稽古》(*Antiquitates Rerum Divinarum*)和《论拉丁语》(*De Lingua Latina*)应当是《岁时记》的重要参考。奥维德采用的三种方法都是察古主义的基本手段:词源推演法(etymology)、英雄成神论(euhemerism)和释因法(aetiology)[1]。

　　如果这就是《岁时记》的背景,那么奥维德的这首长诗就会是文学著作和学术著作的结合,但并非如此。罗马第一位皇帝屋大维将罗马宗教带入了一个新阶段。他刻意在复兴古代宗教的假象下系统地改造了古罗马宗教,让它为大一统的新政治体制服务,通过精心的操控,他迫使保持杂糅主义(syncretism)传统的罗马宗教聚焦于皇帝和皇室,将神祇崇拜置换为尤利亚家族崇拜。《岁时记》有大量篇幅都反映了罗马宗教重心的这种转变,也正是在此背景下,奥维德的长诗不可避免地与当时的政治纠缠在一起。

---

[1]　Bailey, *P. Ovidi Nasonis Fastorum Liber III* 18-21.

艾伦 1922 年的文章《奥维德〈岁时记〉与奥古斯都时期的宣传》代表了老派学者的典型看法。他提出,奥古斯都时期的每位罗马大诗人都服务于屋大维的宣传目的:贺拉斯最忠诚于屋大维,他"对其伦理宗教理想的信念近于狂热";普洛佩提乌斯美化了屋大维渴望美化的罗马过去;提布卢斯的诗歌充满了屋大维所倡导的"乡村生活的魅力和对旧宗教习俗的忠诚";维吉尔则天才地融合了以上各种宣传元素。奥维德开始创作《岁时记》时,罗马的诸位大师都已经去世,他承担起了捍卫奥古斯都文化秩序的重任。按照艾伦的理解,《岁时记》以宗教节庆为主要内容,极其符合屋大维改造罗马宗教、以罗马传统复兴者自居的意图,新历法又是皇帝养父恺撒生前所建立,这无疑增加了他的荣光。奥维德不仅确认了屋大维在天国的位置,而且特别突出了他与维斯塔、维纳斯和马尔斯的密切渊源,强调了皇室的特洛伊正宗后嗣的身份。艾伦甚至将奥维德对屋大维无保留的赞美与白银时代马尔提阿利斯对暴君图密善(Domitianus)的阿谀相提并论[1]。七十年后,帕克从一个特别的视角试图证明,《岁时记》的确是真心歌颂屋大维的作品。他发现,诗中的海格力斯、伊诺、萨图尔努斯和法乌努斯这四位神都有一个特点,就是在希腊环境中显示不出任何优秀的品质,而一旦迁徙到罗马,就立刻表现文化和宗教的建设性力量[2]。

格林同样从一类细节——动物牺牲——入手,却读出了奥维德诗中与官方宣传不一致的声音。他指出,《岁时记》的一个典型手法就是"众声喧哗",通过向读者呈现多种解释,鼓励他们质疑以公共权威声音自居的屋大维的私人观念[3]。格林以动物牺牲的议题为例,说明奥维德在诗中有意引发的争议可以理解为对屋大维的直接冒犯。杀死动物祭品一直是罗马传统宗教实践的重要元素,是取悦诸神、实现人神沟通的手段。在共和国晚期,罗马知识界曾对献祭动物的伦理问题展开讨论,费古鲁斯在毕达哥拉斯的转世思想和素食主义影响下,反对以动物为祭品,卢克莱修也从伊壁鸠鲁哲学的立场出发,在《物性论》中严厉指责人类屠杀动物的行为。但屋大维成为皇帝后,官方宣传对动物牺牲持完全正面的看法。格林发现,《岁时记》中有两种声音,一种附和官方立场,肯定人高于动物,因而献祭动物无关伦理,另一种却将动物比作人,因而杀害动物便具备了不义的性质。奥维德在探讨

[1] Katharine Allen, "The Fasti of Ovid and the Augustan Propaganda," *The American Journal of Philology*, 43.3 (1922): 250-66.

[2] Hugh C. Parker, "Romani numen soli: Faunus in Ovid's Fasti," *Transactions of the American Philological Association* (1974-), 123 (1993): 199-217.

[3] S. J. Green, "Save Our Cows? Augustan Discourse and Animal Sacrifice in Ovid's 'Fasti,'" *Greece & Rome*, Second Series, 55.1 (2008): 39-54.

阿戈纳里日词源和动物祭起源的段落里非常明显地批判了人类的残忍。刻意模糊动物、人与神的界线,唤起读者的同情,是奥维德的重要策略,他既将因燔祭被拆散的鸽子情侣称为夫妻(第一卷451—452行),也将寻找女儿的谷神刻瑞斯形容为失去小牛的母牛(第四卷第459行)。在这样的框架下,读者自然能领悟到他对献祭动物的真实想法。

如果我们不被字面的赞美欺骗,而仔细审视诗中的诸神形象,便会意识到,奥维德如同他的前辈诗人卡图卢斯一样,时常都在提醒我们,这样的神不配做人类的道德榜样,而屋大维复兴传统宗教的目的正是为了促进他整肃和重塑罗马道德的事业。以罗马创建者罗慕路斯的神族父亲马尔斯为例,奥维德先以第三人称的权威告诉读者战神奸污世利娅的真相,这样后来马尔斯亲口告诉其母亲乃我所赐"时,读者便能体会到这位神的厚颜无耻。墨丘利的道德也令人不齿,他不仅乐于佑护向他祷告的奸商与小偷,还在押解拉若去地府的途中,乘人之危,强暴了这位已被朱庇特割去舌头的仙女。拉若诞下的孪生兄弟拉里斯在下文与屋大维一起接受罗马民众敬拜,并被奥维德合称为"三位神"。诗人如此处理,评论者怎能无视其中的深意?

在考虑《岁时记》的政治内涵时,语气也是极其重要的元素。作品中固然有许多庄重的诗行,但只要粗粗浏览一遍,便会发现不少诙谐调侃的段落,尤其无法忽略的是学者范塔姆所称的"性喜剧"(甚至"性闹剧")[1]。无论是题材还是格调,它们都与全诗的整体风格产生了尖锐的冲突,而且它们中的大部分都没有希腊或罗马蓝本,而是奥维德的杜撰,因而无法以沿袭传统为借口来掩饰。《岁时记》中有四段"性喜剧",其中三段涉及强奸未遂,分别是普里阿波斯侵犯洛提丝(第一卷393—440行)、法乌努斯侵犯翁帕勒(第二卷303—356行)和普里阿波斯侵犯维斯塔(第六卷321—344行),另有一段是安娜捉弄色迷心窍的马尔斯(第三卷677—696行)。无论奥维德的动机是什么,这些段落的喜剧语体色彩都冲淡了作品在表面所呈现的类似史诗的高贵语体,也表明诗人并不愿意放弃他早已习惯的爱情哀歌(所以他仍然选择了爱情哀歌体的格律),全心全意地加入罗马帝国的合唱。

正如格林在2004年的一篇文章中所说,《岁时记》在格律和体裁方面的"不稳定性"不足以支撑他歌咏历法与宗教的宏大命题,第一人称宣谕式的叙事权威不断被侵蚀,因为诗人暗示读者,他所依赖的据信有神圣知识的信息提供者并不可靠,

---

[1] Elaine Fantham, "Sexual Comedy in Ovid's Fasti: Sources and Motivation," *Harvard Studies in Classical Philology*, 87 (1983): 185-216.

各种异质性的并置场景也让读者陷入困惑之中[1]。在细致的文本分析基础上,哈里斯归纳出奥维德在这篇作品中反复采用的两种让意义复杂化的手段,一是通过情节并置产生讽刺效果,二是通过戏剧性独白来颠覆独白者的形象。正因如此,这首诗的政治意蕴并非像老派学者所相信的那样显明[2]。新派代表学者巴齐艾西在专著《诗人与皇帝:奥维德与奥古斯都话语》(1994 年)中声言,这首诗有极其复杂的政治含义,在艺术上则与奥古斯都时期其他最好的作品一样,展示了高超的技巧,具备高度的内在统一性。他拒绝"亲屋大维"和"反屋大维"的简单二元标签,而用了"话语"这个概念,将奥古斯都的宣传攻势定义为"一场史无前例的、最终渗透到所有层面的劝服和修正运动"[3]。他指出,屋大维试图通过加入纪念尤利亚家族的节庆使得罗马历法获得统一性,奥维德却以相反方式来破坏这种统一性。

三

在对《岁时记》作艺术评价时,这首诗形态的非完整性和结构的矛盾性同样引发了争议。19 世纪末 20 世纪初的学者在讨论《岁时记》时,关注的主要是古罗马历法的性质、意义与其文化政治价值的关系。但无论他们如何争论,一个基本的共识是这首长诗虽然未完成,但从艺术构思看是一个整体。理查德·金却在 2006 年提出,《岁时记》的基本特征是碎片化,它反映了罗马上层的激烈竞争。借助史诗题材和哀歌体裁之间的紧张关系,并通过作者自传式叙述声音的介入,《岁时记》促使读者采取一种"侧面"解读罗马及其历法的方式。他相信,《岁时记》是奥维德的"心理屏障",用来掩饰他的自我身份与官方历法所象征的罗马身份之间的真实关系[4]。

四十年前的约翰逊也看到了这种碎片化,但他认为这不是一种艺术手法,而是表明了作品的失败[5]。他感觉《岁时记》的质量参差不齐,诗人的灵感之火无法一直燃烧,虽然作品中有很多杰出的、甚至是完美的片段,但它们只是一些分散的诗或者分散的碎片,无法形成一个整体。约翰逊把这首诗称为奥维德"唯一失败的

[1] S. J. Green, "Playing with Marble: The Monuments of the Caesars in Ovid's 'Fasti,'" *The Classical Quarterly*, 54.1 (2004): 224-39.

[2] Byron Harries, "Causation and the Authority of the Poet in Ovid's Fasti," *The Classical Quarterly*, 39.1 (1989): 164-85.

[3] Barchiesi, *The Poet and the Prince* 253.

[4] R. J. King, *Desiring Rome: Male Subjectivity and Reading Ovid's* Fasti (Columbus: Ohio State UP, 2006) 4-11.

[5] Johnson, "The Desolation of the *Fasti*" 7-18.

作品"。他分析道,从技术上讲,奥维德所选择的形式既不适合他自由不羁的性情,也不适合作品的内容,但这不是关键,最致命的因素是,奥维德在写作过程中越来越感到绝望。他不仅无法达成实际的目标(在流放前是缓和与皇帝的关系,在流放后是获得皇帝宽恕,返回罗马),而且无法接近自己的艺术目标(想象罗马精神世界的过去、展现它的现在)。约翰逊敏锐地指出,如果奥维德觉得罗马宗教全然是空洞的、虚伪的,那么他可以放弃幻想,痛快地嘲讽它;如果这种精神性具备真实的内核,那么它可以成为自己的寄托;然而,罗马的过去充满欺骗,但又并非完全是欺骗,奥维德就在矛盾的心境中耗尽了自己的创作动力。所以,《岁时记》只能是"凄凉"的作品。

　　然而,欣赏《岁时记》艺术成就的评论者也不少。在他们眼中,《岁时记》是奥维德仅次于《变形记》的伟大作品。早在 1942 年,伊丽莎白·格林就指出了这首诗一个突出的特色,就是雄辩术与诗歌的结合[1]。奥维德年少时接受过完备的雄辩术训练,他在《岁时记》中充分发挥了自己的这种特长,全诗的演讲多达 206 处,其中 3 处超过 60 行,13 处超过 20 行,按比例算,全诗五分之一以上的内容都是直接引语。这些演讲一方面体现了奥维德所掌握的罗马雄辩术的各种技巧,另一方面也是诗人塑造人物形象的重要手段。近二十年来,研究者特别关注《岁时记》中的体裁越界与融合现象。奥维德一生都格外痴迷体裁问题,在全部作品中都表现出对体裁的高度敏感。《岁时记》中诸神的争辩(例如第五卷和第六卷开篇)以及诗歌风格的切换都传达了奥维德对哀歌体和史诗体的看法,两种体裁在诗中不断对峙,不断碰撞,既对立又合作,共同营造了作品复杂的意义场。

　　沃尔克在 1997 年提出,从构思上看,《岁时记》应当是有完整设计的,无论它因为何种原因而没有完成,停止创作后六卷都不应是奥维德主动的决定[2]。他以第二卷第 1 行中的"诗歌和年岁一起生长"为题,指明了此诗的"同时性"(simultaneity),也即是围绕时间这个核心观念,奥维德在诗中布置了三条同步的线索:一是诗歌本身的展开,二是诗人创造诗歌的过程,三是历法时间的流逝。三条线索都是诗歌的主题,组合成一个缜密的结构。《岁时记》给读者的印象是:诗人不是置身在作品之外发声,而是生活在历法所规定的时间中,随着时间的推移不断即时性地创造这首诗本身。因此,这部作品特别有现场感。

　　帕斯科—普朗杰认为,诗中的诸多矛盾之处其实并不矛盾,而是体现了三种传

---

[1]　Elizabeth O'Donnell Green, "The Speeches in Ovid's Fasti," *The Classical Weekly*, 35.20 (1942): 231-2.

[2]　Katharina Volk, "Cum carmine crescit et annus: Ovid's Fasti and the Poetics of Simultaneity," *Transactions of the American Philological Association*, 127 (1997): 287-313.

统的融合[1]。第一种传统是神灵显形所代表的神圣先知传统,按照这一传统,诗人(vates)具备通神的能力,能获得上界的灵感,诗人的声音或者诗人所转述的神灵声音传授了权威的知识。第二种传统是亚历山大诗人卡利马科斯(Callimachus)等人所代表的技巧派传统,他们不乞灵于神圣的灵感,而强调诗人的文学素养、技艺和精致的风格。第三种传统则是罗马本土兴起的察古主义散文体著作,这种倾向倡导的是严谨的研究、细致的语言考察和渊博的知识。《岁时记》通过神灵之口肯定了察古主义的精神,又将先知诗歌传统与散文体的察古主义相融合,让读者意识到,一切回溯过去的努力都不像先知传统所宣扬的那样简单直接,而必须借助某些中介、某些需要仔细甄别的信息源。这样,这首长诗就并非开篇所预示的那种读者单向领受知识的说教诗,一首无可置疑的罗马宗教传统和当代盛世的颂歌,而以发人深省的方式引导读者和诗人一起去探寻迷雾中的过去,去审视矛盾重重的现实。

穆伽特洛伊德在 2005 年出版的专著《奥维德〈岁时记〉中的神话与传说叙事》是研究这首长诗艺术成就的力作[2]。它对《岁时记》的叙事作了全面分析,将传统语文学的功夫与新兴的叙事学理论紧密结合,资料取材广泛,阐释深刻,表达精练简明。全书以叙事学和互文性理论的要素作为组织架构来多角度分析《岁时记》体现的高超技艺,特别突出了奥维德作品中的空间运动、视角切换、结构和模式的变化、堪与现代电影媲美的视觉效果、对时间性的注意以及表达的流动迅捷。奥维德控制叙事的一个关键手段是叙事声音。在作者列举的 58 个叙事片段中,几乎三分之一没有采用诗人叙述者,而是采用了内部叙述者。在这部与古罗马神话和历史相关的作品里,奥维德不仅取材于维吉尔,还取材于同时代的史家李维,将这些材料娴熟地编织进自己的故事里,对李维的化用尤其体现了奥维德将事实性材料"重新神话化"的才能。

经过学者们近一个世纪的发掘,《岁时记》这座宝库隐藏的财富渐渐呈现在世人面前。今天,我们已经很难再否定其艺术成就,也无法再以一种近乎天真的心态将它看作古罗马历法和宗教节庆的指南。毋宁说,它是罗马帝国初期政治、经济、文化诸因素发生作用的一个场所,体现了文学与社会之间相互渗透、相互借用的关系。

---

[1] Molly Pasco-Pranger, "'Vates operosus': Vatic Poetics and Antiquarianism in Ovid's 'Fasti,'" *The Classical World*, 93.3 (2000): 275-91.

[2] Paul Murgatroyd, *Mythical and Legendary Narrative in Ovid's* Fasti (Leiden: Brill, 2005).

卡图卢斯《歌集》第 63 首与罗马共和国晚期的精神气候*

俄国诗人勃洛克在《喀提林：世界革命的一页》中提出，从罗马共和国解体到基督教诞生的精神演变历程中，喀提林（L. Sergius Catilina，108-62 BC）、卡图卢斯（C. Valerius Catullus，87-54 BC）和耶稣是关键的三位人物，其中卡图卢斯起到了承上启下的作用，因为他的作品，尤其是《歌集》（Carmina）第 63 首率先捕捉到了革命的气味[1]。这首常被称为《阿蒂斯》（Attis）的微型神话叙事诗是卡图卢斯最完美的作品，其艺术成就早已被西方古典学界公认。梅里尔说，诗作"紧张的力量和剧烈震荡的情感在拉丁文学中无与伦比"[2]，埃尔德也称，这首诗具备了伟大作品的特征：深刻重要的主题，精湛的技艺，精确、富于感染力的表达[3]。尽管如此，勃洛克的结论仍令人惊异：作品所呈现的故事与罗马共和国晚期的精神气候之间有什么关联？读者从哪里可以嗅出"革命的气味"？

诗作的主人公是一位名叫阿蒂斯的希腊男子。他在强烈的宗教狂热驱使下，离开故国，来到女神库柏勒（Cybele）所在的佛里吉亚（Phrygia）。为了追随女神，他阉割了自己，但清醒后又后悔了，想返回故乡。库柏勒放出狮子，将他从海边逐回了自己的圣地，终生做自己的婢女。库柏勒崇拜在小亚细亚由来已久，并于公元前 204 年传到了罗马，那里也有她的神庙，祭司都是被阉割的男子，称为加卢斯（Gallus）。卡图卢斯在罗马应当见过库柏勒神庙，在比提尼亚行省（毗邻佛里吉亚）任职期间，很可能也目睹过当地的崇拜仪式，并对库柏勒的题材产生了兴趣。

---

* 本文首发于《外国语言文学》2012 年第 1 期。

[1] Aleksandr Blok, "Catiline：A Page from the History of World Revolution," *A Revolution of the Spirit：Crisis of Value in Russia*, 1890-1924, eds. B. G. Rosenthal and M. Bohachevsky-Chomiak（New York：Fordham UP，1990）314.

[2] Elmer Truesdell Merrill, ed. *Catullus*（Cambridge：Harvard UP，1893）120.

[3] John P. Elder, "Catullus' Attis," *The American Journal of Philology*, 68.4（1947）：395.

此外,在泛希腊时期的亚历山大诗歌中,据说也有不少与库柏勒有关的诗[1]。在最初的神话中,阿蒂斯是库柏勒的配偶,在后来的版本中,他只是女神的一个希腊情人,因为有不忠行为,阉割了自己,决心不再犯错。卡图卢斯把这个神话改造成了一个富于戏剧性和阐释潜能的故事。

根据特雷尔的研究,这首诗呈环形结构。A(1—11 行):迷狂状态开始;B(12—26 行):阿蒂斯鼓动同伴;C(27—37 行):狂热中登上伊达山,疲惫入睡;D(39—43 行):太阳驱散黑暗和睡眠;c(44—49 行)清醒后下山到海边;b(50—73 行):阿蒂斯面向故国的哀叹;a(74—90 行):重新回到迷狂状态[2]。我们可以把这种结构简化为迷狂——清醒——迷狂的三阶段。因此,从情节脉络看,正如埃尔德所说,这首诗主要探索了人的两种极端状态——狂热的奉献与清醒后的幻灭,并揭示了宗教狂热或者任何病态的狂热可能造成的灾难性后果。他注意到,作品中有大量词语的重复,而且重复的词语往往位于格律的同一位置,这映射出一种疯狂的执着心理[3]。卡图卢斯选择的 galliambic 格律也与主题相称,这种诗行前半段以长音为主,后半段以短音为主,两部分之间有一个停顿,节奏急促,也传达出一种不计后果的冲动。此外,诗中的许多词语和意象也着力描绘一种非正常、甚至非人的状态,比如 rabie("疯病")、vagus("恍惚或游离")、furor("狂怒")等词都表示心灵脱离理性的控制;stimulatus("驱使")、pecora("羔羊")、iuvenca("母牛")都唤起动物的形象,暗示自由意志的丧失[4]。

环形结构似乎意味着结局与开始的状态是一致的,然而作品中的核心事件——阿蒂斯阉割自己——却是不可逆的:"一叶轻舟载着阿蒂斯在茫茫深海上飞驰,/当他迅疾的足热切地踏入佛里吉亚的林子,/女神的地界,那里,在树木笼罩的幽暗中,/他顿时心思恍惚,一种狂野炽烈的冲动 /驱使他用锋利的燧石割掉了腿间的重负"(1—5 行)[5]。在此阶段,迷狂似乎是信仰的一种效果,阿蒂斯主动为自己崇拜的女神做出了牺牲,随后他对同伴的鼓励也表明他以此为荣:"一起去吧,丁蒂穆斯山女主人迷途的羔羊,/你们仿佛流亡者,追寻遥远的异国他乡,/你们一路与我为伴,追随我的理想,/你们忍受了湍急的险滩,狂暴的海浪,/你们还

---

[1] David Mulroy, "Hephaestion and Catullus," *Phoenix*, 30.1 (1976): 64.

[2] David A.Traill, "Catullus 63: Rings around the Sun," *Classical Philology*, 76.3 (1981): 211-4.

[3] Elder, "Catullus' Attis" 402.

[4] Gerald N. Sandy, "The Imagery of Catullus 63," *Transactions and Proceedings of the American Philological Association*, 99 (1968): 389-99.

[5] 本文的卡图卢斯诗歌译文均引自李永毅译注,《卡图卢斯歌集:拉中对照译注本》(北京:中国青年出版社,2008 年)。

因为憎恶维纳斯,抛却了阳刚。/ 为了让女主人欢心,快到山林间游荡!"(13—18行)。然而,当他从迷狂状态中清醒过来,立刻意识到自己为冲动的行为所付出的巨大代价。他失去了故土,失去了亲人朋友,失去了自由,成为"残缺的、荒芜的男人","神的侍女","库柏勒的奴婢"(68—69行)。他伤心不已,但库柏勒不允许他反悔,诗末的迷狂是女神强加于他的一种奴役:"库柏勒立刻松开了狮群身上的轭,/ 用棍子戳着左边那个羊的敌人,说,/ '快去,凶悍地冲过去,让他着魔,/ 让疯狂的情绪穿透他,逼他回树林。/ 他如此放肆,竟想逃离我的掌心……'"(76—80行)。

　　值得一提的是,库柏勒在罗马神谱中占有特别的地位,她是众神之母,而且与罗马国家有密切的关联。在《埃涅阿斯记》(*Aeneid* 6.781-87)中,维吉尔用库伯勒的子孙遍布天界的形象来比拟罗马公民在全世界的繁衍兴盛,罗马与库伯勒一样,都是在空间上和精神上庇佑一切后代的母亲[1]。然而,这里的库伯勒并非慈爱的母亲,而是专横的暴君,她剥夺了阿蒂斯的自由,也摧毁了他的尊严。如果我们将她和罗马联系起来,她就代表了强制性的、不容违背的国家力量,而阿蒂斯则是个体罗马公民的化身。作品里的一些措辞也支持这样的解读。阿蒂斯称同伴为"加拉"(galla)——拉丁语"加卢斯"(gallus)的阴性形式,只有在罗马,库伯勒的祭司才有"加卢斯"的称谓;他哀叹失去故国时,用拉丁语 forum 而不用转写的希腊语 agora 来指称广场,而 forum 乃是罗马政治活动的中心场所。从这种角度去看,诗末的迷狂状态或许反映了罗马共和国晚期个人在政治旋涡中身不由己的命运。

　　阉割是这首诗最重要的事件,性别身份也因而成为理解作品的一把钥匙。卡图卢斯从词语、意象、心理各个层面表现了阿蒂斯从男性到女性的转变。库里认为,卡图卢斯在第 5 行中将睾丸称为"重负"(pondera),表明此时阿蒂斯还未意识到阉割的后果,仅仅觉得男性身份对于他的信仰而言是一种累赘[2]。伍雷指出,pondera 也是织布的术语,指吊在经线上、控制经线位置的一对重物,当经线纺到织机顶端时,就需要将吊着一对重物的线剪断,让它们掉在地上。亚理士多德在《论动物繁殖》中也曾将睾丸比作压经线的重物,并描绘了阉割后动物在第二性征方面的变化(与阿蒂斯的某些变化非常相似)(787b-788a)。在古典文学中,织布是最重要、最典型的女性工作,通过这个比喻,卡图卢斯也让男性阿蒂斯的最后一

[1]　Vassiliki Panoussi, "Ego Maenas: Maenadism, Marriage, and the Construction of Female Identity in Catullus 63 and 64," *Helios*, 30.2 (2003): 104.

[2]　Bruno Currie, "A Note on Catullus 63.5," *The Classical Quarterly*, 46.2 (1996): 580.

个行为变成了女性阿蒂斯的第一个行为[1]。

阉割一完成,卡图卢斯描写阿蒂斯的语言就发生了戏剧性的变化:"然后,当她感觉自己的肢体已将雄性去除,/(片刻以前的血已染红地上的泥土,)/便迫不及待地用雪白的手拾起轻巧的鼓,/(你的手鼓,神母库柏勒,你的接纳仪式,)/用柔嫩的手指敲击着鼓面空荡的牛皮"(6—10 行)。人称代词从"他"变成了"她",阿蒂斯的外貌也立刻呈现出女性特征:"雪白的手""柔嫩的手指"。当他清醒过来,对着茫茫大海,"用酸楚的声音向着故国倾诉"时,他所抒发的情感非常像古代远嫁他乡的新娘,表明他在心理上也已经女性化了;"我深幽的居所有多少美丽的花环映衬,/在太阳升起的时候,当我离开卧室!"(66—67 行)也很像对少女闺房的描绘。然而此时他已经后悔,已经不甘心一辈子都作神的婢女,他内心的挣扎也体现在时而阴性、时而阳性的代词与形容词上。性别身份的困惑在第 63 行尤为明显,阿蒂斯用了四个词来形容自己,阴性的 mulier("女人")、阳性的 ephebus(希腊年轻男性的称呼)和 puer("男孩")以及阴阳皆可的 adulescens("青年")。到了最后,库柏勒派遣狮子将他逐回森林,让他重新陷入迷狂,他才彻底女性化。这首诗中的性别身份是流动的、暧昧的,传统的性别边界不复存在,与之相伴的是一种焦虑、迷惘甚至恐惧。阿蒂斯的恐惧或许也是公元前 1 世纪中期罗马男性和女性共有的恐惧。

诗中的不少意象都暗示,阿蒂斯从某种意义上成了库柏勒女神的新娘[2],这首诗也可以看成"婚歌"(epithalamium),从而与《歌集》中相邻的第 61 首和 62 首产生了主题上的关联。古罗马人不重视爱情,却高度重视婚姻,这是因为婚姻保证了男性和女性各自的性别角色的稳定,也保证了后代的繁衍和家族的延续。阿蒂斯阉割自己并成为库柏勒婢女的行为,无论从男性角色还是从女性角色看,都破坏了婚姻所期待的伦理责任。如果我们把阿蒂斯视为男性,他除去了自己的生殖功能,拒绝生育,违背了男性公民的伦理。这一点可以用罗马人对待加卢斯的态度来印证。虽然加卢斯——库柏勒在罗马的祭司——都是阉人,但是罗马男性公民却不许担任此职[3]。古罗马法律规定,加卢斯没有财产继承权,也不可以公开出庭,以免污染民众的心灵[4]。阿蒂斯不仅放弃了他的家族义务,而且在与库柏勒的关系中,完全处于受支配的地位,也与罗马男性价值观相悖。

---

[1] David Wray, "Attis' Groin Weights (Catullus 63.5)," *Classical Philology*, 96.2 (2001): 126.

[2] Phyllis Young Forsyth, "The Marriage Theme in Catullus 63," *The Classical Journal*, 66.1 (1970): 69.

[3] Mary Beard, "The Roman and the Foreign: The Cult of the 'Great Mother' in Imperial Rome," *Shamanism, History, and the State*, eds..N. Thomas and C. Humphrey (Ann Arbor: The U of Michigan P, 1994) 175.

[4] Georges Dumezil, *Archaic Roman Religion*, trans. Philip Krapp (Chicago: U of Chicago P, 1970) 521.

即使我们把阿蒂斯看成女性,按照古罗马的道德规范,她也是一个失败者。对于古罗马的女性而言,她的价值就在于通过婚姻繁衍后代;如果拒绝进入婚姻,她就失去了存在的意义。第 62 首中的青年男子们这样唱道:"就像孤独的葡萄藤,生长在荒芜的田里,/永远无法攀高,永远无法结出成熟的果实,/只能让柔弱的躯体因重量弯折,下沉,/顶端的卷须几乎已碰到了地下的根,/不会有农夫,不会有耕牛,来看顾它;/同样是它,如果有幸和一株榆树成了家,/许多农夫,许多耕牛,都会把它看顾;/少女也一样,保持处子之身,就会一直荒芜;/可如果在合适的时候缔结合适的姻缘,/就会更让男人珍爱,也不再让父亲厌烦"。

阿蒂斯却成了库柏勒女神的终身婢女,他甚至把自己称为"酒神狂女"(Maenas)。在第 63 首中,有不少细节描写都让库柏勒崇拜仪式与酒神崇拜仪式混同,例如,"那里钹声铿锵,那里鼓声回响,那里 /笛手用弯曲的芦管吹出深沉的旋律,/那里缠着常春藤的狂女猛烈地甩头,/那里尖利的叫声将神圣的仪式穿透……"(21—24 行)。事实上,酒神崇拜与库柏勒崇拜的确有许多相似之处,比如参加者只能是女性,仪式常在荒野举行,充满神秘、狂欢和暴力色彩。因此,正如克莱默所说,这类仪式体现了对城市文明和男性秩序的双重拒绝[1]。

在古希腊悲剧中,酒神追随者的疯狂仪式总是与婚姻的失效和家庭的毁灭联系在一起[2]。一个突出的例子是欧里庇得斯的作品《酒神狂女》(*Bacchae*)。忒拜国王彭透斯之所以压制敬拜狄俄尼索斯的活动,不仅因为酒神的感召力削弱了他的个人权威,更因为大批妇女抛弃家庭、进入荒野的行为颠覆了家庭和城邦的"正常"秩序。化身为异乡人的酒神劝说他换上女性的装扮,并控制了他的心智。彭透斯在荒野窥探酒神庆典时,被信徒们发现,他的母亲亲手杀死了他,众狂女将他的尸体撕成了碎片。在悲剧的结尾,彭透斯的母亲恢复清醒,意识到了可怕的真相,彭透斯的外祖父、忒拜城的创立者卡德摩斯也被酒神放逐。性别身份的错乱和迷狂的状态不仅摧毁了王室家庭,也威胁到城邦的生存。

在《歌集》第 63 首中,这些因素同样是危险的力量。从正统的罗马道德观念来看,库柏勒的崇拜者最大的罪孽在于抛弃了公民对家庭和国家的责任,而这正是罗马立国的精神支柱。罗马能够从一个乡村部落成长为雄霸地中海的超级强国,能够数次从亡国边缘绝地反击,屹立不倒,除了共和制的庇佑外,依靠的正是罗马公

---

[1]　Ross S. Kraemer, "Ecstasy and Possession: The Attraction of Women to the Cult of Dionysus," *Harvard Theological Review*, 72 (1979): 72-80.

[2]　Richard Seaford, *Reciprocity and Ritual: Homer and Tragedy in the Developing City-State* (Oxford: Oxford UP, 1995) 301-11.

民对家庭和国家的忠诚。而阿蒂斯和他的同伴却背叛了这些核心价值。他们阉割了自己,斩断了家族的血脉,可谓不"孝"(pietas);舍弃故土,远走他乡,拒绝履行公民对国家的义务,可谓不"忠"(officium)。这种将个人信仰置于家、国利益之上的心理倾向无疑是在侵蚀罗马的根基,也为数十年后基督教的传播创造了合适的土壤。对各种宗教持宽容态度的罗马却单独对基督教加以迫害,原因也在于此。从小普林尼和图拉真皇帝的通信中(X.96-97),我们可以看出,罗马统治者认为,基督徒唯一的罪在于不承认罗马皇帝和罗马诸神的权威,不承认罗马国家对他们的精神约束力。

心灵的动荡、性别身份的焦灼、伦理秩序的动摇,所有这些都预示着一种全面危机的到来,或许正是从这个意义上,卡图卢斯的这篇作品透出了一种"革命的气味"。他敏锐地传达了共和国晚期人们的不安全感,尤其是在普遍降临的灾难面前的无能为力感。无休的政治密谋、逼近的内战阴霾、剧烈的社会变动,让他们失去了稳定的感觉,无论对自身还是对社会都难以定位。

罗马在公元前2世纪确立了它在地中海的霸权,然而,国力的强盛不仅没能巩固宝贵的精神遗产,反而威胁到古罗马人最引以为豪的共和传统。这主要有三个原因:一是军事将领的威望和野心在持续的战争中膨胀,频频向文官政府发难;二是战争造成奴隶数量剧增,贵族凭借奴隶劳动不断兼并、侵占破产或出征平民的土地,贵族和平民的冲突日益激烈;三是道德的普遍败坏。战争掠夺的惊人财富导致骄奢之风盛行,腐蚀了罗马一贯珍视的简朴坚韧的品格,频繁的叛乱、谋杀与内战更加剧了人心的堕落。共和传统的危机突出地体现在三个人物身上。

公元前82年(卡图卢斯时年5岁),苏拉张贴通告悬赏谋杀政敌的行为震撼了罗马。三天之内,总共有520个名字列入了苏拉的名单,每个名字旁边都有明确的标价。那些名字直接出现在榜上的人几乎无一幸免,他们的亲人、朋友甚至陌生的同情者也有许多惨遭杀害。苏拉的高压统治在四年后被推翻,但他却彰显了罗马共和国晚期最棘手的矛盾:军事将领追求独裁,但他们往往标榜站在失地的平民一边,允诺以国家政权的力量为他们主持公道;元老院维护共和,但骨子里却是因为他们是既得利益者,不愿改变现状。即使像西塞罗这样为共和制度不惜牺牲生命的人也提不出赢得平民拥护的现实主张,而只能以空洞的信念对付独裁者的暴力机器。

公元前63年的喀提林事件再次凸显了这一矛盾。时年任执政官的西塞罗及时发现了喀提林武装叛乱的阴谋,在元老院慷慨陈词,与之对质,喀提林逃出罗马城,试图与一高卢部落联手,但密信被截获,五名同党被西塞罗主持的元老院判处死刑。随后,喀提林的叛军也被政府军击溃。后世通常都站在西塞罗的立场,将喀提林视为彻底的恶棍。然而,当时的情况远非如此黑白分明。西塞罗和他的元老院同僚主要代表的是贵族利益,喀提林却是一位代表平民利益的激进人士,这次叛乱的背后仍是纠缠罗马数个世纪的贵族平民之争。

　　第三个人物是恺撒。卡图卢斯死于公元前 54 年,没能目睹共和国末年的新一轮大灾难,但在他生前,恺撒就已经和庞培、克拉苏结成三人同盟,几位巨头与其他政治势力的彼此倾轧一定为卡图卢斯所熟悉。卡图卢斯的父亲与恺撒有私交,还曾宴请过他[1],但卡图卢斯却在多首诗中毫不掩饰地表达了对恺撒的轻蔑与厌恶。《歌集》第 93 首说:"我没太多兴趣,恺撒,向你献媚,/ 也不想知道你肤色是白还是黑。"恺撒成为罗马历史上第一位"终身独裁者",他与庞培的内战以及他死后的新一轮内战终结了共和传统,最终将罗马推向了帝制。

　　卡图卢斯此诗大约作于他去世前一两年,作品的字里行间萦绕着一种不祥的气氛,诗人似乎已经预感到,危机的大爆发为时不远,罗马人的精神世界也将经历一次剧烈的变动。在诗的最后三行,他故意打破了作品的完美结构,让故事匿名的叙述者直接向神呼告:"伟大的库柏勒神,丁蒂穆斯山的主人,/ 求你千万让我的门庭远离你的疯狂:/ 求你让别人为你疯,让别人为你狂"(91—93 行)。仿佛叙述者本人在讲述故事的过程中也被恐怖的气氛感染,也因为某种无可逃脱的危险而面临精神的崩溃。在这一刻,神话世界的幻象终于不堪重负而突然坍塌,现实世界的洪水滚滚而来。

---

[1]　Aubrey Burl, *Catullus: A Poet in the Rome of Julius Caesar* (New York: Carroll & Graf, 2004) 18.

第2辑
文学影响研究

STUDIES OF INFLUENCE AND TRADITION

译作·仿作·创作

————卡图卢斯与诗歌的翻译问题*

　　任何预先设定的原则在诗歌翻译的过程中似乎都会遇到挑战。诗歌翻译之所以如此复杂，是因为对于诗歌而言，风格难以从所谓的内容中剥离出来，甚至可以说，风格即是内容。文学史上的诗歌杰作，通常不是因为其题材、思想、感情而为世所知，真正确立其地位的反而是题材的处理方式和思想感情的表达方式。词汇的质地与特征，诗行的节奏与排列，作品的视角、语气与结构策略，这些元素如何传达，是译者必须考虑的问题，因为正是这些元素反映了作品与文学传统的承继与革新关系。不仅如此，译者在翻译另一种语言的诗歌作品时，常常是在借译作表达一种新的文学理念，并为本国文学的转型提供资源。这种动机同样会影响到翻译中对原作各元素的权衡、取舍、突出与淡化。由于诗歌文本的开放性和不确定性，无论译者如何试图捕捉和再现他所理解的原作的"神髓"，译作都难免顾此失彼的危险，导致译作不像原作在目标语言中的镜像，而像以目标语言为载体的仿作或创作。另一方面，诗人在借鉴外国传统时进行的仿作和创作，却由于摆脱了原文和译者责任的束缚，反而常常在气质上接近了原作，成为无心插柳的精彩"译作"。除此以外，还有一种情形，就是诗人在翻译的表象之下，施展移花接木、脱胎换骨的功夫，直接把"译作"变为创作。因此，译作、仿作、创作三者之间的界线很难确定，但这三种形态都是一种语言的诗歌传统对另一种语言施加影响的方式。我们可以借古罗马诗人卡图卢斯（C. Valerius Catullus）的作品及其译本来说明这个问题。

　　卡图卢斯身处古罗马诗歌的关键转型期，他融会了古希腊、泛希腊和古罗马三大文学传统的因素，他汲取了萨福（Sappho）和卡里马科斯（Kallimachos）等人的灵感，将欧洲诗歌从集体叙事为主的阶段推进到个体抒情为主的阶段。他的诗歌既注重亚历山大派所推崇的学识与机巧，也充分发挥了日常化语言的妙处，翻译起来难度相当大。但由于他对文艺复兴以来的欧洲诗歌有塑造之功，他的作品又不

* 本文首发于《外国语言文学研究》2011 年第 3 期。

可不译。几百年间,欧美涌现了数百个卡图卢斯《歌集》(*Carmina*)的译本,零星的译文更是数不胜数,这些路数各异的译作为翻译研究提供了丰富的样本。

巴斯奈特(Susan Bassnett)在《翻译研究》(*Translation Studies*)中以《歌集》第 13 首为例探讨了译作、仿作与创作的关系问题[1]。这首诗的拉丁原文如下[2]:

> Cenabis bene, mi Fabulle, apud me
>
> Paucis, si tibi di favent, diebus,
>
> Si tecum attuleris bonam atque magnam
>
> Cenam, non sine candida puella
>
> Et vino et sale et omnibus cachinnis.
>
> Haec si, inquam, attuleris, venuste noster,
>
> Cenabis bene; nam tui Catulli
>
> Plenus sacculus est aranearum.
>
> Sed contra accipies meros amores
>
> Seu quid suavius elegantiusve est:
>
> Nam unguentum dabo, quod meae puellae
>
> Donarunt Veneres Cupidinesque,
>
> Quod tu cum olfacies, deos rogabis,
>
> Totum ut te faciant, Fabulle, nasum.

这是《卡图卢斯〈歌集〉拉中对照译注本》中的中文译本:"过一两天,我的法布卢斯,你就能 /到我家大享口福,如果你能蒙神垂青,/如果你能自带菜肴,丰盛而美味,/并且不缺明亮动人的姑娘跟随,/也不缺葡萄酒、盐和所有的笑声。/如果你带这些来,我说,你就能 /大享口福,迷人的嘉宾;因为蜘蛛 /已将你的卡图卢斯的钱袋占据。/不过作为补偿,我会把至纯的爱给你,/或者某种更甜蜜、更优雅的东西:/我为你准备了我情人的一点香膏,/它可是维纳斯和丘比特亲手所赐,/你只要闻那么一下,就会向神哀告 /——把整个儿法布卢斯都变成鼻子。"

可以看出,作品中的一些核心内容包括:主客关系的逆转,诗人哭穷的传统,对

---

[1]　Susan Bassnett, *Translation Studies* (London: Routledge, 2002) 86-92.

[2]　本文引用的卡图卢斯诗歌拉丁原文和中文译文均出自李永毅译注,《卡图卢斯〈歌集〉拉中对照译注本》(北京:中国青年出版社,2008 年)。

情人间接的称赞以及友情的主题。但诗歌的风格元素对内容的传达功不可没,尤其是后文对前文不断修正的呈现方式以及口语化却不失优雅的语汇。从形式上讲,作品遵循了古希腊和罗马诗歌的惯例,没有使用尾韵,但有基于长短音节排列的格律(十一音节体),最后一行还充分体现了拉丁语语序高度自由的特点,将形容词 totum("整个")和修饰的名词 nasum("鼻子")分置两端,形象地表达了"变成一个大鼻子"的感觉。除此以外,根据古典学者伯恩斯坦的解释,这首诗表面上是邀请诗,其实有以一贯之的诗学隐喻。"动人""迷人""甜蜜""优雅"等词的比喻义都表达了诗人的基本主张;"鼻子"在拉丁文中也可表示鉴赏力和品味;第9行的 amores("爱")不是指情感,而是指爱情诗(维吉尔、奥维德都有这种用法),维纳斯和丘比特也是爱情诗的符号;至于香膏,意味着莱斯比娅是诗歌的灵感源泉[1]。因此,双关义和双层结构是这首诗的突出特点。

巴斯奈特在书中举出了三个风格、长度、空间排列、语气都截然不同的"译本"(严格地说,第三个不是译作)。马里斯(Sir William Marris)的译本大体上采用了亦步亦趋的做法。首先在形式方面,为了体现原作格律诗的特征,译文选取了四音步抑扬格的诗行,但韵脚的位置比较灵活。开头六行大致可以体现出译作的路数[2]:

> Now, please the gods, Fabullus, you
> Shall dine here well in a day or two;
> But bring a good big dinner, mind,
> Likewise a pretty girl, and wine
> And wit and jokes of every kind.
> Bring these, I say, good man, and dine
> Right well: for your Catullus' purse
> Is full—but only cobwebs bears.

正如巴斯奈特所说,英语的句法限制和格律的形势束缚最终伤害了文意的表达。为了保持字面的忠实和形式的相仿,译者减少了自由措辞的空间,原文词语所携带的丰富文化信息几乎丧失殆尽,因此这不能算一篇成功的译作[3]。相比之

---

[1]　William H. Bernstein, "A Sense of Taste: Catullus 13," *The Classical Journal*, 80.2 (1985): 127-30.

[2]　Bassnett, *Translation Studies* 86.

[3]　Bassnett, *Translation Studies* 89.

下,科普莱(Frank O.Copley)的译作则有独特的翻译策略,能给读者深刻的印象。我们只需瞥一眼译文的中间几行,便能领悟译者的原则:

> just do that like I tell you ol' pal ol' pal
> you'll get a swell dinner
> 　　?
> 　　what,
> 　　about,
> 　　ME?
> well;
> 　　well here take a look in my wallet,
> 　　yeah those're cobwebs
> but here,
> 　　I'll give you something too
> 　　I CAN'T GIVE YOU ANYTHING BUT LOVE BABY
> no?

　　科普莱的意图非常明确,就是突出原作戏谑的语气和口语化的风格,以及抒情主人公与对方之间熟不拘礼的友情。为此目的,他使用了 20 世纪 50 年代的美国城市口语,甚至夹杂了不少俚语。从表面上看,当代口语与古雅的拉丁语之间反差太大,译文显得有些离谱,然而我们不应忘记,卡图卢斯所使用的拉丁语与公元前1 世纪的古罗马口语并没有太大的距离。与马里斯的版本相比,科普莱虽然放弃了原作的形式元素,在句法和词汇上也没有力求对应,反而成功地复制了原诗的鲜活面貌和情感力度。但科普莱的译作仍有缺憾,他对原作的处理缺乏平衡。卡图卢斯的作品虽然在语言上非常贴近生活,但他对精致、优雅的追求仍赋予了这首诗一种贵族气质,而这点在科普莱的译文中却无迹可寻。

　　第三个"译本"来自 17 世纪的英国诗人本·琼森(Ben Jonson)。他的《晚餐邀友》(Inviting a Friend to Supper)在当时就是脍炙人口的名作,但熟悉古典文学的读者一看便知,这首诗模仿了卡图卢斯《歌集》的第 13 首。无论从长度、格律和具体的措辞看,琼森的这篇作品都不是译作,而是仿作。然而,在巴斯奈特看来,这首诗无论在情感、语气还是语言上都比马里斯和科普莱的译作更贴近原作,因而从

某种意义上说,是更成功的"译作"[1]。以中间几行为例[2]:

> It is the faire acceptance, Sir, creates
> The entertaynment perfect: not the cates.
> Yet shall you have, to rectifie your palate,
> An olive, capers, or some better sallade
> Ushring the mutton; with a short-leg'd hen,
> If we can get her, full of egs, and then,
> Limons, and wine for sauce: to these, a coney
> Is not to be despair'd of, for our money;
> And, though fowle, now, be scarce, yet there are clarkes,
> The skie not falling, thinke we may have larkes.

英雄双行体是英国17—18世纪都市绅士的经典格律,用它来翻译卡图卢斯的十一音节体,是一个妥帖的选择;琼森平易、随和却洋溢着学者气息的语言也恰好与卡图卢斯的原诗相配;关于贫穷的自嘲、朋友之间的亲密、期盼与现实的反差,原作的这些元素都被琼森表现得分外动人。但琼森也加入了一些新的元素,例如美酒取代了香膏,读书的快乐取代了情人的美。因此,这首诗不仅仅是仿作,也是不乏灵感与天分的创作。琼森将公元前1世纪罗马的场景移植到了文艺复兴时期的英格兰,为当时的文学做出了贡献。相对于"名正言顺"的译作来说,琼森的仿作还赠给了读者一份特别的礼物——互文所形成的跨时空的双层结构。诗作本身的幽默自不待言,它与卡图卢斯原诗的应和之处又屡屡把读者的思绪带回古罗马。

在比较了三个译本之后,巴斯奈特总结出诗歌翻译的一个悖论:"译者越是着力再现原作的语言和形式特征,从效果而言反而可能离原作越远;与此同时,严重偏离原作的语言和形式,译文反而可能更接近原作者的意图。"[3]

尽管如此,仍有译者执着地寻找再现原作形式特征的方法,甚至不惜忽略原作语言所负载的语义内容。在这方面,成就最大、争议也最大的人物当推20世纪俄裔美国诗人茹科夫斯基(Louis Zukofsky)。他在介绍自己翻译卡图卢斯的思路时宣称:"卡图卢斯诗集的这个译本遵循了拉丁语原作的声音、节奏和句法——可以

---

[1] Bassnett, *Translation Studies* 91.

[2] Bassnett, *Translation Studies* 88.

[3] Bassnett, *Translation Studies* 92.

说,它竭力让作者的'字面'意思像气息一样呼出来"[1]。然而,为了保留原文活的"气息",每当一般读者所理解的字面意思与声音、节奏和句法发生冲突时,茹科夫斯基几乎总是为后者而牺牲前者。不可思议的是,他惊世骇俗的译法却屡屡传达出了原作的"字面"意思甚至精神气质,以致许多评论者虽然反对他的翻译原则,却不得不佩服他的才华。

我们对比一下卡图卢斯《歌集》第 8 首的拉丁原文和茹科夫斯基的英译[2]:

Miser Catulle, desinas ineptire
et quod vides perisse perditum ducas.

(中译本:可怜的卡图卢斯,别再如此执迷,
知道已消逝的东西,就让它消逝。)

Miss her, Catullus? Don't be so inept to rail
at what you see perish when perished is the case.

这首诗抒发的是失恋却又难于割舍的情绪。从字面意思看,Miser Catulle("可怜的卡图卢斯")与 Miss her, Catullus,desinas ineptire 与 don't be so inept to rail 显然有相当的距离。然而,如果我们把重心放到诗歌的情感内容上,茹科夫斯基的英文却传神地表达了卡图卢斯试图表达的感受。换个角度,从茹科夫斯基所看重的声音和节奏看,拉丁原文和英文的相似程度让任何其他译本相形见绌:Miser Catulle 和 Miss her, Catullus 的发音几乎一样,原文和译文的节奏也高度一致。

茹科夫斯基的译文几乎像铁匠作坊一样冶炼、锻打着英文,按照拉丁原文的指引和自己的意愿将其塑造成种种前无古人的形状。在翻译卡图卢斯《歌集》第 76 首的两行诗时,他的创造力到达了巅峰[3]:

Quin tu animo offirmas atque istinc teque reducis,
Et dis invitis desinis esse miser?

[1]　Louis Zukofsky, *Collected Short Poetry* (Baltimore: John Hopkins UP, 1991) 243.
[2]　Zukofsky, *Collected Short Poetry* 248.
[3]　Zukofsky, *Collected Short Poetry* 307.

(中译本:难道你还不能下定决心,抽身出来,
即使神灵作对,也不要凄凄哀哀?)

Can't you animate, affirm, as what gust extinguishes, reduces
it, this inward is—destiny's is is miss her?

茹科夫斯基的首要原则仍是保持声音和节奏的相似。在他殚精竭虑模仿拉丁原文发音的过程中,两行令人称奇的英文诞生了。它们显然不符合通常意义上的英语语法,然而 animate 和 affirm,extinguishes 和 reduces 的组合让人产生丰富的联想。animate 和 affirm 是扩张的、发散的,extinguish 和 reduce 却是压制的、收敛的,you 和 gust 构成了冲突的两极,恰如抒情主人公内心的矛盾,destiny's is is miss her 更是神来之笔。第一个 is 被迫成为名词,第二个 is 仍作系动词,这部分直译就是"天命的 is 就是想她",无论读者如何理解这个作名词的 is,无法终止、无法摆脱的思念就是这位主人公的宿命。令人叹服的是,所有这些效果都是在保持原作声音和节奏效果的同时实现的。

但他最著名的一首译诗却招致了激烈的争辩。卡图卢斯《歌集》第 85 首是拉丁文学中最杰出的短诗,一共只有两行。茹科夫斯基的译文不仅扭曲了英文句法,而且试图挣脱词汇的桎梏[1]:

Odi et amo. Quare id faciam, fortasse requiris.
Nescio, sed fieri sentio et excrucior.

(中译本:我恨,我爱。为什么这样? 你或许会问。
不知道,可我就如此感觉,忍受酷刑。)

O th'hate I move love. Quarry it fact I am for that's so re queries.
Nescience, say th'fiery scent I owe whets crookeder.

在这篇作品里,卡图卢斯以惊人的语言张力呈现了自己对情人莱斯比娅的复

---

[1]　Zukofsky, *Collected Short Poetry* 365.

杂情感。一方面此时两人已失去精神上的契合,另一方面他对莱斯比娅炽热的情欲又让他无法自拔,导致了一种自我憎恶的情绪。从表达的力度和深度来说,茹科夫斯基的译作还是成功的,但译作的细处对英语常规的反叛却令多数读者难以接受。词语的组合方式十分怪异,仿佛被某种外力强行挤压在一起,比如 O th' hate I move love、Quarry it fact 到底是什么结构,th' fiery scent I owe whets crookeder 虽勉强可解,但对读者的语法本能实在是一种挑衅。此外,re、nescience 这些生造的词也令读者不快。更重要的是,即使对接受其翻译原则的评论者来说,这篇译作也不算完美[1]。最明显的差距在于,O th' hate I move love 远不能捕捉 Odi et amo 的音乐感和建筑感。odi 与 amo 都是元音+辅音+元音的结构,从 odi 的 o 回到 amo 的 o,仿佛卡图卢斯的感情转了一圈,又回到了原点。两个及物动词(“爱”和“恨”)不带宾语的用法强化了词语的力度,仿佛两块浑然天生的岩石相对而立。O th' hate I move love 却既不响亮,也不自然,更缺乏感染力。然而,这个缺憾不能完全归于茹科夫斯基,毕竟拉丁语和英语的语音体系不同,特质也不同,用一种语言模仿另一种语言的效果,不可能每次都取得成功。

　　茹科夫斯基最大的意义或许在于,他创造了一种与众不同的翻译手法,并且让我们再次意识到译作、仿作与创作之间暧昧的边界地带。他的这些作品究竟是传统意义上的译作? 还是汲取了古典灵感的后现代诗歌作品? 类似的问题也存在于卡图卢斯本人身上。《歌集》第 51 首就是这样一篇有争议的作品:“那人在我眼里,仿佛神一般,/那人,甚至神都不能与他比,/他坐在你的对面,一遍遍 /看着你,听着你 //笑靥甜美,笑语甜蜜——可怜的 /我,却失去了所有知觉:因为 /一见到你,莱斯比娅,我 /就再说不出话来,//舌头麻木了,细小的火焰 /向四肢深处游去,耳朵 /嗡嗡作响,双重的黑暗 /把眼睛的光吞没。//闲逸,卡图卢斯啊,是祸殃:/你因为闲逸而放纵、沉溺。/闲逸在过去毁掉了多少国王 /和繁华的城市。”

　　这首诗的前三节与古希腊诗人萨福的一篇作品很接近:“在我看来那人有如天神,/他能近近坐在你面前,/听着你甜蜜 /谈话的声音,//你迷人的笑声,我一听到,/心就在胸中怦怦跳动。/我只要看你一眼,/就说不出一句话,//我的舌头像断了,一股热火 /立即在我周身流窜,/我的眼睛再看不见,/我的耳朵也在轰

---

[1]　Bob Perelman, *The Trouble with Genius: Reading Pound, Joyce, Stein, and Zukofsky* (Berkeley: U of California P, 1994) 211.

鸣,// 我流汗,我浑身打战,/ 我比荒草显得更加苍白,/ 我恹恹的,眼看就要死去。……"[1]。卡图卢斯也不避讳萨福与他的传承关系,甚至有意突出这种关系。他采用了萨福原作的格律——所谓的"萨福诗节"(Sapphic strophe),并将自己的情人称为莱斯比娅(Lesbia),这个名字显然源自萨福出生地的名字——莱斯博斯岛(Lesbos)。然而,仔细分析却能发现,这首诗并非译作,也不是简单的仿作,而是有明确艺术意图的创作。

卡图卢斯以古罗马的男性视角改写了萨福的同性恋抒情诗。在萨福的作品中,是一位男性、一位女性(抒情主人公)共同爱一位女性,卡图卢斯的诗呈现的却是一位女性和两位男性的关系。萨福的抒情主人公似乎完全沉溺于激烈的情感反应中不能自拔,卡图卢斯的措辞却体现出一种自我控制的力量;前者竭力再现当时的感受,后者却是事后回顾当时的反应。萨福原作的"神仙"之叹是因为"那人"能与心爱的人面对面坐在一起,卡图卢斯诗中的那位男子之所以能与神相比,却多了一层古罗马所特有的意蕴:与抒情主人公深陷情网、不能自已的状况不同,他能控制自己的情感,保持镇定,而这是罗马人心目中典型的男性特征[2]。卡图卢斯的第四节尤其需要放到古罗马的文化语境中才可理解。弗兰克用西塞罗、卢克莱修和维吉尔的著作说明,古罗马人并不看重爱情,相反,他们把爱情视为一种情感失控的非正常状态,甚至一种病症[3]。这一节中的劝诫声音代表了正统的古罗马价值观,"闲逸"意味着放纵个人情感,忽略对民族公共事务的责任,因而可能威胁到国家的生存。然而,卡图卢斯将自己的感受置于萨福的框架之中,表明抒情主人公的自我警告只是一种姿态,诗人真正认可的恰好是个人情感的价值。这样的解读与以卡图卢斯为代表的罗马"新诗派"的艺术美学是相符的,他们希望用一种私人化的诗歌取代古罗马模仿希腊史诗的"集体叙事"传统。

但从另一个角度说,虽然这首诗并非译作,却在文化传播和文学革新的进程中发挥了与翻译等同的功能。它将一种本族文化所陌生的新元素介绍进来,为本族文学提供了新的参照和资源,并将这种元素作为文学革新的催化剂。

从上文的讨论我们看出,诗歌翻译由于涉及的元素太多,比其他类型的翻译远更复杂,不仅难于制定具有广泛适用性的翻译原则和评判标准,甚至界定译作、仿

---

[1] 《古希腊抒情诗选》,水建馥译(北京:人民文学出版社,1988)120-121 页。

[2] Dolores O'Higgins, "Sappho's Splintered Tongue: Silence in Sappho 31 and Catullus 51," *The American Journal of Philology*, 111.2 (1990): 158.

[3] R. I. Frank, "Catullus 51: Otium versus Virtus," *Transactions and Proceedings of the American Philological Association*, 99 (1968): 233-9.

作和创作都不容易。但无论本国的作者将自己的作品定位为译作、仿作抑或是创作,都可以对外国诗歌的引入和传播作出贡献,并推动本国诗歌的演变与革新。在具体的翻译过程中,有两个手段或许能弥补语言和文化转换过程中的意义和审美损耗:一是添加详尽的注释,向读者解释译文难以传达的内容;二是明确地介绍译者在翻译特定作品时所采取的策略和思路。如果译者能普遍养成这两个习惯,对于最终的读者而言,从译作到原作的道路将变得平坦许多。

变形与重生：奥维德《变形记》与西方美术

在全世界所有文学作品中，对西方美术影响最深远、最持久的无疑是古罗马诗人奥维德(Publius Ovidius Naso，公元前 43—公元 17) 的《变形记》(*Metamorphoses*)，它甚至被称为画家的"圣经"[1]。即使按照最保守的估计，直接或间接表现其主题、人物、场景、情节的画作也多达数千幅[2]。在这些作品中，17 世纪的鲁本斯、普桑、贝尔尼尼、委拉斯凯兹、伦勃朗代表了《变形记》艺术化的巅峰，往前可追溯到 15 世纪的波提切利、16 世纪的提香和勃鲁盖尔，往后则可延伸到 18 世纪的布歇和 19 世纪末 20 世纪初的罗丹。《变形记》对西方艺术的塑造之功既与其本身的诗学特质有关，又得益于特定的历史语境和契机。在将诗中的神话故事转化为绘画和雕塑的过程中，西方艺术家既与文学竞争，也与同行抗衡，亦要对时代的变迁做出回应，因而他们对奥维德的解读也在持续演变，奥维德笔下的形象也不断变形、重生。

奥维德是古希腊罗马的最后一位大诗人，他面对的已经是一个绵延千年的文学传统，但他极具革新意识，至少在神话诗领域，他后来居上，迅速占据了权威地位。早在古罗马帝国时代，他就取代荷马成了神话绘画的主要文学来源。他的《变形记》堪称古典神话故事集锦，全书连缀了 250 多个古希腊罗马神话，人物众多，情节丰富，是画家的素材宝库。被火山灰掩埋近两千年的庞贝古城重见天日后，我们已经有了展现奥维德影响力的一手证据。在已经发掘的 2 000 处住所遗址中，共有 184 处有神话题材的装饰画[3]。在描绘一些古希腊以来广为流传的故事时，绘

[1] Erwin Panofsky, *Problems in Titian*, *Mostly Iconographic* (New York: New York University Press, 1969) 140.

[2] Paul Barolsky, *Ovid and the Metamorphoses of Modern Art from Botticelli to Picasso* (New Haven: Yale University Press, 2014) 2.

[3] Peter E. Knox, "Ovidian Myths on Pompeian Walls," *A Handbook to the Reception of Ovid*, eds. John F. Miller and Carole E. Newlands (Oxford: Blackwell, 2014) 38.

者已不再遵循荷马史诗的引导,转而忠实于奥维德的版本。伊卡洛斯的坠落、珀尔修斯拯救安德罗墨达等题材的装饰画则明显出自《变形记》的情节。最有说服力的例证是那喀索斯壁画。在古希腊传说中,那喀索斯拒绝了一位男性的追求,受到后者的诅咒,但在《变形记》中苦恋他不得的主要角色是水泽仙女厄科,多幅庞贝壁画中厄科的形象都和那喀索斯出现在一起[1]。因此,奥维德的长诗已经成为流行的神话指南。

　　西罗马帝国灭亡后,奥维德的诗歌以及古代的艺术都陷入了长久的沉寂。到了中世纪后期,奥维德的作品重新受到关注。古典学界普遍认为,12 世纪到 13 世纪堪称奥维德世纪。这位"缱绻情爱的游戏者"(Tristia 4.10.1)[2]为何在基督教神学统治下受到欢迎,与这一时期的精神气候有关。在整个中世纪,虽然上帝的信仰占据统治地位,古希腊罗马的异教文化并未消失,即使最正统的神学家也无法否认,古典时代的智者同样受到了上帝的某种启示,因此古典文化仍是基督教文化必要的补充。他们对待异教作品的策略是用基督教的神学和伦理观念重新加以阐释。此时经院哲学的兴盛让整合基督教文化和异教文化的努力达到了新高度,在神学领域,阿奎那的《神学大全》等著作是标志,而在文学领域,从 12 世纪到 14 世纪,奥维德的异教作品也被欧洲系统地"解毒"了。神学家和诗人们纷纷用基督教的思想重新阐释、甚至改写奥维德,著名的作品包括阿尔努夫的《奥维德变形记发微》(Allegoriae super Ovidii Metamorphosin,1175 年)、14 世纪早期的匿名法语长诗《道德化的奥维德》(Ovide Moralisé) 和贝苏依尔的拉丁语同名长诗(Ovidius Moralizatus,1362 年)[3]。这意味着奥维德已经被纳入基督教的文化体系,从此画家们描绘奥维德笔下的人物时就不会有人置喙了。

　　但由于在此阶段真正懂得古典文化的欧洲人为数甚少,以《变形记》为代表的神话题材艺术崛起需要等到 15 世纪的文艺复兴中期。在整个中世纪,艺术和文学、哲学一样都是宗教和神学的奴仆。艺术家能够用色彩、线条和形象讲述的故事只有两个来源——《圣经》和圣徒传说。他们在处理这些题材时固然可以在一定限度内发挥想象力,但人类世界的一些重要元素却无法进入他们的画作,比如尘世的爱情与家庭、军事征伐与市民生活。从绘画和雕塑本身的需要看,长期禁锢在宗教的范围内势必无法展现人类广泛的生活体验,创作灵感容易枯竭,而一旦将神话

[1]　B. Rafn, "Narkissos," *Lexicon Iconographicum Mythologiae Classicae*, vol.6 (Zürich：Artemis Verlag) 710.

[2]　奥维德著,《哀歌集·黑海书简·伊比斯》,李永毅译注(北京:中国青年出版社,2019 年) 162 页。

[3]　Jeremy Dimmick, "Ovid in the Middle Ages：Authority and Poetry," *The Cambridge Companion to Ovid*, ed. Philip Hardie (Cambridge：Cambridge UP, 2002) 278-9.

故事纳入绘画领域,艺术的天地便可大大拓宽。更让他们欣慰的是,既然众多神话题材的文学作品早已经过神学的讽喻化处理,"不洁"的情节早已被严肃的说教赋予全新的意义,他们就无须为可能触怒教会而担心,可以在宗教阐释的掩护下创造出来自现实或想象的形象。

神话题材艺术在文艺复兴时期的风行还有一个重要动因。那时的绘画观念和现代绘画观念最大的不同是对故事性的强调,之所以如此,是因为新兴的职业画家阶层为了提高自身的地位,必须和传统上备受尊崇的诗人争夺话语权。诗人的媒介是语言,上帝之言在基督教眼中是创造和统御世界的终极力量,表达神学真理的语言同样是神圣的。画家的理论武器是古希腊诗人西蒙尼德斯"画是无言诗,诗是有声画"和古罗马诗人贺拉斯"诗如画"(ut pictura poesis) 的观点。他们认为,绘画和诗歌一样可以讲述故事,宣扬哲学和神学,提香(Tiziano Vecellio,约 1485—1576) 就将自己的一些神话画作称为"诗"[1]。

在神话绘画的热潮中,《变形记》受到艺术家的普遍青睐主要有三个原因:一是因为它已经被基督教认可;二是因为《变形记》中的神话故事最丰富,流传也最广;第三条也是最重要的原因在于,奥维德讲述这些故事的方式非常适合绘画。《变形记》在艺术上的突出特征是视觉性,如罗萨蒂在专著中所说,奥维德擅长运用幻觉和奇观来呈现情节[2]。此外,虽然许多古典作家都写过神话题材,但唯有奥维德一人真正摆脱了政治的束缚,不在意所谓的严肃或终极意义,而将全部精力灌注到神话人物本身的刻画上,这就使得他的故事版本最具想象力和情感深度,最容易让画家产生共鸣,从而激发出创作的冲动。在《变形记》的世界中,自然被神秘的超自然氛围笼罩,熟悉的事物都有奇妙的起源,一切形状都在流变之中,这赋予了画家无尽的灵感。

在文艺复兴早期,神话阐释还未走出中世纪神学的宗教穿凿和道德包装,艺术家们在处理神话题材时也比较拘谨,最先进入这个领域的是一些具有哲学和文学气质的画家。波提切利(Sandro Botticelli,1445—1510) 的《维纳斯的诞生》《春》《帕拉斯与半人马》《马尔斯与维纳斯》等作品都有受到《变形记》影响的痕迹。《春》(Primavera,1482 年) 尤其凸显了画家与诗人争胜的雄心,并开启了奥维德题材艺术的"变形"主题。这幅画展示了一个春天的花园,居中的是爱神维纳斯,左

[1]　Stephen Hinds,"Landscape and the Aesthetic of Place,"*The Cambridge Companion to Ovid*, ed. Philip Hardie,(Cambridge:Cambridge UP,2002) 142.

[2]　Gianpiero Rosati,*Narciso e Pigmalione. Illusione e Spettacolo nelle Metamorfosi di Ovidio* (Florence:Sansoni,1983).

侧是三位跳舞的惠美女神和凝视阳光的神使墨丘利。画的右半部分则巧妙地借用了奥维德的诗歌。西风神追逐仙女克洛丽丝(Chloris)的故事来自奥维德《岁时记》(Fasti 5.201-204),但波提切利的表现方式却明显影射《变形记》,克洛丽丝的嘴里正长出花朵,她几乎在我们眼前径直变成了花神(Flora)。这样,画家不仅将《岁时记》的文字变成了图画,而且在一个原本没有变形的故事里插入了变形的情节,仿佛在用画笔创作《变形记》。不仅如此,克洛丽丝奔逃的姿态和惊恐的表情都让我们联想起奥维德笔下的达芙妮(Daphne),西风神盘旋空中的动作和画上方丘比特的形象都暗示了他与阿波罗故事的相似性,因而指向《变形记》中最经典的变形场景。这种精巧的构思让波提切利几乎成了"巴洛克之前的巴洛克艺术家"[1]。

　　到了文艺复兴的盛期,古希腊罗马神话连同古典文化的其他方面成为上流社会教育的重要部分,这一时期奥维德题材的代表画家是提香(Tiziano Vecelli,1488—1576)。提香的神话画作洋溢着浓郁的诗意,尤其创造了一种典型的奥维德式风景。学界早已注意到他的《狄安娜与阿克泰昂》(Diana and Actaeon,1556—1559)有明显的奥维德印记[2],艺术史家帕诺夫斯基更敏锐地看出,提香的灵感来自奥维德《变形记》中的一段描写(3.155-164)。奥维德在呈现狄安娜的山洞时,突出的是自然对艺术的模仿,提香却反其道而行之,在他的画中,"艺术明显模仿了自然"[3]。残破的哥特式拱门和倾斜的地势强化了自然的统治感,悬挂的鹿头也表明了自然对建筑空间的侵入。更巧妙的是,鹿头上的角不仅呼应着周围的树枝,也与奥维德原作构成了对话,向知情的读者暗示了阿克泰昂接下来的命运(变成一只鹿,被自己的猎犬咬死)。作为空间艺术的绘画借此超越了空间,将时间维度和变形情节纳入了自己的世界。悲剧性的题材并未冲淡自然的优美,类似的景色在孪生画《狄安娜与卡里斯托》(Diana and Callisto,1557)中再次出现。色调和构图都突出了两幅画在主题上的关联(狄安娜对贞节的珍视),甚至连溪水都仿佛从一幅画流进了另一幅画里。提香有意将这种田园情调变成了自己的一个传统,在《维纳斯与阿多尼斯》《欧罗巴被劫》《巴克斯与阿里亚德涅》《珀尔修斯与安德罗墨达》等画作中,自然景观的重要性都不亚于情节本身。

---

[1]　Paul Barolsky, "Ovid's Metamorphoses and the History of Baroque Art," *A Handbook to the Reception of Ovid*, eds. John F. Miller and Carole E. Newlands (Oxford: Blackwell, 2014) 203.

[2]　Leonard Barkan, *The Gods Made Flesh: Metamorphosis and the Pursuit of Paganism* (New Haven: Yale UP, 1986) 200-1.

[3]　Erwin Panofsky, *Problems in Titian, Mostly Iconographic* (New York: New York University Press, 1969) 158.

在勃鲁盖尔(Pieter Bruegel,约 1525—1569)的《伊卡洛斯的坠落》(*The Fall of Icarus*,1558),自然甚至成了主角,从而让这个广为人知的故事获得了别样的阐释。勃鲁盖尔的名画中只有这一幅取材于奥维德,却是艺术史上最杰出的源于《变形记》的作品。奥维德原作的这一段(8.183-235)本是极富感染力的悲情故事,代达罗斯的丧子之痛溢于言表,但在勃鲁盖尔的画里,伊卡洛斯坠海的情节却藏在右下角,他挣扎的腿很容易被我们忽略。占据背景的是辽阔而古老的风景——天空、白云、海洋、雪峰、礁石,前景的三个人物——农夫、牧人和渔夫——则忠实地呼应着奥维德。但与原作不同,在这个浩瀚的图景中,没有任何人注意到身边的悲剧:农夫专注地耕着地,牧人悠闲地望着云,岸边的渔夫虽然离伊卡洛斯并不远,却看着眼前的水,无动于衷。勃鲁盖尔广袤的自然视野具有哲学意味,它暗示与无垠的宇宙相比,任何个人的痛苦都是微不足道的。正是他这种斯多葛式的近乎冷酷的坚忍后来催生了奥登的名诗《美术馆》,完成了从奥维德开始的诗—画—诗的跨媒介旅行。

在强调运动、激情和想象的巴洛克时代,尤其是 17 世纪上半叶,奥维德成为欧洲艺术界最青睐的作家。这绝非偶然的现象,而是如艾伦所分析的,与当时的文化氛围密不可分。在此阶段,近代科学开始发展,但尚未让传统的知识变得过时;哲学家们将目光从天界转向自然,他们的前科学观察与过去的巫术和神学依然纠缠在一起;自然被赋予了新的活力,不再只是上帝真理的载体,但还没纳入笛卡尔的机械模式[1]。在这样的大背景下,《变形记》中的世界对艺术家格外有吸引力。

鲁本斯(Peter Paul Rubens,1577—1640)是用画面讲故事的高手。他的《帕厄同的坠落》(*The Fall of Phaethon*,约 1605)或许是最壮观的一幅《变形记》画作。帕厄同偷驾父亲太阳神的马车失控,朱庇特为制止灾难,用闪电将他劈下天空。奥维德在原作中形容帕厄同如"一颗流星"坠落,鲁本斯无法直接表现这个比喻,却用从画顶透下的几道炫目的强光制造出相似的效果,并用旋转的大红披风传达出原作中帕厄同头发着火的炽热感。画中的马匹都有剧烈的动感,所有人物仿佛都在巨大的旋涡中翻卷,气势磅礴。如果说这幅画过多地依赖了视觉特效,《俄耳甫斯领欧律狄刻出冥府》(*Orpheus Leading Eurydice from Hades*,约 1635)则通过细腻的构图和绝妙的构思展现了鲁本斯叙述大师的功力。音乐家、诗人原型俄耳甫斯深入地府拯救新近丧命的妻子,这个故事一直是诗人和画家钟爱的题材。故事的关键是冥王答应俄耳甫斯带回欧律狄刻的条件:路上绝不可回头看。在《变形

[1] Christopher Allen, "Ovid and Art," *The Cambridge Companion to Ovid*, ed. Philip Hardie (Cambridge: Cambridge UP, 2002) 340.

记》和更早的维吉尔《农事诗》(Georgics)中,俄耳甫斯因为忍不住回头而第二次失去了妻子。鲁本斯抓住了这个关键,整幅图的焦点是冥后,她伸着手仿佛在告诫欧律狄刻;冥王回头看着冥后,似乎在听她说话;欧律狄刻也回头看着冥后。在这凝视构成的三角形之外则是眼看着前方的俄耳甫斯,这暗示了他急于带妻子离开地府的心情;他的手向后贴着欧律狄刻的阴部,既带有情欲色彩,难以着力的姿势也指向他们即将再次分开的结局,右下角阴暗处冥犬凶狠的凝视也强化了不祥的预示。纯粹用颜色和线条就能传递如此复杂的心理和情节,鲁本斯克服绘画局限的能力委实让人叹服。除了上述两幅作品,《抢夺留奇波斯的女儿们》《狩猎归来的狄安娜》《帕里斯的裁判》等油画也取材于奥维德的《变形记》,也都成就颇高。

　　普桑(Nicolas Poussin, 1594—1665)不仅是奥维德作品的绘画诠释者,而且是《变形记》忠实而富于洞察力的读者。他与奥维德的神交远远超过了其他画家,这从温莎城堡的一批藏品中可以看出端倪。普桑在青年时代曾经为意大利诗人马里诺画过不少插图,十五幅收藏于温莎城堡,其中十一幅都是为《变形记》而作[1]。现代的研究表明,他对这些情感的把握是建立在对文学原著准确细微的理解之上的。文学和绘画素养的完美结合成就了这位大师[2]。最能体现他深谙奥维德的杰作是《巴克斯的诞生》(The Birth of Bacchus, 1657)。神使墨丘利正将婴儿酒神交给水泽仙女,他上指的手臂将我们的目光引向图画上方的三位角色。一边是赫柏和她照料的朱庇特,这让我们想起酒神母亲在怀孕期间死于雷火,巴克斯被缝进朱庇特大腿,足月后才出生的故事;另一边是潘神在吹奏芦管,这为画面添加了某种哀歌的情调。更重要的是,画的最右边出现了那喀索斯和厄科的形象。前者躺在开满水仙的溪边,裹在蓝袍里,已经死去;后者困倦地倚在石头上,即将消失。因此,这幅画不仅仅表现了生的欢乐,也表现了死的痛苦,生死的循环与变形并呈于眼前,而这正是《变形记》全诗的主题。《厄科和那喀索斯》(Echo and Narcissus,约1628)单独表现了两人的故事。画中手持火把的丘比特暗示了厄科燃烧的爱恋,但这段无回报的感情只能以枯萎告终。厄科身体外侧的曲线与她倚靠的岩石轮廓完全重合,恰好与她的名字"回声"双关——她与岩石相互呼应;而死去的那喀索斯头顶则长着繁茂的水仙花,生与死静静地发生了转换。普桑的作品总是如此,有丰富的情感层次。《诗人的灵感》《马尔斯与维纳斯》《俄耳甫斯与欧律狄刻》《帕厄同与太阳神》《维纳斯与阿多尼斯》《花神的国度》等其他许多作品也都汲取

[1]　Jane Costello, "Poussin's Drawings for Marino and the New Classicism: I. Ovid's Metamorphoses," *Journal of the Warburg and Courtauld Institutes*, 18.3 (1955): 296-8.

[2]　Costello, "Poussin's Drawings for Marino" 317.

了《变形记》的营养,也都达到了无愧于奥维德的水准。

在巴洛克时代的雕塑家中,贝尔尼尼(Gian Lorenzo Bernini, 1598—1680)与奥维德有不解之缘。他的《阿波罗与达芙妮》(Apollo and Daphne,约 1622—1625)堪称最杰出的《变形记》雕塑,也将波提切利以来的西方艺术变形主题发挥到了极致。达芙妮在竭力摆脱阿波罗追逐的过程中,变成了一株月桂,这是奥维德笔下最著名的变形故事,许多艺术家都曾试图将它以视觉的方式呈现出来。然而,变形的画面若处理不好,便毫无美感可言。贝尔尼尼的雕塑却显示了精湛的技艺和卓越的构思。惊人的瞬间栩栩如生地呈现在观众眼前。达芙妮的左足已变成树根,左腿已覆盖树皮,左臂正变成树枝,但她的其余部分依然展露着少女柔嫩的肌肤和温婉的曲线。阿波罗紧随其后,左手牢牢拽着她,陷入她腹部的肌肉里。如巴洛尔斯基所分析,这件作品是多重变形的奇妙融合[1]。首先,贝尔尼尼神迹般地将奥维德的文字转换成雕塑的形象,坚硬的石头获得了肌肤的柔软,凝固的形象充满动感,沉重的材料竟有轻盈之美,固体的树根和枝叶竟有流动的感觉,无形的风也通过飘飞的头发和衣服进入了这个空间。其次,贝尔尼尼也实现了古代造型艺术作品的现代变形。他的灵感来自古典时代广为人知的一座阿波罗雕塑——古希腊雕塑家莱奥卡雷斯(Leochares)创作的《贝尔维德尔的阿波罗》(Apollo Belvedere,约前 350—前 320)。那件作品体现了古典主义典型的庄严与宁静,仿佛音乐的慢板,贝尔尼尼所塑造的阿波罗却如急管繁弦,与古人的演绎形成了有趣的对话。这件作品还藏着一个很容易被观众忽视的秘密。在阿波罗的右足后面,贝尔尼尼刻意雕刻了两颗小石头。悖论在于,作品中艺术的石头却是生活中真实的石头加工而成的,这样的变形无疑充满寓意。不仅如此,后面的那颗石头比前面的略大,正如阿波罗比达芙妮略高,似乎暗示他们的本质和石头一样,也是石头所造。而且,阿波罗是文艺神,石头跟随他奔跑影射着奥维德笔下俄耳甫斯的音乐引领石头前行的传说,而阿波罗正是俄耳甫斯的老师。因此,贝尔尼尼的这件作品绝非奥维德情节的简单再现,而是精微地探索了生活与艺术、文学与艺术之间复杂的互动关系。他的《普鲁托和珀耳塞福涅》《梅杜萨》等作品同样取材于《变形记》,也同样表现出他惊人的艺术变形能力和细腻的构思。

委拉斯凯兹(Diego Rodríguez de Silva y Velázquez, 1599—1660)也是一位有极强奥维德色彩的艺术家。这一点突出地体现在他的名画《纺织女》(The Spinners,约 1645)中。乍看上去,这是一幅现实主义的作品。前景中的五位女人都在忙着干活,各自负责纺纱的一道工序。然而,当我们沿着画中的两级台阶往里

---

[1] Barolsky, "Ovid's Metamorphoses and the History of Baroque Art" 206-7.

走,穿过拱门,就会发现关键的线索。最里面的墙上有一幅挂毯,绘着欧罗巴被劫的故事。熟悉《变形记》的读者立刻能猜到,站在挂毯左边、身着戎装的女性应该就是密涅瓦,另一位女人自然是以织布技艺自矜、不肯屈居这位女神之下的阿拉克涅(Arachne)。显然,委拉斯凯兹要让我们联想起《变形记》中发生在密涅瓦和阿拉克涅之间的织布比赛(6.53-128)。这时再回头看前景,我们还会察觉到另一个秘密。纺轮旁的老姬露出了一条年轻的、曲线优美的腿,在奥维德笔下,密涅瓦在比赛前不也曾化身为老姬劝告阿拉克涅吗(6.26)?于是,现实与艺术、生活与神话之间的边界消失了,我们无法再说,这是生活场景的描绘。不仅如此,人与神的竞争是《变形记》的一个重要主题,玛绪阿斯(Marsyas)向阿波罗挑战音乐技艺是另一个著名例子。奥维德写《变形记》是向文学传统中的神——荷马和维吉尔挑战,委拉斯凯兹也是借这幅画向奥维德和自己的艺术前人挑战。在看似与神话无关的《宫娥图》(Las Meninas,1656)里,他的艺术雄心更暴露无遗。在这幅呈现宫廷场景的画中,他把自己的形象放了进去。画家本人佩戴着十字架胸饰,站在画架前,目光盯着观众。他强烈的自我意识在此得到了寓言似的体现,而这一点同样与奥维德有关。古典学界的共识是,奥维德是古希腊罗马诗人中最具自我意识的一位,他的诗歌中心不再是神话英雄,而是自己。串起《变形记》的是一系列艺术家的形象:阿波罗、潘、皮格马利翁、代达罗斯、俄耳甫斯……委拉斯凯兹的其他以《变形记》为题材的作品包括《伏尔甘的冶坊》《马尔斯》《墨丘利与阿耳戈斯》等。

　　自15世纪以来,取材于奥维德的画作大多色彩绚烂,想象瑰丽,伦勃朗(Rembrandt Harmenszoon van Rijn,1606—1669)的《变形记》作品却幽暗、简练,自成一体。在他的《安德罗墨达》(Andromeda,约1630)中,惨白的光线聚焦在女主人公无助的肉体上,背后的景色则笼罩在阴影中,与鲁本斯笔下丰腴性感的安德罗墨达相比,她的形象黯淡落寞。更重要的是,在这个神话的传统处理中,英雄珀尔修斯是必不可少的元素,但在伦勃朗笔下,安德罗墨达只是惊恐地望向右边的水面,珀尔修斯和海怪惊心动魄的搏杀完全留给了想象。她能看见我们看不见的场景,我们却能感受她内心的煎熬。通过巧妙的隐与显,画家以最少的笔墨搅动了最深的感情,风格含蓄苍凉。而在《朱庇特与盖尼米得》(Jupiter and Ganymede,1635)里,伦勃朗则以同样洗练的笔法颠覆了神话传统,制造出西方艺术中罕见的幽默效果。盖尼米得原是特洛伊王子,以俊美著称,被朱庇特抢去做情人和斟酒者。这位美少年到了伦勃朗的画里却成了一位未出襁褓的婴儿,他被朱庇特派来的鹰叼在嘴里,吓得尖叫,极度惊恐之下,他甚至在空中撒了尿。这样的场景自然是对《变形记》的戏仿,但奥维德不会觉得忤逆,因为他自己也是戏仿的高手。例如,他笔下的俄耳甫斯(*Metamorphoses* 10.1-77)不像维吉尔《农事诗》中深情的音乐家(*Georgics* 4.453-510),却像一位饶舌的罗马律师。奥维德和伦勃朗的戏仿为后现代艺术埋下了种子。

就西方美术而言,17 世纪是《变形记》绘画和雕塑的黄金时代,18—19 世纪奥维德的光芒逐渐变得黯淡,这是因为时代精神发生了巨大变化。从 17 世纪后半期开始,以牛顿力学为代表的近代科学取得了辉煌进步,对整个人类社会而言,神话的魅力迅速消退,笛卡尔以来的近代哲学也从思想上抹除了文艺复兴所残留的诗歌、神话与科学间的模糊边界。在取代意大利和荷兰成为欧洲艺术中心的法国,在普桑去世后,神话人物便渐渐沦为王公贵族形象的陪衬。

布歇(François Boucher,1703—1770)是 18 世纪洛可可风格的代表画家,他虽然经常取材于奥维德,例如《朱庇特与卡里斯托》《马尔斯与维纳斯》《皮格马利翁》《欧罗巴遇劫》等作品都与《变形记》有关。但与 15—17 世纪的同类作品相比,这些画的一个显著特征是故事性的丧失。它们不再看中神话题材的叙事功能,更痴迷于将其作为背景,借以呈现丰润的女体,从而制造出一种"甜腻"的情调。以《欧罗巴遇劫》(*The Rape of Europa*,约 1734)为例。在这幅极具田园色彩的画里,欧罗巴全然没有被劫的惊慌或抵抗,而是迷醉地骑在朱庇特变成的公牛上。一群母牛围在公牛身边,几位小爱神在空中戏耍,朱庇特的另一个化身——握着雷霆的鹰在不远处盯着这一切。画中到处散落着鲜花,人物的服饰都在飘动,充斥着奢靡、浮华、怠惰的气氛,仿佛一个旖旎的梦。无论是朱庇特变化的牛,还是出神的欧巴罗,似乎都永远定格在快乐之中,没有离开的欲望,时间于此停滞了。

到了 19 世纪初新古典主义绘画的盛期,虽然古典作家重新受到关注,但由于艺术家们推崇的是崇高静穆的古典艺术理想,荷马、维吉尔的史诗或者罗马史的素材远比"轻浮"的奥维德受欢迎。《变形记》的新一轮热潮需要等到 20 世纪初的现代主义时期。神话故事的回归与人类学和精神分析学的崛起有密切关系。然而,这两个学科并不能让人们对神话的兴趣全面复苏。这是因为人类学关注的是神话的源头和模式,而剔除了积累数千年的文学阐释,而后者才是古典神话的艺术潜力所在。精神分析学仅仅将神话视为心理症状的表征和隐喻,而无视其历史和社会关联。另一方面,19 世纪末以来的反理性思潮在某种程度上将艺术从理性主义的桎梏中解放出来,给了艺术家更多想象和创造的空间。在此过程中,奥维德再次吸引了他们的目光。对现代主义艺术而言,《变形记》的先锋性主要体现在三个方面:一是强烈的作者意识(现代艺术的重心从外部世界转向了自我),二是人物的心理深度(现代艺术排斥扁平化的性格),三是一切皆流变的不确定性。

　　在 19 世纪末 20 世纪初的现代主义艺术家中,罗丹(François Auguste René Rodin,1840—1917) 对奥维德最为痴迷。他以《变形记》为题材的雕塑作品简洁而富于情感,抛弃了无关的细节,直探内心。《达那俄斯的女儿》(Danaid,1889) 没有直接呈现传统的情节,让她往一只漏桶中装水,而是让她深深地把头埋在双臂间,她水一般的头发暗示着她所忍受的永恒的惩罚。我们虽然看不见她的表情,却能真切地体会到她巨大的绝望。《皮格马利翁》(Pygmalion,约 1908—1909) 雅致而紧张地表达了情欲的主题。面对自己雕塑的完美女人伽拉泰娅,皮格马利翁无限迷恋,他赤裸着上身,手温柔地护着她的腿,头紧贴着她的小腹,仿佛一动就会碰到她最隐秘的部位。然而伽拉泰娅的姿势却冲淡了情欲的味道,她羞涩地将头扭向一边。于是艺术家与他的作品就锁在这样一种微妙的对峙里。《俄耳甫斯与欧律狄刻》(Orpheus and Eurydice,1893) 同样很简洁。前面的俄耳甫斯捂着眼睛,竭力不让自己回头去看妻子;后面的欧律狄刻迷茫地仰着头,仿佛飘荡在另一个世界里。两人彼此隔绝的精神状态预示他们已经无法回到过去。在所有这些作品里,构成人物环境的部分都使用了"未完成"(non finito) 的技巧,而这恰好也是奥维德钟爱的手法。

　　在西方当代的美术领域,奥维德的影响已难与 17 世纪的巅峰期相比,但《变形记》的文化基因早已渗透到各个角落,所以他并未消失,他留下的主题和形象仍在不断变形。这里只举两个例子。在视觉艺术家冈萨雷斯—托雷斯(Felix Gonzalez-Torres,1957—1996) 名为《无题(俄耳甫斯,两次)》[Untitled (Orpheus, Twice),1991] 的作品中,两面与人的宽高差不多的完全一样的镜子并排镶嵌在墙上,中间隔着很小的距离。标题迫使我们在脑海中再现俄耳甫斯在即将走出地府前忍不住回头看妻子的致命一眼(他再次失去妻子),然而"无题"也意味着作品有别的解读方向,《变形记》中另一个相关的形象就是凝视水中倒影的那喀索斯。因此,在《变形记》幽灵的笼罩下,如此简单的陈设却获得了如此复杂的意蕴。另一件作品是名为《忒瑞西阿斯》(Tiresias,2010) 的行为艺术。忒瑞西阿斯是古希腊神话中的盲先知,因为既做过男人、也做过女人而闻名。女性艺术家卡希尔斯(Heather Cassils) 静止地站着,戴着隐形眼镜模仿朱诺对他的惩罚,用模仿男性健硕肌肉的冰雕罩在自己赤裸的身体外面,来表现雌雄同体的感觉。她借奥维德笔下的古老神话促使观众重新思考对身体和性别的认识。这两个例子已足以说明《变形记》的变形潜力远未耗尽[1],在可预见的将来,奥维德仍将是艺术家重要的灵感源泉。

---

[1]　Jill H. Casid, "Alter-Ovid-Contemporary Art on the Hyphen," *A Handbook to the Reception of Ovid*, eds. John
　　F. Miller and Carole E. Newlands (Oxford: Blackwell, 2014) 416-35.

古罗马诗歌与俄国文学中史诗体裁的演化*

与欧洲其他近代国别文学相比,俄国文学的一个突出特征是它与史诗的亲缘性。作为一种体裁,史诗在 16 世纪的意大利迎来了最后一轮兴盛。17 世纪英国弥尔顿的《失乐园》虽然是成就极高的史诗,但已经是孤立的现象。从那时起,作为最高贵叙事体裁的史诗基本上已经被世俗化、大众化的小说取代。然而,俄国文学这个后起的国别文学在努力超越西欧文学的过程中,又重新将眼光转向了史诗。18 世纪的俄国诗人创作了一系列以古典史诗为范本的严格意义上的史诗,19 世纪上半叶普希金的历史叙事诗《波尔塔瓦》(Полтава) 也有意识地融合了史诗传统,从 19 世纪中叶到 20 世纪中叶,取得俄国文化统治地位的小说体裁也延续了史诗化倾向。别林斯基曾断言,"我们时代的史诗就是小说。"[1] 评论家 L. F. 埃尔肖夫以《塔拉斯·布尔巴》《战争与和平》《静静的顿河》为典型例子,声称就小说而言,"只有在俄国,普遍的史诗艺术、尤其是希腊和拉丁的史诗艺术才被一贯地、有机地掌握。"[2] 西方古典传统吸引俄国作家,是因为俄国知识界具有强烈的"第三罗马"认同感,相信自己是古希腊罗马文化的正统后裔,所以他们格外看重对西方古典文学的学习和继承,这种越过近代西欧文学直接与古典文学互动的做法,早已成为俄国文学的一个传统。古罗马诗歌成为俄国作家的重要参照,还因为他们和古罗马诗人一样,都置身于后起的国别文学之中,都面对一个已经发展至高峰的文学传统,需要在学习和继承这个传统的同时,不失去自己的声音,并且拓展新的天地。但与古罗马诗歌不同,俄国文学更重要的任务是追赶并超越同时代的西欧文学,为成长中的民族意识奠定坚实的文化基础。因此,俄国文学有自己独特的文化

* 本文首发于《俄罗斯文艺》2020 年第 1 期。

[1]　В. Г. Белинский, "Разделение поэзии на роды п виды," *Полное собрание сочинений в 13 томах. Т. 5* (Москва.: Издательство Академии наук СССР, 1965) 39.

[2]　Frederick T. Griffiths and Stanley J. Rabinowitz, *Epic and the Russian Novel from Gogol to Pasternak* (Boston: Academic Studies Press, 2011) 12.

逻辑,其史诗体裁的发展也呈现出一条与众不同的轨迹,在它演化的不同阶段上,古罗马诗人维吉尔、贺拉斯和奥维德分别成为俄国作家的重要资源。

一、体裁演化的内在逻辑

17 世纪末至 18 世纪初彼得大帝的西化改革打开了俄国的大门,同时俄国在军事上也开始崛起,俄国第一批有世界眼光的作家却发现自己面临一个尴尬的境地。俄国文学与西欧文学之间存在一系列明显的错位:首先是阶段的错位,西欧文学早在文艺复兴时期就已进入兴盛阶段,而俄国文学还处于起步阶段;其次是体裁的错位,18 世纪西欧的小说已经成为居统治地位的文学体裁,俄国此时诗歌仍是主要的文学样式;最后是精神的错位,在启蒙运动的影响下,西欧文学日益世俗化,俄国文学依然虔敬地信奉东正教。康捷米尔、罗蒙诺索夫、赫拉斯科夫等史诗作者经过仔细考虑,认为后两种错位不足为虑,甚至是俄罗斯文学的优势,俄国文学要迅速比肩近代的西欧文学,主要途径是诉诸更古老的传统(古典传统和基督教传统),诉诸更虔敬的情绪(东正教或民族主义),诉诸另外的语言(欧洲的古典语言)。按照这样的逻辑,史诗体裁由于其承载的文化内容和古老的权威,便成了早期俄国作家的一个优先选择。正如古罗马诗人借助特洛伊血统的传说获得了不逊于古希腊的历史纵深,俄国作家也通过菲洛费伊"第三罗马"的说法确立了俄国文学的血缘正统[1],并借助自己与欧洲文学源头的关联来压制西欧文学的优越感。将希腊传统改造为罗马传统、并对罗马民族意识有塑造之功的维吉尔在这个阶段理所当然成为俄国史诗作者效法的对象。

俄国在 1812 年的战争中击败强大的拿破仑之后,民族信心更为高涨。然而,俄国作家没有忘记贺拉斯关于罗马和希腊的判语:"被征服的希腊征服了野蛮的征服者"(*Epistulae* 2.1.156)。他们虽然羞辱了法国人,知识分子仍然以说法语为荣,建造第三罗马却不得不用欧洲的砖石。他们日渐感觉,作为一种在西欧已经衰落的体裁,史诗难以在这场文学竞争中发挥作用,小说这种更现代、更直接的文学体裁或许是更好的选择。但他们同时也相信,西欧那种物质主义的、私人化的小说与西方支离破碎的精神现状相一致,绝非俄国文学的合适载体,因此俄国小说若要成功,就必须更宏大,更公共化,具有纪念碑式的标志性——总而言之,必须具备史诗性[2]。另一方面,1825 年沙皇政府对十二月党人的镇压也标志着俄国知识界自18 世纪以来与官方亲密合作的时代走向终结。在既要完成继续建立民族文学的

---

[1]　Dimitri Strémooukhoff, "Moscow the Third Rome: Sources of the Doctrine," *Speculum*, 28.1 (1953): 93-94.

[2]　Griffiths and Rabinowitz, *Epic and the Russian Novel* 11.

使命、又要与沙皇立场保持距离的双重要求下,以歌颂为特征的史诗越发式微。两种趋势相结合的产物就是大诗人普希金具备史诗色彩、但并非史诗的长篇叙事诗,其代表作就是《波尔塔瓦》。在重新评估与皇权合作可能的过程中,与古罗马皇帝屋大维关系微妙的贺拉斯在如何体现民族性、公共性却与官方性拉开距离的策略方面更具有启发意义。

从19世纪中期开始,随着俄国社会危机的加深,现实主义的地位不断上升。虽然俄国文学的史诗化倾向依然明显,但经典史诗的写法已经遭到冷落。别林斯基说,"小说的视域之广阔,远非史诗的视域可比拟。如其名称所显示,小说诞生于基督教国家最晚近的文明之中,在人类的这个时代里,所有的国家、社会、家庭和普遍人类关系已经变得无比多重化、复杂化、戏剧化,在无数元素的作用下,生活的广度和深度不断拓展。"[1]这样的复杂性远非经典的史诗样式可以应对。然而,史诗有一个漫长的传统,在两千年的演化中充满了异质性和矛盾性,即使《伊利亚特》中的阿喀琉斯也具备许多与理想英雄品质相冲突的性格特征,更不用提后来的古罗马史诗乃至文艺复兴以来的史诗早已融合了许多不同的体裁元素和主题元素。例如但丁的《神曲》和弥尔顿的《失乐园》就是从地狱开始各自的史诗之旅,古罗马的维吉尔也是从传统文学体裁等级的低端(田园诗)和中间(说教诗)逐步进入史诗写作。果戈理从短篇小说到《塔拉斯·布尔巴》再到《死魂灵》的创作生涯呼应着历史上的维吉尔、但丁和弥尔顿等人,体现出自觉地朝着史诗化演进的倾向。后来的陀思妥耶夫斯基和托尔斯泰等大师虽然观念和风格差异极大,但其作品都有史诗化的特征。1917年俄国革命之后,理想和现实的反差催生了以帕斯捷尔纳克等人为代表的一批史诗化作家。但史诗化的俄国小说与俄国文学早期的史诗相比,具有明显的反讽性和冷峻的批判色彩。在古罗马史诗作家中,奥维德最具这种特征,所以成了作家们的一个重要参照,维吉尔作品的异质性也以令人惊讶的方式启示了俄国小说。

二、维吉尔与18世纪的俄国史诗

在18世纪的俄国文学中,史诗是一个显赫的样式。这是俄罗斯文学中民族意识形成的关键时期,也是俄罗斯帝国的上升期,俄国作家后来居上的愿望极其迫切。史诗是西方传统中最高贵的文学体裁,但此时在西欧却已衰亡,所以俄国作家看到了机会。虽然关于俄罗斯史诗应该如何写,文学界有许多争论,但我们能从中

---

[1]　Белинский, "Разделение поэзии на роды п виды" 116.

发现民族意识这个核心动机[1]。

1705 年,普罗科波维奇完成了《诗艺》(*De arte poetica*) 手稿[2]。他提出了一个现代文学体裁的等级,将史诗和悲剧一起列为最高的体裁,他将前者描述为长篇的严肃复杂的文学作品,其主题取自民族的历史,并以高贵的语言创作。在他看来,准确记述历史事件并不重要,关键在于揭示事件背后的普遍真理和人物的崇高品格。后来的苏马罗科夫在史诗的谱系中,不仅保留了正统的荷马和维吉尔,还特意纳入了意大利的阿里奥斯托、英国的弥尔顿和法国的伏尔泰,从而为民族史诗的发展预留了空间,因为后者更易于表达俄国民众日益增强的民族意识和历史感[3]。1765 年,罗蒙诺索夫在《简明修辞指南》(Краткое руководство к красноречию) 的最后一版中,将史诗归入混合虚构的体裁,指出其主要特征是虚构成分和历史真实的结合[4]。特列佳科夫斯基认为,史诗天然应以英雄主义为内容,认为弥尔顿、伏尔泰等晚期史诗诗人的作品是伪史诗,不适合俄罗斯民族,俄国史诗应当以荷马和维吉尔为典范[5]。最重要的史诗作家赫拉斯科夫不同意罗蒙诺索夫将史诗视为歌颂性文体的看法,他相信史诗关注的应当是"引发人类全局性变化"的重大历史事件[6]。与上述观点相对应,18 世纪的俄国史诗大体可以分为两类:一类是对具体历史人物的理想化处理,带有明显的颂歌特征;另一类则聚焦于某个历史事件,倾向于塑造群体形象。但无论哪类,其主要动机都是为了凝聚俄罗斯的民族意识,形成有鲜明民族印记的俄罗斯文学。

康捷米尔创作于 1730 年的《彼得纪》(Петрида) 第一卷属于第一类史诗。这首哀悼彼得大帝的作品将其视为新俄罗斯的缔造者,激励新登基的沙皇安娜一世继承其改革遗志,再创辉煌。此诗哀歌与颂歌交替的写法无疑受到了自《伊戈尔远征记》以来的俄国传统影响,但彼得形象的塑造也明显借鉴了维吉尔的技巧[7]。正如维吉尔在《埃涅阿斯纪》中将这位罗马民族的先祖奉为人间家国情怀的典范,

[1] Ed Weeda, "Rulers, Russia and the Eighteenth-Century Epic," *The Slavonic and East European Review*, 2 (2005): 176-83.

[2] Ф. Прокопович, "De arte poetica," *Сочинения* (Москва: Академииа наук СССР, 1961) 228-455.

[3] J. Klein, "Sumarokov und Boileau. Die Epistel über die Verskunst in ihrem Verhaltnis zur Art poetique: Kontextwechsel als Kategorie der vergleichenden Literaturwissenschaft," *Zeitschrift fur slavische Philologie*, 50. 2 (1990): 254-304.

[4] Weeda, "Rulers, Russia and the Eighteenth-Century Epic" 179.

[5] Weeda, "Rulers, Russia and the Eighteenth-Century Epic" 179-80.

[6] М. М. Херасков, *Россиада* (С.-Петербург: Типография Глазунова, 1895) 5.

[7] M. B. Bavagnoli, *Le origini delpoema epico russo: La Petrida di Antioch Kantemir* (Milan: Guerini e Associati, 1990).

《彼得纪》中的伟大沙皇也汇聚了西方古典时代和基督教教义中的几乎一切美德：
"当我提到彼得，这个词里／包含了什么？智慧，勇气，／无论逆境或顺境，审慎，／
爱，关怀，无可抵挡的善心，／正直的法官，简朴的君王，／真正的朋友，战士，配得
上／一切桂冠，完美的化身"[1]。虽然诗中的彼得堪称圣徒，但康捷米尔并未越
出神学中心的传统，直接将他升格为神。这种克制在维吉尔的诗中也有体现，埃涅
阿斯虽有神族血统，但他毕竟属于人间，与后来被封神的恺撒和屋大维不同。《彼
得纪》中宣告沙皇生命终结的是天使长米迦勒，凡人命运的决定权最终掌握在上帝
手中。值得注意的是，在史诗的开篇，康捷米尔既遵循古典传统向缪斯呼告，但也
紧接着向拟人化的俄国呼告，这已经暗示，从俄国的第一部史诗开始，俄国文学就
将牢牢地聚焦在民族意识的建构上，与近代西方的史诗保持距离。

　　罗蒙诺索夫于 1760 年和 1761 年发表的《彼得大帝》(Петр Великий)一、二卷
也歌颂了这位沙皇的丰功伟绩。他对维吉尔的态度更加矛盾。一方面，他仍然被
迫沿袭了维吉尔史诗开篇的呼告传统(但把缪斯神改成了智慧女神)和一些固定
的程式，他撰写俄罗斯民族史诗的雄心与立志为罗马民族代言的维吉尔也别无二
致，但另一方面，作为一位卓有成就的科学家和历史学家，他无法容忍自己的作品
中充斥着前科学时代的无稽神话，他的民族自豪感也让他不甘心亦步亦趋地模仿
维吉尔。他在诗歌开篇就宣称："虽然我跟随维吉尔与荷马的足迹，／但就连他们
都不是满意的范例。／我试图吟咏的不是虚构的神灵，／而是真实的事件，彼得的
功勋。"彼得的历史成就让古典英雄虚拟的光荣相形见绌，罗蒙诺索夫说，"维吉尔
应当为自己的杜撰而羞愧"，他甚至将古罗马的英雄埃涅阿斯称为"逃离祖国的
人"，并将他比作背叛彼得的乌克兰盖特曼马泽帕[2]。在这部作品中，彼得是信仰
和理性的化身，他与上帝、俄国和东正教的命运彼此连接，而以索菲娅为代表的敌
人却是被肮脏的权欲所驱动，这样的框架带有浓厚的俄罗斯烙印，与古典史诗颇为
不同。但无论罗蒙诺索夫如何抗拒维吉尔，后者的影响却难以摆脱。一个非常明
显的例证是他的"第一歌"开头："我歌唱俄国最睿智的英雄，／他建造新的城市、陆
军和舰队"，任何人都能从中读出《埃涅阿斯纪》的味道[3]。

　　赫拉斯科夫是第一位创作出完整史诗的俄国作家，他的作品属于第二类史诗，
不以颂赞单个理想化的历史人物为目的，而转向民族历史中的重大事件。发表于
1771 年的《切什梅海战》(Чесмесский бой)开篇写道："后世的读者，我为你们吟唱

[1]　Weeda, "Rulers, Russia and the Eighteenth-Century Epic" 186.

[2]　Z. M. Torlone, *Vergil in Russia: National Identity and Classical Reception* (Oxford: Oxford UP, 2014) 31.

[3]　Torlone, *Vergil in Russia* 35.

这场海战"[1]。在赫拉斯科夫眼中,俄国海军对土耳其海军的这场胜利意义非凡,因此他对在位的叶卡捷琳娜二世的尊崇不亚于彼得大帝。但这首诗的主角却不是女皇一人,而是所有聚集在爱国主义旗帜下的俄国人。俄国军队无与伦比的勇气和无私的精神与对民族的爱、对沙皇的忠诚、对上帝的信仰融为一体,与之对立的是象征着混沌、企图摧毁秩序的土耳其异教徒。因此,这首诗与康捷米尔和罗蒙诺索夫的作品不同,不是沙皇的颂歌,而是俄罗斯民族的颂歌。在这一点上,他无疑继承了维吉尔的传统。《埃涅阿斯纪》反复强调的是罗马民族的天命,埃涅阿斯放弃与迦太基女王狄多的恋情,正是为了实现迦太基人建立罗马的天命,而这个民族更大的天命则由其父亲安喀塞斯的鬼魂揭示:"罗马人,记住,用你的权威统治万国,/这将是你的专长:确立和平的秩序,/宽宥温驯之民,用战争降伏桀骜者"(Aeneid 6.851-3)。赫拉斯科夫在诗中分别用战神马尔斯和智慧女神密涅瓦象征罗马军队和叶卡捷琳娜二世,同时也对应着古希腊两大城市斯巴达和雅典所代表的勇敢和智慧,借此暗示俄国在军事和文化上都足以和欧洲源头的希腊媲美。他甚至明确宣称,"俄国超越了英雄时代的榜样"[2]。

赫拉斯科夫的这种民族自豪感在 1779 年的史诗《罗斯纪》(Россиада)里体现得更为充分。这部长达 12 卷的史诗追溯了俄罗斯民族的早期历史,并为其发展历程做了带有浓重目的论意味和宗教色彩的诠释。将东正教带入罗斯的弗拉基米尔大公代表了过去的黄金时代,他去世以后,俄罗斯四分五裂,并被蒙古人所征服。率领罗斯击败喀山等诸多蒙古汗国的伊凡四世则是俄罗斯历史的中枢,其精神自我净化的历程是史诗的核心内容,经过彼得大帝的改革与扩张,俄罗斯民族在叶卡捷琳娜二世统治下迎来了新的黄金时代。赫拉斯科夫在作品中以展望未来的方式表达了对这位女沙皇的极度崇拜[3]。[8]23 为了突出俄罗斯历史的传承,赫拉斯科夫在诗的第九卷模仿维吉尔的做法,列出了从费奥多尔一世到保罗一世的所有君主。然而,这部史诗的重心不在扩张与征服,赫拉斯科夫为俄罗斯民族精神寻找的支撑是以东正教为核心的精神自省。诗中的关键事件是伊凡四世从一位充满罪孽、自以为是、轻视上帝权威的统治者变成一位笃守宗教诫命的模范沙皇,正是这种转变导致了俄罗斯国运否极泰来的转变。赫拉斯科夫后期的史诗《复活的弗拉基米尔》(Владимир возрожденный)和《沙皇,或被拯救的诺夫哥罗德》(Царь', или

[1]　М. М. Херасков,"Чесмесский бой," Избранные произведения(Москва:Советский Писатель,1961)143.

[2]　Херасков,"Чесмесский бой" 173.

[3]　Херасков. Россиада 23.

спасенный Новгород）都延续了精神自省的倾向。

三、贺拉斯与普希金的《波尔塔瓦》

普希金的《波尔塔瓦》在气质上继承了史诗，但已没有明显的传统史诗的体裁特征。他对这首诗极为看重，曾自豪地说，"这是我最成熟的叙事诗，几乎每个方面都具有独创性"[1]。《波尔塔瓦》创作于普希金文学生涯的一个关键节点上，是他竭力化解自己矛盾心理的一个产物。在十二月党人起义遭到血腥镇压后不久，1826 年 9 月，沙皇尼古拉一世将普希金从流放地召回，并接见了他。在这次会谈中，他交给普希金一项重大的使命。尼古拉一世希望俄国能够与西欧诸国在文化上并驾齐驱，而普希金的任务就是充当俄罗斯的民族诗人。在此之前，普希金已经在给友人的信中表达了与沙皇政府和解的愿望："我愿意与政府彻底地、真诚地和解，当然这完全取决于政府。在我讲和的愿望中，谨慎多于骄傲"[2]。

成为俄罗斯的民族诗人始终是普希金的梦想，他的创作也到了一个转折点。所以他虽然不认可沙皇的政治立场，但并未拒绝这个任务，而且在一段时间内，也表现出明显的配合态度。他发表于 1826 年的《四行诗节》(Стансъ) 将尼古拉一世比作彼得大帝，希望他能延续后者的辉煌。毫不奇怪的是，在沙皇镇压留下的血泊还未洗净之时，普希金的这首诗立刻引发了继续坚持十二月党人自由主义立场的众多朋友的强烈愤慨。卡特宁在一首诗中将他描绘为暴政的献媚者，认为他背叛了早期诗歌中的"拜伦精神"。普希金虽然在《答卡特宁》(Ответ Катенину) 中否认这样的指控，但并未清楚地解释自己何以向沙皇靠拢[3]。他私下意识到，只有与政府妥协，自己才有创作和发表的空间，才能影响正在崛起的俄国文学，但他也憎恶失去个人的自治，成为沙皇控制的宫廷诗人，所以很反感尼古拉赏给他的各种荣誉。这段时间他处于极度的痛苦之中，他在名为《罗马轶事一则》(Повесть из римской жизни) 的散文片段中，想象了叙述者与古罗马作家佩特罗尼乌斯的一次谈话[4]。暴君尼禄命令佩特罗尼乌斯自杀，他却把自杀变成了朋友相聚的庆典。他对叙述者说，他不相信贺拉斯的怯懦，然后用俄语背诵了贺拉斯《颂诗集》第二部第七首。普希金借古人之口提到这首诗绝非偶然。他与贺拉斯的处境极其相

［1］ Lina Steiner, "'My Most Mature Poèma': Pushkin's Poltava and the Irony of Russian National Culture," *Comparative Literature*, 61.2 (2009): 99.

［2］ Steiner, "Pushkin's Poltava" 98.

［3］ Steiner, "Pushkin's Poltava" 100.

［4］ А. С. Пушкин, *Полное собрание сочинений* (Москва: Академии наук СССР, 1956) 1: 387-90.

似。贺拉斯早年参加共和派的军队,曾在腓立比战役中与屋大维对抗,失败后流亡数年,成为屋大维权臣麦凯纳斯的属下,最终归顺这位罗马皇帝,甚至以官方第一诗人的身份创作了《世纪之歌》。他在普希金提及的这首抒情诗里,似乎以戏谑的口气调侃了参加过腓立比战役的自己和友人庞佩乌。如何理解贺拉斯归顺屋大维之后的立场,成了普希金走出困境的关键,《波尔塔瓦》就是他最终的答案。

贺拉斯在与罗马皇帝屋大维和解之后,并未背叛他昔日的战友。他和那些在内战中幸存下来、忍到屋大维大赦之日的故交一直保持着联系,并通过诗歌缅怀着共同的记忆,小心翼翼地守护着某种精神的象征。《颂诗集》第二部第七首虽然可以理解为向屋大维示弱,但与当日的同袍庞佩乌在多年后共同重温当年战败的场景,表明他依然未忘记过去。贺拉斯对腓立比战役的缅怀尤其体现在他对小加图的称颂上。小加图虽然反对恺撒,最终战败自杀,但他品行高洁,又是老加图的曾孙,被普遍视为共和理想的殉道者、罗马传统道德的最后守护者,以重塑罗马道德自命的屋大维自然不方便触动这个偶像。贺拉斯赞美他,既不冒犯罗马政权,也可将自己对内战和共和制的情感投射在他身上。普希金在《波尔塔瓦》中以双线结构委婉地表现了他对十二月党人的同情。这篇叙事诗的主要线索是彼得大帝与瑞典国王查理十二和乌克兰盖特曼马泽帕的争斗,另一条线索却是更具浪漫主义色彩的情感故事,少女玛丽娅·卡库贝对教父马泽帕的致命爱恋给自己和家人都带来了灾难。一部歌颂沙皇和俄罗斯民族的作品却在惋惜玛丽娅的哀歌情绪中结束,似乎令人困惑。但玛丽娅纯洁无私的情感表明她在精神上是无辜的,只是爱错了人,她遭受的痛苦远远超过了她的过失,这与普希金对十二月党人的评价是一致的。他仍然认可他们的理念,同情他们的遭遇,但已倾向于认为,文化发展需要政治稳定,即使这意味着在一定程度上牺牲个人和弱小民族的自由(诗中体现为乌克兰臣服于彼得大帝)。在这一点上,他与乌瓦罗夫提出的"东正教、君主制、民族主义"三位一体论有所呼应[1]。

贺拉斯在归顺屋大维后,并未全然失去批评政权的声音。公元前 27 年元老院授予屋大维奥古斯都封号的当天,台伯河漫出堤岸,淹没了罗马的低地。占卜者把它解释为屋大维的权力将遍及四方,引发了一场献媚热潮。贺拉斯却在《颂诗集》第一部第二首中用兆象和祈祷告诫屋大维,应当仁慈对待自己的敌人,尽早终止内战,在征服外族、开疆拓土的过程中实现民族的救赎。在《颂诗集》第三部第四首中,他也借希腊神话中宙斯和巨人族的战争警示屋大维,不受理智控制的力量就是纯粹的暴力,纯粹的暴力必定失败,劝谏他以仁慈的态度对待内战的另一方。普希

---

[1]　Lauren Leighton, *Russian Romanticism*: *Two Essays* (The Hague: Mouton, 1975) 79-83.

金的《波尔塔瓦》同样发挥了规劝沙皇的功能,他的策略是让彼得大帝的美德成为尼古拉一世可以效法的典范。诗中的马泽帕并非十二月党人眼中为自由而战的勇士,而是一位冷酷的野心家;与之形成鲜明对照的彼得大帝却勇敢而仁慈。在战胜瑞典的敌手之后,彼得邀请他们赴宴,在酒席上向他们致敬,称赞他们是自己的军事老师[1]。对比尼古拉一世对十二月党人的血腥屠杀和残酷迫害,彼得宽宏大量的形象无疑是一面劝谏的镜子。

贺拉斯后半生一直受到屋大维的赞助,但他并不认为自己是皇帝的御用诗人,而将自己定位为罗马的民族诗人。这集中体现在他的六首"罗马颂诗"(《颂诗集》第3部1—6首)中。他如同罗马的祭司,在撕裂民族的内战结束后,以诗歌安抚亡魂,统一思想。第1首抨击了罗马共和国晚期以来的奢靡主义,第2首斥责了罗马人面对外族的怯懦,第3首强调了正义和罗马的天命,第4首提出了和解的建议和对非理性暴力的警告,第5首借雷古鲁斯的形象再现了早期罗马重信守诺、国家至上的道德英雄主义,第6首宣扬了传统宗教和传统家庭价值观。这些作品共同构筑了罗马民族的精神体系。普希金的《波尔塔瓦》也有类似的用意。首先他从民族利益的层面暗示了自己为何放弃十二月党人的自由主义理想。诗末吟咏马泽帕事迹的乌克兰盲诗人可以视为1826年7月被处决的十二月党领袖、诗人雷列耶夫(К.Ф. Рылеев)的化身[2],这首诗在很大程度上是普希金与这位死去的朋友的政治对话。雷列耶夫将马泽帕比作热爱自由的罗马人,普希金却认为他是危险的机会主义者、未遂心愿的暴君。十二月党人追求的共和制度需要富于美德的公民,普希金却相信,现实不同于理论,力图创造秩序的革命常常被拿破仑式的野心家利用,十二月党人满怀理想,却可能给国家带来灾难[3]。诗中少女玛丽娅的悲剧就象征着他们的命运。如同《埃涅阿斯纪》之于罗马民族,《波尔塔瓦》是普希金为俄罗斯民族创作的"奠基叙事",它指明俄国的天命是将文化和启蒙之光传遍斯拉夫土地。

因此,普希金仿效贺拉斯的先例,在与官方和解的情况下仍然保持了一定程度的精神独立。他通过《波尔塔瓦》实现了四重意图:纪念雷列耶夫和其他十二月党人;为自己的政治转向辩护;整合自己思想和艺术的不同阶段;重新思考俄罗斯民族的方向[4]。

---

[1] Пушкин, *Полное собрание сочинений* 3:301-9.
[2] Steiner, "Pushkin's Poltava" 104.
[3] Пушкин, *Полное собрание сочинений* 11:43-47.
[4] Steiner, "Pushkin's Poltava" 105.

四、奥维德、维吉尔与俄国的史诗化小说

围绕普希金的争议表明,俄国知识界在对待沙皇政权的问题上已经分裂。随着农奴制危机的深化,俄国文学的批判性日益明显,正统的史诗或者说对史诗的正统理解和借用不再受欢迎,小说成为俄国文学的主导体裁,但这并不意味着史诗化特征的消失,只不过史诗传统是以各种更复杂的形式作用于俄国文学而已。

果戈理的《死魂灵》是俄国第一部反讽式史诗化的小说。他有意识模仿的是古罗马诗人奥维德。当奥维德开始创作《变形记》的时候,他面对的是荷马古希腊史诗和维吉尔本土史诗的双重压力,二者的经典性迫使他寻求突破。就规模和视野而言,《变形记》与《奥德赛》《埃涅阿斯纪》相仿,其题材也依然取自久远的神话,但奥维德不再追求经典史诗的均衡感、确定性和崇高感,而是描绘了一个情节和意义都不断流变的世界,并且不断戏仿前代作家的经典段落,制造出各种反讽效果。《死魂灵》第一部的宏观结构就包含变形,从神话的循环时间向自传的因果链条变化[1]。小说开始部分的各位地主即使打乱顺序或者增删都没有任何妨碍。直到泼留希金出现,时间因素才真正发挥作用,才激活了叙述者的自我意识。作品的主角乞乞科夫与史诗英雄相去甚远(他才足以象征这个时代),但奇幻的叙事与深刻的心理洞察相结合,却复现了《变形记》的特质。果戈理自己也说,"我们的普罗米修斯将要经历的变形就连奥维德自己都无法想象"[2]。小说中众多夸张的形象和《变形记》中的场景一样,来自《伊利亚特》等史诗的神话传说;众多体裁和风格的并置更明显效法了奥维德体裁杂糅的典型特征——比如安享宁静的玛尼洛夫代表了田园诗,互相攻击、肢解玩具士兵的孩子戏仿了史诗。正如奥维德经过三百多个神话的蜿蜒曲折,最终仍然抵达了他所在时代的罗马,果戈理经过一番反讽的沉沦之旅最终也抵达了他所在的俄罗斯。史诗的尽头是带着批判锋芒的现实主义。

与《死魂灵》不同,托尔斯泰的《战争与和平》自诞生之日起,就被世界公认为小说中的史诗。然而,在赢得无数赞誉的同时,也有众多作家和评论家对它颇有微词,批评集中于一点:它缺乏史诗情节的同一性,甚至不能被视为单一的著作[3]。小说前半段主人公是安德烈,到了中间却突然被皮埃尔取代,眼看故事将终结,托尔斯泰又添上了《尾声一》和《尾声二》。整部作品似乎缺乏一个中心,被两位主人

[1]　Griffiths and Rabinowitz, *Epic and the Russian Novel* 130.

[2]　N. V. Gogol, *Chichikov's Journeys: or, Home Life in Old Russia*, trans. B. G. Guerney (New York: The Readers Club, 1942) 39.

[3]　Griffiths and Rabinowitz, *Epic and the Russian Novel* 144-5.

公和地位渐趋重要的叙述者所撕裂。由于作者本人曾宣称,"毫不谦虚地说,《战争与和平》就像《伊利亚特》"[1],研究者总想从荷马史诗中寻找问题的答案[2]。然而,打开这部巨著的钥匙是维吉尔的《埃涅阿斯纪》[3]。从结构和内容看,《埃涅阿斯纪》恰好结合了荷马的《伊利亚特》和《奥德赛》,正如维吉尔在开篇所说,他要吟唱的是"武器和人",分别对应这两部史诗,埃涅阿斯的经历也分为漂泊(六卷)和战争(也是六卷)两部分,所以即使维吉尔以"战争与和平"为《埃涅阿斯纪》命名,也是贴切的。但是,《埃涅阿斯纪》最不成功、也最有魅力的一点是埃涅阿斯的各种形象始终无法完美地融为一体,因而缺乏荷马史诗的完结感。自维吉尔以来,史诗作家总是一边宣称继承传统,一边在暗地里抵制(或者相反),这种双重性是后世史诗化创作的一个标志。当托尔斯泰似乎远远偏离史诗正统的时候,恰好是他最体现史诗化特征的时候。他或许是故意赋予自己的人物某种庸常性,一层层剥离史诗传统的复杂沉淀物,让《战争与和平》成为"人人皆可理解"的艺术作品[4]。

出版于1957年的《日瓦戈医生》或许是俄国文学中最后一部产生巨大反响的史诗化小说。令人惊讶的是,帮助帕斯捷尔纳克实现史诗化最后一变的却是古罗马经典的史诗作家维吉尔。在这部小说中,帕斯捷尔纳克系统地内化了《埃涅阿斯纪》的作者维吉尔和史诗的主人公埃涅阿斯[5]。首先,他将莫斯科变成了罗马。他不断向读者暗示,莫斯科"这座圣城"[6]的确应验了"第三罗马"的预言,然而却不是在预言者期待的意义上应验的:它不是东正教最后的、纯洁的、不可污染的堡垒,却是以中央集权和意识形态控制为基础的广袤帝国。正如维吉尔将一个民族的历史聚焦在一个人的神话上,帕斯捷尔纳克也是透过一个人的棱镜来审视动荡的时代。维吉尔站在民族史诗和基督教史诗传统(至少基督教作家如此理解)的交会处,《日瓦戈医生》也蕴含了这两重传统的元素。小说主人公尤利和埃涅阿斯一样,最开始都在历史的风暴中无所适从,前者无法适应革命时代,后者难以应对特洛伊的覆灭。尤利在小说第十二章中的精神死亡与复活与埃涅阿斯进入地府的情节相对应,帕斯捷克纳克的模式和意象都有意模仿了维吉尔。在隆冬结果的花

[1] Maxim Gorky, *Reminiscences of Tolstoy, Chekhov and Andreyev*, trans. Katherine Mansfield, S.S. Koteliansky, and Leonard Woolf (London: Hogarth Press, 1948) 57.

[2] R. R. Ulis, "Has the Historical Novel Replaced the Epic?," *Classical Bulletin*, 1(1964): 50-52.

[3] Griffiths and Rabinowitz, *Epic and the Russian Novel* 148-9.

[4] Leo Tolstoy, *What is Art?*, trans. Aylmer Maude (New York: Crowell, 1899) 90.

[5] Griffiths and Rabinowitz, *Epic and the Russian Novel* 178-94.

[6] Boris Pasternak, *Doctor Zhivago*, trans. Max Hayward and Manya Harari (New York: Pantheon, 1958) 519.

楸树象征着重生,呼应着引导埃涅阿斯进入冥府的"生命金枝"——槲寄生。正如后者为埃涅阿斯带来了心灵的自由,前者也让尤利的精神暂时获得解放。两位主人公在时代的剧变中都表现出令人惊异的被动性,都缺乏承担使命的决断,两者在气质上都游移不定,缺乏明晰的理念和决心。埃涅阿斯和尤利都有三段极具象征意义的恋情。两人的第一位妻子(克瑞乌萨和冬妮娅)都代表某种必须抛弃的身份,前者是罗马必须取代的特洛伊,后者是苏联新社会必须埋葬的贵族阶层。两人的第二段恋情都最为热烈,也最为深沉,前者是与狄多,后者是与拉拉。但两段恋情都是婚外情,都不被社会允许,两位女人都象征着他们的理想,但追逐这种理想却要放弃世界赋予他们的另一种理想(建立罗马和回到莫斯科),所以最终她们也只能被抛弃。最后两位主人公都娶了象征着新秩序的女人,前者是意大利本土的拉维尼娅,后者是出身无产阶级的玛丽娜。两位女人的面目都极为模糊,暗示着埃涅阿斯和尤利对现实的屈从。作为史诗,《日瓦戈医生》和《埃涅阿斯纪》的共同点是主人公都缺乏英雄气质。

　　在古罗马,正统的史诗在维吉尔这里抵达终点。在俄国,史诗化的小说在帕斯捷尔纳克这里走向终结。这并非偶然,也并非巧合。维吉尔虽然在几乎每个方面都追随了荷马,但他骨子里的忧郁气质让他不适合做史诗诗人,他也清楚地知晓辉煌的民族天命是如何冷酷地无视个人的命运[1]。在《埃涅阿斯纪》中,当埃涅阿斯预览了罗马的未来,从冥府回归阳间时,是从象牙门走出的,而象牙门在希腊神话中代表虚假的梦。当帕斯捷克纳克声言"史诗才是我们时代所要求的"时,他似乎也在暗示俄国新秩序的"罗马主义"窒息了俄国文学最擅长的抒情声音。当作家不再对宏大的集体主义梦想或完美的个人英雄感兴趣的时候,甚至都不愿再参与反讽的时候,史诗化写作的衰落就是一种必然了。当然,时至今日,古典文学传统依然在俄罗斯文学中发挥重要作用,但主要不再体现为史诗和史诗化作品了。

---

[1]　　Adam Parry, "The Two Voices of Virgil's Aeneid," *Arion*, 2 (1963) 66-80.

奥维德与俄国流放诗歌的双重传统[*]

公元 8 年，因为他"诲淫"的诗集《爱的艺术》和某个他不肯言明的政治"错误"，古罗马人诗人奥维德被皇帝屋大维流放到黑海之滨的托米斯（今罗马尼亚康斯坦察），直到公元 17 年去世，他都未获赦免，一直住在他眼中的这片蛮荒之地。奥维德绝非西方历史上第一位流放诗人，古希腊的阿尔凯奥斯就曾遭受相似的命运，但奥维德在流放期间留下了《哀歌》《黑海书简》和《伊比斯》三部诗集，近八千行诗，并留存后世，对包括但丁在内的无数诗人产生了深远的影响，这就使得他成为了西方流放诗人的原型。俄国诗人迷恋奥维德，其中一个重要原因便是，对这个国度的写作者而言，"流放是一种职业风险"[1]。最早将奥维德、流放主题和俄国地理联系起来的是波甫洛夫（С. С. Бобров）的作品《歌谣：缪斯宠儿奥维德之墓》（1792），但真正确立这一传统的是大诗人普希金[2]。从黄金时代的普希金到白银时代的曼德尔施塔姆，再到二战后的布罗茨基，流放始终是俄国诗歌的基本主题，奥维德也始终是俄国诗歌大师们塑造自我身份的参照。不仅如此，在后代诗人建立自己与奥维德的精神联系时，前代诗人对奥维德流放诗歌的引用与改写又成为另一种参照，从而形成古罗马和俄罗斯、舶来与本土的双重传统。俄国流放诗歌便在这双重传统的框架中演化，并形成极其复杂的意义场，呈现出自己特有的风貌。

---

* 本文首发于《俄罗斯文艺》2017 年第 4 期。文中俄语诗歌除了现有中译本的引文外都是笔者从英译本转译，拉丁语诗歌则由作者从原文译出。

[1] David M. Bethea, *Joseph Brodsky and the Creation of Exile* (Princeton：Princeton U, 1994) 196.

[2] Andrew Kahn, "Ovid and Russia's Poets of Exile," *A Handbook to the Reception of Ovid* (Oxford：Oxford UP, 2012) 401.

普希金:流放与艺术的虚构[1]

机缘巧合,奥维德辞世一千八百年后,普希金竟也被流放到当年这位古罗马诗人孤独生活近十年的地方。此前,普希金在《自由颂》中影射沙皇亚历山大谋杀父亲保罗(第 11 节),又在《乡村》中公开抨击农奴制,俄国政府因而视他为危险分子,将他派往南方的莫尔达维亚。这实际上是变相的流放,普希金对此心知肚明,然而正是流放的处境给了他从边疆审视这个大帝国、重新理解俄国性的机会[2]。他面临的挑战是,如何将自己的流放经历转化为艺术。正是在这个节点上,有着相似经历的奥维德给了他灵感。在普希金生活的时代,关于奥维德的传说仍广泛流传于莫尔达维亚民间。他在给朋友巴拉廷斯基的信中说,"直到今日,那索[即奥维德]的幽灵 /仍在多瑙河岸边逡巡"[3]。这个近似神话的形象最终进入了普希金的叙事诗《茨冈人》。另一方面,普希金也通过阅读奥维德的流放诗歌想象着这位远古的同行。他从朋友里普朗迪那里借来了奥维德诗集的法文版,并且三年不离身[4]。

奥维德在流放诗歌中为自己辩护的主要理由是,无论是皇帝屋大维还是古罗马公众都错误地将艺术与生活混为一谈,将诗歌中的抒情主体等同于真实的自己。他借用前辈卡图卢斯"虔诚的诗人自己是该无邪,/ 但他的作品却根本不必"(*Carmina* 16.5-6)的说法,向读者呼吁:"相信我,我的人品迥异于我的诗歌;/ 我的缪斯放纵,我的生活却纯洁"(*Tristia* 2.353-354)。也即是说,要为自己恢复声誉,获得皇帝的谅解,他必须竭力斩断生活与艺术的联系。然而悖论在于,远离文明中心罗马、居住在帝国边境的他只能借助艺术来实现这一点,而且他在流放诗歌中所

---

[1]　普希金和奥维德的比较研究已经成为一个热点。据 2004 年出版的《普希金:研究与材料》(Пушкин: Исследованииа и материалы,229-230 页)统计,截至当时,俄国和西方学者发表的相关文章和专著就超过了 40 篇(部)。后来发表的代表性成果还有:Katya Hokanson, "'Barbarus hic ego sum': Pushkin and Ovid on the Pontic Shore," *Pushkin Review*, 8-9 (2005-06): 61-75; David Houston, "Another Look at the Poetics of Exile: Pushkin's Reception of Ovid, 1821-24," *Pushkin Review*, 10 (2007): 61-75; Zara Martirisova Torlone, *Russia and the Classics: Poetry's Foreign Muse* (London: Duckworth, 2009).

[2]　Stephanie Sandler, *Distant Pleasures: Alexander Pushkin and the Writing of Exile* (Stanford: Stanford UP, 1989) 1-20.

[3]　Tatiana Wolff, *Pushkin on Literature* (London: Methuen, 1971) 35.

[4]　Niovi Gkioka, *The Russian Chapter in the Reception of Ovid's Exile Poetry: Pushkin, Mandelstam and Brodsky* (Munich: Grin Verlag, 2015) 5.

塑造的"反向野蛮人"(被蛮族视为野蛮人)形象即使包含了某些生活的真实,归根结底仍然是艺术的产物。普希金充分意识到了这个悖论,也深知浪漫主义文学的读者倾向于不区分作者与作品中的"我",便利用奥维德这个古代的幽灵创造了一个亦真亦幻的世界,并以他为参照建立了自己的流放诗学。

在 1821 年的抒情诗《致奥维德》里,普希金一开篇便点明了自己与这位古罗马诗人在地点上的联系:"奥维德,我住在平静的海岸附近,/当年,你把祖邦受到驱逐的众神 / 带到这里,你把骨灰留在这里;/你凄凉的悲泣为此地赢得声誉"[1]。"我看见你的船出没于巨浪惊涛,/在荒僻的海岸附近抛下了铁锚,/等待爱情歌手的是残酷的酬报,/原野没有绿荫,丘陵没有葡萄"(13—16 行)让人联想起奥维德《黑海书简》的哀叹"我蜷缩在世界的尽头,孤寂的荒原,/永久的冰雪沉沉压着冻土,/没有果树,没有甜美的葡萄高悬,/河边无柳,山间也无挺立的橡树"(Ex Ponto 1.3.49-52)。诗中还有许多源自奥维德流放诗歌的意象,它们"拼贴"在一起,构成了普希金这篇作品的浮动背景[2]。然而,另外一些细节却令人惊讶。"他们[斯基福人]不可阻拦:浪里游如履平川,/任脚下的薄冰轧轧作响腿也不软。/叹息吧,奥维德,叹息命运无常!/少年时代就蔑视军旅生涯的动荡,/你热衷为你的头发编织玫瑰花冠"(21—25 行)就包含了普希金的杜撰。奥维德从未提及有蛮族从海上进攻托米斯,头戴玫瑰也从来不是古罗马人的习俗,普希金如此处理,或许是故意揶揄奥维德,以此拉开自己和他的距离。作品原来的结尾更明显地表达了一种批评的态度:"我从未用非法的欺骗污染自己 /骄傲的良心或者永不屈服的竖琴"[3]。虽然这两行最终被作者删掉,普希金在诗中仍突出了自己与奥维德的差异。与前者的哀怨不同,普希金称,"我是严肃的斯拉夫人,泪不轻弹"(54 行)。他把自己塑造成一个心甘情愿的流放者,并将奥维德眼中的苦寒北方逆转成温暖的南方:"我看惯了北方阴沉惨淡的雪景,/这里的蓝天却持久地放射光明;/这里冬天的风暴不能长久逞凶,/一个新移民来到了斯基福海岸,/南方之子紫红的葡萄光彩鲜艳"(64—68 行)。普希金认为奥维德不够坚强,而自己在流放生活中依然故我,奥维德梦想用哀歌打动屋大维,自己却不会向暴君低头。他的坚毅并非夸口,但自愿流放却是艺术的虚构,戳穿其虚构本质的正是诗人自己。在诗的最后,他忍不住感慨:"和你一样,受到无情命运的捉弄。/我们名望有高下,而遭遇却相

[1] 普希金,《普希金全集第一卷:抒情诗》,肖马、吴笛主编(杭州:浙江文艺出版社,1997 年)488 页。

[2] Kahn, "Ovid and Russia's Poets of Exile" 402.

[3] David Houston, "Another Look at the Poetics of Exile: Pushkin's Reception of Ovid, 1821-24," *Pushkin Review*, 10 (2007): 64.

同"（99—100 行），"无情命运"暗示他也是被流放，"名望有高下"则透露了这位年轻俄国诗人比肩古罗马大师的雄心。

如果说通过改写奥维德作品和虚构自身经历，普希金在《致奥维德》中刻意呈现了两位诗人对待流放境遇的不同方式，那么在三年后的叙事诗《茨冈人》里，受困于帝国边缘、怀念文化中心的普希金就真正与奥维德感同身受了。在 1824 年的这篇作品里，奥维德诗集所塑造的那个历史人物已经淡出，取而代之的是茨冈人头口传说中的一个无名老者形象。虽然奥维德的名字没有在诗里出现，但对比普希金的措辞和比萨拉比亚茨冈人中间的奥维德传说，我们可以无疑地判定他的身份。他是一位南方来的流放者，具有非凡的诗歌天才。"他苍白而憔悴，到处流浪，／他说道，这是他罪愆难逃，／愤怒的上帝降下了惩罚……"[1]，"愤怒的上帝"直译了奥维德《哀歌》里 irato deo 的说法（ *Tristia* 1.2.12 ）。"整日价徘徊在多瑙河畔，／怀念着他的遥远的城市"，"多瑙河畔"和"遥远的城市"分别指向托米斯和罗马。"他临终时留下几句遗言 ／他要把他那客死的尸骨 ／设法迁送回南方的家园"则呼应着普希金自己在《致奥维德》中虚构的诗人遗嘱"愿最后的祈祷缓和可怕的遭际 ／让我的灵柩接近美丽的意大利"（47—48 行）。普希金对奥维德生平细节的模糊化处理或许是为了赋予他更普遍的象征意义，而他将自己此前的作品作为语典来暗引则意味着自己与奥维德的跨时空神交也已经成为流放诗歌传统的一部分。尤其有趣的是，《茨冈人》将发出流放命令的人从古罗马皇帝屋大维改成了俄国的沙皇[2]，这就迫使读者将普希金和奥维德的遭遇合二为一。和《致奥维德》一样，《茨冈人》也采用了生活真实与艺术虚构相结合的手法，但和三年前的那首诗不同，普希金没有刻意保持距离，而是表达了对奥维德的强烈认同。此时，诗人身处帝国边缘，而他的声名在遥远的首都正不断上升，他越发体会到了奥维德在流放中的焦虑。普希金借诗中的阿列哥之口表达了自己的迷茫："爱情的歌手，神灵的歌手，／请你告诉我，什么是光荣？／死后的喧嚷、赞美的歌辞、／一代又一代流传的声名？／或是烟雾腾腾的篷帐里 ／粗野茨冈人的故事轶闻？"[3]。自己未来的命运会如何？是否会被遗忘？在这样的心境里，普希金几乎幻化成了奥维德。

在他的代表作《叶甫盖尼·奥涅金》里，他也采用了一些隐蔽的技巧抹除生活与艺术的边界，打破作品独立自足的幻象，在这些看似不经意的地方，我们总是能

---

［1］　普希金，《普希金全集第三卷：长诗·童话诗》，肖马、吴笛主编（杭州：浙江文艺出版社，1997 年）251 页。

［2］　普希金，《普希金全集第三卷：长诗·童话诗》250 页。

［3］　普希金，《普希金全集第三卷：长诗·童话诗》252 页。

瞥见奥维德的幽灵。叙述者在第 1 章第 2 节提及奥涅金诞生在涅瓦河畔后,对读者说:"我也曾在那儿悠闲地散步:/然而北方对于我却有害处"[1],知悉普希金处境的读者立刻便能读懂此处的暗示:诗人已被流放到南方。不仅如此,普希金还特别加了一条注释:"作于比萨拉比亚"。这样处理明显让诗歌的叙述者与生活中的诗人趋于融合,并且在这首长诗与作者的流放背景之间建立了联系。这正是奥维德在流放诗中反复使用的手法,他从未点明自己流放的真正原因,却不断地向一小群知情的读者暗示某些信息。普希金同样擅长在公共主题的诗歌里夹带私人的秘密。在第八节中我们得知,奥涅金和奥维德一样是情场圣手,令人惊讶的是,叙述者竟然说这位诗人最终死在"莫尔达维亚"[2]。虽然古罗马的托米斯在地理上的确属于后世的莫尔达维亚,但这个说法无疑在时代上是错位的,然而普希金却借此凸显了自己和奥维德在流放经历和流放诗歌方面的关联。《叶甫盖尼·奥涅金》在整体上也体现出生活与艺术之间的悖论。如他的英文传记作者宾雍所说,一方面作品邀请读者把它视为真实生活的再现,普希金在诗中插入了不少真实人物,并声称掌握着诗中某些人物的诗作和信件;另一方面它又对自身的艺术性极其敏感,叙述者对作品本身的评价和此诗复杂的韵式不断提醒读者,这是一件精致的艺术品[3]。

曼德尔施塔姆:流放与文化的乡愁

通过对奥维德流放经历和流放文本的改写,普希金将古罗马的流放主题植入了俄罗斯文学,而他自己的经典作品也奠定了俄罗斯本土的流放诗歌传统。将阿克梅主义阐释为"对世界文化的乡愁"[4]的曼德尔施塔姆显然把普希金也看作世界文化的重要部分。在《词与文化》里他列出的三位代表文学传统的诗人除了古罗马的卡图卢斯外,既有前辈大师普希金,也有普希金所效法的奥维德[5],后两位诗人与曼德尔施塔姆的一个共同之处便是流放的经历。但对曼德尔施塔姆而言,虽然他真实地经受过流放的苦难,最终也死于流放地的苦役,但精神上的流放才是他一生关注的焦点。他是持非正统观念的犹太人,在华沙出生,又在国外接受教

---

[1] 普希金,《叶普盖尼·奥涅金》,智量译(北京:人民文学出版社,2004 年)8 页。

[2] 普希金,《叶普盖尼·奥涅金》12 页。

[3] T. J. Binyon, *Pushkin: A Biography* (New York: Alfred A. Knopf, 2003) 394.

[4] Nadezhda Mandelstam, *Hope Against Hope: A Memoir*, trans. M. Hayward (London: Atheneum, 1971) 246.

[5] Osip Mandelstam, "The Word & Culture," *The Poet's Work* (Chicago: U of Chicago P, 1989) 18.

育,在俄国社会里本就是多重的边缘人[1],革命后他的非主流立场更让主流文化彻底抛弃了他。

　　曼德尔施塔姆醉心于西方的古典文化,而俄罗斯是与罗马有特殊渊源的国家,圣彼得堡又是充满古典气息的文化中心,因此革命前的圣彼得堡就化身为诗人心目中的罗马,不再是一个物理空间,而成为充满了想象的心理空间。他早期的作品表达了他对罗马—圣彼得堡世界的眷恋。作于 1914 年的《"普通和粗糙的时间"》写道:"奥维德怀着衰旧的爱情,/坐在蛮夷人的大衣上,/歌唱牛皮制成的双轮车,/把罗马与雪花都融进歌声"[2]。这些诗句的灵感无疑源自奥维德的流放诗歌,但也打上了曼德尔施塔姆的印记。"蛮夷人"和"雪花"代表了奥维德面对的托米斯的严酷环境,"衰旧的爱情"和"罗马"暗示了诗人对过去的追念与怀想,"爱情"既指向奥维德逝去的经历,也指向他早年的爱情诗,而无论生活还是艺术,回忆还是梦想,都浓缩着罗马这个文化地理符号中。1915 年的《"马群嘶鸣着欢快奔跑"》更突出了奥维德与罗马的紧密联系。虽然诗人没有提及奥维德的名字,但诗中的细节显然与奥维德有关,第二节更直接呼应着《黑海书简》里的一封信(*Ex Ponto* 2.8.1-5) ,奥维德在那封信里感谢朋友科塔给他寄来了屋大维和另外两位皇族成员的肖像。但与原作哀怨的情绪不同,曼德尔施塔姆的诗却有一种明快的色调,尤其是结尾:"当我年迈,我的悲伤依然明亮:/我在罗马诞生,它已回归我身旁;/仁慈的秋天曾是我的母狼,/而——恺撒的月份——八月向我微笑"。"母狼"影射了罗马城建立者罗慕路斯和雷穆斯的传说,称八月为"恺撒的月份"是因为帝国时代的拉丁语以屋大维的封号"奥古斯都"给八月重新命名。在曼德尔施塔姆笔下,月份的名字、秋天的节令和流放地的景色都将奥维德和罗马联系在一起,他无须回到地理上的罗马,只要他心怀罗马,就无处不是罗马。这种对奥维德主题的逆转与普希金将奥维德的北方变为自己的南方很相似。

　　然而,革命前的这种乐观心态在曼德尔施塔姆后期的作品中不复存在。让他无法适应的不是剧烈变化的社会秩序,而是全然陌生的文化秩序。革命荡涤了他熟悉的古典文化,圣彼得堡和它类似罗马的光晕消失了,连同浸润在希腊和罗马作品中的那个时代。从此时起,曼德尔施塔姆已经成为精神上的流放者,对消逝文化的乡愁将笼罩他此后的全部作品。《哀歌集》(*Tristia*)的出版标志着这个转变。虽然最初是诗友库兹明为他的诗集选择了这个标题,再版时曼德尔施塔姆也曾更名,

---

[1]　Theodore Ziolkowski, "Ovid in the Twentieth Century," *A Companion to Ovid* (Oxford: Blackwell, 2009) 456.

[2]　曼杰什坦姆,《黄金在天上舞蹈》,汪剑钊译(上海:上海文艺出版社,2004 年)57-58 页。

但后来他还是认可了这个奥维德的词[1],从而承认了这部作品与奥维德同名诗集的关联。在这部名副其实的《哀歌集》里,曼德尔施塔姆哀悼了一个时代的毁灭。整部诗集的主题是末世,各种末世,从毁灭前的特洛伊到沙俄末年的圣彼得堡[2],最重要的一首无疑是名为"Tristia"的主题诗。在这首别离的哀歌里,诗人采用了无韵的八行诗节,规则的形式强化了历史永恒复现和伤痛不可避免的意识[3]。诗中的场景来源于奥维德《哀歌集》第1部第3首,在那首诗里诗人回忆了自己与妻子在罗马的无奈别离,曼德尔施塔姆对原作非常熟悉,还在《词与文化》中引用过开篇的四行拉丁文。诗人在第一节里声称自己掌握了"别离的科学""夜之怨诉""最后一刻"和"女人之泪"分别呼应着奥维德诗中的 tristissima noctis(1 行)、supremum tempus(2 行)和 uxor flens(11 行)。在第二节,典故将别离的地点从罗马延伸到雅典("火光在卫城燃烧")和耶路撒冷("公鸡的啼鸣向我们预示什么"),从而使得奥维德(同时也是曼德尔施塔姆)的离别获得了世界意义。公鸡的形象影射了《新约》里彼得在鸡鸣前三次不认耶稣的事,在此诗的框架内,它不仅预示着灾难的降临,也暗喻了信仰的背叛。在第三节中曼德尔施塔姆借"纺纱"的意象揭示了自己的诗学,他毕生所做的正是将不同诗歌传统的主题和文本织成自己的锦缎,而在这首诗里,奥维德的罗马和革命时代的俄国也编织在一起[4]。接下来出现的"赤足的黛莉娅"固然是古罗马诗人提布卢斯爱情哀歌的主角,但这个名字同样出现在普希金早年的诗篇里[5],这恰好印证了下文"一切亘古不变,一切重又发生"[6]。诗的最后一节"摊平的松鼠皮"的比喻引自同时代诗人阿赫玛托娃 1911 年的短诗《"在寥廓的苍空……"》[7],确认了动荡时代他与另一位同行的精神共鸣。布朗特别提醒我们注意[8],本节出现的女人蜡像与俄国文学中一个经典的占卜情节有密切关系,就是《叶甫盖尼·奥涅金》第 5 章第 8 节:"达吉雅娜用她好奇的目光 / 凝视浸入水中的蜡滴:/ 熔蜡凝聚成奇妙的花样,/ 正对她显示出某种奇迹"[9]。正因为占卜是预测未来,曼德尔施塔姆才说"我们又怎能猜破希

[1]　Theodore Ziolkowski, *Ovid and the Moderns* (Ithaca: Cornell UP, 2005) 67.

[2]　Ziolkowski, *Ovid and the Moderns* 70.

[3]　Kahn, "Ovid and Russia's Poets of Exile" 406.

[4]　Clare Cavanagh, *Osip Mandelstam and the Modernist Creation of Tradition* (Princeton: Princeton UP, 1994) 23.

[5]　普希金,《普希金全集第一卷:抒情诗》299-301 页。

[6]　曼杰什坦姆,《黄金在天上舞蹈》111 页。

[7]　阿赫玛托娃,《阿赫玛托娃诗选》,王守仁、黎华译(桂林:漓江出版社,1987)17 页。

[8]　Clarence Brown, *Mandelstam* (London: Cambridge UP, 1973) 273.

[9]　普希金,《叶普盖尼·奥涅金》149 页。

腊的厄瑞玻斯[地府最黑暗之处]",诗的结尾也说"她们注定要死在猜测中"[1]。普希金的典故出现在诗的高潮,说明在《哀歌》这篇作品里,他和位于开篇的奥维德共同构成了别离与流放主题的锚点。

在此阶段,曼德尔施塔姆虽然忧虑重重,但并未绝望,毕竟未来如熔蜡,尚未凝定。但很快他就发现,圣彼得堡的古典文化已无复兴的可能,白银时代天才的创造力已经让位于千篇一律的谨慎。在《"可怕的高空"》一诗中,他反复吟唱道"彼得堡,正在死去"[2]。与此相应,他不再将圣彼得堡所对应的罗马视为乡愁的对象,而把奥维德所憎恶的黑海之滨当作了自己精神的避难所。在这个意义上,他延续了普希金自愿流放者的形象。在 1931 年的一首诗中,他写道:"觉察到未来的绞刑,我躲开暴乱事件的咆哮,/逃往黑海,寻求涅瑞伊得斯[海中仙女]的庇护"[3]。这个黑海不仅是奥维德的黑海,更是普希金的黑海,因为对奥维德而言,海是牢狱的边界,而在普希金眼里,海却象征着自由,即使流放也伴随着某种脱离羁绊的欢愉。但曼德尔施塔姆无法像普希金那样坦然,比起这位前辈来,他所面临的危险远更真实,远更严酷。他的预感应验了,三年之后,这位不合时宜的歌者成了革命政权的敌人。1934 年他因为在诗中"讽刺"斯大林被捕,经朋友营救暂时脱险,但 1937 年再次被捕,一年后被判苦役,1938 年死于西伯利亚。至少就经历而言,他比普希金更接近奥维德,后者的命运也是因为"诗歌和错误"(*Tristia* 2.1.207) 而逆转。在 1934—1937 年的《沃罗涅日诗抄》里,曼德尔施塔姆将克里米亚塑造成古希腊的神话之地和古罗马奥维德的流放之地,并微妙地呈现了普希金和自己的相似遭遇,而他的这些作品也和这两位诗人一样,融入了俄国流放诗歌的传统。

布罗茨基:流放与身份的重塑

奥维德、普希金和曼德施塔姆虽然离开了故土,却并未离开故国,毕竟托米斯仍是罗马帝国的领土,莫尔达维亚和西伯利亚也分别在沙俄和苏联的疆域之内。布罗茨基在两次内部流放后,却最终流亡国外,脱离了母文化,因此他的流放已经与流散(diaspora)交迭。他一方面继承了奥维德和前辈俄国诗人的双重流放传统,一方面又能站在这个传统之外来重新定义流放者的身份。

布罗茨基虽然年仅十五岁就主动退学,但他博览群书,年纪轻轻就具备了世界

[1]　曼杰什坦姆,《黄金在天上舞蹈》112 页。

[2]　曼杰什坦姆,《黄金在天上舞蹈》106-107 页。

[3]　曼杰什坦姆,《黄金在天上舞蹈》198 页。

眼光,而且极具叛逆精神。在创作生涯的早期,尽管他已经关注各国文学的流放传统,却对奥维德颇多挑剔。写于1963年的《田野牧歌》(Полевая эклога)对流放者给出了特别的定义。布罗茨基认为,真正的流放者应当彻底失去财产、家园和自由,既毫无眷恋和牵挂,也没有奢望和怨恨。按照这样的标准,奥维德算不上流放者。真正的流放者"不是充满念想的人 / 似乎将在浅水中溺亡,/ 如同黯淡海浪边的那索"[1]。然而仅仅一年后,命运就跟他开了一个玩笑,他因为奥维德绝对想象不到的罪名"社会寄生虫"而被判处五年苦役,流放到极北地区的阿尔汉格尔州,后来由于外界干预,刑期减至九个月。但骤然失去自由的经历已足以让他与奥维德产生共鸣,此后的两年间他写了三首与奥维德有关的诗,另一位杰出的诗人库什涅尔(Александр Кушнер)此时也敏锐地将他比作"奥维德——史上头号寄生虫"[2]。

第一首题为《"紧握流放的配额"》(Сжимаиущии паику изгнанииа)。值得注意的是,布罗茨基不仅继承了普希金和曼德尔施塔姆将自传性因素融入流放诗歌的传统,而且突出了素材的真实性和史料性。他在诗的末尾标明"1964年3月25日,阿尔汉格尔州,中途监狱"。他将诗人言说的力量比作一盏灯,又将灯比作不规则颤动的心脏,再将心脏比作一只鸟[3]。和奥维德、普希金一样,布罗茨基也担忧自己诗歌创造力会被窒息。如同普希金,他也将流放者和政权的对立比作南方和北方,将心脏比作鸟的说法更是直接脱胎于《茨冈人》[4],而在那首诗中,鸟无疑象征着作品的主题——自由,匿名的奥维德形象被茨冈老者用来告诫阿列哥,代表文明的外来者很可能无法适应流放地的环境。这一串意义链条将奥维德、普希金和布罗茨基的遭际紧紧连在一起。

也作于1964年的《黑海书简》(Ex ponto)借用了奥维德诗集的名字,副标题更直截了当地叫做"奥维德给罗马的最后一封信"。布罗茨基延续了普希金和曼德尔施塔姆将黑海地区视为流放地的传统,但和前辈不同,他在想象中占据了奥维德的位置。这首短诗只有八行:"写给你,美丽的容颜似乎 / 从不畏惧凋零的你;/ 写给我的罗马,恰如 / 你一般,别后仍未变毫厘,// 我正从海上写信,从海上。/ 风暴后,众船向此地驶来,/ 为再次证明,这是边疆,/ 它们也未把自由装载"[5]。这里的女性形象揭示了布罗茨基与奥维德的另一层相似。奥维德以爱情诗(更准确

[1] Sanna Turoma, *Brodsky Abroad*: *Empire*, *Tourism*, *Nostalgia* (Madison: U of Wisconsin P, 2010) 42.

[2] K. Inch, "Brodsky I Ovidii," *New Literary Observer*, 1(1996): 226.

[3] Kahn, "Ovid and Russia's Poets of Exile" 410.

[4] 普希金《普希金全集第三卷:长诗·童话诗》272页。

[5] Gkioka, *The Russian Chapter in the Reception of Ovid's Exile Poetry* 24.

地说是情爱诗)闻名,触怒了致力整肃性道德的屋大维;布罗茨基的私生活当时也是列宁格勒诗人圈的谈资,他怀疑这也是自己被指控为"社会寄生虫"的一个原因。他的许多情诗题献中的 М. Б. 就是女艺术家巴斯玛诺娃(Марина Басманова),此诗的"你"自然让我们联想到她,但"你"和"罗马"一样已经符号化,成为"永恒"的象征。然而,这种"永恒"只是一厢情愿的幻象。放逐了奥维德的罗马并未获得安全,放逐了布罗茨基的帝国也并未"万古长青"[1]。布罗茨基也借此提醒移情别恋的情人,美终会在时间中朽坏。在第二节里,普希金的重要性不亚于奥维德。"从海上"的重复不仅让人想起奥维德《哀歌》(Tristia 1.11.1-5)描写自己在船上写作的场景,而且呼应着普希金在结束克里米亚流放之时创作的《致大海》(1824)。"边疆"突出了流放的主题,"自由"更是普希金流放诗歌的关键词。当普希金告别克里米亚时,他是将它视为自由之地的,因为他在这里找到了创造的自由。布罗茨基却没有如此幸运,他的处境与前辈形成了鲜明对照。他和刑事犯、酒鬼关在同一个监狱里,完全没有荒凉却广阔的空间供自己的诗歌想象驰骋,因而无法在流放中获得艺术的慰藉。

这个系列的第三首是 1965 年的《断章》(Отрывок)。在这篇作品里,布罗茨基最深刻地体验到了奥维德的孤绝状态,曼德尔施塔姆笔下垂死的圣彼得堡意象也通过濒临死亡的罗马重现。布罗茨基对奥维德的称谓在第三人称和第二人称间反复切换。诗的开头写道:"那索还不想死。/所以他才如此阴郁。/萨马提亚的严寒 /让他的心思恍惚"[2]。奥维德尚存回归罗马的奢望,布罗茨基却认为无此必要,他对奥维德说,虽然"靠近罗马时你是一颗星",但"你"靠近的不过是"罗马的死亡"。在他和奥维德重叠的视线里,地平线、透过云层显现的猎户星座(第二节)和在远处摇曳的烛火(第三节)都比罗马近,即使把它们想象为罗马也没有用,"因为谁若置身死亡中,/谁就不会在罗马。"流放即死亡。在最后一节里,布罗茨基劝告奥维德,"别再打搅罗马",并以自己为例,"我自己就不记得 /曾给哪些人写信。/除非是死者。"在流放过程中唯一可以与流放者深度交流的只有死者,对于布罗茨基来说,死者就是奥维德、普希金、曼德尔施塔姆以及其他各国历史上的流放诗人,比如但丁。所以,奥维德往罗马写信没有意义,他应当在地址栏"划掉罗马,/写上:冥府"[3]。在布罗茨基看来,像奥维德那样,渴望回到过去、回到故乡其实否定了流放的意义。流放的实质在于斩断与过去的联系,让旧的自我死去,新

---

[1] 布罗茨基《悲伤与理智》,刘文飞译(上海:上海译文出版社,2015 年)496 页。

[2] Gkioka, *The Russian Chapter in the Reception of Ovid's Exile Poetry* 25.

[3] Gkioka, *The Russian Chapter in the Reception of Ovid's Exile Poetry* 26.

的自我诞生。如果如普希金所说,流放可以带来精神的自由,无论流放本身如何痛苦,诗人都不应将它等价于痛苦;如果诗人和曼德尔施塔姆一样怀着对世界文化的乡愁,流放者虽然失去了物理空间的故乡,却正好可以在精神上返乡。

1972 年,布罗茨基被苏联政府强制流亡国外。从此,他的人生舞台从局促的流放地和更局促的牢房扩大到了整个世界。伊斯坦布尔、威尼斯、里约热内卢、纽约……这些地理上的城市也在他的诗歌里幻化成新的文化空间。他和素来崇敬的曼德尔施塔姆一样,兼具古典主义者和世界主义者的特征。他所看到的都市不是浮光掠影的风景而已,而是充满历史积淀的文化符号,所以他能在不断变化的地理空间中不断重塑自己的诗歌身份[1]。浪漫主义的俄国气质渐渐冲淡,高冷却又不乏自嘲的现代主义乃至后现代气质渐渐渗入,一位世界性的、具备多期文化分层的诺贝尔桂冠诗人蝶变而出。可以说,正是流放和流亡的经历让他最终成了“文明的孩子”——他送给曼德尔施塔姆的称号。

在多年的流亡生涯中,布罗茨基逐渐对流放有了更深的理解,也更明白了自己和奥维德的距离。毕竟他有奥维德乃至普希金、曼德尔施塔姆不曾有过的优势:他跳出了祖国和母文化的圈子,能够以外人的目光重新审视熟悉的一切。和留恋罗马帝国的奥维德不同,他憎恶一切形式的帝国,因为他认为帝国“是非个人的,使人异化的,不敬神的”[2]。奥维德的作品中充满哀怨伤感的情绪,布罗茨基虽历经坎坷,最终却对流放生活持肯定态度。他在四十岁生日时(“May 24, 1980”)回顾一生流放、监禁和奔波的遭遇时总结道:“关于生活我该说些什么? 它漫长又憎恶透明。/破碎的鸡蛋使我悲伤;然而蛋卷又使我作呕。/但是除非我的喉咙塞满棕色黏土,/否则它涌出的只会是感激”[3]。就俄国文学而言,他打破了自普希金以来将流放诗人视为政治牺牲品的神话,而把流放诗人还原为一个普通人,并把流放视为一种全新的教育机会:“流放让你一夜之间经历一生……做一位流放作家,就像一条狗或者一个人装在宇航舱里被扔进外太空……你的宇航舱就是语言……因为语言比国家更古老,而格律比历史更长寿”[4]。也即是说,流放对于诗人的真正价值在于让他们领悟到,诗人最重要的依靠是什么。而且,在现当代的语境中,流放也并不总是从文化中心向边缘、“从文明的罗马到野蛮的萨尔马希亚”的单向移

[1]　Turoma, *Brodsky Abroad* 42.
[2]　Timothy P. Hofmeister, “Joseph Brodsky's Roman Body,” *International Journal of the Classical Tradition*, 12.1 (2005) 62.
[3]　布罗茨基,《布罗茨基诗选》,黄灿然译,《扬子江诗刊》2005 年第 6 期 32 页。
[4]　Bethea, *Joseph Brodsky and the Creation of Exile* 212.

动,反而可能让流放者更靠近中心[1]。因此,流放者无须像奥维德那样将流放视为精神的退化。

在布罗茨基诗歌生涯的晚期,另一个形象更好地诠释了他对流放的理解。在1993 年的《代达罗斯在西西里》("Daedalus in Sicily")一诗中,这位古希腊神话中的巧匠、艺术家的原型化身为比奥维德更古老的流放诗人。另一位著名的自我流放者乔伊斯曾在《一位青年艺术家的画像》中以代达罗斯自喻。布罗茨基在诗中写道,"他一生都在造什么,发明什么,/他一生都不得不逃离那些巧妙的建筑,/那些机械。仿佛建筑 /和机械急于让自己摆脱蓝图 /犹如孩子因为父母而羞愧。显然,那是 /对复制的恐惧"[2]。"复制"(replication)代表着原创力的丧失,代表着同一个模式的简单重复。"对复制的恐惧"为诗人的流放和自我流放提供了一种去政治化的心理解释。从这个角度看,流放是一种解放的力量,通过主动或被动地改变外在环境,诗人迫使自己放弃既有的、熟悉的思想观念、思维习惯和艺术风格,争取新的突破。布罗茨基几乎把流放变成了实现什克洛夫斯基所言的陌生化的一种高级"程序":诗歌的陌生化首先需要诗人不断追求自我的陌生化。在诗的末尾,布罗茨基戏仿了奥维德《变形记》中的情节:忒修斯为了不在代达罗斯建造的迷宫里迷路,带上了一个线轴,这里的代达罗斯也如法炮制,只不过他要去的是冥府。读者固然可以觉得这是反讽,即使机巧如代达罗斯,也不是死亡的对手,但更大的可能是,这个意象表现了诗人智胜死亡的决心。这里的死亡是艺术的绝境,是自我重复的迷宫,流放却给了诗人绝处逢生的机会。奥维德或许没有意识到,恰好是流放黑海的经历为他创造一种新的诗歌提供了条件,这种诗歌在他志得意满的青年时代恐怕从未梦想过。

因此,晚年的布罗茨基似乎相信,诗人天然是流放者,不能欣赏流放体验的奥维德不再是他心目中最典型的流放诗人。但这并不意味着他厌弃了奥维德,事实上,他在生命尽头所写的《致贺拉斯书》清楚地表达了他对奥维德一生的迷恋[3],因为后者和贺拉斯、维吉尔等人不同,永远坚持私人化的创作,永远不为政治扭曲艺术。无论对于布罗茨基还是普希金、曼德尔施塔姆来说,奥维德的流放诗歌都提供了一个重要的"别处"来审视自己置身的世界,反思各种文学、艺术和社会的陈规。在他们挪用和改写奥维德的过程中,奥维德的传统也内化为一种新的传统,形成俄国自己的流放诗歌谱系。

---

[1]　布罗茨基,《悲伤与理智》24 页。

[2]　Joseph Brodsky, *Collected Poems in English* (New York：Farrar, Straus and Giroux, 2000) 404.

[3]　布罗茨基,《悲伤与理智》517 页。

放逐、帝国、想象与真实：布罗茨基
《致贺拉斯书》的奥维德主题*

布罗茨基的《致贺拉斯书》(*Letter to Horace*)最初发表于《波士顿评论》,后收录于其评论集《悲伤与理智》(*On Grief and Reason*)[1]。从形式上说,它是这位俄裔美国诗人写给古罗马诗人贺拉斯的一封信,然而文中真正的主角却是另一位古罗马诗人奥维德,贺拉斯和他的好友维吉尔反而是布罗茨基激烈批评的对象。到了信的末尾,奥维德的中心地位变得不容置疑。布罗茨基想象自己死后在阴间和贺拉斯见面,他说,"我自然希望你能把我介绍给那索,⋯⋯我并不指望能与那索聊天。我唯一的请求就是能看他一眼。即便置身于亡灵之间,他也应该是个稀罕的珍品"[2]。那索(Naso)是奥维德朋友对他的亲切称呼。放逐、帝国、想象与真实构成了全文隐约可见的主题线索,布罗茨基将贺拉斯和维吉尔作为奥维德的反衬,发表了对奥古斯都时期罗马诗歌的独特看法,也借以呈现了自己的诗学观念。

在古罗马诗人中间,布罗茨基最能与奥维德共鸣,主要原因在于两人经历和诗观的相似。奥维德于公元8年被罗马皇帝屋大维流放到黑海之滨的托米斯(今罗马尼亚康斯坦察),在那里抑郁地度过了生命的最后十年。布罗茨基也曾两次遭到放逐,第一次是在1964—1965年被流放至苏联极北地区的阿尔汉格尔斯克州,第二次是1972年被驱逐出苏联,从此流落美国。在《致贺拉斯书》里,布罗茨基谦逊地说,"无论我的处境有时在某些旁观者看来与他[奥维德]多么相似,我反正写不出《变形记》⋯⋯即便当我还是个傻小子,被从家里赶到北极圈去的时候,我也从未幻想将自己与他相提并论"[3]。他还将自己的诗歌成就归功于奥维德的启示,

---

* 本文首发于《俄罗斯文艺》2016年第2期。

[1] Joseph Brodsky, "Letter to Horace," *On Grief and Reason*: *Essays* (New York: Farrar, Straus and Giroux, 1995) 425-58.

[2] 布罗茨基,《悲伤与理智》,刘文飞译(上海:上海译文出版社,2015年)524页。

[3] 布罗茨基,《悲伤与理智》496页。

"我的一切实际上都是他教给我的,其中包括梦的解释。而梦的解释始于对现实的解释"[1]。甚至借道贺拉斯也是布罗茨基为避免自己难以和奥维德拉开距离而采取的一种写作策略[2]。

布罗茨基与奥维德的第二层联系是通过白银时代诗人曼杰施塔姆建立起来的。他很崇敬这位前辈,收录于《小于一》(*Less than One*)的文章《文明的孩子》("The Child of Civilization")就是纪念这位"世界文化"倡导者的。布罗茨基在文中把圣彼得堡称为希腊主义的中心[3],而阿克梅派的曼杰施塔姆则无疑是这种古典潮流的灵魂人物。在曼杰施塔姆"对世界文化的乡愁"中[4],奥维德占据着突出位置,他在《词与文化》里列出的三位象征文学传统的人物中,奥维德位居第一,甚至排在普希金之前[5]。这或许是因为曼杰施塔姆也是一位被放逐的作家。他不仅多年流亡国外,在文化上也是局外人:他是犹太人,却生活在反犹的俄国;在犹太人中间,他又不遵循传统;对俄国而言,他又出生于华沙,接受教育主要也是在国外[6]。他的《哀歌》(*Tristia*,1922)从主题、心境到形式都与奥维德的同名诗集有很深的联系[7]。

俄罗斯与罗马的联系看似遥远,却是连接布罗茨基与奥维德的另一条路径。《致贺拉斯书》虽是用英文撰写,布罗茨基却时时记得自己俄罗斯的文化身份。他对贺拉斯沉吟道:"我所属的这个民族……并未被古罗马的伟大诗人们经常提及……在古罗马人那里,我先前认为,只有可怜的奥维德曾关注过我们,但是他也别无选择"[8]。奥维德的流放地与俄罗斯远祖的游牧地隔黑海相望,让布罗茨基感到了一丝安慰。俄语与拉丁语的神似也缩小了两个文化的距离:"如今,我们能用我们自己的语言来阅读你,这种语言充满复杂的屈折变化,其极具弹性的句法举世闻名,用来传神地翻译像你这样的诗人十分合适"[9]。布罗茨基尤其没有忘记

[1]　布罗茨基,《悲伤与理智》517 页。

[2]　Timothy P. Hofmeister, "Joseph Brodsky's Roman Body," *International Journal of the Classical Tradition*, 12.1 (2005): 82.

[3]　Nadezhda Mandelstam, *Hope Against Hope: A Memoir*, trans. M. Hayward (London: Atheneum, 1971) 130.

[4]　Mandelstam. *Hope Against Hope* 246.

[5]　Osip Mandelstam, "The Word & Culture," *The Poet's Work* (Chicago: U of Chicago P, 1989) 18.

[6]　Theodore Ziolkowski, "Ovid in the Twentieth Century," *A Companion to Ovid* (Oxford: Blackwell, 2009) 456.

[7]　Victor Terras, "Classical Motives in the Poetry of Osip Mandel'štam," *The Slavic and East European Journal*, 3 (1966) 259-60.

[8]　布罗茨基,《悲伤与理智》492 页。

[9]　布罗茨基,《悲伤与理智》493 页。

最重要的关联："我还看到了我的第三罗马的毁灭"[1]。他直接影射的事件是苏联的解体，但"第三罗马"更指向罗马——君士坦丁堡——莫斯科的文化渊源，也激活了《致贺拉斯书》中的另一个主题——帝国。

"帝国"在布罗茨基眼里，既是一个政治概念，也是一个文化概念。按照克莱恩的概括，它是"一个涵盖天下的政权，没有明确的地理或历史边界；它是非个人的，使人异化的，不敬神的，其反面则是自由的或者追求自由的个体"[2]。历史上的罗马帝国，连同它的政治、军事、法律机器，为这个概念提供了方便的模板。但在《致贺拉斯书》里，布罗茨基反对的另一个帝国的身影也不断浮现，也就是"第三罗马"——继承了沙皇帝国疆域的苏联帝国。在这篇作于苏联解体之后的文章里，布罗茨基以嘲讽的口气回顾自己20世纪60年代流放时的感受："我的帝国当时看上去的确像是万古长青的，而且你也可以整个冬天都在我们那里许多三角洲的冰面上散步"[3]。"冰面"是生动而且贴切的比喻，所有帝国都对危险熟视无睹，而做着永世长存的美梦。但布罗茨基的剑锋并非只对准了故土上的这个帝国。在《罗马哀歌》("Roman Elegies")里，罗马成了一切帝国的象征。深具历史感和世界文化意识的他发现，自己到罗马旅行，恰好颠倒了奥维德当年的处境。奥维德被驱离帝国的中心，到了蛮族居住的帝国边缘，而来自一个晚近帝国的他，一个讲俄语的犹太诗人，一个罗马人笔下的"斯基泰人"(Scythian)或"极北人"(Hyperborean)，却是到罗马这个中心朝圣的"蛮族"[4]。在《致贺拉斯书》里，布罗茨基也说，"请把我写信给你的这个角落想象成罗马帝国的边陲"[5]。

他虽然喜爱古罗马诗歌，却憎恶帝国："没有任何东西能像独裁制度那样滋生趋炎附势"[6]。在这一点上他为俄罗斯文学感到自豪，俄语文学不是阿谀文学，"我们热衷于痛苦"，这也是"我们一百年前在极北之国十分擅长的东西"[7]。此时浮现在布罗茨基脑海里的大概首先是陀思妥耶夫斯基等作家，当然也包括从白银时代到他自己的许多诗人。相反，维吉尔却是一位奉旨写作的诗人，在他的史诗《埃涅阿斯纪》(Aeneid)里，"命题作文的味道过于浓重"[8]，而贺拉斯对屋大维的

[1] 布罗茨基，《悲伤与理智》496页。
[2] Hofmeister, "Joseph Brodsky's Roman Body" 62.
[3] 布罗茨基，《悲伤与理智》496-497页。
[4] Duncan F. Kennedy, "Recent Receptions of Ovid," *The Cambridge Companion to Ovid* (Cambridge: Cambridge UP, 2002) 333.
[5] 布罗茨基，《悲伤与理智》513-514页。
[6] 布罗茨基，《悲伤与理智》515页。
[7] 布罗茨基，《悲伤与理智》511页。
[8] 布罗茨基，《悲伤与理智》508页。

情感"与维吉尔毫无二致"。布罗茨基承认自己受惠于贺拉斯,一直在用他的格律写作,在技法上也与贺拉斯更近[1],但他仍然挖苦道,"建议一位伤心欲绝的诗友变换调性,转而歌颂恺撒的胜利,这你能做到;但是去想象另一片土地或另一个天国,我猜想,此事还得转而去找奥维德"[2]。奥维德不是帝国诗人,"不曾为那条通向一神论的大道铺过一块砖"[3]。布罗茨基自己也是这样的人,他在离开苏联之年所作的《给一位罗马朋友的信》("Letters to a Roman Friend")里写道:"如果谁注定出生在恺撒的帝国,/就让他选择偏远的行省,到海滨安家。/人的居处若远离雪暴,远离恺撒,/就无须劳碌,拍马,演懦夫的角色"[4]。这封虚拟的信是从"庞图斯"(Pontus)发出的,而庞图斯在古罗马指黑海沿岸,奥维德晚期的一部诗集就叫《黑海书简》(Ex Ponto)。所以,在离开故国时,布罗茨基想到的是奥维德的形象,并且将他的流放视为一种抵抗的姿态。相比之下,结论自然是,"无论如何,那索比你们两人[贺拉斯和维吉尔]都更伟大,至少在我看来是这样的"[5]。

布罗茨基认为,"颂圣"不仅是维吉尔和贺拉斯人品上的瑕疵,也对他们诗歌的艺术性造成了致命伤,尤其是想象力的丧失。奥维德虽然"不具有平衡能力和思想体系,更不用说智慧或哲学了",但是"他的想象自由翱翔,不受他自己的洞见约束,也不受传统学说影响。只受六音步诗体左右,更确切地说是受双行哀歌体左右"[6]。这意味着他的全部诗作都是想象力与哀歌体格律互动的结果,而未受到意识形态的束缚。维吉尔同样"没有某种涵盖一切的哲学",但他与奥维德相比,最大的弱点是,"他是一块海绵,而且是一块患忧郁症的海绵。对于他来说,理解世界的最好方式……就是列出世界的内容"[7]。换言之,他仅仅是一面被动反映世界的镜子,他缺乏想象力,而这种缺乏的关键在于,他的视野已经被帝国预先锁定,丝毫不敢越界。

布罗茨基举了两个极具说服力的例子,一个来自维吉尔,一个来自奥维德。他说,"《埃涅阿斯纪》中最令我困惑的或许就是安喀塞斯倒叙的预言"[8]。安喀塞斯是传说中罗马人先祖埃涅阿斯的父亲,维吉尔在《埃涅阿斯纪》第 6 卷中安排了父子在地府相会,安喀塞斯为埃涅阿斯预言了家族和罗马的未来,其主旨在于展示

---

[1]　布罗茨基,《悲伤与理智》515 页。
[2]　布罗茨基,《悲伤与理智》492 页。
[3]　布罗茨基,《悲伤与理智》517 页。
[4]　Joseph Brodsky, *A Part of Speech* (London: Macmillan, 1981) 53.
[5]　布罗茨基,《悲伤与理智》498 页。
[6]　布罗茨基,《悲伤与理智》517 页。
[7]　布罗茨基,《悲伤与理智》511-512 页。
[8]　布罗茨基,《悲伤与理智》508 页。

罗马伟大的天命,强调罗马统治世界乃是神的谕旨(*Aeneid* 6.851-853):"罗马人,记住,用你的权威统治万国,/这将是你的专长:确立和平的秩序,/宽宥温驯之民,用战争降伏桀骜者"。然而,布罗茨基却认为维吉尔在此犯了不可饶恕的罪过。他毫不留情地指出,正是维吉尔的政治动机粗暴地扭曲了艺术的方向:

> 我并不介意这种奇特的手法,但逝者应被赋予更多的想象力。他们理应知道更多,而不仅仅是奥古斯都的家谱,他们毕竟不是传达神谕的使者。灵魂有权获得第二次肉体存在,饮下忘川之水将抹去先前的所有记忆,这样一个激动人心、惊世骇俗的观念却被白白地浪费掉了,他们仅仅被用来为现任主子铺就一条通向今日宝座的路![1]

为了讨好屋大维,给罗马的皇族罩上神话的光环,维吉尔完全放弃了诗人想象的权利,"将官方版本的历史老调重弹,当成最新的新闻",从而让预言的戏剧化场景完全落空,所谓预言不过是"倒叙",不过是将已发生的罗马历史强行倒铺回去,与迷雾中的神话接轨而已。布罗茨基指出,如果真正让预言鲜活起来,让想象翱翔起来,那么这些在地府中等待第二次肉身的古代灵魂完全可以变成"基督徒、查理曼大帝、狄德罗、共产主义者、黑格尔,或是我们!成为之后出现的那些人,变成各种各样的混血儿和突变体!"维吉尔"摆出的姿态气势磅礴",实际"只不过是在追求一种形而上的安全感"[2]。而所谓"形而上的安全感"归根结底不过是政治上的安全感。

奥维德在《女杰书简》(*Heroides*)中的做法与维吉尔形成了鲜明对照。他没有被任何政治考量迷住双眼,而是在忠实于生活经验的基础上充分发挥了艺术想象。在维吉尔版本的迦太基女王狄多和特洛伊王子埃涅阿斯的爱情故事中,埃涅阿斯抛弃狄多是因为"听从他神祇母亲的召唤",听从到意大利重新建国的天命,按照罗马帝国的政治标准,这是完全正确的。奥维德却是个"情场老手","情场老手有着正常人的七情六欲",所以布罗茨基认为,奥维德的版本远更可信。"那索的狄多断言,埃涅阿斯如此急于离开她和迦太基……是因为狄多怀上了他的孩子。正是出于这个原因她才决定自杀,因为她的名声被败坏了。她毕竟是一位女王。"如果说这样的想象只是符合人性常理和当时的社会环境,那么堪称离经叛道的是,"那索甚至让他的狄多发出疑问,质疑维纳斯是否的确是埃涅阿斯的母亲,因为她

---

[1] 布罗茨基,《悲伤与理智》508页。
[2] 布罗茨基,《悲伤与理智》508-509页。

是爱情之神,而用离去来表露情感实在是太古怪了"[1]。埃涅阿斯是罗马人公认的祖先,屋大维所在的尤利亚家族也声称,他们是埃涅阿斯之子尤卢斯的后代,奥维德公然挑战埃涅阿斯的神族背景,也是对当时罗马皇族的大不敬。但他遵从的不是政治逻辑,而是艺术逻辑,而他这里的艺术逻辑的确难以辩驳。正因为奥维德具有不羁的想象力,他在读者心中才不会凝定为一种形象,所以布罗茨基在《致贺拉斯书》反复念叨,他想象不出奥维德的面容:"那索是个变化多端的家伙,两面神雅努斯统治着他的家神牌位"[2]。

变形不仅是《变形记》的主题,也是奥维德诗学的核心。变形不仅发生于《变形记》的数百个神话里,也时时刻刻发生在现实世界中。变形不仅是想象,变形也是真实,而且是最深刻的真实。如布罗茨基所说:

> 对于他而言,A 即 B。对于他而言,一副躯体,尤其是一个姑娘的躯体,可以成为,不,曾经是一块石头,一条河流,一只鸟,一棵树,一个响声,一颗星星。……这可以作为一个出色的比喻,可那索追求的甚至不是一个隐喻。他的游戏是形态学,他的追求就是蜕变。即相同的内容获得不同的形式。这里的关键在于,内容依然如故。与你们大家不同,他能够理解这样一个简朴的真理,即我们大家的构成与构成世界的物质并无二致。因为我们就来自这个世界。[3]

"一物即他物"是奥维德的基本信念。卡尔维诺曾如此概括《变形记》的主题:"一切人形和非人形存在物的所有形状和形态都是彼此相邻的"[4]。布罗茨基也如此认为,并且进一步提出,无生命的物质才是世界和文学的源头。他在《求爱于无生命者》("Wooing the Inanimate")里声称,"语言自非人类真理和从属性的王国流入人类世界,它归根结底是无生命物质发出的声音,而诗歌只是其不时发出的潺潺水声之记录"[5]。在他看来,如果诗歌不能抵达无生命物质的层面、万物的层面,而只停留在人的层次,那就不算"真实"。维吉尔的《农事诗》之所以胜过《埃涅阿斯纪》,是因为"故事情节与人物性格的缺席均呼应了时间自身对各种存在困境

---

[1]　布罗茨基,《悲伤与理智》510 页。

[2]　布罗茨基,《悲伤与理智》497 页。

[3]　布罗茨基,《悲伤与理智》520 页。

[4]　Italo Calvino, "Ovid and Universal Contiguity," *The Literature Machine* (London: Secker and Warburg, 1987) 147.

[5]　布罗茨基,《悲伤与理智》374 页。

的看法"。他提到自己十八九岁阅读《农事诗》时萌生的一个想法:"时间如果握起一支笔,决定写一首诗,它的诗句或许会包含叶、草、土、风、羊、马、树、牛和蜜蜂。但不会包括我们。至多包括我们的灵魂"[1]。他所列举的事物几乎全属于"自然",但他允许"我们的灵魂"进入时间的诗篇,问题在于,除了灵魂,我们还剩什么?或者反过来问,为什么我们只有"灵魂"可以进入?布罗茨基强调的是,我们不能将人的世界,人的价值观,尤其是人的意识形态,以君临一切的姿态强加于无生命物质身上,而要以"灵魂"为中介,平等地、甚至谦卑地对待它们,对待文学的源头,像奥维德那样,冲破人与无生命物质之间的心理壁垒。

在这个过程中,无生命的语言发挥着关键的媒介作用。布罗茨基在多篇文章中表达过这样的语言观:语言发源于无生命世界,与其说诗人选择语言,不如说语言选择诗人,以便实现它自己的进化目标——美:"美比一切东西都更持久,美能派生出真,就因为美是理性和感性之综合。既然美总是存在于观者的眼中,那么只有在语言中它才能得到最充分的体现"[2]。如此一来,"真实"只能寓居于语言,借助无生命之语言,有生命的人才能创造和传递美,并进而表达真。在《致贺拉斯书》里,布罗茨基多次强调了物质性语言对于真实的巨大意义以及它在变动时空中的恒定性:"最能揭示一个人真面貌的就是他对抑扬格和扬抑格的使用"[3];"四音步就是四音步,无论在何时,无论在何地"[4]。他甚至断言:

> 归根结底,现实即一个巨大的修辞手法。……在那索看来,本体便是喻体……或是相反,而这一切的源头就是他的墨水瓶。只要这墨水瓶里尚有一滴墨水,他便会继续下去,也就是说,世界将继续下去。……对于他来说,语言就是天赐之物。确切地说,语法是天赐之物。更确切地说,对于他来说,世界即语言,两者互为彼此,何者更为真实,尚不得而知。无论如何,如果其中之一可被感知,另一个亦必定如此。[5]

奥维德的伟大之处在于,他深知诗人的世界仅仅存在于语言中,在创作诗歌时,他只听命于语言的命令,而不听从君王的命令,他不会让世俗的利害算计妨碍艺术情境自身的逻辑,因为对诗人而言,语言比政治更真实。奥维德将感觉真实转

---

[1] 布罗茨基,《悲伤与理智》513页。
[2] 布罗茨基,《悲伤与理智》220页。
[3] 布罗茨基,《悲伤与理智》498页。
[4] 布罗茨基,《悲伤与理智》506页。
[5] 布罗茨基,《悲伤与理智》518页。

化为语言真实的高超才华让布罗茨基由衷赞叹,他称奥维德《变形记》那喀索斯和厄科的场景描绘(*Metamorphoses* 3.339-401) 几乎实现了画面和声音、意义和语言的彻底合一,差点让此后两千年间的诗人"全都失业"[1]。

　　《致贺拉斯书》作于布罗茨基辞世前一年,文中的许多说法浓缩了诗人毕生的艺术心得。这封写给贺拉斯的信再次印证了奥维德对于布罗茨基诗歌和诗学的重要性,也印证了他所服膺的曼杰施塔姆"世界文化"概念的生命力。

---

[1]　布罗茨基,《悲伤与理智》521 页。

第 *3* 辑
历史文化研究

HISTORICAL AND CULTURAL STUDIES

罗马共和国晚期政治语境中的喀提林叛乱再阐释

在罗马共和国晚期的历史中,除了恺撒遇刺之外,喀提林(L. Sergius Catilina,约前108—前62年)叛乱应该是知名度最高的事件了。喀提林不仅在罗马帝国时期是家喻户晓的人物[1],甚至对文艺复兴时代意大利人文主义的兴起都有重大影响[2];从维吉尔到琼森,从易卜生到勃洛克,他的恶棍或英雄形象一直让文学家念念不忘[3];围绕他的学术论争直到今天仍没有了结的希望。然而,从公元前133年保民官格拉古被贵族同僚谋杀,到公元前27年屋大维建立统一的帝国,百年间罗马的内战、奴隶暴动和派系清洗连绵不绝。在此大背景下,这位没落贵族的夺权阴谋只是极其普通的一幕,论规模仅能称为"茶杯里的风暴"[4],为何却被渲染成决定罗马生死存亡的重大危机,两千年来一直受到关注呢?喀提林到底是为了个人野心不惜毁灭祖国的恶魔,还是为了底层人民利益挺身而出的勇士,还是派系斗争的旋涡中被更大、更隐蔽的野心家利用的棋子?即使在事发当时的公元前66—前62年,已经是流言四起,迷雾重重,两千年后的今天我们也不可能重构真相,但借助谨慎的史料分析和逻辑判断,我们至少可以发现公元前1世纪罗马政治的运作方式,并在此基础上理解共和国政体何以必然覆亡。

喀提林事件的早期记录者主要有西塞罗(M. Tullius Cicero)、撒路斯特(C. Sallustius Crispus)、普鲁塔克(L. Mestrius Plutarchus)、苏埃托尼乌斯(C. Suetonius Tranquillus)、阿庇安(Appianus Alexandrinus)和迪欧(Cassius Dio),但

---

[1] Thomas Wiedemann, "The Figure of Catiline in the Historia Augusta," *The Classical Quarterly*, New Series, 29.2 (1979): 479.

[2] Patricia J. Osmond, "Catiline in Fiesole and Florence: The After-Life of a Roman Conspirator," *International Journal of the Classical Tradition*, 7. 1 (2000): 3.

[3] 维吉尔将他写入了史诗《埃涅阿斯记》(A.8.668 f.),本·琼森1611年出版了悲剧《喀提林密谋》(*Catiline: His Conspiracy*),易卜生的处女作便是以他为题的《喀提林》,勃洛克在《喀提林:世界革命的一页》中把他称为"罗马的布尔什维克"。

[4] K. H. Waters, "Cicero, Sallust and Catiline," *Historia: Zeitschrift für Alte Geschichte*, 19.2 (1970): 195.

后面四位史家都生活在帝国时期,并未亲身经历共和国末期的动荡,他们对喀提林事件的描述最终都可追溯到西塞罗。已有学者指出,普鲁塔克和迪欧的蓝本是西塞罗本人用希腊语撰写的一本回忆录(*Peri Hypateias*)[1]。撒路斯特的《喀提林战争》(*Bellum Catilinae*) 成书时间虽不确定,但学界一致认为晚于西塞罗《反喀提林》(*In Catilinam*) 系列演说,并且明显受到了它们的影响。由于撒路斯特与西塞罗的政治立场分歧较大,本人又经历过喀提林事件,所以他的记述提供了另外一种有价值的视角。在罗马帝国时期,西塞罗雄辩术第一人的地位已经确立,《反喀提林》和他的其他演讲名篇一起成了罗马子弟的必读书,撒路斯特的《喀提林战争》同样成为罗马学校的经典,喀提林的名字甚至被用作孩童初学拉丁时名词变格的例词[2]。两人所塑造的背叛国家的喀提林形象从此便烙在了世代学子的脑海中,历史的真相反而被人遗忘,不可追寻了。

可惜的是,西塞罗和撒路斯特都不是可靠的证人。喀提林发动叛乱的公元前63 年,西塞罗正担任罗马共和国的最高职务——执政官。我们不能怀疑西塞罗在原则上对共和制度的信仰和他服务国家的愿望,但他政治生涯中的诸多细节却有值得非议之处,现实利益的算计、力量对比的权衡和个人野心的驱动让他经常背离自己的原则,至少做出妥协。作为一位立场相对保守的政治新贵(homo novus),他既不愿意向平民派(populares) 示好,因而无法获得恺撒等强权人物的鼎力支持,也不能被元老院传统贵族派(optimates) 衷心接受。在这种情形下,最大限度达成不同阶层的和谐(concordia ordinum) 对他最为有利。制造出某种重大危机的气氛,让自己化身为挽狂澜于既倒的英雄,既能满足他的救世主情结,也能巩固他在罗马政坛的地位。因此,夸大叛乱的规模、彻底抹黑喀提林,对西塞罗而言并非不可能。首先我们不要忘记,西塞罗为了赢得执政官的选举,曾考虑过为因贪腐罪出庭受审的喀提林辩护,虽然他清楚地知道后者的罪名是成立的[3]。撒路斯特的记述与西塞罗演说之间的冲突更让我们有所警觉。西塞罗描绘了一幅罗马各阶层同仇敌忾付、喀提林团伙落荒而逃的图景,撒路斯特却告诉我们,虽有罗马政府的高额悬赏,喀提林阵营中却无人叛变和告密[4]。在最后的皮斯托利亚(Pistoria) 战役中,他们也顽强战斗到最后,无人被俘[5]。叛乱分子的凝聚力从何而来,是否因为喀提林的政见汇聚了他们的利益诉求? 虽然在撒路斯特的著作中,喀提林仍

---

[1]　C. B. R. Pelling, "Plutarch and Catiline," *Hermes*, 113.3 (1985): 311-29.

[2]　Wiedemann, "The Figure of Catiline in the Historia Augusta" 479.

[3]　Cicero, *Ad Atticum* I.2.

[4]　Sallust, *Bellum Catilinae* 30.6; 36.2 and 5.

[5]　Sallust, *Bellum Catilinae* 60-61.

是一位丧心病狂的野心家,但我们却有理由怀疑撒路斯特撰史的道德动机扭曲了喀提林的形象。《喀提林战争》中自相矛盾和荒诞可笑之处甚多。例如,撒路斯特提到,喀提林指使一些年老色衰的上层妓女去做三件事,一是煽动罗马城中的奴隶,二是纵火焚城,三是策反她们的丈夫,如果不成,就杀死他们。这里的每件事都是可疑的。虽然奴隶暴动在公元前 1 世纪极大地震撼了罗马这个国家,但在罗马城,奴隶从来都不是主要的不稳定因素,而且撒路斯特后来明确写道,即使在穷途末路的时候,喀提林也傲慢地拒绝了吸纳奴隶进入叛乱队伍的建议[1]。至于纵火,正如沃特斯所说,如果叛乱分子有心如此,无论西塞罗部署多少卫兵,都难以阻止他们实施计划。在尼禄重建罗马城之前,火灾经常爆发并迅速蔓延[2]。第三件事更是违反人性的常识,即使在撒路斯特自己的著作中我们也能看到,喀提林和自己的妻子之间保持着深厚的感情[3],他凭什么相信,这些妓女会把对自己的忠心置于夫妻情分之上?

因此,《反喀提林》和《喀提林战争》这两个主要资料来源都疑点颇多,后来评论者的争议主要集中在以下几点:(1)撒路斯特所言的第一次喀提林阴谋是否存在?(2)公元前 63—前 62 年罗马各地的叛乱是否都是喀提林主使?(3)喀提林是否真有叛国毁城之心,还是仅仅希望以暴力手段夺得在选举中失去的执政官职位?(4)喀提林集团是否真以喀提林为首,还是另有幕后的主谋?

所谓的第一次喀提林阴谋在撒路斯特的书中有比较详细的记载,据他说,喀提林及其同党企图在公元前 65 年的执政官就职仪式上刺杀当选的两位执政官,让败选的喀提林和奥特罗尼乌斯(P. Autronius)取而代之。计划失败后,他们决定在 2 月谋杀执政官和大多数元老院议员,血洗罗马上层,但因为过早发出信号,密谋再次失败。学者们长期以来都觉得撒路斯特的记述有许多彼此矛盾之处,从情理上推测也很难成立,塞姆在 1964 年通过仔细梳理正反双方的论据,令人信服地证明,第一次阴谋是子虚乌有的[4]。即使它在一定程度上是真实的,也如琼斯等人所怀疑的,喀提林等人仅仅是克拉苏和恺撒权力布局中的棋子[5],只有这样才能解释,如此规模的暗杀计划泄露后,元老院竟然隐忍不发:一定有某种更强大的势力迫使此事不了了之。所以,本文关注的重点是喀提林在第二次阴谋中的角色。

公元前 63 年至公元前 60 年,罗马遭遇了严重的危机,骚乱在多处爆发,包括

[1] Sallust, *Bellum Catilinae* 56.5.

[2] Waters, "Cicero, Sallust and Catiline" 204.

[3] Sallust, *Bellum Catilinae* 35.

[4] Ronald Syme, *Sallust* (Berkeley: U of California P, 1964) 88-96.

[5] Francis L. Jones, "The First Conspiracy of Catiline," *The Classical Journal*, 34.7 (1939): 412.

埃特鲁里亚 (Etruria)、阿普里亚 (Apulia)、卡普亚 (Capua)[1]、皮凯努斯地区
(ager Picenus)[2]和内外高卢[3]。共和国政府采取了一系列果断的非常措施,派
出了两位前执政官和两位司法官奔赴各地应对,并赋予了他们一些特殊的权力。
按照西塞罗和撒路斯特的看法,喀提林应当为所有这些罪行负责,是他的同党曼利
乌斯(C. Manlius)、尤利乌斯(C. Iulius)、赛普提米乌斯(Septimius)等人在各地煽
风点火。然而,斯特瓦特通过仔细的分析发现,喀提林或许利用了这些骚乱,但他
并非策动者,除了维提乌斯(L. Vettius)[4],其他所谓的共谋者在此之前与喀提林
并无任何可以确认的私人关系[5]。特别是在意大利,骚乱者都有独立于喀提林夺
权行动的政治经济诉求。在“同盟者战争”(公元前 91—前 88 年) 结束后,罗马同
盟城市的许多居民并未真正获得罗马公民权,即使有名义上的公民权,在实际的政
治和司法实践中,他们也没有获得公平的对待,与此同时,土地分配不公的问题也
造成了这些居民和罗马公民之间的经济利益冲突。魏斯曼的研究揭示了罗马人是
如何竭力抵制将公民权授予意大利居民的,这无疑动摇了后者对罗马的忠诚,也让
选举活动有失控的危险[6]。两位保民官在公元前 63 年和公元前 60 年的土地改
革法案又从经济方面激化了这种矛盾[7]。如哈里斯所言,埃鲁特里亚的骚动是土
地所有权引发的,这主要是因为苏拉统治时期侵占了大量土地。撒路斯特把骚乱
者含混地称为“平民”(plebs)[8],这意味着他没有区分当地居民的社会阶层,而在
强调他们与罗马统治群体之间的隔阂。西塞罗声称喀提林的支持者中有贫苦农
民[9],也侧面印证了土地问题的重要性。保民官茹卢斯(P. Servilius Rullus) 和弗
拉维乌斯(L. Flavius) 提议的法案都涉及公用地(ager publicus) 的再分配,触动了
当地居民的敏感神经。庞培即将从东方归来的前景意味着更多土地法案可能出
台。康帕尼亚地区(Campania) 的动荡被撒路斯特描绘为奴隶起义[10],斯巴达克
斯的暴动的确是从这里的卡普亚开始的,罗马政府在公元前 63 年解散了意大利全

---

[1] Sallust, *Bellum Catilinae* 30.1-2.

[2] Sallust, *Bellum Catilinae* 30.5.

[3] Sallust, *Bellum Catilinae* 42.1.

[4] *Inscriptiones Latinae Liberae Rei Publicae* 515.

[5] Roberta Stewart, "Catiline and the Crisis of 63-60 B.C.: The Italian Perspective," *Latomus*, 54.1 (1995): 66.

[6] T. P. Wiseman, "Census in the First Century B.C.," *Journal of Roman Studies*, 59 (1969): 59-75.

[7] Stewart, "Catiline and the Crisis of 63-60 B.C." 68.

[8] Sallust, *Bellum Catilinae* 28.4.

[9] Cicero, *In Catilinam* 2.20.

[10] Sallust, *Bellum Catilinae* 30.2.

境的角斗士学校也表明了一种真实的恐惧[1]，但罗马公民和当地居民的土地所有权之争同样是矛盾的焦点。西塞罗提到苏拉曾在这里没收了大量土地，所以在公元前 63 年的危机中，当地居民站在了喀提林一边[2]。卡普亚对罗马的忠诚一直是个问题。它在公元前 338 年就并入罗马，但在布匿战争中投向汉尼拔一边，公元前 211 年被罗马重新征服，斯巴达克斯起义时它再次背叛罗马。虽然公元前 63 年的骚乱主要由土地问题引发，但它的背后是一种难以真正融入罗马公民群体的愤懑和不安情绪。罗马同盟城市的居民之所以无力捍卫自己的土地所有权，归根结底还是因为没有真正的公民权。在罗马，享有公民权的第一步是被纳入人口审查，但魏斯曼指出，公元前 65 年、64 年、61 年、55 年、50 年的五次人口审查都以失败告终，表明罗马统治集团中有人刻意将同盟排除在公民名单之外[3]。提比列提也指出，在成功实施的公元前 70 年的人口统计中，只有同盟城市的上层精英被登记，意大利的底层居民都未获得公民权[4]。因此，我们有理由相信，喀提林叛乱前后意大利爆发的众多骚乱并非他所策划，而是有自己的独立原因，其关键在于，罗马同盟城市通过同盟者战争在理论上争取到的公民权并未真正成为现实。

内高卢的问题与此相似，他们也获得了罗马同盟地位，但不享有公民权。公元前 65 年，为了与庞培对抗，克拉苏曾以审查官(censor) 的身份提议，将内高卢居民纳入公民名单。虽然从法律上他无权赋予公民权，但他希望借这个姿态赢得内高卢的支持，因为这一地区已经成为罗马主要的兵源地[5]。由此可以推知，内高卢在公元前 63 年的骚乱应当也与公民权有关。外高卢骚乱的确切原因难以知晓，但那里的居民向来尚武好斗，此时也尚未被恺撒征服，趁罗马内乱起事，当在情理之中。但喀提林是否真如西塞罗和撒路斯特所说，与外高卢人勾结，通过牺牲罗马的国家利益来换取自己在政治上的高升，则是值得讨论的。根据撒路斯特的记载，喀提林离开罗马之后，他的同党伦图卢斯(P. Lentulus Sura) 派昂布莱努斯(P. Umbrenus) 去游说外高卢的阿罗布洛基族(Allobroges) 使团，希望他们能与喀提林结盟。他促成了使团与喀提林集团重要人物的会面。然而，昂布莱努斯的来历颇为可疑，没有任何背景和名声，据西塞罗说他只是一个获释奴隶[6]。但他出现后

---

[1]　Sallust, *Bellum Catilinae* 30.7.

[2]　Cicero, *Pro Sulla* 62, 60.

[3]　Wiseman, "Census in the First Century B.C." 62.

[4]　Gianfranco Tibiletti, "The Comitia during the Decline of the Roman Republic," *Studia et Documenta Historiae et Iuris*, 25 (1959): 111-4.

[5]　E. T. Salmon, "Catiline, Crassus, and Caesar," *The American Journal of Philology*, 56.4 (1935): 307.

[6]　Cicero, *In Catilinam* 3.14.

发生的一切都完全符合执政官西塞罗的如意算盘,这不能不让人觉得,他是西塞罗安插的一位卧底。即使他真是伦图卢斯的爪牙,我们也可通过撒路斯特的记述反推,在此之前,喀提林跟阿罗布洛基族没有任何接触,后者也从未支持过他的行动。当阿罗布洛基族向罗马官方透露了伦图卢斯的动向后,西塞罗便以他们的使团为诱饵,布下了坐实伦图卢斯等人叛国罪的陷阱,特别是套取了几位核心人物的誓言[1]。伦图卢斯在给喀提林的密信中写道:"想想你的计划究竟需要什么,寻求所有人的帮助,包括最下贱的人。"[2]这里所言的"最下贱的人"(infimis)或许不只包括奴隶,也包括外高卢人这样的蛮族。从喀提林一贯的高傲作风看,他既然始终拒绝奴隶加入他的事业,联络外高卢人可能也不是他的主意,而是伦图卢斯的决定。

如果喀提林并不欢迎奴隶,那为什么奴隶希望加入他的队伍呢? 撒路斯特称,在埃特鲁里亚北部,有相当多的奴隶主动要求为喀提林而战,但他拒绝了[3]。从密谋者这边看,没有任何解放奴隶的意愿和计划,从时间上看,在喀提林离开罗马前,卡普亚和阿普利亚发生奴隶暴动的消息就已经传来,而且当时他和伦图卢斯还没有就是否利用奴隶的力量达成一致[4]。因此,如果消息属实,那么奴隶的行动一定是自发的,与喀提林没有任何直接关系[5]。虽然没有确切证据表明此时阿普利亚发生了奴隶战争,但从当时的形势分析,这是非常可能的。阿普利亚地区聚集了大量的农业奴隶(pastores),同类型的奴隶在以前的西西里暴动和斯巴达克斯起义中都是主力[6]。他们趁喀提林制造的动荡局面造反,是希望改善自己的生活处境,甚至获得完全的自由,即使喀提林不支持他们,只要罗马陷入乱局,他们就有机会。

倘若如上所述,喀提林叛乱与罗马其他地方的骚乱没有直接关联,他没有与外高卢人联手,也没有煽动奴隶造反,那么撒路斯特、尤其是西塞罗所描画的罗马历史上第一恶人的形象就要大打折扣了。剔除种种夸张和臆想之词,在合法选举受挫之后不甘心放弃野心的喀提林所犯的真正罪行便是武力夺权了,也就是撒路斯特所称的 sibi regnum parare[7],但在格拉古之后的罗马共和国历史上,这实在不

[1] Sallust, *Bellum Catilinae* 44.1-2.

[2] Sallust, *Bellum Catilinae* 44.5.

[3] Sallust, *Bellum Catilinae* 56.5.

[4] Sallust, *Bellum Catilinae* 44.6.

[5] K. R. Bradley, "Slaves and the Conspiracy of Catiline," *Classical Philology*, 73.4 (1978): 332.

[6] P. A. Brunt, *Italian Manpower*, 225 B.C.-A.D. 14 (Oxford: Oxford UP, 1971): 366-75.

[7] Sallust, *Bellum Catilinae* 5.6.

算什么新鲜事,苏拉如此,恺撒如此,甚至西塞罗本人都曾被托尔夸图斯(L. Manius Torquatus)控以同样的罪名[1]。在一大群觊觎权力的传统贵族和新兴军阀中间,喀提林的夺权行动能掀起多大波浪也令人怀疑。根据撒路斯特开出的名单,一些元老院议员和骑士阶层(equites)的重要人物加入了他的阴谋集团,一些罗马殖民地和自由城市的贵族也参与进来[2]。我们不禁要问,喀提林这个没落贵族能在多大程度上驾驭这些人物,他是否有资格被称为他们的头目? 以伦图卢斯为例,他身为司法官(praetor),曾担任过执政官,并且出身显赫的科尔内利亚家族(gens Cornelia)。受审时的证据显示,他经常向身边人引用西比尔的预言,声称他的家族注定有三人将统治罗马,在钦纳和苏拉之后便轮到他了[3]。这样一位心比天高的人,如何甘心做喀提林的走卒? 他写给喀提林的信也没有丝毫下属的口气[4]。所以,即使他参与了喀提林的叛乱,两人也一定是各自为战,这也解释了喀提林的行动何以如此低效。更可能的情形是,在公元前 63 年的政治乱局中,并不只有喀提林一人希望浑水摸鱼。

接下来的问题是,罗马城的危机是如何引发的? 墨勒分析了这场政治动乱的经济基础[5]。曼利乌斯写给罗马军队统帅的信透露了一个关键秘密。关于这封信的内容,学界普遍认为是可靠的。曼利乌斯在信中指出,他们发动武装起义,并非是要叛国,也无意伤害他人,只为保护自己的人身自由。他特别提到,他们中的很多人都是"因为放高利贷者的残暴冷血行为被迫离开家园的。"他援引历史上的例子,称元老院经常通过决议纾缓平民的债务,有时平民也会拿起武器,用分离运动表达对贵族的不满。他最后说,他们所求的既非权力,也非财富,仅是自由[6]。曼利乌斯之所以反复提到自由,是因为按照古罗马的传统,如果欠债人无力还债,债权人有权剥夺债务人的自由,拘禁是常见的强制手段[7]。因此,如果困扰罗马同盟城市的主要是土地问题,压迫罗马公民的则主要是债务问题。事实上,贯穿《喀提林战争》全书的一个主题便是债务,喀提林的几乎所有支持者都面临无力还债的问题,喀提林的一个主要政治议题也是废除或者减少债务(novae tabulae)。

---

[1]　Cicero, *Pro Sulla* 21.

[2]　Sallust, *Bellum Catilinae* 7.3-4.

[3]　Sallust, *Bellum Catilinae* 47.2.

[4]　L. A. MacKay, "Sallust's 'Catiline': Date and Purpose," *Phoenix*, 16.3 (1962): 183.

[5]　S. L. Mohler, "Sentina Rei Publicae: Campaign Issues, 63 B.C.," The Classical Weekly, 29.11 (1936): 81-84.

[6]　Sallust, *Bellum Catilinae* 33.1-5.

[7]　A. H. J. Greenidge, *The Legal Procedure of Cicero's Time* (New York: Oxford UP, 1901) 278-9.

西塞罗的《反喀提林》印证了这一点[1]，他在别处也说，在他担任执政官期间，"要求废除债务的呼声最为高涨"[2]。资料显示，公元前 63 年，黄金大量流出意大利，西塞罗不得不通过元老院授权，派一位财务官去普泰奥利港（Puteoli）执行禁止金银出口的命令[3]。金银外流自然导致罗马现金吃紧，利率上涨，同样的情形在公元前 62 年和 61 年已经出现过[4]。资金离开意大利，意味着它在别的地方或许能获得更大的收益。此时庞培已经肃清地中海的海盗，在东边的战事也接近尾声，罗马东部行省的商机已经凸现，普泰奥利恰好是通往东方的主要港口。值得一提的是，庞培出身骑士阶层，正是这个以经商为主要事业的阶层垄断了罗马的现金财富。面对新的致富机会，骑士阶层希望迅速回笼借出的资金，尽快投到东方，这让欠债的群体深感紧张。空前的还债压力让债台高筑的人铤而走险，也扩大了社会各阶层之间的裂痕。吊诡的是，喀提林原本指望用免除债务的口号为自己争取更多的追随者，结果他的激进姿态反而促成了罗马多个阶层在短时间内的妥协（西塞罗所追求的 concordia ordinum），掌握现金财富的骑士阶层与掌握地产财富和政治权力的贵族寡头在共同的威胁面前达成了某种默契，正是这种默契将毫无家族背景的西塞罗推上了执政官的高位，也帮助他轻松击败了喀提林。

苏拉在其独裁统治期间，在罗马政坛建立了一个以 Caecilii Metelli 家族为核心的政治同盟，这个同盟控制了此后几十年间罗马高级职位的分配[5]，构成了所谓的贵族派。庞培、克拉苏和恺撒则以维护平民利益的旗号划出了另外的势力范围。但在喀提林的活跃期，最有实权的平民派人物庞培仍在东方征战，克拉苏和恺撒忙于在这个空档养精蓄锐，以便在庞培归来时能与之抗衡。一号人物的缺位和内部的矛盾让平民派的活动处于低潮。除他们以外，还有多个群体对贵族派垄断权力心怀不满，包括遭遇各种变故、徘徊在政坛边缘的贵族成员，希望进入权力中心、保护自己财富的骑士阶层，以及行省的一些上层人士。直到十余年后，他们才被恺撒的精明算计整合为足以压倒贵族派的力量[6]。鉴于庞培的军事行动已经胜利在望，随时可能返回罗马，贵族派并不希望与平民派发生正面冲突，但他们也绝不允许政坛出现威胁自身利益的激进变革。在这种局面下，政治立场相对温和的西塞罗成了各方都能接受的人选。虽然西塞罗在文章和书信中经常用 boni 和

---

[1]　Cicero, *In Catilinam* 2. 17-23.

[2]　Ciceco, *De Officiis* II. 84.

[3]　Tenney Frank, *An Economic Survey of Ancient Rome*, vol.1 (Baltimore, The Johns Hopkins UP, 1933) 347.

[4]　Cicero, *Ad Familiares* V. 6. 2; *Ad Atticum* I. 12.1.

[5]　Ronald Syme, *The Roman Revolution* (Oxford: Oxford UP, 1939) 20-22.

[6]　E. D. Eagle, "Catiline and the 'Concordia Ordinum,'" *Phoenix*, 3.1 (1949): 20.

optimates 之类的字眼指称自己一方,但它们的含义恐怕不是阶层意义上的贵族派,而是政体意义上的共和派。出身骑士阶层的西塞罗既不是贵族成员,也从未被贵族核心群体真正接纳,对于他这样的政治新人来说,要在政坛站稳脚跟,关键是保持阶层之间的和谐,不触怒任何一方。事实上,他也是这样做的。他的许多政策带有平民派的色彩,但他从不逾越红线。他在竞选演说中,抨击竞争者安托尼乌斯和喀提林的理由就是他们是激进的革命分子,会摧毁共和国[1]。

喀提林的路线与西塞罗形成了鲜明对照,从西塞罗开列的单子(撒路斯特的单子大体以之为蓝本)看,他的支持者都是反对贵族派权力核心的极端分子:(1)债台高筑的有产者;(2)希望通过政变攫取政治权力的负债者;(3)落魄的苏拉时代的老兵;(4)被老兵带坏的农民;(5)其他欠债的暴民;(6)罪犯;(7)挥霍无度的年轻贵族[2]。这些人的共同特点有二:一是经济上入不敷出,二是道德上没有任何是非感。他们是最希望剧烈改变现状、但对未来没有任何建设性规划的一群人,也是只关心自己的利益、没有任何国家观念的一群人。西塞罗和撒路斯特无疑有夸大的嫌疑,但即使我们只考虑喀提林本人的言行,也足以理解他为何在罗马的多个阶层中都造成了恐慌。他向追随者反复许诺的一条就是废除债务,仅此一点就同时威胁到了贵族和富有的骑士阶层。喀提林在元老院的陈词更具挑衅性,表明他以罗马所有负债者的守护人自居,并且不惜与一切有产者决裂。这样的极端姿态让平民派的灵魂人物克拉苏和恺撒也难以容忍,因为富有的骑士阶层是他们的主要支持者,放贷更是克拉苏扩大政治影响的重要手段。毫不奇怪的是,喀提林的政治立场让贵族派和平民派出现了前所未有的团结,富庶的骑士阶层更是充当了反喀提林的急先锋。公元前 63 年 12 月 5 日,自愿扮演宪兵角色、保卫元老院和罗马的是骑士阶层,表明他们意识到自己和贵族的利益一致,而统率他们的竟是一向在罗马敌对阵营间左右逢源的阿提卡[3],可见骑士阶层对于废除债务的主张反应多么激烈。

因此,喀提林夺权失败的关键原因是他没有集结起一个有明确政治构想、又有足够实力的队伍,他能在公元前 65 年到公元前 62 年在罗马制造一场危机,并非由于他自己有超人的政治能量,而是因为在他最后成为众矢之的前一直有强力人物在背后支持他。如果撒路斯特所记述的第一次阴谋有部分事实依据,那么哈迪关于克拉苏和恺撒的论证便是很有说服力的。他的分析表明,两人在公元前 66 年的

---

[1]   Asconius, *In Orationem in Toga Candida*, ed. A. C. Clark (Oxford: Oxford UP, 1907): 93.

[2]   Cicero, *In Catilinam* 2.18-22.

[3]   Cicero, *Ad Atticum* II. 1.7.

选举和公元前 65 年刺杀当选执政官的行动中都在幕后操纵,喀提林只是他们的棋子[1]。喀提林是两人削弱贵族派势力的奇兵。他出身贵族,并且一向以反平民派的面目示人,不容易暴露他与这两位平民派灵魂人物的隐秘关系,而且他生性高傲固执,不达目的不罢休,用来冲击盘根错节的贵族统治集团是理想人选,即使失败,对克拉苏和恺撒也无大的妨碍。哈迪认为,两人利用喀提林夺权也是出于对庞培的恐惧。由于克拉苏是庞培的私敌,庞培即将归来的前景对他的威胁最大,他不仅收买了平民派中声望极高的恺撒,也希望通过将喀提林推上执政官之位来强化自己的力量。萨蒙特别指出,在公元前 66 年之前,克拉苏在政见上明显与恺撒相左,是反平民派的,但利益的算计让他和恺撒走到了一起[2]。无论是为了凌驾于贵族派之上,还是与庞培对抗,他们都需要获得一支军队,而要获得军队,则有两条途径:一是修改法律,二是制造动乱。公元前 63 年保民官茹卢斯提议的土地法案中包含了一项意味深长的内容:就是授予十人团(decemviri)指挥军队的权力。一旦法案通过,身为十人团成员的克拉苏和恺撒就可名正言顺地拥有自己的军队了[3]。然而,以庞培盟友自命的西塞罗极力反对,法案最终流产。在公元前 63 年的执政官选举中,克拉苏和恺撒再次把喀提林推到了前台,希望自己的代理人能够当选。但在此时,传来了罗马主要外敌米特里达梯六世(Mithridates)的死讯,庞培的凯旋似乎迫在眉睫了。喀提林再次竞选失败,开始策划暴力夺权,这恰好为克拉苏和恺撒创造了新的机会。蒙姆森相信,两人直接卷入了喀提林的叛乱密谋中[4]。他们未必寄望于喀提林取得成功,但喀提林的计划无疑会让罗马陷入混乱。克拉苏自然不会忘记,十年前斯巴达克斯暴动就曾迫使元老院授权他率兵平叛,在新的危局面前,他和恺撒这样的将才很可能被重用,从而获得他们渴盼已久的军队。恺撒在这次行动中的作用或许难以确定,但至少他在公元前 64 年主持审判苏拉时代的谋杀者时,故意放过了喀提林,在公元前 63 年元老院讨论如何处理喀提林的同伙时,他也极力反对处决他们。至于克拉苏,至少西塞罗一直怀疑他才是幕后主谋,元老院几乎一致反对调查克拉苏也反映了他的政治影响力之大。西塞罗冒着违反司法程序的危险迅速处死五名首犯,或许也是因为他担心喀提林事件背后有更大的阴谋。

对西塞罗本人而言,是成也喀提林,败也喀提林。无论他对整个事件的描述有

[1]　E. G. Hardy, *The Catilinarian Conspiracy in its Context* (New York:AMS Press, 1924) 12-15.

[2]　E. T. Salmon, "Catiline, Crassus, and Caesar," *The American Journal of Philology*, 56.4 (1935):304.

[3]　Salmon, "Catiline, Crassus, and Caesar" 309.

[4]　Salmon, "Catiline, Crassus, and Caesar" 302.

多少虚构的成分,至少他成功地制止了罗马城的叛乱,并即时扑灭了皮斯托利亚等地的战火。我们可以想象,如果喀提林成功夺权,那么当庞培从东方归来,一场内战将在所难免。所以,西塞罗的果断行动的确推迟了一场更大危机的爆发,也为自己赢得了"祖国之父"(pater patriae)的光荣头衔,迎来了一生最辉煌的时刻。他自豪地向罗马人宣称:"如此重大的行动,如此微小的骚动,如此可怕的危险,如此罕见的宁静,我,身披托加袍的将军和统帅,凭一人之力就平息了人类有史以来最残酷、最具毁灭性的内战。"[1]然而,他在处理喀提林事件中的强硬措施却为自己埋下了祸根,他所梦想的阶层和谐只是一个幻象,权力平衡昙花一现,罗马共和国的危机只是推迟,并未化解。喀提林最终被克拉苏抛出,成为牺牲品[2]。克拉苏在眼见喀提林大势已去时,将证明其密谋的一些信件转给了西塞罗,正是这些关键证据让西塞罗争取到了元老院的特别授权,迅速扭转局面。喀提林的叛乱虽然失败,却让反对贵族派权力核心的人意识到,要取得成功,必须确保庞培不站在贵族派一边。因此,庞培回到罗马后,恺撒及时说服克拉苏调整策略,于公元前60年结成了三人同盟(triumviratus),打破了贵族派的力量优势。西塞罗原以为自己凭借平定喀提林叛乱的功劳可以赢得庞培的信任,但却事与愿违,他既被平民派视为绊脚石,也不容于贵族派。政敌们趁机抓住他的把柄,提出他在处理喀提林事件时,直接下令处死留在罗马城的五位密谋者,剥夺这五位罗马公民的上诉权,违反了早已确立的司法传统,他在皮斯托利亚等地的军事行动中,也有屠杀罗马公民的嫌疑。公元前58年,克劳迪乌斯(P. Clodius Pulcher)以保民官的身份促成元老院通过了放逐西塞罗的决议。从此,西塞罗被挤出了权力中心,失去了直接影响政局的能力。

西塞罗在《反喀提林》系列演说中将喀提林塑造成一个十恶不赦的角色,既是一种争取最广泛结盟的政治策略,也满足了自己希望流芳百世的虚荣心。撒路斯特仿效西塞罗的做法,继续丑化喀提林,则有另外的考虑。作为恺撒的忠实追随者,将叛乱的一切罪责推给喀提林,可以撇清恺撒与此事的关系,洗白自己的偶像。同时,这也为《喀提林战争》的道德说教提供了有感染力的反面形象。然而,撒路斯特笔下的喀提林虽然似乎比西塞罗描绘的人民公敌汇聚了更多的人性之恶,但他的性格却比在脸谱化的《反喀提林》中更为丰满。尤其当我们把喀提林坚决果敢的性格与撒路斯特的开篇部分联系起来时,便不得不承认,他至少具备了撒路斯特所称赞的部分品格。他不像"在沉默中度过一生"的"羊群",他不是"口腹的奴隶",他既有"体力",也有"智力",照撒路斯特所说,前者是用来"服务的",后者是

---

[1] Cicero, *In Catilinam* 2.28.

[2] Plutarch, *Crass.* 13.2-4.

用来"统治的",他渴求永恒的荣光,不屑于过安稳的生活。如果他的暴力不是针对自己的祖国,那么按照撒路斯特的定义,他的确拥有所谓的卓越品格(virtus),而在撒路斯特看来,不论正义邪恶,庸庸碌碌的人生似乎是最可鄙的[1]。不止一位评论家讨论了喀提林体现的英雄特质[2]。而且,《喀提林战争》的道德立场也并非表面那么清晰,里面藏着深刻的悖论[3]。撒路斯特以迦太基的覆灭为界,把罗马的历史分为两个时期——堕落前与堕落后。罗马获得地中海的霸权,却失去了道德的纯洁[4]。贪婪、野心如出笼的野兽,尔虞我诈的内讧从此与罗马相伴。罗马纯正道德的化身便是老加图(Marcus Porcius Cato)。学界公认,无论从语言风格还是从道德主题来看,老加图的作品都是撒路斯特此书的范本。然而,如果我们联想到老加图的传统形象和他在迦太基覆灭中扮演的角色,就会意识到撒路斯特的道德分期隐藏着令人惊异的内涵。担任审查官的老加图死于迦太基被摧毁之前,但他曾一再抨击同时代罗马人的道德,而在撒路斯特的分期里,那却是完美道德的时代。因此,撒路斯特似乎是在故意拆解自己的道德黄金时代的神话,暗示早期共和国时代同样存在道德朽败的现象,美化祖先的品行或许只是一厢情愿的怀旧心理。不仅如此,古罗马流传的说法是,老加图在任何演说的结尾都要添上一句:"必须毁灭迦太基"(delenda est Karthago),大祭司西庇阿·纳西卡(Scipio Nasica)与他针锋相对,在任何场合都要呼吁:"必须保存迦太基"(servanda est Karthago)。纳西卡的理由据说就是撒路斯特在《朱古达战争》(*Bellum Iugurthinum*)中给出的理由:对外敌的恐惧(metus hostilis)是保持一个国家团结、避免道德堕落的关键因素[5]。按照这样的逻辑,竭力维护罗马道德纯洁性的老加图,却是罗马道德腐化的真正祸根,因为正是他凭借自己的道德号召力不断鼓动同胞,罗马人才彻底铲平了迦太基,除掉了唯一的强劲对手。在《喀提林战争》后半部分,撒路斯特用很长的篇幅呈现了恺撒和小加图这对宿敌之间的一场论争。恺撒要求仁慈处理喀提林阴谋的主犯,小加图却极力主张严厉镇压。他对当时罗马道德风气的激烈指责无疑让人看到其曾祖的影子,而且他也的确在重蹈老加图的覆辙。他认为,喀提林团伙是对罗马的严重威胁,对待他们应当像对待外敌一样毫

---

[1]　Sallust, *Bellum Catilinae* 1-2.

[2]　例如 T. E. Scanlon, *Spes Frustrata*: *A Reading of Sallust* (Heidelberg: C. Winter Universitätsverlag, 1987); A. T. Wilkins, *Villain or Hero*: *Sallust's Portrayal of Catiline* (New York: Peter Lang, 1994); C. S. Kraus and A. J. Woodman, *Latin Historians* (Cambridge: Cambridge UP, 1997) 10-50.

[3]　D. S. Levene, "Sallust's 'Catiline' and Cato the Censor," *The Classical Quarterly*, New Series, 50.1 (2000): 170-91.

[4]　Sallust, *Bellum Catilinae* 10.1-2.

[5]　Sallust, *Bellum Iugurthinum* 41.

不手软,历史上他的祖父和罗马先辈正是如此对待敌人的。然而,和迦太基相仿,正因为喀提林是罗马的心腹大患,他恰好可以促使罗马人遵循道德准则、保持团结统一。摧毁这个集团,就是将罗马人往道德堕落的深渊里再推一把,加速迦太基毁灭所启动的可怕进程。这样看来,小加图和支持他的西塞罗都成了罗马的罪人。这是一种极度悲观的历史理念:追求道德的行为最终会毁掉道德。

撒路斯特的悲观在罗马共和国晚期或许不无道理。喀提林的阴谋虽然没有得逞,但公元前 63 年的事件却已经揭示了共和体制必然在罗马覆亡的原因。最根本的原因在罗马建国之初就已经存在,就是社会阶层的对峙。罗马虽然有选举体制,但以财产为基础的等级制从一开始就把大多数平民排斥在核心政治决策程序之外。即使在共和国早期,平民反对贵族的斗争也曾一再发生。摧毁迦太基和随之而来的领土扩张加速了各阶层的分裂,也让同盟城市开始离心离德,汉尼拔时代那种悲壮的社会凝聚力彻底消失,忠于罗马民族的意识渐渐让位于派系利益的概念。喀提林叛乱前后的各种骚动表明,对现存政治秩序的不满已经扩散到各个群体。罗马领土的急剧扩大也改变了政治游戏的规则。如果说在罗马势力还局限于意大利半岛时,出任高级职务虽然多少也涉及利益,但毕竟还有与之相伴的荣誉感和服务国家的责任感,此时的行省政治却让竞选直接与财富分割和利益输送挂钩,掌握了高级职位就意味着掌握了宝箱的钥匙,巨额的回报也使得竞选时的贿赂成为划算的买卖。不仅如此,行省的存在也冲击了原来的权力结构。从军原本只是荣耀之路(cursus honorum) 的必备环节,而现在控制行省所带来的权力和财富却让军队获得了空前的重要性,控制了军队,就进可攻,退可守,既可在高级职位的角逐中讨价还价,也可在地方建立自己的独立王国,军队不再是国家的公器,而成了将领的私产。既然贵族派的苏拉可以确立独裁统治,平民派的恺撒如何不能效法? 与此同时,以西塞罗为代表的坚持共和理想的人却没有清晰的政治面目,他们含混的立场无法划清与保守贵族的界限,温和的措施无法缓解底层平民的痛苦,在强力人物之间的摇摆无法结成有效的同盟,自然不可能是恺撒之辈的对手。喀提林事件已经是一次小规模的夺权预演,更大的风暴已在酝酿中。如果说公元前 63 年是罗马历史上一个转折性的节点,那么这不是因为喀提林本人有多重要,而是因为他引发的蝴蝶效应。

西塞罗之手

——走向书写时代的政治*

与苏格拉底的死一样,西塞罗的死在西方历史上也是极具象征意义的事件。公元前 43 年 12 月 7 日,惊愕的罗马人在广场的讲坛上看到了西塞罗的头颅——还有他的右手[1]。对于觊觎独裁权力的安东尼来说,杀死这位共和制的坚定维护者、整个罗马最著名的雄辩家,是情理之中的事,问题在于,为何他还要砍下西塞罗的手示众? 西塞罗的手对他意味着什么? 对崩溃中的罗马共和国又意味着什么? 巴特勒教授的著作《西塞罗之手》(The Hand of Cicero) 对此进行了深入的剖析。他用大量的资料证明,西塞罗时代的罗马已经从一个口述主导的社会过渡到书写主导的社会,西塞罗之手可以视为这一重要变化的见证和象征。书写时代的法律技术化与政治的空前复杂化也为理解西塞罗在政治哲学的原则与政治实践的算计之间苦苦挣扎的悲剧提供了关键的线索。

两千年来,西塞罗一直被人们尊为西方最杰出的演说家,几乎成了雄辩术的化身。但巴特勒的研究却表明,西塞罗在古罗马政坛的巨大影响固然与他高超的修辞手段和演说技巧有关,但更为重要的原因却在于他深刻地领悟到书写和文字对政治的影响力。从公元前 509 年罗马成为共和国以来,口述传统一直在以元老院、广场和法庭为中心的政治生活中占据核心位置。也正因为如此,凡是希望进入政界的人士,无不在修辞和雄辩术方面刻苦研习。然而,随着罗马版图的急剧扩张和财富的迅速积累,政治、军事、经济、法律等领域的事务变得日益繁杂,以口述为主的处理模式已经穷于应付,文献和其他文字资料的地位不断上升。希腊文化圈并入罗马领土更加快了这一进程,因为许多希腊城市都有保存政治档案和经济文书

* 本文首发于《学海》2009 年第 5 期,与李永刚合作。

[1]　西塞罗死后究竟被砍下一只手还是两只手,普鲁塔克著作中的两处说法彼此矛盾(Plutarch, Cicero 48. 6; Anthony 20.3)。

的传统。在西塞罗时代的罗马,最常见的文字资料至少包括以下这些类别:城市的公共档案、法庭记录、元老院会议记录、公共财物记录、私人账目、公共文书、私人信件、合同、条约、铭文、镌刻的法律条文、陪审员名单公告、遗嘱、日记、节目海报、选票、传单、文学作品以及各种资料的伪造品[1]。生活在这样一张文字之网里,西塞罗意识到,要达成自己的任何目标,都必须借助文字的力量。

对于立志从政的西塞罗来说,最生动的启蒙教材就是公元前82年苏拉张贴的悬赏谋杀政敌的通告(proscriptio)。proscriptio 原本是罗马高级官员宣布没收某人财产并公开拍卖的告示,苏拉却为它找到了一种令人不寒而栗的新用途。三天之内,总共有520个名字列入了苏拉的名单,每个名字旁边都有明确的标价[2]。这些沉默的拉丁字母和数字标志着一个新时代的来临,它们不属于口述传统,而是绕过了元老院里的讨价还价,绕过了法庭上的唇枪舌剑,直接诉诸人性的贪婪与残暴。后果是灾难性的——不折不扣的大屠杀,那些名字直接出现在榜上的人几乎无一幸免,他们的亲人、朋友甚至陌生的同情者也有许多惨遭杀害。数百年的口述传统为罗马公民设置的法律防线就这样被苏拉用书写的方式轻易地突破了。年轻的西塞罗一定对此深有感触,事实上他接手的第一个著名案子(公元前80年,当事人为 Sextus Roscius Amerinus)便是围绕 proscriptio 展开的,诉讼的另一方就是苏拉宠信的获释奴隶克吕索格努斯[3]。不仅如此,西塞罗的一生都笼罩在两次proscriptio 的阴影中——苏拉的 proscriptio 留下的阴影和安东尼的 proscriptio 逼近的阴影。身兼律师、政治家、哲学家数种角色的西塞罗左冲右突,始终无法为深陷重围的共和制杀出一条血路。

为西塞罗奠定罗马第一雄辩家地位的是公元前70年控告维瑞斯(Gaius Verres)的案子。维瑞斯在任西西里总督的三年期间,毫无忌惮地掠夺当地的财富,残酷迫害罗马公民和其他居民,恶名昭彰。他刚一卸任,西西里的城市就联合起来,将诉状递到了罗马。维瑞斯和他的辩护律师——声望正隆的霍尔腾西乌斯想用拖延和贿赂的办法赢得官司,西塞罗却没有给他们任何机会。西塞罗一共写了六篇演说,准备在法庭上用,然而他只宣读了第一篇,维瑞斯就相信败局已定,自动流亡了。长期以来,研究者都认为,维瑞斯案的胜诉充分证明了西塞罗在雄辩术方面的成就,巴特勒却认为,西塞罗作为一个律师甚至侦探的素质是更具决定性的因素。在西塞罗之前,罗马的庭审主要依靠的是口头交锋,因此雄辩术是律师最重

[1] Shane Butler, *The Hand of Cicero* (London: Routledge, 2002) 2.

[2] Plutarch, *Sulla* 32.3.

[3] Butler, *The Hand of Cicero* 14-23.

要的武器。但随着国家疆域的拓展和社会生活的细化,法律实践日趋复杂。除了严格意义的法律条文(leges)外,高级官员的谕令(edicta)、元老院的决议(consulta)、官方规定的辩论程式(formulas)以及类似案子的先例(exempla)都对审判过程有不同程度的约束力。在这样的情况下,如果西塞罗不能找到克敌制胜的绝招,维瑞斯的审判很可能旷日持久,从而对己方不利。西塞罗敏锐地意识到,确凿的文字证据是获胜的关键。开庭之前,他在西西里用了五十天的时间调查,通过明察暗访搜集到了大量的书面证据。这些证据主要包括:十一个城市的公共记录、各城市代表的公共证词、商业交易记录、书信、铭文、法庭记录、维瑞斯在任期间的谕令、条约(三个西西里城市与罗马订立了同盟条约,维瑞斯明显违反了某些条款)、遗嘱等等[1](P27-34)。开庭当天,西塞罗没有遵照通行的做法,而是跳过了冗长的介绍性陈述,直接进入列举证据的阶段,让被告一方措手不及。因此,与其将此案的成功归于西塞罗炉火纯青的雄辩术,不如归于他对书写时代的深刻认识。

这种认识不仅造就了他在法庭上的奇迹,而且促使他作出了一项不同寻常的决定:将没有机会在法庭上宣读的五篇演说与第一篇演说一起结集发表。虽然自老加图开始,罗马人就有将演说辞以书面形式发表的习惯,西塞罗将未宣读的演说辞也一并发表的行为却是没有先例的。关于西塞罗此举的动机,研究者从当时的形势(庭审的自然延续)、他的政治雄心(扩大自己的影响)和文学抱负(让著作流传后世)等角度作了各种揣测。巴特勒却从第一篇演说中找到了另外一种解读的方向。西塞罗在法庭上说,他"不仅要让你们[庭审的所有听众]的耳朵,而且要让所有人的眼睛(non modo in auribus vestris, sed in oculis omnium)都对维瑞斯的罪确定无疑"[1]。由于庭审的听众同时也是"观众",这里的"眼睛"显然只能指阅读的眼睛,"所有人"应该指不在场的想象中的读者。只有书写和文字能够超越法庭的狭隘时空,让他的杰出表现传播到罗马乃至世界的各个角落,传播到后世。只有借助文字,才能将他的政治影响和文学影响发挥到极致。

西塞罗的书写路线获得了成功。他的政治声誉和文学声誉都迅速上升,公元前63年他被推选为执政官——罗马共和国的最高官职。也是在这一年,西塞罗获得了政治生涯中最辉煌的胜利。他不仅发现了喀提林(Lucius Sergius Catilina)武装反叛国家的密谋,而且凭着自己在元老院的发言迫使喀提林狼狈逃离罗马城。在随后发生的与喀提林叛军的战斗中,罗马军队赢得了胜利。由于西塞罗化解了一场重大灾难,元老院授予他"国家之父"的称号。乍看起来,似乎是西塞罗的雄辩术挽救了罗马共和国,指控喀提林的演说也因此成为古典时代最著名的修辞篇

[1] Cicero, *In Verrem* 1.7.

章。然而,在大气磅礴的言辞背后,发挥关键作用的仍然是西塞罗对书写的政治潜能的高超领悟。他采用了三条不同寻常的手段[1]。一是利用自己执政官的地位,派出了大量密探,监视喀提林及其同党。草木皆兵的喀提林等人不敢信任自己的奴隶,只能放弃口授书信内容、让奴隶记录的惯例,亲笔写信,秘密联络。其中一些被西塞罗截获,成为指控他们的有力证据。二是在问讯的过程中,将被问讯者的话一字不漏地记录成文,这种做法在当时也是没有先例的,因而让喀提林的同党乱了方寸。西塞罗的第三条手段更是匪夷所思。12月3日上午,当西塞罗领着伦图卢斯等被控密谋的人来到神庙前时,围观的人群发现,久未完工的朱庇特神像恰好在这一刻矗立起来,他的脸正对着下方的广场[2]。在当天的演说中,西塞罗自然提到了这个"神迹",但在后来的著作《论预言》(De Divinatione) 中,他却说这一事件纯粹是巧合,并暗示自己知道更多的内情[3]。因此,许多研究者相信,此事是西塞罗和他的友人精心策划的。这无疑是一种极其高明的心灵书写,因为它直接利用了古罗马源远流长的兆象阐释传统。从李维的《罗马史》(Ab Urbe Condita) 我们知道,罗马开创者罗姆卢斯(Romulus) 和雷姆斯(Remus) 的王位之争便是建立在对飞鸟兆象的不同解读之上[4]。自那时以来,兆象阐释一直对罗马的宗教和政治决策发挥着重大影响。我们可以想见,在如此关键的时刻,凝视着广场的朱庇特神像会在罗马人心中激起怎样的敬畏感和宿命感。

喀提林事件的解决暂时缓和了罗马的危机,但接下来的局面更为严重。仿效苏拉的先例,恺撒、庞培、安东尼等强力的军事将领不断削弱共和制的根基。西塞罗在政治上日益失势,便隐居乡间,致力著述,但仍通过频繁的书信往来追踪着罗马政局的发展。公元前44年3月15日,恺撒在实施了五年的独裁统治后被反对派刺死,让西塞罗依稀看到了复兴共和制的希望,但他很快发现安东尼甚至比恺撒更危险。眼看共和制即将覆灭,西塞罗已顾不得自身安危,发表了一系列谴责安东尼的演说和文章(the Philippics)。然而,安东尼远非维瑞斯、喀提林可比,他不仅和西塞罗一样深谙文字的政治效用,还拥有西塞罗所不具备的力量——军队。作为恺撒生前的助手,安东尼找到了扩大自己权力的一条捷径。他游说元老院认可了恺撒的"事迹"(acta),这意味着保存在他手中的恺撒执政记录(commentarii) 获得了类同法律的地位,他可以通过篡改和伪造记录的内容来达成自己的各种政治

---

[1]　Butler, *The Hand of Cicero* 85-102.

[2]　公元前65年,包括朱庇特神像在内的众多神像毁于雷击。元老院下令重建,但在此之前一直未完工。

[3]　Butler, *The Hand of Cicero* 97.

[4]　Livy, *Ab Urbe Condita* 1.6-7.

目的。在反击西塞罗时,安东尼也充分利用了文字材料的价值,在元老院当众宣读了西塞罗过去向他示好的一封信,以贬损西塞罗的人格。更重要的是,他清楚地认识到西塞罗的文字对自己构成的威胁,决心不让他故技重施,于是派杀手终结了西塞罗的生命。他命令砍下西塞罗的手,仿佛是在严厉警告世人,倘若以文字挑战自己的权威,就会落得如此下场。

西塞罗的悲剧不仅与他的文字有关系,也是进入书写……罗马错综复杂的政治局面所造成的。在口述时代,罗马政治的中……政治操作和政治决策都相对公开,人品、威望和口才的作……。但在书写时代,政治和法律程序日益繁琐,经济行为日……往来日益频繁,对政治施加影响的途径因而变得隐蔽起……斡旋和博弈也变得非常困难。面对这样的局面,西塞罗自……:作为深受古希腊文化影响的哲学家,他为自己确立了纯……设计了高尚的政治理念,希望以先知先觉的身份捍卫共和制,……造一个合乎理性和道德的国家;但作为律师和政治家,他却必须借助甚至迎合某些势力,以反对他所认为的对国家危害更大的势力,在此过程中,他不得不妥协,不得不算计,不得不违背自己的某些原则。然而,无论他怎样努力,雄辩的口才终究敌不过更雄辩的暴力,他在一系列问题上的处理失当更加速了共和制的瓦解。

从原则上说,拥护共和制,反对个人独裁,无疑是具正义性的。然而,在西塞罗的时代,罗马社会面临着一个恶性循环:作为军队主要兵源的平民为国家殊死战斗,军事胜利导致奴隶大量涌入,集约化的奴隶制农庄不断兼并平民低效的小型农场。简言之,平民是为自身的破产和流离失所而战。然而,此时的元老院早已沦为保守贵族的俱乐部,既无改革的勇气,也无改革的意愿。共和国座右铭(Senatus Populusque Romanus)的两个组成部分——元老院和罗马人民——已经分裂。在剧烈变动的政局中,西塞罗始终站在元老院一边,因而无法像他所期望的那样,得到底层民众的支持。而恺撒等将领恰恰是用无偿分地、分粮等手段笼络了士兵和其他平民,让他们心甘情愿放弃共和制的。恺撒的死丝毫没有延缓共和制的解体,正如西塞罗所慨叹的那样:"我们因为这个人被杀而欢欣鼓舞——但我们却在捍卫这个人所做的一切!"[1]

西塞罗性格中的一个突出弱点是过于自负。早在他担任财务官(quaestor)届满,从西西里返回罗马的途中,他就想象着自己的才能是"罗马城谈论的唯一话

---

[1]　Cicero, *Ad Atticum* 14.6.2.

题"[1]。在回顾自己在西西里的政绩时,他又说,"我觉得所有人的目光都集中在我身上,我恍惚觉得我是在一个舞台上表演,全世界都是我的观众"[2]。这种虚幻的"哲人王"情结常常驱使他为了自己所确信的正义目的,做出违反法律原则的事情。最典型的例子就是他以执政官身份处理喀提林事件时,直接下令处死了留在罗马城的五位密谋者,剥夺了这五位罗马公民的上诉权。虽然他认为自己是为了国家的安全,但此举却明显破坏了程序正义。公元前58年,他的政敌克劳迪乌斯(Clodius)正是以此为把柄,以保民官的身份促成元老院通过了放逐他的决议。从此,西塞罗被挤出了权力中心,不再具备直接影响政局的能力。

希望以妥协的手段实现目的,是西塞罗政治行为的另一个主要特点。虽然他在《论共和国》(De Re Publica)中提出了他所梦想的政体形式,但在公元前1世纪中叶诡谲残酷的政治斗争面前,他却设计不出一条现实可行的改革道路。他只能一方面依靠自己对共和制的坚定信仰,一方面依靠他所认定的"同情"共和制的强力人物。与这些变色龙般的军事将领比起来,西塞罗不仅显得天真,而且由于对他们的态度摇摆不定,甚至给人以反复无常的印象。公元前60年,恺撒、庞培、克拉苏结成了前三人同盟,分享大权。虽然西塞罗对三人都颇为不屑,蔑称他们为"国王"[3],但还是和他们保持着一定程度上的合作。他尤其希望庞培能和元老院联手,遏制恺撒的势力。但在内战前后,他又同时向庞培和恺撒双方示好,充当调解的角色。公元前44年恺撒遇刺后,西塞罗对刺杀行动的主谋卡西乌斯(Cassius)表示毫无保留的支持[4]。后来,他一方面寄希望于布鲁图斯等人能够除掉安东尼,一方面又以礼貌恭敬的态度对待安东尼。直到最后他发现安东尼正把共和制推向绝境的时候,才复出政坛,与之正面交锋。他心目中共和制的最后一个救星是屋大维,然而恰恰是屋大维正式地废除了共和制。

西塞罗失败的更深层原因在于,他的共和制理想是一个抽空的理想。除了反对个人专制、维护元老院的中心地位外,他所流露出来的罗马观念(romanitas)与即将来临的帝国时代的主流意识形态没有明显的区别。这种观念概括起来,就是将罗马公民权加以神化,突出罗马的"文明世界"与非罗马的"野蛮世界"的隔绝与对峙。

在指控维瑞斯的演说中,西塞罗用愤激的口气列举了维瑞斯的斑斑劣迹,但演

---

[1] Cicero, *Pro Plancio* 65.

[2] Cicero, *In Verrem* 2.5.35.

[3] Cicero, *Ad Quintum* 1.2.15-16. 自从赶走国王、建立共和制以来,罗马人对"国王"一词一直充满鄙夷和憎恶。

[4] Cicero, *Ad Familiares* 12.2.

说最具煽动性的部分无疑是有关加维乌斯（Publius Gavius）事件的叙述。西塞罗认为，在加维乌斯一再声明自己是罗马公民的情况下，维瑞斯仍将他用十字架钉死，是犯了弥天大罪。西塞罗论辩说，罗马的公民权在全世界范围内都是通行证和保护伞，维瑞斯却敢无视加维乌斯的公民地位和上诉权（不要忘了，数年之后西塞罗剥夺了五位公民的上诉权并将他们处死），等于否定了罗马公民地位的价值，是对所有罗马公民的威胁[1]。在西塞罗眼里，杀人本身并不是严重的罪行，但杀罗马公民则是与整个罗马国家为敌，因为它动摇了罗马公民在世界范围内神圣不可侵犯的地位。

　　对于罗马公民之外的"野蛮世界"的苦难，西塞罗却远没有如此关心。在给一位朋友的信中，西塞罗如此谈论庞培主办的竞技演出（ludi）[2]："剩下来的五天，每天表演两场狩猎[3]，很壮观——没人否认，可是当一个柔弱的人被凶悍的野兽撕裂，或者当一头威武的野兽被长矛洞穿时，一个有教养的人能从中获得什么乐趣呢？可是就算这些该看，你也经常看，对于我们这些观众来说，也没什么新鲜的"[4]。

　　这段话常用来证明西塞罗对血腥表演的抗议，然而，这种解读是不成立的。首先，这封信的目的是安慰因病未能观赏表演的朋友，所以把表演描绘得无趣是合理的。其次，西塞罗对于如此血淋淋的场景只是轻描淡写地说，"一个有教养的人能从中获得什么乐趣呢？"在他眼里，对这类表演的痴迷不是伦理问题，仅仅是品味问题。此外，从这段话可以看出，无论是这位朋友，还是西塞罗本人，都经常观看这种表演。行为上的认同消解了脆弱的道义原则。西塞罗和大多数罗马公民一样，都把权利、尊严、文化、制度视为他们的专利，奴隶、罪犯、野蛮人的世界则是与道德无关的世界，即使他们的人文素养能唤醒些许同情，这种同情也只是居高临下的一闪念的怜悯，不是平等主体之间的持久的共鸣。

　　书写时代的罗马是一个以征服为基础的庞大帝国。辽阔的疆域、众多的民族、高度技术化的统治需要一个强大的中心和一套遏制反抗的意识形态，而这是赢弱的元老院和西塞罗所支持的共和制难以提供的。罗马从共和国向帝国的过渡，正是在这两个基础上实现的。西塞罗反对个人独裁，却构想不出一种以元老院为基

---

[1]　Cicero, *In Verrem* 1.166-9.
[2]　所谓 ludi，是从公元前 1 世纪开始在罗马流行的血腥表演，主要内容包括人兽搏斗、角斗士表演、犯人的集体处决，等等。
[3]　所谓狩猎，就是在剧场中让野兽袭击绑在柱子上的手无寸铁的犯人，或让持武器的奴隶与野兽搏斗。
[4]　Cicero, *Ad Familiares* 7.1.

础的具有向心力的体制；在意识形态方面，他甚至与自己的敌人不谋而合，对罗马公民权的神化和对"野蛮世界"的塑造恰好是罗马帝国时代的统治法宝。西塞罗之所以在帝国时代受到了上至皇帝、下至平民的普遍尊崇，与他著作中流露出的罗马中心意识是分不开的。

死亡盛宴：古罗马竞技庆典与帝国秩序*

卡尔科皮诺在《古罗马的日常生活》中感叹，罗马人竟然会把杀人的表演作为"全城欢庆的节日"，实在是"匪夷所思"[1]。他的惊愕代表了许多研究者面对罗马竞技庆典(ludi)时的典型态度。竞技庆典是古罗马文化中独一无二的一种仪式，它集竞技、宗教庆祝、胜利游行、血腥表演(主要包括大规模处决、人兽搏斗和角斗士对决)为一体，是几百年间(尤其是公元前一世纪以后)最为流行的全民娱乐方式。这样一个在别的方面高度文明的民族为何会对死亡的视觉盛宴如此痴迷，为何会表现出比"野蛮民族"更加野蛮的冷酷、残忍与道德的堕落？ 研究者从宗教、政治、文化人类学、大众心理等角度提出了各种阐释模型[2]，在参考和融合这些模型的基础上，笔者相信，竞技庆典并非与古罗马文明主体相悖的某种特殊社会现象，而是古罗马人的核心精神体系的自然产物，它体现出强烈的种族优越心理、社会等级意识和尚武倾向，是震慑敌人、安抚平民、塑造罗马身份、维护统治秩序的主要手段。然而，竞技庆典的兴盛所导致的暴力蔓延、道德堕落和资源枯竭反过来却成为共和政体瓦解和帝国崩溃的关键原因。

一、竞技庆典的起源与演变

古罗马竞技庆典中的三项主要的血腥表演是人兽搏斗、角斗士对决和大规模集体处决。处决的形式有很多，例如火刑、钉十字架或者让野兽撕咬手无寸铁的犯人。在帝国时代，处决往往成为以神话为题材的表演节目的一部分，更加具有"娱乐性"和"观赏性"。

以竞技庆典为主的节日(ludi)在罗马历史上兴起较晚，在罗马共和国早期，只

---

* 本文首发于《南京大学学报》2009 年第 5 期，与李永刚合作。

[1]　Jerome Carcopino, *Daily life in Ancient Rome*, trans. E. O. Lorimer (Harmondsworth：Penguin, 1975) 254.

[2]　Donald G. Kyle, *Spectacles of Death in Ancient Rome* (London：Routledge, 1998) 7-10.

有宗教性的节日(feriae)。在宗教仪式中,将牲畜献祭给神是必不可少的内容,但人兽搏斗表演是后起的现象,它与罗马的扩张有密切关系,公开猎杀在异国捕获的大型猛兽是炫耀罗马武功的重要方式。有史可稽的第一次表演发生在公元前186年,很快它就成了官方规定的节日庆典的固定项目[1]。关于角斗士对决的起源,目前史学界尚无定论。按照塞尔维乌斯的说法,它源于两种习俗,一是在葬礼上将活人献祭给死者,一是在胜利后强迫俘虏自相残杀[2]。第一次正式的角斗士表演发生在公元前264年[3]。由于角斗士所展示的勇气和技艺正是士兵所应具备的品质,这样的表演在以军事征服为传统的罗马很快流行起来,角斗士的训练方式甚至也融入了正规的军事训练之中。有学者认为,罗马在征服海外的过程中到处兴建圆形剧场,一个重要原因就是以角斗士表演促进军事训练[4]。集体处决一直是罗马震慑敌人的重要方式,但在早期并没有表演和娱乐性质。早在公元前337年,罗马人就曾在市中心广场上对359名塔尔干战俘施行集体斩首[5]。随着军事征伐的升级,集体处决的规模日益扩大,手段更加残忍、更趋多样化。公元前214年,西西里统帅马尔凯卢斯一次处决了2 000名亲迦太基的士兵[6]。公元前167年,埃米利乌斯用大象踩死了众多非罗马的叛变者。公元前146年,小阿非利加努斯在迦太基用钉十字架、斩首、野兽撕咬等多种方式公开处决了大批战俘[7]。罗马统治者借此向敌国和一切存有异心的人展示其粉碎一切反抗的国家意志。

这些彼此独立的形式最终发展成综合性的、在罗马政治文化中占据中心地位的竞技庆典是在公元前1世纪。此时罗马的军国主义已经失控,手握重兵的军事统帅纷纷觊觎最高权力,共和政体岌岌可危。长期以来,罗马都有为赢得重大军事胜利的将领举行凯旋游行的传统。为了更有效地炫耀战功、威慑对手、笼络下层,庞培和恺撒等人将凯旋游行与舞台节目、马车比赛、角斗士对决、人兽搏斗、集体处决、模拟战斗等项目结合起来,创造出了一种极其"壮观"的全民娱乐方式,其核心内容仍是前面所述的三项最血腥的表演:上午是人兽搏斗,中午是集体处决,下午是角斗士对决。内战胜利后,恺撒举行了令人眩目的庆典活动,仅在人兽搏斗中就动用了400头狮子。除了常规项目外,还包括田径比赛、斗牛和大规模的模拟海陆

[1] Kyle, *Spectacles of Death in Ancient Rome* 42-43.

[2] Servius, *In Vergilii Carmina Comentarii* 3.67.

[3] Kyle, *Spectacles of Death in Ancient Rome* 46.

[4] Katherine Welch, "Roman Amphitheatres Revived," *Journal of Roman Archeology*, 4 (1991): 274-7.

[5] Suetonius, *De Vita Caesarum* 7.15.10.

[6] Livy, *Ab Urbe Condita*, 24.30.6.

[7] Valerius, *Factorum et Dictorum Memorabilium* 2.7.12-14.

战役[1]。到了帝国时代,竞技庆典则完全纳入了统治机制之中。屋大维通过立法手段几乎垄断了举办庆典的权力,他在庆典的"频度、多样化和规模方面都超过了前人"[2]。历代罗马皇帝都把庆典作为与前代统治者攀比的主要内容,因此庆典的规模急剧膨胀。公元 80 年,在皇帝提图斯庆祝弗拉维圆形剧场落成的庆典中,9 000头野兽被杀[3];公元 107 年,为了庆祝达西亚之战的胜利,皇帝图拉真举行了二十三天的庆典,11 000 头野兽被杀,10 000 名角斗士参与了决斗[4]。

由于举行庆典的日期也是法定假日,罗马帝国的假日也日益增加,到最后竟超过了全年的一半。在屋大维时代,全年假日有 159 天,其中 65 天为竞技庆典日。在奥勒留时代,全年假日达到了 230 天,竞技庆典日达到了 135 天[5]。因此,我们可以毫不夸张地说,观赏血腥的竞技庆典成了罗马人主要的生活方式。

二、血腥表演的性质与罗马人的态度

为罗马辩护的学者试图把竞技庆典中的血腥表演归结于在古代民族中非常普遍的以活人献祭的宗教行为。然而,史料显示,罗马社会中使用人牲的现象比较罕见,通常只用牛羊献祭,只有在国家安全受到明显威胁时,出于迷信的原因,象征性地处死少数异族人。更有说服力的证据是,罗马人往往将活人献祭视为野蛮民族的愚昧行为,作为自身"文明性"的反衬。比如恺撒就以鄙夷的口吻描述了高卢人以火刑将活人献祭的宗教行为[6],为自己在高卢的大屠杀开脱。公元 2 世纪至 5 世纪罗马人与基督徒的论战也从反面证明了罗马人憎恶人牲的立场。在论战中,双方都互相指责对方以活人献祭,以此确立自己在道德和文化方面的优越地位,将对方钉上野蛮人的耻辱柱。因此,我们很难将竞技庆典中的屠杀理解成宗教行为。

如果说罗马人的部分屠杀行为具有某种宗教色彩,那也是与军国主义捆绑在一起的。作为一个政教合一的国家,公开处决战俘的确有向庇佑罗马的诸神感恩的意味,但这并不是主要方面。正如普拉斯所断言,"竞技庆典从本质上说是为生者举行的仪式,而不是为死者举行的献祭"[7]。对于以军事立国的罗马民族来说,

---

[1]　Suetonius, *Jul.* 39.

[2]　Suetonius, *Aug.* 43.

[3]　Dio Cassius, *Roman History* 66.25.1-5.

[4]　Dio Cassius, *Roman History* 68.15.1.

[5]　Kyle, *Spectacles of Death in Ancient Rome* 77.

[6]　Caesar, *De Bello Gallico* 6.16.

[7]　Paul Plass, *The Game of Death in Ancient Rome: Arena Sport and Political Suicide* (Madison: U of Wisconsin P, 1995) 29.

这些屠杀行为首先是国家强力的展示。但屠杀行为竟会演变成娱乐节目,则与罗马人纵容和欣赏的态度有密切关系。

罗马的所有阶层都对血腥表演极为痴迷[1]。上至皇帝、元老院议员,下至身无分文的城市贫民,都热衷于观看人兽搏斗、集体处决和角斗士对决等节目。塞内加甚至讽刺说,观赏活人变成尸体的过程是罗马人的一大乐事,还说"上午他们把人扔给狮子和熊,中午他们把人扔给观众"[2]。这些被处死的人主要是战俘、罪犯和奴隶,他们被称为 noxii,意思是"有害之人",换言之是罗马帝国的害虫。因此,他们的死在罗马观众心中激不起任何同情,按照塞内加的说法,屠杀他们只是出于"游戏和娱乐"的动机[3]。对于罗马来说,这些人只是"剩余商品""休闲的资源"和"帝国主义的副产品"[4]。攻占耶路撒冷之后,皇帝提图斯把大量犹太俘虏作为礼物,赠给行省的总督,供他们在圆形剧场屠杀之用,就是非常突出的例子。正因为这样的屠杀没有触动罗马人的道德底线,所以他们才毫不掩饰、甚至自豪地在雕刻和马赛克艺术中加以描绘。虽然仁慈(humanitas) 一直是罗马人崇尚的道德准则,罗马历史上却从来没有大规模的抵制血腥表演的运动。如果说下层民众对这样的屠杀有什么不满,往往都是抱怨皇帝过于吝啬,参与表演的野兽和人数目太少。

更令人惊讶的是,扮演社会良心角色的知识分子同样没有在原则上否定这样的血腥表演。西塞罗虽然在一封信中批评了庞培的竞技庆典,但他只是轻描淡写地表示,这样的表演对于一个有教养的人来说毫无乐趣可言。至于同情,他也只是施与了被杀的大象,其他被杀的人和动物都不在他的关心之列。更为重要的是,从信中可以知道,他经常观赏这样的表演,所以即使他有丝毫的怜悯之心,它也被罗马人所习惯的生活方式淹没了[5]。塞内加是竞技庆典最严厉的批评者。但他并不是从根本上反对表演性的屠杀,只是反对以娱乐为唯一目的的屠杀。他认为正午残酷的集体处决是绝对正义的惩罚。他真正担心的是如此密集、强烈的暴力表演对观众道德的腐蚀作用,所以他强调,竞技庆典中的死亡一定要体现出勇敢的品质和道德的徽戒效果。另外一些哲学家甚至称赞此类表演有助于培养罗马公民的勇气和斯多葛主义所追求的忍耐精神。

[1] Ludwig Fridlander, *Roman Life and Manners Under the Early Empire*, trans. J. H. Freese and L. A. Magnus. Vol (New York:Barnes and Noble, 1965) 16-17.

[2] Seneca, *Epistulae Morales* 95.33.

[3] Seneca, *Epistulae Morales* 95.33.

[4] Kyle, *Spectacles of Death in Ancient Rome* 92.

[5] Cicero, *Ad Familiares* 7.1.3.

三、竞技庆典的政治学诠释

对于普通罗马人来说,竞技庆典是带有一定宗教色彩的娱乐活动,而对罗马军阀和皇帝而言,竞技庆典首先是一种威力巨大的政治手段。正因为如此,历任统治者都把举行竞技庆典作为最核心的政治活动来经营。对竞技庆典进行诠释,为分析罗马的政治制度、民族意识和大众心理提供了一把钥匙。

竞技庆典首先是罗马强权的展示。通过大规模的集体处决和庆典中资源的任意挥霍,罗马向所有的属地和敌国炫耀自己无与伦比的军事力量和经济力量,摧毁任何人、任何地区和国家反抗罗马的意志。罗马军队在第二次布匿战争中的坎奈之役中惨败,几乎亡国,这一事件导致整个国家危机意识空前高涨,也刺激了军国主义的发展。自那以后,罗马人对反叛者和异族的镇压日趋残忍。公元前 146 年在迦太基和科林斯的屠杀、公元 70 年对犹太人的大屠杀和强制迁移都是明证。将罗马的敌人以戏剧化的方式、以花样层出不穷的残忍手段集体处决,在罗马统治者看来,其震慑效果甚至超过战场上的大捷。把数量惊人的大型猛兽从世界各地运到罗马,在观众眼皮底下集中屠杀,让罗马人感觉到,自己的国家不仅对于其统治下的民族具有生杀予夺的权力,而且其力量足以对抗自然、甚至凌驾于自然之上。与此相似,维多利亚时期的英国殖民者也曾在殖民地大规模地捕杀狮、虎、象等巨兽,以心理暗示的方式向被统治的民族炫耀自己的帝国强权[1]。

竞技庆典也是罗马军阀和皇帝展示个人权力和笼络民心的重要手段。统治者往往会在击败政治对手之后举行大规模的庆典,以示自己已经牢牢控制住局面。恺撒和历代罗马皇帝都深谙此道。从这个意义上说,圆形剧场是一个"政治剧场",它"以戏剧化、仪式化的方式重新确认皇帝的权力,重新确立伦理和政治秩序"[2]。从恺撒开始,许多罗马独裁者都认识到,直接以利益换取平民尤其是贫民的效忠,是绕过元老院、强化个人权力的最佳途径。事实上,在帝国时期,皇帝直接扮演了罗马下层的恩主(patronus)角色,赏赐免费的盛宴、举办大规模的竞技庆典是恩主显示自己的"慷慨"、安抚底层民众的手段甚至是义务。对于无法以常规方式介入政治的底层来说,庆典所提供的公共空间能让他们体会到一种虚幻的权力感。一无所有的城市贫民可以在观众席上通过呼喊口号的方式表达自己的意志,

[1]　Harrier Ritvo, *The Animal Estate*: *The English and Other Creatures in the Victorian Age* (Cambridge, Mass.: Harvard UP, 1987) 243-88.

[2]　Keith Hopkins, *Death and Renewal* (Cambridge: Cambridge UP, 1983) 14-20.

影响公开审判、处决和表演的进程[1]。

对于帝国的扩张事业来说,竞技庆典、尤其是角斗士表演也是一种军国主义的教育。角斗士向未曾亲身体会战场滋味的罗马公民演示如何冷静、勇敢地面对死亡。在这样的表演中,胆怯和退缩于事无补,只有死路一条;唯有努力搏杀,才有一线生机,因为按照规定,部分获胜的角斗士可以获得特赦。这与罗马上层努力向士兵灌输的"不成功便成仁"(aut vincere aut emori) 的信条是一致的。在第二次布匿战争中,元老院就曾以此为由,拒绝赎回被汉尼拔俘虏的八千罗马士兵[2]。由于角斗士的技艺和精神具有示范作用,虽然他们在社会地位上被视为贱民(infames),但却受到罗马大众的普遍尊崇,甚至有相当数量的罗马贵族主动加入到他们的行列之中。

竞技庆典对于维持罗马社会的等级制度同样具有重要作用。等级制度在罗马社会根深蒂固,在政治和法律方面体现最为明显。只有财产超过一百万赛特克(古罗马货币单位)的公民才允许参与元老院的竞选。虽然所有具备公民身份的罗马平民都受法律保护,但在诉讼程序、法庭选择、上诉和有罪推定等方面都受到不公平对待,在量刑方面差别尤为显著。上等人(honestiores) 除了叛国罪和弑亲罪外极少判处死刑,死刑的形式是以剑斩首;下等人(humiliores) 的量刑非常随意,死刑的形式也非常残酷[3]。竞技庆典直观地向罗马公民呈现出国家的等级秩序。圆形剧场座位的分类与布局、观众的着装、出入场的规定、食物和礼物的档次都清晰地表明不同阶层的社会地位。在血腥表演中惨死的战俘、奴隶与罪犯作为被剥夺了一切权力的贱民,也以反衬的形式抬高了底层罗马公民的地位,可以避免他们因为遭受经济政治双重压迫而产生过度的心理失衡。因此,古恩德森形象地把圆形剧场称为"罗马社会结构的意识形态地图"[4]。

罗马统治者对于底层民众的颠覆力量有清醒的认识,所以也将竞技庆典中的血腥表演作为民众过剩暴力的宣泄渠道。当数以万计的观众坐在同一座剧场里,以政府认可的、合法而"文明"的方式为鲜血四溅、尸体狼藉的场面欢呼、鼓掌时,他们也在观赏、评论、感受和想象的过程中参与了屠杀,宣泄了对社会具有很大破坏性的过剩暴力。这种效果与现代社会的暴力节目和恐怖电影类似,只是更加残忍,更加真实,因而也更具震撼力。普拉斯敏锐地指出,血腥表演中过度的暴力恰

---

[1] David Potter, "Performance, Power, and Justice in the High Empire," *Roman Theater and Society*, ed. W. J. Slater (Ann Arbor: U of Michigan P, 1996) 129-60.

[2] Cicero, *De Officiis*, 3.114.

[3] Kyle, *Spectacles of Death in Ancient Rome* 96-97.

[4] Erik Gunderson, "The Ideology of the Arena," *Classical Antiquity*, 15.1 (1996): 125.

恰是统治者预防底层反抗的绝妙策略。将潜在的无序纳入合法的秩序,人为地将观众从正常的生活状态中引入一种可以操控的反常情境中,可以释放他们的紧张和压抑情绪,使他们更容易返回正常状态,避免大规模无序状态的出现[1]。

竞技庆典最为重要的政治功能在于,通过反复的仪式和表演,通过视觉符号和群体心理的潜移默化,向所有公民灌输罗马身份(romanitas)意识。圆形剧场在很大程度上象征了罗马人心目中的世界模型。剧场的中央代表着异族人、罪犯、奴隶和荒野所组成的非罗马的、无序的野蛮世界,是被征服、统治、掠夺和屠杀的对象,它与罗马公民的良知与道德准则没有任何关联,它的唯一功能是为罗马提供财富、人力和娱乐。剧场环形的观众席代表着罗马公民的文明世界,它拥有着完备的法律制度、宗教体系、道德规范和高度发达的物质水准,它支配着野蛮民族乃至人类和宇宙的命运。只要是罗马公民,无论如何贫穷低贱,对于另一个世界来说都是天然的上等人和统治者,"我是罗马公民"(Civis Romanus sum)是他们在帝国任何地方的护身符。这种集体的种族优越意识抵消了社会内部等级制度的消极作用,成为支撑罗马帝国的全民精神信仰。在这样的框架之下,竞技庆典中的残酷暴力不仅不会唤醒观众的良知,反而会让他们觉得这是摧毁野蛮、保护文明的正义行为,其目的是为包括自己在内的罗马公民创造更加安全的环境。

四、竞技庆典与帝国的覆灭

在塑造帝国意识形态、巩固统治方面,竞技庆典发挥了很大作用,但它也是一把双刃剑,加速了共和政体的瓦解和帝国的灭亡。

虽然作为一种安抚手段和宣泄渠道,竞技庆典有效地预防了来自社会底层的大规模暴力,但从公元前1世纪开始,罗马上层的暴力却严重威胁着整个国家。在共和政体崩溃的前夕,军事独裁者之间的争夺导致了规模空前的内战。竞技庆典上观众如醉如痴的反应让庞培、恺撒、屋大维等人意识到,暴力和权力的结合可以赢得下层民众的狂热崇拜。苏拉臭名昭著的悬赏谋杀政敌(proscriptio)的做法使得共和体制下的法律成为一纸空文,拉开了罗马上层血腥争斗的序幕。恺撒和屋大维在夺权的过程中,都充分利用竞技庆典来笼络民心,树立自己的绝对权威。公元前44年,罗马元老院选举恺撒为终身独裁者,以合法的方式埋葬了他们引以为豪的共和体制。在帝国时代,除了屋大维当政时期以外,统治层都被血腥的夺权斗争所困扰,负责保卫皇帝的禁军成为皇室生命的最大威胁,圆形剧场里的暴力狂欢

---

[1]　Plass, *The Game of Death in Ancient Rome* 56-58.

终于蔓延到了剧场之外。内讧中的罗马无暇顾及异族的崛起,当他们的命运被北方的野蛮民族任意操控时,他们仿佛从观众席上被驱赶到了剧场的中央,沦为他人观赏的对象。

当谋杀与放逐成为罗马统治层的主题时,恐慌与怀疑的气氛便一步步把罗马推向了警察国家的境地。叛国罪(maiestas) 虽然在公元前 246 年就已确立,但从恺撒和屋大维开始,它才严重地威胁到所有罗马公民的权利和生命。根据《尤利亚法》(Lex Iulia) ,侮辱代表罗马人民或政府的任何人的任何言行都按叛国罪论处。更危险的是,任何人都有权控告他人的叛国罪,甚至包括在正常情况下必须受过酷刑其证词才具法律效力的奴隶,而且如果被告最终获刑,所没收财产的 1/4 将用来奖赏告密者[1]。在这样的制度诱惑下,冤案层出不穷。据塞内加说,在皇帝提伯里乌斯统治期间,以叛国罪陷害他人的行为几乎成为一种时尚,"罹难的罗马公民人数超过任何一次内战"[2]。被指控犯有叛国罪的人为竞技庆典中的人兽搏斗和集体处决提供了充足的资源。

由于罗马公民长期浸淫在竞技庆典的暴力文化中,塞内加所担心的腐蚀作用的确无法避免。他们天然的同情心日渐泯灭,取而代之的是仇恨与残忍,这种心理可以轻易地从异族人转移到本族人、从贱民转移到与自己同阶层的人身上,导致自身性格的全面异化。正因为如此,巴尔顿认为,罗马人在竞技庆典中"既是迫害者,也是牺牲品"[3]。此外,由于一年中大半都是假日,而在假日举行的庆典又往往是挥金如土的狂欢场面,奢靡之风自然也日益严重。罗马建国初期所提倡的勇敢、公平、诚实、正直等品格都被人淡忘了。李维在《罗马史》序言中哀叹说,罗马人已经堕落到这样的地步:他们"既不能忍受自己的邪恶,也不能忍受将自己从邪恶中拯救出来"[4]。强大的罗马帝国在新兴的基督教面前不堪一击,一个重要原因是早期基督徒坚定的信仰和纯洁的生活与罗马普遍的道德败坏形成了鲜明对照。

罗马帝国后期严重的资源枯竭加速了它的覆灭。罗马是一个建立在扩张基础上的消耗型帝国,这注定了它的繁荣不可能久长。居于帝国中心的罗马城从来都不是一个生产性的城市,进口的物品是天文数字,出口却几乎为零,是海外行省和属地的财富支撑着它。相对于奴隶和异族而言,全体罗马公民构成了这个帝国的特权阶层,他们的文明生活是靠罗马军队对其他地区的残酷镇压和罗马政府的野

[1]   Kyle, *Spectacles of Death in Ancient Rome* 97-98.

[2]   Seneca, *De Beneficiis* 3.26.1.

[3]   Carlin A. Barton , *The Sorrows of the Ancient Romans*: *The Gladiators and the Monster* (Princeton: Princeton UP , 1993) 59.

[4]   Livy, Praefatio, *Ab Urbe Condita*.

蛮掠夺来滋养的。每一次大规模战争的胜利都为罗马带来了新一轮的贵金属、奢侈品和劳力,让罗马得以继续自己的奢侈生活。罗马的欲望是无穷的,但它的征服能力终归是有限的。当极限到来,不再有新的财富从海外涌入时,它的经济便停滞了。不仅如此,生活在帝国财富无穷无尽的幻觉中,罗马人用骄奢淫逸的生活挥霍着原有的资源。铺张的竞技庆典对于罗马帝国而言,如同慢性自杀,不只经济财富(尤其是贵金属矿藏)迅速萎缩,甚至大型野兽在南欧和北非的许多地方都绝迹了。

　　古罗马在政治制度、法律、城市规划和工程建设等方面都创造了令人叹为观止的成就,但通过竞技庆典,我们却清楚地看到了古罗马文明的另一面,它让我们更深地理解了罗马的民族心理和兴衰轨迹。塔西陀借一位苏格兰酋长之口,概括了罗马文明对异族的含义:

　　"罗马人劫掠着整个世界;当不再有供他们摧毁的土地时,他们就开始搜索海洋。如果敌人是富庶的,他们就垂涎财富;如果敌人是贫穷的,他们就渴慕光荣……他们用'帝国'的名字来形容抢劫和屠杀;他们制造出一片废墟,然后把它称为'和平'。"[1]

---

[1]　　Tacitus, *De Vita et Moribus Iulii Agricolae*, c.30.

另一种内战：罗马帝国初期的告密制度和政治审判 *

公元前 1 世纪,频繁的内战和奴隶暴动让古罗马人丧失了对共和制的信心,帝制(principatus) 似乎成了拯救国家的唯一良方。从屋大维结束内战开始,罗马进入了长达一百余年的和平时期。然而,在回顾公元 1 世纪罗马帝国的景况时,塔西佗、塞涅卡、小普林尼等人不约而同地使用了内战的比喻和语汇。塞涅卡形容提比略统治后期的局面是"内战"(bellum civile)[1],小普林尼用"奴隶战争"(bellum servile)[2]来概括图密善时期奴隶揭发主人成风的现象,塔西佗在《编年史》(Annales) 和《历史》(Hostoriae) 中则把整个公元 1 世纪的罗马描绘为一个"陷落的城市"(urbs capta)[3]。在这些内战修辞中,罗马皇帝成了蛮族一样的敌人,对整个国家宣战,而他们进攻的武器就是告密制度和政治审判。塔西佗特别指出,提比略时期威胁国家的不是那些被控以叛逆罪(maiestas) 的公民,而是借政治审判大规模屠杀罗马公民的皇帝;当尼禄发现庇索行刺自己的计划后,整个罗马城同样被战争的恐怖气氛笼罩。混乱局面直至所谓的"五贤帝"(涅尔瓦、图拉真、哈德良、披乌斯、奥勒留) 时期才有所好转。

虽然只在公元 69 年爆发过短暂的军事冲突,1 世纪却绝不是罗马人的黄金时代,另一种内战一直在延续,元老院内部、元老院与皇帝、皇室内部的争斗从未停止,只不过战场转移到了密室和法庭,而对基督徒、哲学家、犹太民族的迫害也在这一时期到达顶峰。塔西佗、塞涅卡、小普林尼等人一致把告密制度视为罗马帝国的罪恶之源,对告密者(delatores) 口诛笔伐。塔西佗说:"告密者获得的报偿和他们

* 本文首发于《江苏行政学院学报》2010 年第 6 期,与李永刚合作。

[1]　Steven H. Rutledge, *Imperial Inquisition: Prosecutors and Informants from Tiberius to Domitian* (London: Routledge, 2001) 29.

[2]　Pliny, *Panegyricus Traiano Dictus* 42.3-4.

[3]　Elizabeth Keitel, "Principate and Civil War in the Annals of Tacitus," *The American Journal of Philology*, 105.3 (1984): 306.

的罪行一样深受憎恶,有人成了祭司[1]和执政官,有人成了总督或皇帝的心腹,通过煽动仇恨和恐惧,他们为所欲为,颠覆了一切秩序"[2]。

为什么告密现象会在罗马帝国初期形成气候?告密者是哪些人?告密制度在权力争斗和群体迫害中扮演了何种角色?告密现象背后的文化逻辑是什么?这些都是本文关注的问题。就时间跨度而言,我们锁定在从公元8年到公元96年的尤利亚—克劳狄王朝和弗拉维王朝,其间的皇帝包括屋大维、提比略、卡利古拉、克劳狄、尼禄、伽尔巴、奥托、维利乌斯、韦伯芗、提图斯和图密善。

一、帝国初期的政治和法律变化

罗马帝国在很大程度上沿袭了共和国时期的政治架构和法律体系。由于在公元前509年成立共和国之前,罗马人曾被一系列国王残暴地统治,所以他们对君主制的印象全然是负面的。从表面上看,罗马帝国仍是一个共和国,皇帝(princeps)的称号避开了"国王"(rex)的不愉快联想,其字面意思是"第一公民",换言之,皇帝并非凌驾于国家之上的君主,而只是整个罗马民族最重要的公仆。但在政治实践中,由于皇帝巨大的权力和尊崇的地位(死后一律封神),他们已经成了罗马政治机器的核心部件。

在此之前,罗马的主要矛盾是平民和代表贵族利益的元老院之间的矛盾,皇帝的出现改变了这种格局。皇帝和元老院的冲突、皇室内部不同派别的争斗日益明显,并让元老院也分裂为对立的阵营。屋大维的文治武功扩展了罗马的势力,国家的疆域空前辽阔,行省的管理和对外族人的控制越来越耗费心神。所以,从皇帝的角度说,如何有效监督元老院、各行省官员和地方秘密团体成就为迫在眉睫的问题。告密者恰好能部分地满足他们的这个需要。

从告密者的角度看,皇帝改变了罗马社会一直存在的恩主制度(clientela)。恩主(patronus)与门客(cliens)之间是一种经济和政治的交易关系:恩主为门客提供经济和法律方面的帮助,门客为恩主提供选票等政治支持。在帝国时期,由于经济和政治资源集中到了皇帝手中,皇帝成了整个国家的恩主[3]。这让许多人看到了一条发财或晋升的捷径。如果能以某种方式向皇帝施以恩惠,皇帝自然会以金钱或政治升迁来回报。即使没有回报,罗马民族强大的国家至上意识也会让不那么

---

[1] 在古罗马,祭司地位很高,也极具政治影响力。

[2] Tacitus, *Historiae* 1.2.3.

[3] A. Wallace-Hadrill, "Patronage in Roman society: from Republic to Empire," *Patronage in Ancient Society*, ed. A. Wallace-Hadrill (London: Routledge, 1989) 78-81.

利欲熏心的人感觉,作为门客,帮助皇帝就是对恩主乃至罗马国家的效忠(fides)。

由于皇帝这个新权力中心与元老院这个旧权力中心之间存在根本的利益对立,元老院也会抓住一切机会对皇帝进行反击,而此过程又必定会引发元老院内部派别的争斗。种种冲突在和平时期无法直接以武力解决,法庭就成为主要的战场。所以不光是皇帝,其他政治力量同样需要倚重告密者来打击对手。

与此同时,共和国末期和帝国初期通过的一系列法律也为告密者打开了方便之门。屋大维以整肃道德为名,于公元前 18 年通过了关于婚姻的《尤利亚法》(Lex Julia de maritandis ordinibus),对未婚男性征以重税,鼓励婚姻和生育。公元9 年,又通过了另一部法律(Lex Papia Poppaea),规定无子嗣的公民死后财产充公,未婚男性无权接受遗产。此外,原本在族内自行解决的通奸问题也从此进入公开的司法程序。法律规定,通奸女子的丈夫在事发后 60 日内必须起诉妻子,否则将面临纵容卖淫罪(lenocinium)的指控。如果丈夫没有起诉,告密者可以获得部分没收的财产,其余财产充公。通奸罪的惩罚是流放海岛,女方罚没三分之一动产,二分之一不动产,男方罚没二分之一动产。这些规定无疑让人嗅到了快速致富的机会[1]。

另一类法律是关于官员敲诈罪的。公元前 149 年通过了《卡尔普尼亚法》(Lex Calpurnia de repetundis)。根据这项法律,罗马在历史上首次创立了常设法庭(quaestiones perpetuae)。西塞罗控告西西里总督维瑞斯就是早期的一个著名反敲诈案例。但这项法律成为政治斗争的利器要等到帝国时期。敲诈罪的特点是受害者往往并不了解权力运作的内幕,而知情者常常并非受害者,没有起诉的内驱力,为了引诱知情人站出来,法律规定了对告密者的奖赏[2]。

更具政治影响的是关于叛逆罪(maiestas)的立法[3]。公元前 103 年(一说100 年)的《阿普雷亚法》(Lex Appuleia de maiestate)是第一部关于叛逆罪的立法,主要是为了惩罚无能的将领,法律规定应为叛逆罪单独设立法庭。苏拉当政期间通过了《科尔内里亚法》(Lex Cornelia de maiestate),根据它的规定,行省总督未经授权向罗马盟国开战也属叛国行为。恺撒和屋大维统治时期又颁布了两部《尤利亚法》(Lex Julia de maiestate),规定任何蓄意伤害具有国家级权力

---

[1]　Rutledge, *Imperial Inquisition* 57-61.

[2]　Michael C. Alexander, "Praemia in the Quaestiones of the Late Republic," *Classical Philology*, 80. 1 (1985): 20-32.

[3]　Rutledge, *Imperial Inquisition* 87.

(imperium) 的官员的行为都按叛逆罪论处,屋大维似乎把诽谤也列入了惩罚范围[1]。在帝国时期,叛逆罪、尤其是"藐视皇帝权威罪"(maiestas minuta principis) 的定义不断扩展,诽谤、通奸、敲诈、拒职(从元老院隐退或者拒绝担任行政职务) 都是其表现形式,甚至对皇帝家人、幕僚和帝国大员的任何不敬言行都要面临指控[2]。虽然某些时段几乎没有叛逆罪的案子,但相关法律从未废除。其中原因正如西格尔所说,皇帝担心这样会鼓励针对自己的谋反行为[3]。

叛逆罪的告密者所做的是一桩风险极小而回报极高的买卖,因为这项罪名让人望而生畏,很少有律师愿意替被告辩护,而且一旦辩护失败,律师自己也会身陷险境。此外,叛逆罪的告密者有权讯问被告的奴隶,而在古罗马,奴隶只有在受过酷刑后证词才有法律效力,在这样的情形下,告密者很容易找到期待的"证据"[4]。当然,如果诉讼失败,告密者将以诬告(calumnia) 的罪名受罚;但一旦成功,报酬是极为可观的,被告被没收的财产中大约四分之一会进入起诉方(包括告密者、起诉代表和助手) 的腰包。具体如何瓜分,在审判之前会有专门会议(divinatio) 商定[5]。根据塔西佗的记载,由于成功起诉了特拉西亚,马尔凯卢斯获得了五百万塞斯脱的奖赏[6]。

帝国时期的另一个重大变化是元老院在相当程度上变成了司法机构。在共和国时期,审判会根据案件的性质在不同的法庭(questiones) 进行,部分案件会在全民法庭(iudicium populi) 审判,而到了帝国时期,以元老院议员或其他上层人士(honestiores) 为被告的案件主要在元老院进行,也有少数重要案件在皇帝卧室进行秘密审判(intra cubiculum) 。在这样的制度下,元老院和皇室的派系斗争自然会以法律的方式呈现出来,告密者从诉讼中可能获得的经济和政治利润也空前提高了。

上述法律和司法程序的变化和古罗马法律实践中的一个缺陷相结合,更让告密者如鱼得水。在古罗马,断案的依据常常不是"硬件"——现代意义上的证据,而是"软件"——诸如人品和案情的"可信度"。在这种情况下,控辩双方的口才远比调查取证重要,即使证据不足,只要告密者能成功地散布谣言,并邀请精通雄辩

[1]　F. R. D. Goodyear, *The Annals of Tacitus*, *vol*. 2: *Annals* 1.55-*Annals* 2 (Cambridge: Cambridge UP, 1981) 142-51.
[2]　B. M. Levick, *Tiberius the Politician* (London: Thames & Hudson, 1976) 184.
[3]　R. Seager, *Tiberius* (London: Eyre Methuen, 1972) 162.
[4]　R. A. Bauman, *Impietas in Principem* (Munich: Beck, 1974) 44-45.
[5]　Quintilian, *Institutio Oratoria* 3.10.3.
[6]　Rutledge, *Imperial Inquisition* 36.

术的人加盟,就非常可能取得诉讼的胜利。关于古罗马庭审的这一特点,西塞罗为凯里乌斯所作的辩护就是著名的例子。他没有直接回答原告克劳迪娅的指控,而是集中火力侮辱她的人格,结果轻松获胜。

二、告密者的定义与构成

严格地说,用"告密者"来翻译 delatores 并不准确。拉丁语的 delatores 包含了多个环节中的多个角色。由于古罗马法制体系中并没有专门的公诉人(prosecutores),告密者本人或者告密者一方的某人常常需要以控告者(accusatores)的身份在法庭上公开露面,从这个意义上说,"告密者"的隐蔽性并不突出。从角色划分,告密者一方包括:(1)私下向皇帝、元老院或帝国高官揭发某人的举报者;(2)在元老院或法庭担任控告者的人(accusatores);(3)在审判时出庭的证人(testes);(4)秘密提供甚至捏造涉案者名单的匿名者(狭义的delatores)。塔西佗、迪奥、塞涅卡、小普林尼等古罗马作家使用delatores这个词时都灌注了强烈的贬义。在他们看来,隐蔽与否并不重要,告密者最根本的特征是没有任何道义原则,仅仅为了一夜暴富或平步青云而控告甚至诬告他人。

从社会地位的构成情况看,帝国时期告密者主要包括四类人,皇室成员、政治新贵(novi homines)、获释奴隶(liberti)和奴隶(servi)。前两类人为了打击异己或者挤掉竞争对手而诉诸告密手段,并不令人惊讶。后两类人在告密者中也占相当比例,就需要特别的说明了。获释奴隶是古罗马的一个特殊阶层,他们往往因为有恩于主人而被主人免除奴隶身份,但出于忠心或感激,仍会留在主人身边,主奴关系也转换成恩主与门客的关系。在共和国时期,他们几乎与政治无涉,但在公元1世纪,恶名昭彰的告密者中很多都出自这个阶层。卡利古拉、克劳狄、尼禄和图密善统治期间,获释奴隶、尤其是皇帝的获释奴隶成了一股令人恐惧的政治势力。皇帝的获释奴隶虽然从理论上讲,社会地位远比元老院议员低,但按照古罗马的观念,服务的获释奴隶和奴隶也是家庭(familia)的组成部分,因此他们与皇帝关系较近,通过保护主人来表示忠心是他们的伦理规范,皇帝也常常赋予他们超越行政架构的特殊权力。皇室之外的获释奴隶选择告密的原因比较复杂。第一个原因是恐惧,按照罗马法律,如果主人密谋反对皇帝,主人的获释奴隶和奴隶都要被处决。但由于皇帝是整个罗马国家的恩主,获释奴隶可能会认为隐瞒主人的谋反行为是对更高主人的不忠。公元65年,庇索行刺尼禄的计划失败,就是因为一位参与者的获释奴隶提前告了密[1]。皇帝在获释奴隶告密的问题上一直摇摆不定,例如克劳狄曾颁布法律,规定控告主人的获释奴隶将重新卖为奴隶[2],但在维持统治的政治角逐中,他们仍不得不倚靠这个群体。尼禄倒台后,众多风光一时的皇室获释奴隶在游街示众后被处决[3]。

在共和国时期,奴隶除了在酷刑取证时有些用处外,在法律体系中几乎没有任何地位。但从屋大维统治后期的公元 8 年开始,奴隶告密开始具备法律效力,并且也能获得奖赏[4]。据迪奥记载,提比略愿意接受奴隶对主人的指控,卡利古拉甚至让自己的一位奴隶告发自己的叔叔(也是下一任皇帝)克劳狄,而克劳狄虽然努力抑制奴隶告密的风气,他的获释奴隶却大量利用奴隶控告主人的证词打击政敌[5]。这种现象在图密善任内仍很普遍,直到图拉真时期才得到彻底的遏制。虽然奴隶告密经常受人指使,但正如布拉德利所说,"复仇心显然是其中的一个动机"[6]。另一个原因与获释奴隶的情形相同,也是为了避免主人的连坐。

无论属于哪个阶层,无论具体动机如何,告密者都受到了古罗马社会的普遍憎恨,这主要体现了一种道德立场,但同时也体现了集团利益。按照古罗马的传统道德,为了满足个人的经济和政治野心而去控告别人,无论罪名是否符合事实,都是出卖人格,如果以此为"职业",就更与土匪行为(latrocinium)无异[7]。对告密现象反应最激烈的是元老院议员,因为告密让他们受到了来自两方面的威胁,一面是皇帝通过政治审判削弱这个实体的力量,一面是出身卑微的人扳倒原有的贵族,改变权力格局。从这个角度看,罗马帝国初期告密盛行恰好反映了权力争斗的加剧。

三、政治审判与权力争斗

公元 1 世纪罗马的权力争斗主要体现在三方面:皇帝与元老院的控制与反控制、皇室内部围绕皇位的角逐和元老院内部新旧势力的对抗。

虽然是元老院主动授予屋大维"终身独裁者"[8](dictator perpetuo)封号的,但由于历史的惯性,元老院并未轻易放弃它的传统权力。当皇帝偏离了元老院所

---

[1]　Tacitus, *Annales* 15.54.

[2]　Justinian, *The Digest of Justinian* 37.14.5.

[3]　M. T. Griffin, *Nero: The End of a Dynasty* (London: Routledge, 1984) 55.

[4]　Bauman, *Impietas in Principem* 43-49.

[5]　Dio Cassius, *Roman History* 60.15.5.

[6]　K. R. Bradley, *Slavery and Society at Rome* (Cambridge: Cambridge, 1994) 108.

[7]　Quintilian, *Institutio Oratoria* 12.7.1-3.

[8]　在古罗马,"独裁者"只是表示权力集中于一人,并无贬义。

认可的"传统"价值观时，或者当皇帝损害了元老院多数议员的利益时，两者之间的冲突就变得尖锐起来。冲突的主要形式就是政治审判，其中告密者又发挥了关键作用。提比略和他的禁卫军首领塞亚努斯让罗马几乎成为警察国家。克劳狄安插特务(inquisitores)监视元老院议员的生活。卡利古拉尤其热衷于在剧场搜寻潜在的反对者，凡是不为他喜欢的演员热情鼓掌的人都会被他的暗探作为罪证记录下来。普罗托格尼斯是他对付元老院反对派的重要工具，此人随身带着两本小书，分别叫做《匕首》和《剑》，所有的政敌名字都在里面[1]。卡利古拉时常强迫议员或官员起诉同僚，任何拒绝的人下场都很悲惨，著名将领阿古利可拉的父亲就是因为这个原因被杀的。尼禄统治时期，皇帝和元老院的矛盾彻底激化。为了敛财，尼禄强迫大量上层人士自杀，并在遗嘱中"主动"将财产留给他，元老院忍无可忍，宣布他为国家公敌，并判处死刑，最后尼禄选择了自杀。在帝国初期，皇帝打击政敌的有力武器就是叛逆罪。一个典型案例是克鲁托里乌斯，他因为在诗中表示希望皇帝提比略的儿子早日病亡，被元老院判处死刑[2]。

皇室内斗在提比略和克劳狄统治时期尤为激烈，告密者在其中的作用史书上有详细的记载。提比略统治前期的主要对手是屋大维的外孙女大阿格里碧娜。提比略打击大阿格里碧娜的第一步是在公元24年指使瓦罗以贪腐罪和叛逆罪起诉希里乌斯夫妇(希里乌斯是大阿格里碧娜丈夫的朋友)，然后又在26年通过阿非尔控告她的表妹克罗迪娅，罪名是通奸、投毒和巫术[3]；27年，阿非尔再次现身，起诉克罗迪娅的儿子瓦卢斯；同年，四位告密者在骗取了萨比努斯(大阿格里碧娜的重要同盟)信任后，将他的秘密谈话记录下来交给了提比略，结果萨比努斯没能接受审判就被处死。一切就绪之后，皇帝才在29年审判大阿格里碧娜本人，她被流放到潘达特里亚，四年之后死去，她的儿子德鲁苏斯也在33年饿死牢中，他在囚禁期间的一言一行都有人呈报给皇帝[4]。克劳狄任内，皇室的两位女人为了让自己的儿子能够继位进行了惨烈的争斗。先是皇后梅萨里娜在41年以通奸罪起诉了皇帝的侄女尤利娅，尤利娅被流放，不久死去[5]；然后她毒死了皇帝，自己也被审判。尼禄的母亲小阿格里碧娜为了避免梅萨里娜的儿子和自己的儿子共同执政，没有公布克劳狄的遗嘱。55年，梅萨里娜情夫的妻子西拉娜对小阿格里碧娜提出指控，但小阿格里碧娜最终胜出，西拉娜和两位告密者被流放，另一位同谋被处决。

---

[1] Dio Cassius, *Roman History* 59.26.1-2.

[2] Tacitus, *Annales* 3.49.4-51.1.

[3] 在普遍迷信的古罗马，巫术是非常严重的罪行，极难获得同情。

[4] Tacitus, *Annales* 6.24.2.

[5] Tacitus, *Annales* 13.43.3.

最后,尼禄终于夺取了皇位。在这场旷日持久的争斗中,告密者是双方手中的主要棋子[1]。

帝国时期元老院的审判功能也让这个机构内部的矛盾空前尖锐。在共和国时期,元老院基本上由贵族世家把持,但在帝国时期,其他阶层的人也挤入了这个机构,他们被贵族们蔑称为"新人"(novi homines)。新人的出现严重威胁到了元老院贵族的政治生计,由于没有家族势力的支撑,这些人只能向皇帝邀功或者与特定政治派别结盟,扳倒阻碍自己升迁的贵族。告密或者借助其他告密者起诉这些对手就是他们成功的捷径,因为他们一旦胜诉,或者可以直接获得官位的奖赏,或者可以提高自己的知名度和政治影响力。所以在这一时期,元老院议员受审成了稀松平常的事。多数时候,这种新旧势力之争都是与皇室内斗以及皇帝与元老院的对抗纠缠在一起的。

四、告密现象与群体迫害

如果告密的对象仅仅是社会上层,它对古罗马社会的伤害不会太严重,但更为恶劣的是,帝国初期的告密现象与群体迫害有密切关联。这里我们主要以犹太人、基督徒和哲学家三个群体为例。

古罗马对犹太人的迫害有两个原因。在经济方面,犹太人的富庶令其他民族眼红。卡利古拉的获释奴隶赫里科收受了希腊人的贿赂,利用告密手段大肆迫害亚历山大地区的犹太人。提图斯在镇压犹太起义后,规定任何犹太人若要继续信奉犹太教,都要缴纳两个德拉克马[2]的特别税。告密者立刻发现了新的生财之道,指控犹太人逃税成了很多人乐此不疲的活动。到了后来,不信教的犹太人也成了敲诈的对象[3]。在政治方面,公元 1 世纪是犹太人独立意识高涨的时期。耶稣就是告密政治的牺牲品。犹太人向罗马总督告发他主要是因为宗教观点的分歧,罗马人同意处死耶稣却主要是出于政治考虑。耶稣自称"犹太王"触动了罗马人最敏感的神经,任何行省的独立都是他们绝对不允许的。公元 67 年,犹太人的反抗发展成大规模叛乱,公元 70 年,罗马军队攻陷耶路撒冷,彻底毁掉了神庙,屠杀了数十万犹太人,其他犹太人被迫流散各地。但迫害并没有停止。在韦伯芗统治时期,利比亚地区的一位犹太告密者指控当地一位犹太富商谋反,罗马总督处死了

[1]　V. Rudich, *Political Dissidents Under Nero: The Price of Dissimulation* (London: Routledge, 1993) 5-6.

[2]　德拉克马(drachma)是古代希腊地区流行的货币,有人估计购买力大约相当于现在的 100 美元。

[3]　M. Goodman, "Nerva, the Fiscus Judaicus and Jewish Identity," *Journal of Roman Studies*, 1989 (79): 40-44.

三千人,最后证明是诬陷,告密者被处死,但总督只是受到批评而已[1]。

　　基督徒从一开始就受到罗马人的迫害,而且几乎没有任何罗马人同情他们。塔西佗、小普林尼、苏埃托尼乌斯都在著作中表达了对他们的憎恶,塔西佗甚至称他们为"最应当作为示众材料的罪犯"[2]。公元 64 年的罗马大火成为大规模迫害的开端。当时的流言说是皇帝尼禄纵的火,目的是为他的新宫殿开辟空地。尼禄为了转移视线,就让基督徒充当替罪羊。虽然没人相信是基督徒纵火,但他们仍然支持对基督徒的惩罚。事实上,在君士坦丁大帝宣布基督教合法化之前,迫害基督徒只需一条罪名——"他们是基督徒"。基督徒之所以招致了罗马人普遍的敌意,是因为基督教作为一神教的排他性。基督徒完全拒绝崇拜上帝之外的任何神,这在信奉多神教的罗马人看来,会引起诸神的愤怒,危及"神的和平"(pax deorum)——人与神之间的和谐关系,招致可怕的灾难[3]。犹太教虽然也是一神教,但罗马人认为它有悠久的历史,值得信任。在对基督徒的迫害中,告密者扮演的角色尤其可耻。这是因为基督教的案子不是主动立案,而是被动立案,如果无人告密,政府不会采取行动。一旦被人告密,基督徒处境就非常危险。他们基本上都是下层人,而在古罗马的法律实践中,下层人的案件多半采用"制外审讯"(cognitio extra ordinem)。上层人的审判(quaestio)虽然也有种种缺陷,但至少有成文法的约束,"制外审讯"却非常随意。与此相应,上层人的惩罚一般是流放或者用剑处决,下层人的处决方式却极端残酷,最常见的是十字架钉死(crucifixio)、野兽咬死(damnatio ad bestias)和火刑(crematio)。所以,基督徒的受难是古罗马历史上最悲惨的一章。

　　如果说,对犹太人和基督徒的迫害尚在意料之中,罗马帝国对哲学家的迫害就令人惊讶了[4]。公元 25 年,克莱姆提乌斯受到了一项史无前例的指控——他不该在自己的《编年记》里称赞当年刺杀恺撒的布鲁图斯和卡西乌斯,告发他的是禁卫军首领塞亚努斯的手下。元老院宣布他的书为禁书,并公开焚烧。公元 62 年,尼禄统治下的另一位禁卫军首领提格里努斯指控哲学家普劳图斯,罪名只有一条:他对历史的怀念和对斯多葛主义的迷恋隐藏着颠覆皇帝的祸心。普劳图斯成为第一位殉难的罗马哲学家。庇索刺杀尼禄的密谋败露后,著名哲学家塞涅卡被处死,另一位斯多葛派哲学家鲁弗斯被流放。下一位牺牲者是卡西乌斯,恺撒刺杀者的

[1]　Josephus, *Bellum Iudaicum* 7.437-53.

[2]　Tacitus, *Annales* 15.44.4.

[3]　G. E. M. de Ste Croix, "Why Were the Early Christians Persecuted?," *Past & Present*, 1963 (26): 24.

[4]　Jocelyn M. C. Toynbee, "Dictators and Philosophers in the First Century A. D.," *Greece & Rome*, 1944 (13): 43-58.

后裔,他因为保存了这位先祖的画像而被尼禄杀害。特拉西亚仅仅因为拒绝从政而惹怒了尼禄,丢掉了性命。后来,他的女婿犬儒主义哲学家赫尔韦迪乌斯也因激烈反对皇位世袭制被第二王朝创立者韦伯芗处死。韦伯芗还颁布命令,将所有哲学家驱逐出罗马城。公元 94 年,韦伯芗之子图密善处死了包括阿鲁莱努斯在内的许多哲学家,留在罗马城的全部哲学家被再次驱逐。在罗马帝国的皇帝看来,哲学家对政权的最大威胁就是他们独立的思想和不屈服于权力的骨气。对这些哲学家的惩罚,基本套路都是皇帝授意告密者捕风捉影,罗织罪名,再通过审判除掉他们。

五、告密的文化逻辑: 制度性毒瘤

　　虽然告密似乎违背了古罗马的基本伦理,也受到舆论的一致谴责,但帝国初期告密的确成了一道惹眼的政治景观,直到所谓的好皇帝涅尔瓦和图拉真上台才有所收敛。批评者常把告密归为帝国体制的产物,但这种看法忽视了古罗马文化的延续性,也没有注意到古罗马自建国以来就存在的社会问题。

　　如果要用一句话来概括古罗马告密现象的文化逻辑,那就是根深蒂固的等级制度。虽然罗马的共和制延续了近五个世纪,但平等从来都不是罗马人的理想。在共和体制下,平民负责征战,贵族负责管理,平民虽有选举权,但却难以进入管理层。古罗马法律规定,只有财产超过一百万塞斯脱的公民才有资格参加元老院议员的竞选。在共和国时期,平民主要是通过保民官和公民大会进行立法和反立法的斗争来表达自己的政治诉求,格拉古的土地改革就是著名的例子,但由于不掌握政治机器,这种斗争的效果是有限的,格拉古就被保守派杀死并扔进了台伯河。到了帝国时期,由于元老院的权力被严重削弱,甚至立法斗争的路都被堵死了。古罗马下层人只能通过告密的方式进行零星的反抗,除掉与自己有私仇或者激起公愤的某位掌权者。从这个意义上说,部分告密者(尤其是奴隶)所进行的其实是一种阶级战争[1]。也正因为这个原因,当奴隶告密的现象被图拉真遏制住之后,小普林尼等人如释重负。

　　对于没有贵族背景的罗马公民来说,政治升迁的途径极其有限,但罗马男性公民从小就接受的观念是:如果不能在政治领域为国家服务,人生就没有价值。所以,“荣耀的轨迹”(cursus honoris)——通过从军和参政挤入社会上层——是几乎每位罗马男性公民的梦想。实现这个梦想大概只有两条路,一是靠恩主提携,一是靠口才扬名。前文已经谈到,恩主制度是罗马社会一直存在的社会现象。门客承

---

[1]　B. M. Levick, "The Politics of the Early Principate," *Roman Political Life* 90 *BC-AD* 69, ed. T. P. Wiseman (Exeter: U of Exeter P, 1985) 56-57.

担的对恩主的义务或者讨好恩主的意愿很容易盖过他们的伦理考虑以及对国家的忠诚。在共和国时期就已经如此,到了帝国时期,皇帝这位最大的恩主掌握着丰富的政治经济资源,全国的"门客"就更趋之若鹜了。口才是古罗马最值钱的才能,因为如前文所说,罗马的司法实践不重证据,而重辩论,而与重要人物打官司又是政坛新人快速成名和累积财富的主要手段。虽然罗马人对以口才致富或立名总是有所忌讳,觉得有损清誉,但仍难以抵抗诱惑。以西塞罗为例,他在公元 62 年为苏拉辩护,获得了两百万塞特克的报酬。对于众人嫌恶的瓦提尼乌斯,他既做过原告,也做过辩护律师,因而遭到讥讽。帝国时代复杂激烈的权争,为一大批亟需进入社会上层的新人提供了告密和在法庭上施展口才的机会。

从上面的分析可以看出,告密现象是古罗马社会的一种制度性毒瘤,它在帝国时期更为普遍,并不是因为共和国时期的罗马人更为高尚,而是因为帝制带来的政治和法律变化为潜在的告密者提供了更多机会。等级制和以政治为中心的文化才是古罗马真正的灾难之源。

"野蛮人"概念在欧洲的演变：从古典时代到文艺复兴 *

人类历史上，野蛮与文明一直是强势民族用以描绘世界图景的基本词汇。建立这样一种话语修辞结构，既可以塑造本民族的身份意识，也可以为武力征服或文化输出提供理论依据。即使在赞美"野蛮人"的美德时，"文明人"其实也只是在表达一种怀旧情绪，把这些美德想象为已被抛弃的祖先遗产和可以疗救时代病症的药方。

欧洲的"野蛮人"(古希腊语 barbaros，拉丁语 barbarus) 概念无疑也具备这些共性，但它的演变尤其复杂，其主导性因素有时是文化，有时是政治，有时是宗教，但最核心的、从未消失的因素则是种族和民族。以文明自命的意识始于古希腊，它经过古罗马国家和天主教教廷的培育，发展为一种强大的欧洲中心观念(Eurocentrism)，即使在他们的政治、经济、文化处于低潮时，这种信心也从未动摇过。追溯"野蛮人"概念的演变，为理解欧洲人的世界意识提供了一把钥匙。

一

古希腊人发明的 barbaros 一词最初仅仅指外族人或外国人，它是一个拟声词，模仿含糊不清、难以理解的话音，早在荷马的《伊利亚特》(2.867) 中就出现过 barbarophonos(词根 phon 就是"声音"的意思)的形式[1]。但在古希腊语中，言语和理性(逻格斯)恰好是同一个词——logos。所以，在潜意识的排外心理作用下，原本用以表示语言差异的中性词逐渐变成了表示文化等级的贬义词：口齿不清

* 本文首发于《南京大学学报》2013 年第 3 期，与李永刚合作。

[1] Shawn A. Ross, "Barbarophonos: Language and Panhellenism in the *Iliad*," *Classical Philology*, 100.4 (2005): 299-316.

的人必然思维不清,缺乏文明人的理性,或者说与动物相似[1]。

在古希腊人看来,与野蛮人相对的文明人就是他们自己。文明人的主要标志包括:有城邦形式的政体;懂希腊语;会欣赏(希腊式的)文学、艺术和哲学。按照这样的标准,以希腊文化为规范,几乎所有其他民族、尤其是亚洲民族都被定义为蛮族。事实上,在古希腊作品中,异族人几乎总是以傻子、奴隶和贪婪者的形象出现的。由于波希战争的宿怨,希腊人的仇外情绪尤其聚焦在波斯人身上。欧里庇得斯的剧作《安德洛玛刻》(*Androm*.173ff)和斯特拉波的《地理学》(XV. P. 735)都散布了波斯祭司与母亲乱伦的说法[2]。只有少数知识分子能超越这样的狭隘心理,例如希罗多德就深知埃及人和波斯人的文明成就,一些斯多葛主义和犬儒主义哲学家也相信"世界公民"的概念,认为各种文化之间没有天然的优劣之分。

亚里士多德在《政治学》中为古希腊社会的民族偏见提供了一段著名的"理性"论证。他提出,由于气候条件的限制,希腊之外的居民总是缺乏成为好公民(也就是文明人)的某些因素。住在寒冷地带的欧洲人野性难驯,无法聚合为城邦;与此相反,亚洲人生活的地域过于炎热,居民怯懦恭顺,只适合专制统治。只有温和气候下的希腊人兼具亚洲人的智力和欧洲人的血气,能够设计出理想的政治制度(*Polictics* 1327b25-30)。按照这样的逻辑,只有希腊人是"天然"的文明人,其他民族都是"合理"的野蛮人。后来的古罗马历史学家李维完全认同上述立场,他说:"全体希腊人和外族人、野蛮人的战争是永恒的,因为决定他们是敌人的乃是天性,而非每日都在变化的因素"(*Ab Urbe Condita* XXI. 29. 15-16)。

但这种基于民族立场的反蛮族意识在实践中遇到了挑战。即使一些从整体上鄙视蛮族的希腊人也发现,异族中的某些个体文明程度完全不逊于自己。对这类人的称赞一般是,虽然他们出身蛮族,在习俗、文化和宗教方面却"纯然是希腊的"[3]。随着希腊人地理知识的扩展和"世界"(oikoumene)图景的成型,"野蛮人"概念中的民族意味日益淡化,文化意味日益增强。将文明人定位于文化的代表是著名演说家伊索克拉底。他在《雅典颂辞》中宣称:"在思想和语言方面,我们的城市已经把人类的其他部分远远抛在后面,她的学生都已成为其他民族的老师。她让希腊从民族之名变成了智慧之名,那些与我们血统不同却亲近我们文化的人

[1] Lellia Cracco Ruggini, "Intolerance: Equal and Less Equal in the Roman World," *Classical Philology*, 82.3 (1987):190.

[2] E. T. Merrill, ed., *Catullus* (Cambridge, Mass.: Harvard UP, 1893) 207.

[3] Ruggini, "Intolerance: Equal and Less Equal in the Roman World" 197.

都应当称为希腊人。"[1]

亚历山大的远征正是以这种文化蛮族观为背景的。如果希腊代表了人类文明的巅峰,如果异族的野蛮并非天性,可以通过文化的熏染变成文明,那么自然的推论就是,希腊应当担负起教化全世界的重任,将文明的种子播撒到天涯海角。亚历山大灭掉波斯,报了数百年之仇后,并未停下脚步,而是继续推进,在所到之处按照希腊样式建造城市,表明他的确以传播希腊文化作为武力征服的终极目标。在同时代的希腊人甚至许多异族人眼里,文明化就是希腊化。

二

最早使用希腊语 barbaros 对应的拉丁语形式的是古罗马剧作家普劳图斯。他的作品中出现过 barbarus、barbaria、barbaries 等说法。由于他的戏剧都是以希腊为范本,甚至直接从希腊作品改编,这些表示"野蛮人"的词指的恰好是罗马人——希腊人眼中的未开化者[2]。在共和国后期和帝国前期开疆拓土的过程中,罗马人逐渐将"野蛮人"的称谓转移到其他民族身上,并以人类的文明中心自命。

在边境与罗马发生过冲突的许多民族,尤其是凯尔特人和日耳曼人,都被称为野蛮人。最初让罗马人感受到强烈威胁的是在意大利北部定居的高卢人(凯尔特人的一支)。从公元前 4 世纪开始,罗马人与高卢人发生过多次战争。公元前 1 世纪,恺撒在今法国境内彻底击溃了这个对手。这一时期的罗马钱币和花瓶上描绘的高卢人总是身躯庞大,披头散发,衣服和武器都奇形怪状。当时的记述也称,他们是嗜血成性、以人牲献祭的民族[3]。为了对抗高卢人,罗马人发明了"避邪仪式",就是处于危急关头时在广场上将高卢人和其他异族人活埋。但当高卢人不再有对抗的实力,并且大量融入罗马社会时,他们在罗马人心目中的形象也发生了变化。恺撒和西塞罗都说高卢人与罗马人有同宗关系[4]。在恺撒看来,高卢人终归可以同化,莱茵河彼岸的日耳曼人才是真正的野蛮人。

由于与蛮族的冲突旷日持久,罗马人的文化自负感和对蛮族的鄙夷情绪比希腊人更为强烈,他们也比希腊人更爱用道德的语汇来描绘文明和野蛮之间的对峙。西塞罗就说,两种文化的根本差异不在语言,而在风俗和道德(*De Re Publica*

[1] Mason Hammond, "Ancient Imperialism: Contemporary Justifications," *Harvard Studies in Classical Philology*, 58/59 (1948): 112.

[2] Ruggini, "Intolerance: Equal and Less Equal in the Roman World" 191.

[3] C. Peyre, "Tite Live et la 'férocité' gauloise," *REL*, 48 (1970): 277-96.

[4] Ruggini, "Intolerance: Equal and Less Equal in the Roman World" 192.

1.37）。在罗马共和国后期和帝国前期，"野蛮人"的概念第一次和政治、历史、地理、军事融合到一起，形成一种系统的"罗马意识"（Romanitas）。

集中体现古罗马人天命观的作品是维吉尔的《埃涅阿斯纪》。这位罗马第一诗人将皇帝屋大维的血统追溯到了特洛伊王室，从而让罗马的族谱和希腊的神谱接续起来。诗中反复强调的一点就是罗马统治世界乃是神的谕旨："罗马人，记住，用你的权威统治万国，／这将是你的专长：确立和平的秩序，／宽宥温驯之民，用战争降伏桀骜者"（Aeneid 6.851-53）。这意味着无论文治还是武功，罗马征服异族并非为了自身的利益，而是为了神圣的道义使命，将整个世界纳入文明的秩序。《埃涅阿斯纪》就是罗马民族的圣经，它勾勒了一幅救赎的宇宙图景，只是它并非犹太民族的自我救赎，也非后来基督教教义中上帝对人的救赎，而是文明人对野蛮人的救赎。

公元 2 世纪末期的阿里斯提底斯表达了这样的信念：罗马不只是一个政治或地理存在，它就是文明本身，由自由人组成的自由世界，罗马人是所有民族融合成的一个新民族，它的文化就是文化本身。正因如此，在罗马人的词汇里，罗马国家管辖的范围就是"世界"（拉丁语 orbis terrarum 或者借用希腊语 oikoumene）。罗马人相信，"一切有智性的人在神圣理性的指引下形成统一的社会，这就是宇宙的意图。"[1]

在罗马控制的文明区域之外，则是与之形成对立的野蛮国度（Barbaria）。蛮族的特点是野性（saevitia）和残暴（crudelitas），他们的世界是荒凉凄惨的。莱茵河和多瑙河不仅是罗马和北方蛮族的地理边界，也是道德边界[2]。两个世界最直观的呈现是古罗马的竞技场。竞技场的中央代表着异族人、罪犯、奴隶和荒野所组成的无序的野蛮世界，环形的观众席则代表着罗马公民的文明世界，它拥有着完备的法律制度、宗教体系、道德规范和高度发达的物质水准[3]。这样的意识形态或许空洞，但历史证明却极其有效。罗马人深信他们的格言："来自外部的恐惧是内部团结最牢固的链条"（Externus timor, maximum concordiae vinculum）。

其实，如果跳出希腊—罗马的地中海世界观，所谓的蛮族根本不具备某种统一性，无论人种、语言、风俗、文化、政治，彼此之间都有极大的差异。仅在罗马帝国边境或者边界之外生活的民族至少就以数百计，除开部族众多的日耳曼人，比较重要

---

［1］　Hugh Nibley, "The Unsolved Loyalty Problem: Our Western Heritage," *The Western Political Quarterly*, 6.4 （1953）: 633.

［2］　A. Alfoldi, "The Moral Barrier on Rhine and Danube," *Congress of Roman Frontier Studies*, ed. E. Birley （Durham: U of Durham P, 1952）1-16.

［3］　Thomas Wiedmann, *Emperors and Gladiators* （London: Routledge, 1992）85.

的有东边的波斯人(文明高度发达)、西边的爱尔兰人、南边的埃塞俄比亚人(黑皮肤非洲人的统称)和来自亚洲的游牧民族。但在罗马人的想象中,这些民族共同构成了一个永不改变的野蛮边界,他们无休止的凶暴、奸诈和混乱反衬出法制社会的美德,他们的存在证明罗马的强力统治是合理的,否则黑暗将迅速吞没文明之光[1]。

"罗马意识"的形成不仅靠政治,更靠教育。西塞罗等人的教育理论让"文明=罗马"的公式深入到每一位公民内心。西塞罗认为,"野蛮人"(homo barbarus)的对立面是"文明人"(homo humanus),而"文明"(humanus)其实就是"罗马"(Romanus)的同义词,它意味着像罗马公民那样熟悉希腊的文学艺术和罗马的政治法律。罗马公民的政治自豪感和他们的文化自豪感是融为一体的。

罗马何以在众多民族中脱颖而出,成为文明的化身?维特鲁维乌斯的解释和亚里士多德一脉相承。他说,这是因为意大利位于世界的中心,天意让亚平宁半岛的民族兼具北方民族的坚忍和南方民族的机敏,宜于统治世界[2]。必须指出的是,当时这种带有种族偏见的论调尚未发展到种族主义的程度,后者是建立在人种学谬论基础上的。罗马人并不认为蛮族的特征是由内在的生理基础决定的,地理环境毕竟可以通过迁徙而改变。以埃塞俄比亚人为例,在非洲陷入动乱前,他们在罗马人心目中的形象一直是正面的。罗马人用气候来解释他们的肤色,并无任何歧视,甚至对他们的宗教、哲学和科学还多有称赞。

三

公元4世纪初,天主教成为罗马的国教。早在公元1世纪,教会领导人保罗就打破了早期基督教从犹太教沿袭而来的犹太人/外邦人的区分,将接受核心教义视为教徒的根本标志,从而将基督教从犹太教的激进分支发展为带有世界主义(cosmopolitanism)倾向的新宗教。强调精神和道德统一的天主教理应对罗马人原有的以民族观念为基础的文明/野蛮之分造成冲击,然而历史的实际演化却令人惊讶。

改信天主教的君士坦丁和继任的诸位罗马皇帝并未奉行世界主义的政策,反而将天主教纳入了罗马意识的体系之内,成为罗马帝国的信仰。在成为国教之前

---

[1] Walter Goffart, "Rome, Constantinople, and the Barbarians," *The American Historical Review*, 86.2 (1981): 280.

[2] Ruggini, "Intolerance: Equal and Less Equal in the Roman World" 193.

被罗马异教徒攻击为野蛮迷信的天主教,摇身变成了罗马文明的另一个标志[1]。罗马统治世界的传统天命和上帝通过罗马之剑传播福音的新天命融为一体,米兰主教安波罗修等教会人士深信,天主教和罗马帝国的联盟将为双方都带来胜利[2]。绝大多数信奉天主教的罗马公民也认为,宗教和国家的目标是一致的,罗马和蛮族之间巨大的文化和道德鸿沟,即使天主教都无法跨越。普鲁登修斯甚至宣称:"罗马人和野蛮人的区别就像人和动物的区别,会说话的人和哑巴的区别,遵奉上帝教诲的人和盲从无知迷信的人的区别"(*Contra Orationem Symmachi* 2. 816-819)。因此,天主教的世界主义理想在政治现实中日益狭隘,最终与罗马的民族中心论基本重合,野蛮/文明之间的道德边界没有拆除。

虽然蛮族不可教化,奥古斯丁等人仍然相信,上帝的大能偶尔会在"野蛮人"身上造出奇迹。西哥特军队没有破坏教堂和圣产,令他既惊且喜,相信在圣灵感召下,凶残愚顽如蛮族者,也可能表现出与其本性不相符的虔诚和仁慈(*De Civitate Dei* 1.1)。于此,一些罗马人看到了通过宗教改造蛮族的一丝希望。奥罗修提出,接受天主教为野蛮人走向文明化提供了最好的希望。如果野蛮人和罗马人能忠于这种共同的信仰,两种文化的冲突就可最终解决,而这样的前景与上帝拯救全人类的计划是一致的[3]。

与此同时,随着罗马国力的衰落,蛮族对罗马人施加的现实压力日益增大,罗马人的恐惧和憎恶情绪导致蛮族形象出现了妖魔化的倾向。公元4世纪开始,在动荡的北非和西亚地区,罗马人开始把黑肤色视为邪恶的象征。在天主教圣徒传中,黑色总是和罪的概念联系在一起,撒旦也被普遍想象为一位凶恶恐怖的黑人,这也最终成为魔鬼的标准形象。此时,北方边境的冲突更为激烈,一波接一波的游牧部落向帝国发起了冲击。战争越来越频繁残酷,罗马也不再占据军事上的优势。这一时期官方的战争图像刻意突出了蛮族非人的兽类特征,把战败的野蛮人描绘成人首蛇身之类的怪物。而在更早的图拉真和奥勒留时期的功勋柱上,罗马人却没有明显贬损"野蛮人"的迹象[4]。

在罗马帝国内部,一个新敌人也被创造出来了:犹太人。特土良在3世纪初就

[1] P. Courcelle, "Anti-Christian Arguments and Christian Platonism: From Arnobius to St. Ambrose," *The Conflict between Paganism and Christianity in the Fourth Century*, ed. A. Momigliano (Oxford: Oxford UP, 1963) 155.

[2] C. N. Cochrane, *Christianity and Classical Culture: A Study of Thought and Action from Augustus to Augustine* (Oxford: Oxford UP, 1940) 350.

[3] B. Lacroix, *Orose et ses Idees* (Montreal: Institut d'Etudes Médiévales-Vrin, 1965)161-73.

[4] Ruggini, "Intolerance: Equal and Less Equal in the Roman World"196.

宣称,天主教徒不是罗马世界的国中国,他们反而是真正的、最优秀的罗马人。犹太人才是国中国,而且是邪恶的[1]。从奥古斯丁时代开始,在整个 4 世纪和 5 世纪,天主教的反犹呼声日益高涨。旧的三分结构"异教徒、犹太人、基督徒"变成了新的三分结构"犹太人、异教徒、异端分子",基督徒已经融入罗马国家的正统,新的三类群体都是纯正信仰的敌人。

经过近两百年的发展,罗马形成了天主教信仰、罗马民族和帝国政治三位一体的"文明世界"概念,被排斥在这个体系之外的都是"野蛮人"。

四

在西罗马帝国最后一百年里,政权岌岌可危,文明/野蛮的天平已经倾向"野蛮人"一方。争权夺利的罗马贵族总是更关心政治对手,而不是异族敌人,在皇位争夺战中,来自蛮族的将领和士兵往往成了他们的同盟。在边境地区,处于守势的罗马帝国无法击退蛮族,只好用定居地来贿赂他们,换取和平。公元 382 年,第一个允许蛮族在帝国境内聚族而居的协议达成,此后便成为通例。到了 450 年左右,西罗马境内已经形成许多哥特人、汪达尔人、勃艮第人的自治区[2]。在这样的形势下,怀柔政策明显占据上风。特米斯丢呼吁政府关心蛮族的生活。他说:"用武力征服蛮族,如果不继之以仁慈,解决不了任何问题。"[3]

蛮族地位的提高不仅因为其政治影响力,也因为与此时的罗马政权相比,他们的文明程度有后来居上之势。5 世纪中叶,马赛的一位神父写道,人们"在蛮族中寻求罗马的仁慈,因为他们已无法忍受罗马人野蛮的残酷"[4]。根据普罗柯比和阿加提阿斯的记述,工匠和"基督教的哲学家"都抛弃了罗马,远赴他们心目中的理想之地——波斯[5]。普里斯库斯也记载了一位罗马人背叛罗马、投奔匈奴王阿提拉的故事[6]。历史的悖论浮现出来:罗马社会在普遍的道德败坏和精神空虚中沉沦,失去了基督教文明的特征,变得比所谓的蛮族更野蛮了。所以,人们宁可在

[1] W. H. C. Frend, "A Note on Tertullian and the Jews," *Studia Patristica*, 10.1 (1970): 291-6.

[2] Walter Goffart, *Barbarians and Romans* (A.D. 418-584): *The Techniques of Accommodation* (Princeton: Princeton UP, 1980) chaps. 2-5.

[3] Gilbert Dagron, "L'Empire romain d'Orient au IVe siècle et les traditions politiques de l'hellénisme: Le témoignage de Thémistios," *Travaux et Memoires*, 43 (1968): 104.

[4] W. R. Jones, "The Image of the Barbarian in Medieval Europe," *Comparative Studies in Society and History*, 13.4 (1971): 384.

[5] Hugh Nibley, "The Unsolved Loyalty Problem: Our Western Heritage," *The Western Political Quarterly*, 6.4 (1953): 635.

[6] C. D. Gordon, ed., *The Age of Attila* (Ann Arbor: U of Michigan P, 1960) 86-87.

"奴役的表象下做自由人",也不愿在"自由的表象下被奴役"[1]。

这一时期的蛮族获得了道义上的自信,开始反客为主,以罗马正统自居。哥特人的国王狄奥多里克在给高卢臣民的诏书中,敦促他们"遵守罗马风俗",摒弃"蛮族的残酷",披上"道义的托加袍",享受"源远流长的自由"。他还声称,"信靠法律是人类生活的安慰,是弱者的盾,强者的轭"[2]。

西罗马帝国灭亡后,蛮族在欧洲西部建立了许多王国。罗马意识(Romanitas)的国家基础已不复存在,民族基础也因为各族杂居而消失,罗马人/野蛮人的界限日益模糊,"野蛮人"的概念在公元5到7世纪也随之发生了重大变化。公元6世纪的法兰克史家格列高利极少用"野蛮人"(barbarus)这个词,更未用于法兰克人。在他的书中,barbarus 与 pagan(异教徒)是同义词,表明这个词逐渐获得了宗教意义[3]。

在中世纪前期,由于世俗政权的削弱,天主教教廷的影响力大幅提高,宗教成为欧洲人日常生活的中心。"野蛮人"变成了天主教徒的对立面,与是否出身传统意义上的蛮族无关,此时的"蛮族"主要由异教徒和基督教内部的异端组成,以前附着于野蛮人身上的道德属性——诸如凶暴、狡诈、残忍——也成为新群体的标签。barbarus 一词的贬义逐渐淡化,甚至在叙述本民族皈依基督教之前的历史时,都可以用这个词来形容。在许多中世纪文献中,barbarus 就是基督徒(Christianus)的反义词。只有在语言和文学领域,barbarus 仍保留了与罗马或拉丁语相对立的意思,比如指拉丁语之外的其他语言或者拉丁语中不规范的用法(barbarismus、barbarolexis 之类)[4]。欧洲人心目中的世界(oikoumene)图景也发生了相应的变化,不再是罗马的文明世界被蛮族包围,而是一个基督教的地上天国被野蛮的异教徒包围。

8到9世纪的时候,"罗马人"(Romani)、"罗马共和国"(respublica Romana)等词语已经用来指接受天主教权威的人。这种比喻用法有利于教廷引述罗马帝国的传统,作为宗教战争的依据。教皇艾德里安一世就曾写信给查理曼大帝,希望他征服所有的野蛮民族和上帝的一切敌人[5]。后来的神圣罗马帝国同样体现了以教会名义重拾罗马荣光的愿望。

---

[1]　Jones, "The Image of the Barbarian in Medieval Europe" 385-386.

[2]　Jones, "The Image of the Barbarian in Medieval Europe" 387.

[3]　Jones, "The Image of the Barbarian in Medieval Europe" 387.

[4]　Jones, "The Image of the Barbarian in Medieval Europe" 389.

[5]　R. E. Sullivan, "The Papacy and Missionary Activity in the Early Middle Ages," *Mediaeval Studies*, 17 (1955): 83.

五

中世纪中期,异教徒对欧洲的进攻趋于缓和,欧洲的经济、政治、文化也发展起来。到了 11 世纪,欧洲外部相对安全,内部的异教徒也基本消失,"野蛮人"一词似乎暂时失去了针对性,但欧洲各地文明程度的欠均衡状态为它找到了新的使用空间。欧洲各民族和国家之间开始用"野蛮人"(barbarus)的称谓彼此贬低。既然他们都信奉基督教,在这种主导权争夺战中,barbarus 在中世纪前期获得的宗教意味就减弱了,主要表达的是部分欧洲人相对于某些落后地区的优越感。在 1095 年煽动第一次十字军东征的著名演说中,教皇乌尔班二世就曾把新近皈依天主教的斯堪的纳维亚诸国形容为"野蛮"。下任教皇帕斯查尔二世在勉励坎特伯雷大主教安瑟伦的信中也说,他被派到英国就是"置身蛮族之中"(positus inter barbaros)[1]。

到了中世纪后期,"野蛮人"的宗教意味近于消失,几乎完全恢复了罗马帝国接受基督教之前的用法,形容在文化、经济和道德方面的落后。随着古典文化的复苏,欧洲的知识分子越来越倾向于从心智的角度来定义"野蛮人":思维幼稚,缺乏逻辑,易受迷惑,不服从法律和理性。阿尔伯特、圣托马斯、罗杰·培根等著名人物都持这样的观点。在欧洲人的心目中,从 13 世纪开始重新对欧洲构成威胁的亚洲游牧民族为"野蛮人"提供了最合适的画像。

最被欧洲人仇视的也是对欧洲冲击最大的蒙古族,遭到了欧洲人结合传说和圣经进行的系统的妖魔化。据称,亚历山大远征亚洲时,曾下令在里海之滨建造了一扇巨大的门,以把可怕的戈格族(Gog)和马戈格族(Magog)挡在欧洲人的文明世界之外[2]。公元 395 年匈奴侵入欧洲造成的巨大恐慌,让这个说法在地中海地区广泛流传。13 世纪蒙古人的到来再次唤醒了欧洲人的噩梦。学者们称,蒙古人的名字(Magogoli 或者 Mogoli)就是从 Gog 和 Magog 演化来的。欧洲人更进一步说,根据圣经《启示录》,这些游牧部落的到来预示着世界末日。13 世纪的英国史学家马修·帕里斯是如此形容蒙古人的:"他们有着可怕的身体、狰狞的面容、狂暴的眼神、猛禽般的臂膀和滴血的牙齿,他们的喉咙随时准备啖人肉、饮人血"[3]。

相比之下,虽然基督徒和穆斯林在这一时期多次交战,欧洲人却并不把穆斯林称为野蛮人,这一方面是因为在十字军东征过程中,欧洲人意识到阿拉伯文明的先

---

[1]　Jones, "The Image of the Barbarian in Medieval Europe" 395.

[2]　A. R. Anderson, *Alexander's Gate, Gog and Magog, and the Inclosed Nations* (Cambridge, Mass.: Harvard UP, 1932) 8.

[3]　Jones, "The Image of the Barbarian in Medieval Europe" 400.

进,另一方面也因为他们认为伊斯兰教不是异教,而是一神教内部的一种可憎的异端[1]。即使偶尔用"野蛮人"形容穆斯林,其含义一般也只是"非基督徒"。直到1453年奥斯曼土耳其攻占并洗劫君士坦丁堡,惊愕的欧洲人才开始用具有传统含义的"野蛮人"指称信奉伊斯兰教的土耳其,强调它的狂暴与凶残威胁到了整个欧洲的生存[2]。

在欧洲内部,犹太人成为与穆斯林地位相当的敌人。在天主教徒看来,犹太人在基督教文明内部建立了一个危险的国中国。因此整个中世纪,欧洲都弥漫着浓重的反犹情绪,并伴随着多轮宗教迫害和大屠杀。第一次十字军东征前夕,在教皇乌尔班二世怂恿下,欧洲许多城市都爆发了针对犹太人的大屠杀。天主教徒的逻辑是:既然我们中间都还生活着上帝最危险的敌人,怎么能立刻动身去东方拯救圣地?[3]因此,除掉犹太人是发动圣战的第一步。在这个意义上,犹太人也被归为"野蛮人"。

六

文艺复兴时期,随着民族国家意识的兴起,欧洲内部对待前基督教时代"野蛮传统"的态度发生了分化,不再一致把罗马视为异教时代的文明巅峰。

罗马传统的赞颂者相信,意大利之所以没在西罗马帝国灭亡后沦入蛮族之手,并迅速建立了以罗马为中心的神权体系,应当归功于罗马千年文明的遗泽。同时代的邻国匈牙利之所以在文化、习俗、政治方面都显出野蛮的痕迹,是因为长期遭受匈奴、阿瓦尔和马札尔等落后民族占领。意大利文艺复兴时期的学者把人文主义当成了一种民族主义。和他们崇拜的古罗马作家一样,他们也用文明/野蛮的对立来张扬自己强烈的文化自豪感和爱国主义情绪。但丁在给伦巴第人的一封信中,鼓动他们抛下"习得的蛮俗"(coadductam barbariem),回归与他们的特洛伊和拉丁血统相称的文明[4]。

然而,北欧的学者对罗马传统却不以为然,他们转而欣赏自己的蛮族血统。他们觉得,祖先在文学上的逊色不足以遮蔽他们在道德和政治上的美德。日耳曼族的人文主义者雷纳努斯就以自己的祖先征服了罗马为荣。他说,"哥特人、汪达尔

[1] N. Daniel, *Islam and the West: The Making of an Image* (Edinburgh: Edinburgh UP, 1960) 273.

[2] R. Schwoebel, *The Shadow of the Crescent: The Renaissance Image of the Turk* [1453-1517] (New York: St. Martin's Press, 1967) 8.

[3] Norman Golb, "New Light on the Persecution of French Jews at the Time of the First Crusade," *Proceedings of the American Academy for Jewish Research*, 34 (1966): 31.

[4] P. Toynbee, ed., *Dante Alighieri, Epistolae: The Letters of Dante* (Oxford: Oxford UP, 1920) 52.

人、法兰克人的胜利就是我们的胜利。"荷兰著名的古典学者伊拉斯谟声称,意大利
贵族其实是蛮族后裔,"一些学者深信,意大利人的英雄气概源于哥特人和其他蛮
族,那些孱弱矮小的当地居民反而是罗马人的子孙"[1]。这些学者虽然也钦佩古
典时代和意大利的文学成就,但他们更认同自己祖先雄健阳刚的魄力,甚至好战尚
武、心思单纯的特点都成了仰慕的理由。

　　与此同时,欧洲的人文主义者普遍加入了反穆斯林的合唱。在中世纪的十字
军东征时期,天主教教廷主要是用宗教意识形态煽动反伊斯兰教的情绪;这一时期
的人文主义者则着力恢复古代"文明/野蛮"的二元修辞。他们一方面沿袭了教会
的偏见,将穆斯林对手描绘成魔鬼的工具,一方面也从土耳其人游牧的生活方式论
证他们的野蛮出自天性,不可信任[2]。

　　在如何对待土耳其"野蛮人"的问题上,人文主义者分成了两派。一派支持圣
战,认为土耳其人是残暴的野蛮人,一心只想喝基督徒的血;另一派则反对圣战,竭
力将土耳其纳入西方的文化传统。双方都以貌似学术的态度讨论土耳其人的血
统——因为前现代的人普遍相信,血统即天命,会在种族的性格上烙下不可磨灭的
印记。这方面的文献从 14 世纪开始出现,一直持续到 16 世纪中叶。以 1453 年为
界,此前占统治地位的观点是,土耳其人(Turci)是特洛伊人(Teucri 或者 Troiani)
的后代,从而与欧洲人有亲缘关系。但在土耳其灭掉东罗马帝国之后,强烈的反伊
斯兰情绪使得欧洲人不愿接受这样的说法。15 世纪的新理论认为,土耳其人绝非
源于特洛伊人,而是古希腊史家希罗多德提到的斯基泰人的后代,是地道的
蛮族[3]。

　　文艺复兴时期,人文主义的发展并未遏止对犹太人的妖魔化。事实上,一直到
第二次世界大战,欧洲人对犹太人的迫害和屠杀从未停止过。德国宗教改革的领袖
马丁·路德就是狂热的反犹分子,英国文豪莎士比亚也在《威尼斯商人》表达了强烈
的排犹情绪。无论外部敌人如何变化,犹太人始终被看成欧洲内部的"野蛮人"。

七

　　从 17 世纪到 19 世纪,欧洲主要国家陆续完成了政治和经济的现代转型。欧
洲文明成为世界的强势文明,在拓展市场和抢占殖民地的过程中,其他民族都被划

[1]　S. Mazzarino, *The End of the Ancient World*, trans. G. Holmes (London: Faber, 1966) 88.

[2]　James Hankins, "Renaissance Crusaders: Humanist Crusade Literature in the Age of Mehmed II," *Dumbarton Oaks Papers*, 49 (1995): 121.

[3]　Hankins, "Renaissance Crusaders" 136-9.

入"野蛮人"范围。欧洲人在历史上第一次冲破了"野蛮人"的封锁,反守为攻,如释重负。18世纪的英国史家吉本在《罗马帝国衰亡史》中欣慰地宣布,依靠技术和物质上的优势,欧洲终于不再受蛮族噩梦的困扰,西方文明终于不再如履薄冰[1]。政治、经济和科学的全面领先让欧洲获得了空前的自信。"野蛮人"概念从此成为推动"文明世界"向外拓展的利器。

总体来说,欧洲现代史上的"野蛮人"概念是罗马传统、基督教传统、启蒙传统和殖民传统的结合。就罗马传统而言,"野蛮人"意味着没有欧洲的文化和社会制度;就基督教传统而言,"野蛮人"意味着异教徒;就启蒙传统而言,"野蛮人"意味着缺乏理性和科学精神;就殖民传统而言,"野蛮人"意味着没有白人的血统。

两千多年间,"野蛮人"概念的主导因素从古希腊的文化变成古罗马的政治,再从古罗马的政治变成中世纪的宗教,再从中世纪的宗教变为文艺复兴时期的民族,最后变成现代史上的文化、政治、宗教、民族(种族)四位一体。但无论如何演化,其不变的内核仍是民族中心论(ethnocentrism)。这一点在欧洲文明国家内部的争斗中显得尤为明显。纳粹德国建立的血的宗教(religion of blood)归根结底就是民族/种族的宗教,而二战结束后一位法国史家借古讽今的评论也颇能表明法国憎恶德国的立场:"日尔曼人居住的是一片可怕的土地,他们个性懒惰,不愿耕作。他们宁可选择战争,也不愿有效率地工作,所以'在饥饿驱使下',他们总是侵略邻国。这么多世纪过去了,无论是希腊的影响还是罗马的熏陶,都没让他们步入文明"[2]。

从"野蛮人"概念在欧洲的演变可以看出,民族中心论是一种极具弹性和适应性、同时又极度顽固的心理倾向和思维模式。它一旦扎根,就可以根据本民族的具体历史环境吸收一切精神资源,为自己的成长提供"营养",形成一种"自我实现的预言"(self-fulfilling prophecy),让深受其控制的人相信,一切维护这种中心的话语都是合乎理性、甚至合乎天性的。反过来,构成其对立面的民族无论如何演化,都难以摆脱这种话语强加其上的野蛮标签。例如,19世纪德国的犹太人曾以为主动融入现代化进程就可改变自身的地位,却遭到了德国社会主流两种看似彼此矛盾的两套说辞的攻击。叔本华和瓦格纳等非理性主义者指责犹太人代表了可憎的工具理性,传统的启蒙信仰者却贬斥犹太信仰没有理性的根基,注定无法融入德意志

[1]　Edward Gibbon, *The Decline and Fall of the Roman Empire*, vol.2, ed. J. B. Bury (New York: Heritage, 1946) 1224-5.

[2]　Walter Goffart, "Rome, Constantinople, and the Barbarians," *The American Historical Review*, 86.2 (1981): 280.

民族。两种论调的共同结论是,犹太代表了历史的落后一面。不仅如此,民族中心论是一种选择性失明的信仰,它会自动过滤一切不利于维系这种人工神话的现实。例如中世纪时,无论是阿拉伯统治下的亚洲,还是摩尔人控制的西班牙,都体现了宗教宽容的精神,与天主教廷的异端迫害形成鲜明对照,阿拉伯帝国的经济、文化、学术更是欣欣向荣,这些成就却丝毫没能动摇欧洲人的优越感。

由于历史根基深厚,精神资源丰富,又长期处于优势地位,欧洲人的民族中心意识极难消除。令人欣慰的是,在二战浩劫和战后殖民帝国瓦解风潮的影响下,希腊犬儒主义者和开明基督徒播下的世界主义种子终于在欧洲生长起来,至少在知识界,对欧洲中心论的反思已经形成气候。一些世界主义的倡导者提出,通过建立更为客观的历史学(时间叙事)和地理学(空间叙事),尽力消除数千年来遗留下来的偏见和误解,是走向世界和平的必经之路[1]。只有用差异的思想取代等级的思想,驱逐以民族意识为基础的"野蛮人"概念,人类才能真正摆脱野蛮,进入文明。

---

[1]　David Harvey, "Cosmopolitanism and the Banality of Geographical Evils," *Public Culture*, 12 (2000): 534.

马克思与卢克莱修*

卢克莱修(Titus Lucretius Carus,约前 99 年—约前 55 年)是古罗马的著名诗人,他的长诗《物性论》(De Rerum Natura)既是杰出的文学作品,也是西方思想史上的哲学经典。马克思在撰写博士论文《德谟克利特的自然哲学和伊壁鸠鲁的自然哲学的差别》(1841)的过程中,曾经反复阅读《物性论》,并做了大量笔记[1]。这不仅因为伊壁鸠鲁的著作大多已经散佚,难以见到全貌,卢克莱修是伊壁鸠鲁学派忠实的罗马传人,也离古希腊时代较近,是比较可靠的资料来源,也因为按照马克思的判断,"在所有古代人中,卢克莱修是唯一理解了伊壁鸠鲁的物理学的人,在他那里我们可以看到一种较为深刻的阐述。"[2]卢克莱修对马克思的影响不限于早期的博士论文,在马克思一生的重要著作中,《物性论》里的诗句曾经多次出现。在《德意志意识形态》(1846)、《意大利起义——不列颠的政策》(1853)、《政治经济学批判》(1859)、《资本论》(第二版,1873)、《路易斯·亨·摩尔根〈古代社会〉一书摘要》(1881)里,马克思都曾援引卢克莱修的原文,揭示了后者在哲学、宗教、生态学和社会学方面的洞见,也展现了共产主义思想深厚的古典渊源。

一

在 1837 年《给父亲的信》中,马克思暗示自己很快就要在康德和黑格尔之间做选择[3]。这个选择在他四年后的博士论文中可以看出端倪。古代原子论的两位

---

* 本文首发于《马克思主义与现实》2017 年第 6 期。

[1] 《关于伊壁鸠鲁哲学的笔记》,《马克思恩格斯全集》第二版第四十卷 105-148 页。
[2] 《德谟克利特的自然哲学和伊壁鸠鲁的自然哲学的差别》,《马克思恩格斯全集》第二版第一卷(上)32 页。
[3] 《给父亲的信》,《马克思恩格斯全集》第二版第四十卷 15 页。

大师——德谟克利特和伊壁鸠鲁——在某种程度上分别代表了康德和黑格尔[1]。二者的最大区别在于,伊壁鸠鲁对原子的理解体现了与辩证法相似的思维模式。

马克思评论说:"在德谟克利特看来,原子仅仅具有一种'元素',一种物质基质的意义。把作为'本原'即原则的原子同作为'元素'即基础的原子区别开来,这是伊壁鸠鲁的贡献"[2]。如果借用亚里士多德的概念,我们可以说德谟克利特仅仅把原子视为"质料",而没有同时将其看作一种"形式",从而无法衍生出本质与现象、时间与空间、必然与偶然等一系列对立统一的二元项。因此,德谟克利特的原子论是粗糙的、原始的、缺乏生气的,无法解释宇宙的复杂演化。

伊壁鸠鲁原子论最独特、也最受诟病的一点是"偏斜"(希腊语 παρέγκλισις,拉丁语 clinamen)的概念。在德谟克利特的模型中,无数不可再分的原子(希腊语 ἄτομος,拉丁语 atomus)在虚空(希腊语 κενόν,拉丁语 vacuum)中运动,万物都是由它们的碰撞、反弹和结合形成的。特别重要的是,所有原子都是沿直线行进的,这就使得德谟克利特的宇宙是一个决定论(determinism)的宇宙。伊壁鸠鲁却提出,原子除了直线运动外,也会在随机的时间和随机的空间发生偏斜。卢克莱修如此解释:"若非有偏斜的倾向,一切本源 / 就会像雨点落下,径直穿过虚渊, / 不会有碰撞,原子不会猛然冲击原子, / 无物可以创生,自然一片死寂"(*De Rerum Natura* 2.220-223)[3]。

西塞罗、普卢塔克以及其他一些古代学者指责伊壁鸠鲁不仅抄袭德谟克利特的理论,而且歪曲了后者的体系,他们批判的火力便是集中在偏斜的问题上。他们认为,原子发生偏斜是没有原因的。马克思反驳说,这些责难者根本没有理解原子的概念:"首先,西塞罗所要求的物理的原因会把原子的偏斜拖回到决定论的范围里去,而偏斜正是应该超出这种决定论的。其次,在原子中未出现偏斜的规定之前,原子根本还没有完成。"[4]也即是说,原子论若要成为严谨的哲学理论,必须将原子视为物质和形式的统一体,而非纯粹的物质,也必须摆脱决定论的窠臼。伊壁鸠鲁的卓尔不群之处恰好在于,通过引入偏斜的概念,他解决了这个难题:"因为通过偏斜,形式规定显现出来了,原子概念中所包含的矛盾也实现了。"[5]根据马克

---

[1] Peter Fenves, "Marx's Doctoral Thesis on Two Greek Atomists and the Post-Kantian Interpretations," *Journal of the History of Ideas*, 47.3 (1986): 433.

[2] 《马克思恩格斯全集》第二版第一卷(上)49 页。

[3] W. E. Leonard and S. B. Smith, eds, *De Rerum Natura: The Latin Text of Lucretius* (U of Wisconsin P, 2008) 332. 本文所有《物性论》引文都由笔者翻译。

[4] 《马克思恩格斯全集》第二版第一卷(上)34 页。

[5] 《马克思恩格斯全集》第二版第一卷(上)38 页。

思的阐释,直线下落表现了原子的物质性,偏斜则表现了原子的形式规定[1]。只有同时具备物质性和形式性,原子才有资格成为宇宙的本原。偏斜的概念使得伊壁鸠鲁原子论获得了远超前人的哲学深度,因为他意识到物质和形式之间的矛盾是现象自然界的性质,于是现象自然界就成了"本质自然界即原子的映象",而且只有他这里,"现象才被理解为现象,即被理解为本质的异化"[2],从而把成为现象基础的、作为"元素"的原子同存在于虚空中的作为"本原"的原子区别开来。

马克思极其看重偏斜,还有一个原因:如果不否定决定论,宇宙中就没有自由意志的一席之地,而偏斜为自由意志提供了某种原初形式的理据。卢克莱修已经领悟到偏斜的伦理意义,如果把原子的直线下坠视为外部强制,那么偏斜就类似于内部的动力:"……为何心灵 / 在任何事情上都不向必然性称臣,/ 被迫忍受它的统治,甘愿受苦,/ 皆因随机时空里原子微小偏斜的缘故"(De Rerum Natura 2. 291-294)。马克思在博士论文注释 29 中专门引用了这段话[3],表明了他对这种观点的认可。他进一步指出,偏斜"表述了原子的真实的灵魂即抽象个别性的概念"[4],"灵魂"固然是比喻用法,但放在这里却意味深长。抽象个别性按照马克思的理解"是脱离定在的自由,而不是在定在中的自由。它不能在定在之光中发亮。定在是使得它失掉自己的性质而成为物质的东西的一个元素。因此,原子不会在现象领域显现出来,或者在进入现象领域时会下降为物质的基础。原子作为原子只存在于虚空之中"[5]。"定在"对应的原文就是"决定论",偏斜的随机性和偶然性将自由赋予了原子,让它不沦为仅受"定在"支配的纯粹的物质。正是因为作为宇宙本原的原子具备这种与生俱来的自由,作为万物之一员的人才可能具备自由意志。马克思曾说,"哲学研究的首要基础是勇敢的自由的精神"[6],如果连原子都没有自由,哲学便失去了这个基础。所以,偏斜是伊壁鸠鲁原子论最核心的东西。

在古代的众多评论者中,唯有卢克莱修认识到了偏斜的重要性,因此马克思特别称赞道,"比起普卢塔克来,卢克莱修对伊壁鸠鲁的理解要明哲无数倍"[7]。他尤其欣赏卢克莱修《物性论》的逻辑框架——用伊壁鸠鲁的观点来评判从前的自

---

[1] 《马克思恩格斯全集》第二版第一卷(上)37 页。
[2] 《马克思恩格斯全集》第二版第一卷(上)52 页。
[3] 《马克思恩格斯全集》第二版第一卷(上)83 页。
[4] 《马克思恩格斯全集》第二版第一卷(上)35 页。
[5] 《马克思恩格斯全集》第二版第一卷(上)50 页。
[6] 《马克思恩格斯全集》第二版第四十卷 112 页。
[7] 《马克思恩格斯全集》第二版第四十卷 112 页。

然哲学家,突出了伊壁鸠鲁学说的地位。

从这篇博士论文和相关笔记可以看出,卢克莱修对伊壁鸠鲁原子论的深刻阐发为马克思学术生涯早期的"黑格尔转向"提供了支撑。马克思对伊壁鸠鲁理论中的辩证法倾向非常感兴趣,并且在其中发现了自由意志的理据和精神解放的种子,而自由意志和精神解放无疑是马克思宗教思想的两个关键词。

二

在一个有两千年基督教传统的文化中成为自觉的无神论者绝非易事,马克思的这个转变大约完成于 1837—1841 年之间,这也正好是他深入阅读伊壁鸠鲁、卢克莱修等古代作家并撰写博士论文的阶段,伊壁鸠鲁学派反传统的宗教思想起到了某种催化剂的作用。

在 1837 年《给父亲的信》中,马克思一方面这样描述自己,"我这个不知疲倦的旅行者着手通过概念本身、宗教、自然、历史这些神性的表现从哲学上辩证地揭示神性",另一方面却又声明,"我从理想主义……转而向现实本身去寻求思想。如果说神先前是超脱尘世的,那么现在它们已经成为尘世的中心"[1]。这表明,此时他还未完全抛弃神性的概念,但已经以一种新的角度来理解它。九年之后,他在《德意志意识形态》中称,"德国哲学从天上降到地上;和它完全相反,这里我们是从地上升到天上"[2],因此,"转而向现实本身去寻求思想"是青年马克思理论发展的一个关键节点。

伊壁鸠鲁学派是近现代西方自然主义哲学的古代源头。这种哲学概括成三点就是,现实的边界由自然决定,自然是哲学研究的首要对象,了解自然需要经验主义的态度。它排除了神意和命运的控制,认为宇宙对于人类的价值和理想而言是中性的。19 世纪英国物理学家丁铎尔在阐述卢克莱修的宇宙观时说:"在他看来,原子的机械撞击已足以解释万物的形成,他抨击了自然的创生需要任何智力设计的观点。无限时间中原子的相互作用使得各种组合成为可能"[3]。马克思经常参加丁铎尔的讲座,非常熟悉科学界对卢克莱修的看法。而在今天的科学界看来,他自己也是反智力设计论传统中连接卢克莱修和达尔文的重要一环[4]。

---

[1] 《马克思恩格斯全集》第二版第四十卷 15 页。

[2] 《德意志意识形态》,《马克思恩格斯全集》第二版第三卷 30 页。

[3] John Tyndall, "The Belfast Address," *Nineteenth Century Science: A Selection of Original Texts*, ed. A. S. Weber (Peterborough: Broadview Press, 2000) 362.

[4] Brett Clark, John Bellamy Foster and Richard York, "The Critique of Intelligent Design: Epicurus, Marx, Darwin, and Freud and the Materialist Defense of Science," *Theory and Society*, 36.6 (2007): 515-46.

　　虽然伊壁鸠鲁和卢克莱修还不能完全抛弃神的概念,但他们却否定了宗教和神话赋予神的功能——干预世界,从而在实质上接近了无神论的立场,并且都将迷信视为禁锢人类精神的枷锁。卢克莱修热情赞美宗师伊壁鸠鲁敢为天下先的勇气:"当人类卑污的生命在地上一片狼藉,/趴伏着,被'迷信'的重量压得奄奄一息,/当她从天界低首,目光森然,/惊怖的凡人中是一位希腊人最先 / 抬眼与她对视,傲然挺立"(De Rerum Natura 1.62-66)。也正因为如此,无论在古典的多神教时代,还是后来两千年的基督教时代,伊壁鸠鲁学派的宗教思想都遭到了持续的诋毁,伊壁鸠鲁这位"最先打倒众神和脚踹宗教的英雄"被"所有的圣师"称为"头号无神哲学家",甚至蔑称为"猪"[1]。而且自古以来,在西方文化的语汇中,"无神论者"一直是个贬义词,基本等同于"道德堕落者"。

　　面对如此的敌意,卢克莱修没有丝毫退缩,他在《物性论》中骄傲地陈述自己的使命:"我传授伟大的真理,努力让人们的心灵 / 挣脱宗教严密的网罗,我用 / 如此明亮的诗歌处理如此阴森的主题,/ 我的方法并非随意,与医生一致"(De Rerum Natura 1.931-934)。换言之,他要用文学的蜜劝诱人们喝下哲学的药,从此远离迷信和恐惧。马克思高度赞赏伊壁鸠鲁学派解放人类思想的功绩,他说,"伊壁鸠鲁是最伟大的希腊启蒙思想家,他是无愧于卢克莱修的称颂的"[2],又将卢克莱修形容为"朝气蓬勃的、大胆的、富有诗意的世界主宰者"[3]。

　　马克思早期反宗教的立场仍然源于他对自由意志的追求。他提出,"道德的基础是人类精神的自律,而宗教的基础则是人类精神的他律"[4]。宗教的他律包括对神的敬畏、对天国的向往、对地狱的恐惧、对戒律的服从和整个宗教团体形成的群体压力,道德的自律却意味着理性的审视、推断和决定,其前提是人格独立、精神自由的个体。在研究伊壁鸠鲁原子论时,马克思评论道:"卢克莱修正确地断言,偏斜打破了'命运的束缚',并且正如他立即把这个思想运用于意识那样,关于原子也可以这样说,偏斜正是它胸中能进行斗争和对抗的某种东西"[5]。如果将人视为原子,"要使作为人的人成为他自己的唯一现实的客体,他就必须在他自身中打破他的相对的定在,即欲望的力量和纯粹自然的力量。排斥是自我意识的最初形式;因此,它是同那种把自己看作是直接存在的东西、抽象个别的东西的自我意识

[1] 《马克思恩格斯全集》第二版第三卷147页。
[2] 《马克思恩格斯全集》第二版第一卷(上)64页。
[3] 《马克思恩格斯全集》第二版第四十卷111页。
[4] 《评普鲁士最近的书报检查令》,《马克思恩格斯全集》第二版第一卷(上)119页。
[5] 《马克思恩格斯全集》第二版第一卷(上)33-34页。

相适应的"[1]。换言之,人要获得人性,而不沦为决定论和自然界的傀儡,就必须具备一种力量同时与内部的必然(即欲望)和外部的必然(即自然律)对抗,这种类似于原子偏斜的力量就是自由意志。马克思批判宗教的一个主要理由就是,它削弱甚至扼杀了人的自由意志,而在卢克莱修这位前基督教时代的思想家身上,他却看到自由意志的强力体现。

三

在马克思的学术生涯早期,卢克莱修吸引他的主要是自由勇敢的哲学精神和反宗教立场,而到了马克思的思想成熟期,《物性论》对自然界和人类社会的认识则为他提供了新的灵感。其中,卢克莱修阐发的物质和能量守恒思想被马克思巧妙地发展成批判资本主义生产方式的生态学理论。

与希伯来文化和基督教传统宣扬的上帝"无中生有"的创世论不同,古希腊文化相信,"宇宙"(希腊语 $κόσμος$,原义是"秩序"和"美")只是原始的"混沌"(希腊语 $Χάος$)演化出的一种秩序井然的形态。这种观念在《物性论》中得到了系统的阐发。卢克莱修相信,自然界的第一原则就是:"任何事物 ／都不可能凭超自然力量从无中诞生"(De Rerum Natura 1.149-150),因为"倘若无中可以生有,则任何东西 ／都可从其他东西创生,无物需要种子"(1.159-160)。他进一步解释道:"这一切都不可能存在,若不是 ／无限宇宙提供了充沛的物质,／按时所需补足所有的亏损。／正如任何动物,若失去养分,／就会消瘦虚弱,万物同样会衰残 ／一旦物质之流改道或被截断"(1.1035-1040)。

马克思在撰写博士论文期间,曾经摘录上述引文[2],当时主要是为了理解伊壁鸠鲁的原子论,当他在《资本论》第二版的注释中再次引用卢克莱修"无中不能生有"的说法时,他已经为这个观点找到了新的用途。马克思在这条注释里紧接着说,"'价值创造'是劳动力转化为劳动。而劳动力首先又是已转化为人的机体的自然物质"[3]。通过将劳动力与自然物质联系起来,马克思找到了与剩余价值学说平行的另一条批判资本主义的路径。

这个发现绝非偶然。卢克莱修的思想尽管朴素,却已经暗合了 19 世纪中期发现的热力学第一定律,即能量守恒定律:能量既不能凭空产生,也不能凭空消失,它只能从一种形式转化为另一种形式,或者从一个物体转移到另一个物体,在转移和

[1]　《马克思恩格斯全集》第二版第一卷(上)37 页。
[2]　《马克思恩格斯全集》第二版第四十卷 105 页 111 页。
[3]　《资本论》第一卷,《马克思恩格斯全集》第二版第二十三卷 242 页。

转化的过程中,能量的总量不变。中年和晚年的马克思一直密切追踪热力学这门新兴学科的发展,并且研读过当时热力学的经典著作,他关注过的热力学代表人物包括汤普森、焦耳、克劳修斯、迈耶、玻尔兹曼,等等[1]。从《资本论》可以看出,他不仅熟悉能量守恒定律,也理解热力学第二定律(即熵增定律)的质能耗散原则,只不过没有使用"熵"(entropy)等概念,这是因为当时即使在科学界,这类术语也尚未通行。

如果说马克思的剩余价值概念从政治经济学的角度揭示了资本家隐秘的剥削动机,从而更多地指向传统意义上的道德,那么他以热力学为基础提出的"新陈代谢断裂"(metabolic rift)概念则系统地批判了整个资本主义社会扭曲的生态伦理。热力学第一定律指明能量不可能凭空产生,第二定律指明有用的能量总会耗散,而马克思的《资本论》则系统地论证了为什么资本主义生产方式必然"打破依靠当代太阳能生存的预算限制,开始消耗地质时代积累的能量资本"[2]。这意味着《共产党宣言》所描绘的资本主义生产力大爆发其实是地球长期积累的物质能量在短时间内急剧转化而造成的虚假繁荣,也意味着在能量守恒和有用能量耗散这两大定律作用下,为追求利润最大化而过度剥削劳动力、剥削自然的资本主义社会注定不可持续。

马克思的"新陈代谢断裂"思想受到了农业化学家李比希土壤退化理论的启发[3]。他意识到,在资本主义的现代农业模式下,土壤退化不可避免。因为按照热力学定律,可持续农业要求土壤的营养必须保持循环,而在城市工业和乡村的现代农业共同影响下,土壤中的营养物质却被制作成食品、衣物和其他产品,运输到遥远的商业中心去销售,从而破坏了自然的物质能量复原过程。林业的例子更明显,树木生长的长周期尤其满足不了资本追求快速利润的欲望。马克思指出,"漫长的生产时间……使造林不适合私人经营,因而也不适合资本主义经营。……文明和产业的整个发展,对森林的破坏从来就起很大的作用,对比之下,对森林的护养和生产,简直不起作用"[4]。

和对待土地一样,在对待劳动力时资本也破坏了新陈代谢的复原能力。在分

[1] Paul Burkett & John Bellamy Foster, "Metabolism, Energy, and Entropy in Marx's Critique of Political Economy: Beyond the Podolinsky Myth," *Theory and Society*, 35.1 (2006): 112.

[2] Herman E. Daly, *Steady-State Economics*, *Second Edition with New Essays* (Washington D.C.: Island Press, 1991) 23.

[3] Justus von Liebig, *Die Chemie in ihrer Anwendung auf Agricultur und Physiologie* (Braunschweig: Vieweg, 1865).

[4] 《资本论》第二卷,《马克思恩格斯全集》第二版第二十四卷 272 页。

析商品的价值(抽象的社会必要劳动时间)时,马克思从新陈代谢的角度阐释了商品生产和交换。他将商品交换称为"一种社会的物质变换"[1](马克思著作中文版里的"物质变换"一词对应的原文就是"新陈代谢"),而"商品的价值形式"就是"经济的细胞形式"[2],"种种商品体"都是"自然物质和劳动这两种要素的结合"[3],而提供劳动的劳动力本身只能以活着的生命体形式存在,因此就必须受制于自然的损耗和死亡。延长工人的劳动时间,破坏身体的自我复原机能,从热力学的角度说,是无视能量守恒定律、竭泽而渔的行为。

马克思认为,资本主义总是追求在有限的时间内无限增加剩余价值,这种强烈的内驱力势必破坏维持土地和劳动力生产能力的新陈代谢条件[4]。不仅如此,生产力史无前例的扩张也意味着资本对原材料和能源的巨大需求也是史无前例的。作为一个生态系统,资本主义经济必须依赖劳动力和非人力的物质-能源的持续输入,而资本追逐利润的方式又决定了它不会尊重新陈代谢的条件,因此总会不断透支正常的、可循环的输入,消耗地球数十亿年积累起来的物质和能量储备。从这个角度看,生态危机是内生于资本主义制度的。

四

在社会发展理论方面,马克思同样吸收了伊壁鸠鲁学派的思想。他在《德意志意识形态》里提到,国家起源于社会契约的观点就是伊壁鸠鲁最先提出的[5]。最早系统论述人类早期社会发展的著作就是卢克莱修的《物性论》。在第五卷里,他用 200 余行诗句描绘了人类从野兽般的蛮荒时代最终进入文明社会的整个历程(*De Rerum Natura* 5.925-1160)。他将人类的演进分为五个阶段。在最初的时代(5.925-1010),人类只能通过采集获取食物,住在洞穴里或树上,过着滥交的生活,还不能称为社会。第二阶段(5.1011-1027)最为关键,人类开始有稳定的伴侣和家庭,有了固定的住所,尤其重要的是确立了"不伤害别人也不受伤害"的社会契约。在讨论了语言、火和烹煮的发明后(5.1028-1104),卢克莱修描绘了第三阶段(5.1105-1112),其特征是智勇超群的精英人物出现并成为领导者,城市文明开始出现。社会虽有阶层,但尚无压迫,因为阶层划分是基于天然的能力。在第四阶段

---

[1]《马克思恩格斯全集》第二版第二十三卷 122 页。

[2]《马克思恩格斯全集》第二版第二十三卷 8 页。

[3]《马克思恩格斯全集》第二版第二十三卷 56 页。

[4] Kozo Mayumi, *The Origins of Ecological Economics* (London: Routledge, 2001) 81-84.

[5]《马克思恩格斯全集》第二版第三卷 147 页。

（5.1113-1142），人类发明了私有财产的概念，发现了黄金，对财富的追逐导致社会贫富分化，人类也不再看重内在品质，而将财富这种偶然性的东西视为身份的标志。随财富而来的是名声和权势，人类已无法分清天然的需求和"空洞的意见"，生活堕落，秩序混乱，暴力盛行。到了最后的阶段（5.1143-1160），无法忍受暴力的人类以一种功利的态度接受了各种法律。

在人类学创立近两千年前，仅仅依靠对人性的理解和稀少的古代资料，卢克莱修对人类社会的发展历程就已经有如此清晰合理的阐述，的确令人佩服。19 世纪中后期，马克思在研读人类学家摩尔根的《古代社会》时，总是联想到卢克莱修的著作。在《路易斯·亨·摩尔根〈古代社会〉一书摘要》里，马克思多次用《物性论》来佐证摩尔根的发现。在关于原始人类依赖热带和亚热带出产水果和坚果的森林获得食物的笔记后面，马克思补充道，"人类至少是部分地栖息在树上"，并指明此说法出自《物性论》第 5 卷[1]。在"通过田野农业而获得无限量的食物"的条目后面，马克思提到，畜力的使用和铁器的生产让人产生了"把森林和野地开拓为耕地的思想"，并援引《物性论》第 5 卷第 1369 行为证[2]。在《政治经济学批判》里，马克思在论证"在历史的发展中，作为货币材料的金和银的关系，正像作为劳动工具的铜和铁的关系一样"时[3]，再次引用了卢克莱修的话："铜的使用比铁早"（De Rerum Natura 5.1287）。

在西方古代的理论家中，卢克莱修的创见在于，他将技术革新视为文化演进和制度变化的关键[4]，这种思路在马克思早年的《德意志意识形态》中被大幅精细化，在他后来的学术生涯中更发展成高度科学化的理论。马克思拥有卢克莱修远远不能企望的优越条件，一是文艺复兴以来数百年的近现代政治学传统，二是文化人类学田野调查的实际数据，三是资本主义社会生产的现实图景。正因如此，马克思对人类社会发展进程的理解远比卢克莱修深刻。

卢克莱修无法摆脱伊壁鸠鲁学派的局限，在抛弃了神控制人类的目的论历史观之后，陷入了一种随机的混沌史观。他相信，人类社会的演化体现出三条原则：第一，它是非目的论的、非神意控制的；第二，历史的因果关系和历史事件都是不可预测的，它们在人类社会的层面反映了原子偏斜导致的不可预测的组合；第三，既然历史没有预定计划，"进步"就天然是含混的概念，人类生活总是在某些方面进

[1] 《路易斯·亨·摩尔根〈古代社会〉一书摘要》，《马克思恩格斯全集》第二版第四十五卷 332 页。
[2] 《马克思恩格斯全集》第二版第四十五卷 336 页。
[3] 《政治经济学批判》，《马克思恩格斯全集》第二版第四十六卷（上）129 页。
[4] Stanley Moore, "Marx and Lenin as Historical Materialists," *Philosophy & Public Affairs*, 4.2 (1975)：178.

步的同时在某些方面退步[1]。虽然马克思和卢克莱修一样,反对神意主宰历史的观念,也在人类社会演进的框架中容纳了局部的偶然性,但从整体上说,唯物史观与混沌史观泾渭分明。马克思坚信,在生产力和生产关系相互作用的规律支配下,人类历史的大方向是明确的。

从上述讨论可以看出,卢克莱修在青年时代的马克思心里已经刻下印记,在他后来的学术生涯中也继续发挥着影响,两千年前卢克莱修"勇敢的、雷鸣般的诗歌"[2]鼓舞了马克思一生的战斗精神,是他哲学观、宗教观、生态学和社会学理论的重要源头之一。马克思非常善于从卢克莱修超越时代的思想中汲取营养,也极富洞察力地从中提炼出远远超越卢克莱修视野的结论,为辩证唯物主义和历史唯物主义的体系提供了支撑。这种古典与现代的互动表明,马克思主义是深植于西方古典传统又极具创造力的一个思想体系。

---

[1] Alessandro Schiesaro, "Lucretius and Roman Politics and History," *The Cambridge Companion to Lucretius*, eds. Stuart Gillespie & Philip Hardie (Cambridge: Cambridge UP, 2007) 43.

[2] 《马克思恩格斯全集》第二版第四十卷 111 页。